가족의 온도

가족의 온도

2014년 11월 19일 1판 1쇄 발행 / 2015년 12월 11일 1판 2쇄 발행

지은이 김석휘 / 펴낸이 임은주
펴낸곳 도서출판 청동거울 / 출판등록 1998년 5월 14일 제406-2011-000051호
주소 (10881) 경기도 파주시 문발로 115 (파주출판도시) 세종출판벤처타운 103호
전화 031) 955-1816(관리부) 031) 955-1817(편집부) / 팩스 031) 955-1819
전자우편 cheong1998@hanmail.net / 네이버블로그 청동거울출판사

책임편집 김은선 / 표지 일러스트 윤지은
출력 태영산업 / 인쇄 세진피앤피 / 제책 영글문화사

책값은 뒤표지에 있습니다.
잘못 만들어진 책은 바꾸어 드립니다.
지은이와의 협의에 의해 인지를 붙이지 않습니다.

ISBN 978-89-5749-164-5 (03810)

이 도서의 국립중앙도서관 출판시도서목록(CIP)은 서지정보유통지원시스템 홈페이지
(http://seoji.nl.go.kr)와 국가자료공동목록시스템(http://www.nl.go.kr/kolisnet)에서
이용하실 수 있습니다. (CIP제어번호: CIP2014032172)

가족의 온도
김석휘 장편소설
청동거울

차 례

가족의 온도

프롤로그

석주는 어느 해 늦가을 비바람이 몹시 치는 날 밤에 적포주 몇 잔을 마시면서 잠시 추억에 젖어 이렇게 썼다.

"세월이 흐르다 보면 잊히는 것들이 많다. 그러나 잊혔으면 하는데도 그렇지 못하는 것도 있어 수시로 떠올라 가슴을 아프게도 하지만, 더욱 안타까운 것은 잊히면 안 되는 것들도 서서히 잊혀 가는 일이다. 그런 것들을 일부나마 기록해 놓은 노트며 추억물들이 수많은 이사로 많이 없어져 버려 왔기에 아쉽기 짝이 없다.

내가 초등학교 다닐 때 호기심에 들쳐 봤던 큰아버지가 왜정 때 탔다는 파랗게 녹이 슨 우승컵과 정구시합 우승 상장이며 조선팔도의 명승지를 담은 흑백 화보집과 독립운동가를 총망라한 두툼한 책들은 수많은 이사를 하는 동안 흔적도 없이 사라졌고, 이제 흐릿한 기억만이 남아 있다. 그러나 누렇게 색 바랜 1947년(己亥年)에 쓰인 아버지의 사주단자며 60년대에 아버지가 전국체전에서 탔던 정구시합 우승 상장, 나의 초등학교 1학년시절인 1955년부터 고스란히 모아 둔 통신표 및 6년 우등 상장이나 미술대회 상장 외에도 먼훗날 금전적인 여유가 없어서 고심한 끝에 모험을 각오하고 1978년 9월 13일에 치를 결혼계획을 적어 놓은 메모지, 결혼식장 예약서나 신혼여행으로 갔던 제주도행 8,470원짜리 비행기표, 300원짜리 만장굴 입장권이며 아내가 어렵사리 끊어 보내준 편도 568불짜리 미국행 노스웨스트 오리엔탈 항공사의 항공권 같은 하찮은 추억물들이 무슨 대단한 보물인 양 오래된 상자 속에 쌓여 있다. 그런데 뭔가를 찾으려고 우연히 그 상자를 열어보다가 그것들을 마주치게 되어, 잊힌 듯 뇌수의 일방에 숨겨졌던 가지가지의 추억들이 줄줄이 쏟아져 나와 반가움과 무심함이 한데 어울려 밤늦게까지 잠 못 이루게 하였다.

두루마기 속에 항시 태극기를 품고 다녔다는 할아버지, 할머니의 행적도 거의 알지 못한다. 하물며 몇 대를 거슬러 올라간 선조들이 정승, 판서를 지냈어도 그 행적을 전혀 모르고, 족보의 한귀퉁이에 생일, 기일, 장지만이 남아 있어 안타깝기 그지없다. 이렇듯 긴 세월에 파묻혀 흔적도 없이 사라진 옛이야기는 어쩔 도리가 없다 해도, 이제라도 한 가문의 소사를 기록하는 것이 어쩌면 숨겨진 치부까지도 내뵈는 것 같지만, 훗날 후손들에게 단지 선대는 어려운 여건 속에서도 보람된 길을 걸어갔다는 입으로 전하는 몇 마디가 아니라, 그 행적을 글로 읽게 하여 인생이란 외길을 가는 데 적은 도움이라도 될 거라 생각한다."

석주와 사남매가 겪었던 옛 이야기나, 맨주먹으로 시작하여 이역만리에 깊은 뿌리를 내린 소역사는 그의 파편적인 기록이며 선친이나 사반세기가 넘도록 사지마비의 고통을 겪는 어머니, 그리고 몇 안 되는 친척들의 막연한 기억과 추측에 의존할 수밖에 없었다. 그리고 석주는 중학교 이래로 한참 커가는 자식들에게 혹독한 가난을 끼고 살게 했다 하여 고등학교 때부터 소원하게 대했던 아버지를 대학 3학년 때 뜻밖의 계기가 있어서 그래도 피를 나눠준 어버이로 다시 받아줬다. 그리고 어려 이래로 온갖 고생을 한 어머니의 삶은 통한으로 얼룩진 행로였는데도, 60이 다 된 나이에 이역만리까지 와서 목 주위를 다쳐 사지마비가 된 엄청난 사고를 당하였다. 석주는 그런 어머니의 처절한 삶을 곁에서 보고 거들면서, 그도 그의 외길 인생에서 꿈을 이루려고 발버둥치면 칠수록, 점점 더 깊숙이 앞이 보이지 않는 짙은 안개 속을 헤매게 되었다. 사고 후 수년이 지나는 동안 우선 자신의 미래보다는 동시대를 고통 속에서 살아야 하는 가련한 어머니를 모시면서, 하루하루를 최선으로 살아나갈 수밖에 없었던 그와 그의 아내 그리고 형제자매들의 여로를 엮어본다.

1. 고아 아닌 고아

"부모 복 없는 년은 서방 복도 없고 자식 복도 없지. 박복한 년한테 무슨 일이 제대로 되겠어? 아이고! 아이고! 누가 이놈의 속을 알어?"

그리 울부짖는 어머니를 볼 때마다 석주는 가슴이 무척 아팠다. 즐겁게 얘기하다가도 화제가 잘못 돌아가거나, 귀먹고 연로한 아버지한테 이거 하라 저거 하라 시키다 보면 답답한 맘에 울화가 치밀고 결국 말다툼으로 이어진 끝에 하는 말이 그러했다.

아버지는 평소에 필요한 말도 좀처럼 하지 않다가도 화가 나면 앞뒤를 가리지 않고 욱하며 감정 섞인 말을 마구 퍼부었다. 그렇게 꼬이는 날이면 어머니는 설움이 복 바쳐 대성통곡을 하였고, 머쓱해진 아버지는 헛기침을 서너 차례 하면서 그 자릴 슬그머니 피해 나갔다.

석주 어머니는 1980년 캐나다 단풍나무가 샛노랗고 붉게 물들어가던 10월, 시카고에 정착했다. 그후로 한식당에서 힘든 주방일을 하면서도 주말에는 취미활동으로 고전무용이나 붓글씨학원, 영어학원 등을 열심히 다니며 이국생활을 만끽하고 있었다. 그런데 무슨 운명의 시샘이 있었는지 7년 후 12월 중순에 일하러 가다가 목 부위를 크게 다치는 사고를 당하고 말았다. 그 일로 지체가 부자유스럽게 된 후부터 항시 그 설움이 터질 준비가 되어 있었다.

석주 어머니는 고아 아닌 고아로 태어나서 기구한 운명을 갖고 잔디같이, 아니 쇠비름보다 더 질기게 살아왔다. 기계(杞溪) 유(兪)씨 14대 손으로 순근(順根)이라는 이름으로 부친 유학준(兪學濬)과 모친 이성녀의 장녀로 충남 부여 근처 규암에서 태어났다. 생년월일이 1927년(丁卯年) 음력 6월 9일로 알고 있으나 확실치 않은 거라 했다. 당시는 어려서 죽는 경우가 많아 출생신고가 때로 한두 해 늦어지기도 하였지만, 어머니의 경우는 출생신고 자체가 누락되어 있었다.

어느 해 화창한 봄날이었다. 마치 세로줄이 주르륵거리는 낡은 흑백영화의 한 장면같이 가물거리는 기억 속에서 기생처럼 예쁜 외모에 바짝 쪽 지운 반지르르한 머리 모양새를 한 엄마는 어린 동생 덕근(德根)을 등에 업고서 옛 궁터를 지나고 군데군데 산재해 있는 큰 기와집들을 끼고 걸으며 어린 순근의 등을 도닥거리며 말했다.

"이곳은 아주 먼 옛날에 나라님이 살던 곳이었단다."

그리고 성 밖으로 나와서 얼마 후 어느 기와집 앞을 지나쳤다.

"이 집이 전에 우리 집이었는데, 아빠가 나중에 오시면, 다시 이리로 이사 올 거야."

순근이 너무 좋아서 눈이 휘둥그레지며 치켜 올려본 엄마의 모습이 지금도 어렴풋이 생각나지만, 기억에도 없는 아빠는 독립운동을 하러 만주엘 갔다고도 하고, 또 돈을 많이 벌어서 곧 온다는 뜬구름 같은 얘기만 나돌았을 뿐이다. 기다리고 기다리던 반가운 소식은 끝내 들을 수가 없었다.

그런데 엄마가 가리킨 그 기와집을 보는 순간, 어떤 아저씨가 긴 칼을 찬 일본 순사와 함께 갑자기 들이닥쳐서 엄마와 이모를 사정없이 다그치던 험상궂은 표정이 불현듯 생각났다.

"니 남편이 어디로 갔는지 어서 말 못 해? 제대로 불지 않으면 둘 다 끌고 갈 거야. 알았어?"

이모는 덕근이를 안고 열어 제켜진 방문 옆에 서서 벌벌 떨고 있고 순근은 엄마 뒤에서 치맛자락을 잡고 엉엉 울고 있었다. 같은 동네에 사는 그 아저씨는 왜경들에게 밀고를 하는 앞잡이였다. 겁에 질린 엄마는 방바닥에 꿇어앉아 울면서 마구 빌었다.

"정말 몰라유. 집에 안 들어온 지가 일 년도 넘었으라우. 만주로 어디로 장사한다며 왔다 갔다 하는 사람인데 지가 집에서 어찌 알겠어유."

"무슨 헛소릴 하는 겨? 얼마 전에도 동네에서 비슷하게 생긴 사람을 새벽녘에 봤다는 사람이 있는데. 자꾸 숨기고 거짓말하면 치도곤(治盜棍)을 당하고도 감옥살이를 할 거야. 다들 알겠어?"

그날 밤 덕근이를 업은 엄마 손을 잡고 밤새도록 걸어서 지금 살고 있는 허름한 초가집으로 야반도주를 해야 했다.

훗날 알게 된 얘기지만, 아빠는 만주에 있는 독립군에게 자금을 조달하는 밀명을 받고 조선에 몰래 들락거리는 중책을 맡고 있었다. 엄마는 어린 순근에게 아빠가 만주에서 크게 장사를 하는데, 돈을 많이 벌어서 조만간 돌아온다고만 알려줬다. 새벽녘에 나타난 아빠는 깊은 잠을 자고 있는 애들 얼굴만 빤히 내려다볼 뿐이었고, 머지않아 다시 옛날같이 잘살 거라는 실없는 약속만 하고서 서둘러 떠나갔다.

엄마가 야반도주해 초가집에 숨어 살고 있는 동안 가끔 이모가 한밤중에 양식자루를 건네주고 도망치듯 되돌아가곤 하였다. 때론 무슨 일이 생겼는지 보름이 넘도록 찾아오지 않아서 끼니도 제대로 이을 수 없는 처참한 생활이 시작되었다. 그러다가 여름이 지나고 가을비가 추적거리며 내리던 날 밤, 그런 엄마마저 어린 덕근이와 함께 세상을 등지고 말았다. 엄마가 오랫동안 자리에 누우니 잘 먹지 못하여 거의 동시에 유명을 달리 했는데, 어린 기억에 엄마의 변에 하얗고 기다란 것들이 많이 보였다는 걸로 봐서 촌충 같은 기생충에 감염되었던 거 같다고 하였다. 낯선 동네 아저씨들이 엄마와 덕근이의 시신을 거두었다. 농립을 쓰고 도롱이를 걸친 두 아저씨가 삽과 곡괭이를 챙기고 싸리문 밖에 있던 달구지를 끌 황소의 고삐를 잡아끌었다. 그날 넋이 빠져 허둥지둥 달려왔던 이모가 순근의 쬐그만한 양어깨를 붙들고 같이 눈물을 흘리면서 달래고 또 달래 줬다.

“엄마는 덕근이와 같이 저 먼 하늘나라에 가셨는데, 모두 다 곧 내려와서 순근이랑 재미있게 다시 살 거야. 울지 말고, 응?”

“하늘나라가 어딘데? 아냐! 아냐! 엄마! 나도 같이 가! 엄마— 엄마— 엄마! 가지 마! 덕근아— 덕근아— 너도 가지 마—!”

더 기억하고 싶어도 할 수 없는, 끊어져버린 빛바랜 흑백영화 필름이었다. 비바람이 판자울타리를 삐걱거리며 사정없이 몰아치던 밤, 어둠속으로 덜그럭거리며 사라져간 그 소달구지의 희미한 모습은 평생

지워지지 않는 깊은 상처로 어린 순근의 머릿속에 조각되어 버렸다.

석주가 중학교에 다니던 60년대 초 어머니의 사촌 남동생이 집엘 들른 적이 있다. 어머니는 그를 10여 년 전에 부여에서 호적정리 문제로 만나고는 오랜만에 보는 거였다. 어머니는 이런저런 얘기 끝에 외할아버지에 대한 무슨 새로운 소식이 없었느냐고 물었지만, 아쉽게도 어머니가 알고 있는 이상의 얘기는 듣지 못하였다. 또 1978년 여름, 석주 내외가 결혼 전에 부모님과 같이 충남 대천에 들른 적이 있다. 그때 만난 친척들도 자세한 사정은 모르고 있었고, 집안의 내력을 알 만한 이모나 어른들은 이미 모두 세상을 뜬 후였다. 어머니는 좀 더 일찍 찾아봤어야 했다는 후회뿐이었다. 요새 같으면 반나절이면 갈 수 있는 지척이지만, 그때는 천리 같은 전북 임실로 시집을 간 후로 어려운 집안 살림에만 매달리느라 몸과 맘의 여유라고는 없이 긴 세월을 덧없이 흘려보내고 만 것이다. 그러한 어머니가 실망하던 모습이 석주는 지금도 눈에 선하다.

해외 입양을 했던 아이들이 철들면서 자기 핏줄을 찾으려고 방황하는 얘길 듣기라도 하면, 그 맺힌 한이 얼마나 큰가를 생각해본다. 아주 어려서 입양이 됐다면 아무런 기억도 없겠지만, 엄마랑 아빠랑 같이 놀러갔다가 헤어져서 시장이나 역, 파출소 앞에서 한없이 울던 기억이 난다는 얘기를 한다. 석주 어머니 역시 안타깝게도 뇌수의 어두운 일방에서 아물거리는 기억 때문에 괴로워했다. 모두 다 피멍이 든 채로 평생토록 지니고 갈 멍에가 되어버린 것이다.

천애의 고아가 돼버린 순근은 살림이 어려운 이모네 집에서 얼마 동안 지내다가, 대천면 군두리에 사는 큰할아버지 쪽 엄마의 사촌 오라버니 집으로 옮겨갔지만 거기도 고기를 잡으면서 어렵게 사는 데다가 애들도 많아 먹는 것 자체도 힘들었다. 설상가상으로 그곳에 간 지 일주일도 못 되어 그 오라버니가 오랫동안 앓아 온 지병이 갑작스럽게 악화되면서 세상을 뜨고 말았다. 그 바람에 아주머니는 순근을 보기만 하면 매일 눈을 부릅뜨며 고래고래 소리를 질러댔다.

"어미에다 동생까지 다 잡아먹은 귀신 옴 붙은 니가 온 후로 부정을 타서 이런 일이 생겼어."

그러면서 갖은 냉대를 하고 심지어 밥도 잘 주지 않았다. 결국 일주일도 넘기지 못하고 큰할아버지 쪽의 아저씨네 집으로 또 옮겨 왔다. 대천 해수욕장이 바로 눈 아래로 보이는 언덕에 살고 있는 집이었다.

이곳에 와서도 순근은 맘 붙일 곳이 없었다. 바람 부는 언덕바지에 갈대와 갈매기를 벗 삼아 저 멀리 바다 끝이 닿는 하늘을 초점 없는 눈으로 바라보다가 모래밭에 엄마와 덕근을 그려봤다. 그러다가 해가 지면 꾀죄죄한 모습에 눈이 퉁퉁 붓고 지친 몸에 외로움과 그리움이 어우러진 서러운 맘만 한 아름 안고 어두운 골방으로 돌아오곤 하였다. 한참 엄마 아빠한테 의지하고 응석도 부리고 싶고, 먹고 싶은 것도 많은 때인데, 날이 갈수록 피멍이 들어가는 맘의 상처는 아무도 어루만져 줄 수 없었다.

낮에는 주로 동네 꼬마들과 같이 바닷가에서 사는 날들이 많았다. 내륙인 규암에서 커 온 탓에 그 애들이 몰려가는 대로 따라 다녔다. 썰물이 되면 여느 때처럼 동네 애들과 같이 갯벌에 나가서 해초를 뜯어

먹거나 주꾸미를 잡아서 날 것으로 먹고 조개도 까먹으면서 허기를 때우는 일로 소일하였다. 그런데 어느 날 조개가 유별나게 많이 잡혀서 열심히 주워 담다 보니 너무 멀리 나오고 말았다. 밀물이 가까워지면 개펄 밑에서부터 서서히 물이 차올라 오면서 구멍 깊이 들어갔던 조개나 게들이 위로 올라와 더욱 잘 잡혔다. 그리고 갈매기들도 더욱 끼룩거리며 야단들을 쳤다.

'야! 순근아, 그만 일어나서 빨리 뒤돌아가! 지금 물이 들어오고 있단 말이야! 요 맹추야 앞을 쳐다봐. 앞을!'

순근의 머리를 쪼을듯이 낮게 날며 시끄럽게 떠들어댔지만, 알아차리지 못했다. 그러다가 잠시 고개를 들고 앞을 바라보니 맞바람에 짠 내음과 함께 저 멀리 굼실굼실 밀물이 밀어닥치고 있었다. 같이 갔던 애들은 웬일인지 하나도 보이지 않았다. 너무도 놀랜 나머지 서둘러 정신없이 미끄러져 넘어지고 발이 쭉 쭉 빠지면서 뛰었지만, 뭍에 도달하기도 훨씬 전에 발목을 넘고 무릎을 넘었다. 이젠 마구 뛸 수도 없었다. 앞으로 넘어지니 머리까지 물에 들어가 눈 코 입에 짠물이 사정없이 들어왔다. 여러 차례 비슬거리면서 일어났지만 더 이상 뛸 수가 없어서 엄마를 부르며 허우적거렸다. 정신이 아득해지면서 세차게 밀리는 물살에 휩쓸렸는데, 잠시 후 갯가로 밀려나와 나둥그러졌다. 짜디짠 물을 토하고 숨을 바투 몰아쉬면서 엄마를 한없이 부르며 엉엉 소리 내어 울었다. 아마도 하늘나라에 살고 있는 엄마 아빠가 너무 가엾게 생각해서 있는 힘을 다해 끌어내었나 보다.

'너만은 살아서 좋은 세상 살아야지!'

가시밭을 걸어도, 개똥밭에 굴러도 이승이 좋다는 말이 있다. 저승이 아무리 좋아도 죽어야만 간다니, 그래도 살아 숨 쉬는 이승이 더 낫지 아닐까? 어머니는 속이 몹시 상했을 때는 꺽꺽거리며 울부짖었다.

"왜 그때 안 죽고 모진 목숨 질기게 살아나서 이런 꼴을 당하고, 니 애비 흐리멍덩하고 주변머리 없어 한참 중요할 때 직장 잃고 천금 같은 새끼들 생고생시키고."

석주네 사남매 모두가 오랫동안 어려운 환경 속에서도 속 썩히는 짓 안 하고 삐뚤어지지 않게 살아 왔어도 답답하고 융통성 없는 아버지 때문에 무던히도 속을 썩었다고 하지만, 그렇게 막나가는 얘길 자주 하게 된 것은 그 엄청난 사고를 당한 후부터다. 때늦은 후회와 한평생 쌓여 온 울화가 봇물처럼 터지고 만 것이다. 이런 일이 매번 터질 때마다, 석주는 무조건 달래 드리고 또 억지로 웃겨서 성난 맘을 조금이라도 가라앉혀 주어야 했다.

"내가 너희들만은 어미 없는 자식들을 안 만들려고 평생 입술을 깨물고 또 깨물면서 참아 왔지. 내 죽어도 가져갈 그 통한을 누가 알어?"

어머니는 또 이러면서 연신 울음을 터뜨렸다.

해가 기울어져 가는 어느 늦은 오후에 순근은 이웃마을로 심부름을 갔다가 갯가를 따라오면서 잔디 뿌리를 씹어 먹고, 알이 통통하게 벤 달짝지근한 삘기도 뽑아 먹으며 터덜터덜 동구 밖에 들어섰다. 그런데 어디선가 새어나오는 구수한 냄새를 맡고, 자신도 모르게 어느 집 대문 안으로 들어서서, 창고 입구에 느려 처진 거적때기 끝을 슬그머니 들고 들여다봤다. 순근은 눈이 휘둥그러질 정도로 멍석에 흰밥이 널려져 있는 걸 보고, 허겁지겁 정신없이 집어먹었다. 양조장의 헛간에 널어 놓은 술밥이었다. 그리고 식곤증이 나서 한 귀퉁이에 기대어 그만 잠이 들었다.

"에그, 이 불쌍한 것!"

혀를 끌끌 차는 소리에 선잠을 깬 순근은 놀란 나머지 도망치듯 뛰어나왔다.

"얘야, 괜찮다. 괜찮어. 뛰지 말어!"

순근은 그 할아버지의 목소리를 뒤로하고 마구 달렸다. 숨이 멎도록 뛰어 달아났다가 땅거미가 어스레하게 내릴 무렵 아저씨네 집으로 돌아왔지만, 아무도 반겨 주지 않았다.

그 무렵 아저씨의 큰아들에게 어린 나이에 시집 온 귀순 언니가 있었다. 그 언니의 친정이 대천에서 이십여 리쯤 떨어진, 만석꾼지기인 통천 김씨 집안의 웃어른인 김재균이 살고 있는 동네에 있었다. 그게 연줄이 되어서 아무래도 부잣집에서 사는 게 낫겠다는 어른들의 뜻에 따라 순근은 두 해 남짓 만에 보령군 남포면 옥서리로 더부살이를 하러 옮겼다. 그 언니에 대한 추억은 각별하였나 보다. 친언니같이 의지하고 또 먹을 것도 잘 챙겨 줬던 그 언니와의 이별이 제일 가슴 아팠다. 어머니는 그로부터 50년도 더 지난 후에 치료차 방한하였을 때 주소도 알아내고 목 메인 통화도 하였다. 그리고 이제 90이 넘은 연로한 언니를 모시고 있는 장남한테 지난 10년 동안 연말이면 종합 비타민이며 용돈으로 100불이나 200불을 보내 주었다.

부잣집이라고 해서 잔뜩 기대를 하고 갔지만, 여기서도 사정은 만만치 않았다. 이제 여덟 살을 훌쩍 넘긴 순근이지만 아직 취학도 못하고, 면장이었던 할아버지한테 매일 도시락을 가져다주고 밥 짓는 일이나 산에 나무하러 가는 일이며 논밭에 나가 왼종일 새 쫓는 일들을 억척스럽게 해내야만 했다. 1985년에 당시 일본에서 유명했던 하시다 스가코의 〈오싱〉이라는 드라마를 한국에서 각색하여 영화로 나왔다. 전후의 어려운 시절 얘기인 그 영화에서 김민희가 아역으로 열연하였다. 그 영화를 보면서 어머니는 눈시울을 적신 게 한두 번이 아니었다. 또래 애들이 공부하는 교실을 창 밖에서 기웃거리던 어린 오싱이 눈여겨본 것을 땅에 써 보며 혼자 배우는 그 모습이 자신과 너무도 흡사하다는 거였다. 그런데 그 영화에서 오싱이 여덟 살 나이에 더부살이를 가서 심한 학대를 받고 도둑 누명까지 쓰며 갖은 고생을 하였어도, 그래도 할머니도 있었고 또 엄마 아빠에 언니 동생도 있었지만, 어머니는 오싱보다도 더 비참한 혈혈단신(孑孑單身)이었다.

그토록 가고 싶어도 학교를 못 가고 창 너머로 배운 글이지만 열심히 외우고 쓴 끝에, 순근은 한글과 일본말도 조금씩이나마 깨우치기 시작했다. 시카고에 온 후에도 자원 봉사자들이 가르치는 야간학교엘 다니면서 영어도 열심히 배웠고, 거동이 불편해져도 기본 회화를 외우고 쓰는 일을 놓지 않았다. 그리고 이왕 미국에서 살면서 시민권도 따야겠다고 맘먹고는 인터뷰를 위한 기초적인 미국 역사와 정부의 구조 및 헌법 등을 공부했다. 마침내 1995년 5월에는 당당하게 영어 인터뷰를 통과하는 억척스러움을 과시하였다.

3년이나 지나서 순근이 열두 살이 될 무렵, 어떻게든 배워야 한다는 일념에서 산자락 사이로 난 으슥한 산길을 맘 졸이며 한두 달 남짓

야학을 다닐 때는 줄곧 칭찬도 받고 배우는 재미를 만끽할 수 있었다. 그런데 어느 날 밤 집에 돌아오니 대문이 잠겨서 집 안으로 들어갈 수가 없었다. 그때 문득 담벼락과 붙은 행랑방에 기거하며 머슴살이를 하던 서른 중반의 노총각 만수가 또래들과 같이 밤늦게까지 들락거리고, 때론 방문을 잠그지도 않은 채 마실 다니는 게 생각났다. 대문은 여닫을 때 유난히 크게 삐거덕거리는 소리도 나고, 또 열어놓고 다닐 수 없어서 담 쪽으로 난 방문을 통해 나다녔다. 순근이 조심스레 그 문을 열어보니 다행히 잠겨 있지 않았다. 얼른 신발을 벗어들고 살그머니 들어가서 안채로 통하는 방문으로 막 나가는데, 자는 줄 알았던 만수가 엉큼한 맘을 먹고 그랬는지, 아님 놀래주려 그랬는지는 몰라도 갑자기 달려들어서 팔을 잡아끌었다. 놀랜 순근은 고래고래 소리를 질러댔다.

"아이고야, 할머니, 할머니! 만수 아저씨가 절 죽이려하네유!"

한밤중에 그런 난리법석이 있고 난 후로 할머니는 그게 다 밤늦게 야학을 다닌다고 쏘다녀서 생긴 일이라고 다그치는 바람에 그나마 야학도 다닐 수 없게 되었다. 그 작은 희망마저 날아간 후로는 희고 큰 칼라가 붙은 세일러복에 책가방을 들고 다니는 동네 또래들을 부럽게 바라보다가 무거운 발걸음으로 뒷동산에 나무를 하러 가거나 어른들을 따라 논이나 밭으로 나갔다.

언젠가는 그 할머니네 동산에서 그 총각이 나무를 하다가 순근한테 붙들려서 혼쭐이 난 일이 있었는데, 잘못했다고 통사정하는 총각의 바짓가랑이를 잡고 놓아주지를 않아서 엉엉 울게 만들었다. 그 바람에 순근은 동네에서 말괄량이에 선머슴 같다는 소문이 나기도 했다.

그리고 뜀박질이며 높이 뛰고 나무 타고 그네 타는 것들은 둘째가라면 서러울 정도로 극성스럽게 좋아했다. 이렇게 신나게 놀고 들어온 날 저녁에 할머니가 얼레빗으로 긴 머리를 빗겨 주면서 뒤통수를 새삼스럽게 만져 보며 비시게 웃었다.

"이게 요로콤 톡 튀어나와서 재주도 많고 왕고집에 억척빼긴겨!"

그러면서 빗등으로 톡톡 치던 기억을 어머니는 자주 떠올리곤 했다. 그렇게 5년이 넘도록 지내면서 어린 시절의 아기자기한 추억을 간직하게 해줬던 옥서리를 또 떠날 때가 되었다. 그 할머니의 외아들인 김윤석이 본처와 자식들을 떼어놓고, 장항에서 전직이 간호부였던 작은댁과 새 살림을 차리고 있었는데, 그곳으로 가게 된 것이다. 그 집은 규모가 큰 양조장이며 또 넓은 포도밭도 있는 대단한 부자였고, 또 읍내여서 시골보다는 앞으로 살아가는 데 이점이 많을 거라는 어른들의 뜻에 따른 결정이었다.

어려서부터 길가에 팽개쳐진 돌멩이같이 차이는 대로 구르며 커 왔기에 슬픔과 그리움은 마음속 깊은 곳에 내려앉아 두껍게 굳어져 버렸다. 그래서 70여 년이 지난 오늘날까지도 당신도 모르게 어린 시절의 슬픔이 베인 한숨을 내쉰다고 하였다. 마치 어린애들이 오래 울고 난 끝에 잠이 들어도 이따금씩 숨을 두어 차례 연거푸 들이마시면서 흐느끼듯이 말이다.

석주가 고등학교 2학년 때인 1966년 여름, 어머니와 함께 처음으로 장항엘 들렀다. 전주에서 기차를 타고 군산까지 몇 시간을 가서 연락선을 타고 금강하류를 건너 장항엘 갔다. 장마철이라서 그날도 짙은 잿빛 비구름이 낮게 드리워져 마치 흑백 영화를 보는 듯한 착각이 들었다. 선착장에서 바라보니 멀리 바다 곁에 검은 연기가 하늘 높이 길게 내륙으로 뻗치는 높은 제련소 굴뚝이 보였다. 그리고 어머니가 시집 오기 전까지 지냈다는 서천 양조장까지 한 시간 정도 걸어가는데, 좌우 길을 따라 논밭들이 끝없이 펼쳐져 있었다. 어머니는 옛날하고 변한 게 거의 없다고 하였다. 산자락에 민가 몇 채가 보이고 해묵은 소나무들이 보이는 동산 자락에 이르러 규모가 제법 큰 집으로 다가갔다. 신작로 오른편 동산 밑에는 여중학교의 하얀 2층 건물이 보였고, 그때 마침 자전거로 등교하는 검은 정장을 한 신사가 지나쳐 갔다.

"저기 자전거를 타고 가는 여자가 학교 교장이란다."

"그런데 왜 남장을 했는데요?"

"글쎄다. 양조장 바로 근처에 살아서 동생처럼 가까이 지냈지만, 나중에는 사내애들하고 주로 어울려 다녔는데, 똘똘하고 야무졌지."

그는 훗날 국회의원을 지냈던 김채선이었다.

왜정 말기에 '긴상'으로 불렸던 김윤석 아저씨는 일본으로 쌀을 반출하기 위해 도정을 하는 대동 정미소에서 양곡 검사원으로 일했다. 부지런했던 그는 술을 만들기 위해 좁쌀을 사가던 어느 일본인으로부터 밑돈을 내고 2년 상환으로 양조장을 인수했다. 그리고 부지런히 노력한 끝에 빚을 갚고서 새 주인이 되었다. 순근은 그곳에서 해도 해도 끝이 없는 허드렛일 속에 파묻혀 지내며 시집 오기 전까지 꿈 많은 처녀 시절을 보냈다. 양조장에는 그 당시 흔치 않았던 전화와 자전거가 있었다. 어머니는 전화로 명례나 점순이며 또래 친구들과 서로 노래를 들려주고 받았던 일이나, 밤에 자전거 타는 연습을 하다가 넘어지고 다치던, 그런 신바람이 나던 시절의 얘기를 자주 들려줬다. 석주가 어렸을 때 어머니가 가끔 불렀던, '우에하 세비로 시타하 몸빼, 우찌노 오네쌍 모시모시 고깡……(윗도리는 정복에 아랫도리는 작업복, 우리 누나는 교환수 ……)'이라는 일본 노래의 가사가 아직도 기억에 남는다. 어머니는 장항에 와서도 옥서리에 있었을 때와 마찬가지로 그토록 가고픈 학교를 못 가고, 교환수라도 되려는 맘에서 야간 학교를 몰래 등록해서 몇 차례 나갔지만, 다 큰 처자(處子)가 밤에 어딜 나다니느냐고 혼쭐나게 꾸지람을 듣고서 그마저 그만둬야 했다.

그런데 열여덟 살 난 순근에게 난생 첨으로 맘 설레는 일이 일어났다. 저녁식사 준비를 하기 전에 서둘러서 사무실 청소를 하고 있었다. 그때 웬 젊은이가 사무실로 들어와서 바삐 일하는 순근에게 다가왔다.

"저, 실례합니다. 주인 어르신 좀 만나 뵈었으면 하는데요."

순근은 그 젊은이를 힐끗 쳐다보고 눈길이 마주치자, 그만 얼굴을 붉히며 당황한 나머지 말이 잘 나오지 않았다.

"무, 무슨 일로?"

"저는 읍내에서 교사를 하는 사람인데요, 급하게 다시 읍내로 나가야 하는데, 아무래도 자전거를 빌렸으면 해서요."

"아, 예, 잠시만 기다리세유. 어르신께 말씀 전해 드리겠습니다."

그러곤 밖으로 나와서 양조장 안에서 인부들과 같이 일하던 아저씨한테 달려갔다. 다음날 자전거를 돌려주려고 양조장에 들른 그는 뜻밖에도 순근에게 청혼을 해왔다. 전날 바지런하게 일손을 놀리는 모습과 홍조를 띤 얼굴에 붓으로 초승달을 그려놓은 듯 예쁜 눈썹을 가진 꽃다운 순근이 맘에 들었던 모양이다. 그러나 어른들이 주선하지 않으면 그런 혼사가 절대로 이뤄질 수 없는 때라, 그는 매우 낙심하여 돌아갔다. 일주일 정도 지나 다시 찾아와서 간청을 하였지만, 그의 청혼은 결국 받아줄 수 없었다. 그후로도 여러 차례 양조장 주변에서 서성이다 돌아갔다고 집안일을 같이 거들었던 점순네 어머니가 귀띔을 해줬다. 그렇다고 더부살이를 하는 처지에서 외간남자를 대낮에 만나러 나간다는 건 꿈도 꿀 수 없었다. 그 바람에 그 훤칠하게 키가 크고 잘생긴 젊은 선생과 인연이 닿지 못했다며 어머니는 안타까운 표정을 지어 보였다.

석주는 말로만 들었던 그 시절의 모습을 상기하면서, 20여 년 전에 이곳에서 불행했던 어린 시절의 기억을 씻고, 바지런하게 일하던 어머니의 처녀 시절을 그려봤다. 양조장 정문을 지나면 넓은 마당이 있고 오른편에 폭보다 길이가 무척 길어 보이는 일본식 단층 건물이 서 있었다. 건물 바로 뒤로는 나지막한 야산이 있는데 해묵은 소나무들이 빼곡히 우거져 있었다. 그곳에 오르니 선착장에서 본 제련소 굴뚝이 바다 쪽으로 성큼 다가와 보였다. 집 뒤꼍엔 여름에도 손이 시릴 정도로 찬 우물이 있었고 바로 옆에 부엌과 목욕탕이 있었다.

그때는 일꾼들이며 집안 식솔들이 많아서 주로 부엌에서 지냈는데, 커다란 솥들이 여러 개 걸려 있는 부엌은 무척 크게 보였다. 장작을 지피고 이 솥 저 솥을 둘러보면서 불길을 다루는 어머니의 모습이 눈에 선했다. 그런데 어머니는 불현듯 생각이 난 듯 사냥개 얘기를 하였다. 털이 너무 짧아 벌거숭이같이 보이는 놈은 송아지만 했다고 한다.

"그 녀석은 겨울철에 불만 때면 부엌에서 살다시피 했단다. 글쎄 내 옆에 비스듬히 누워서 그 큰 덩치로 조금씩 기대면서 밀면, 잠시 후에는 누가 불을 때는지 모르게 아궁이 바로 앞에까지 밀고 와서 떡 버텨 눕는 거야."

석주도 그 얘길 듣고 한참 웃었다. 수많은 빨래와 청소며 부엌일을 하면서 그래도 세월은 흘러 꿈 많은 소녀 시절이 무르익어 가고 있을 무렵에 광복을 맞이하였다.

당시 문중에서 종가의 장남이고 만월표 고무신 공장을 하다가 군산 시장을 지냈던 35대 종손 김영상의 손위 누이는 그 양조장에 무슨 연유로 들렀는데, 그게 인연이 되어 청혼을 하게 되었다. 그래서 1947년(丁亥年) 10월 21일, 아버지의 사촌형 되는 김길수(金吉洙)는 후인(後人)으로 사성(四星, 사주단자)을 보냈고, 이듬해 봄에 충청도 색시가 전라도 임실로 시집을 오게 되었는데, 방년 열아홉 살이었다. 경주 김씨(慶州金氏) 정숙공(貞肅公)파 34세손인 서른 살의 노총각 김형수(金瑩洙)를 그렇게 만나게 되면서, 운명적으로 이미 씌워진 인연의 끈을 놓지 못하고 멀리 떠나가는 시집이 되어 버렸다.

어미 잃은 동물의 새끼들 같으면 굶어 죽거나 다른 동물의 먹이가 되어 그 존재도 남아 있지 않을 터였다. 그러나 어린 순근은 길 위에 굴러다니는 돌멩이같이 이리 저리 굴려가는 대로 살아오면서도 고생을 참고 또 참는 데는 단련이 되리만치 모진 삶을 끈질기게 이어

왔다. 그래도 뼈에 사무치는 그리움과 서러움은 맘속 깊게 새겨져 긴 세월의 흐름에도 아물지 못하였다. 누구든지 비슷한 처지에 있던 사람이 아니면 그렇게 지내온 생활환경을 쉽게 이해하기가 힘들 것이다. 또 그 자식들도 역시 당신 맘같이 이해 못 할 일이다. 엄마의 피와 살로 태어났고, '너희들만은 따뜻하고 부러운 것 없이 열심히 키우겠다'는 각오로 생활이 쪼들려도 몸이 부서지도록 최선을 다하고 호호 불면서 키워준 그 정성을 자식들은 평생 깨닫지 못할 수도 있다.

여자의 인생이 부모 슬하를 떠나 남편의 그늘에서 자식들의 그늘로 바뀜에 따라 더 밝아져야 되겠지만, 앞날이 어찌 풀릴지는 누구도 모를 일이었다. 그저 순근은 남편의 그늘을 하늘같이 믿고 시작하는 제2의 인생을 시작할 뿐이었다. 떠나가던 날 훌쩍거리는 명례와 점순의 손을 잡고 순근은 울먹거렸다. 그러나 또 한편 너무도 어처구니없게 떠나는 것이기도 했다. 어머니는 그때 일을 이렇게 털어놓았다.

"지난 5년 동안 한식구같이 지냈는데도 그 작은댁 아주머니는 뭐가 그리 단단히 토라졌는지, 초례청을 차릴 때부터 생선전 하나 부치지 않고 혼수는커녕 버선 한 짝도 해주지 않더라."

"세상에 가례를 올리는 날에 그럴 수는 없는 거죠. 이런 황당한 얘긴 여태껏 들어보지도 못했는데요."

어머니는 바지런스럽고 기운도 세어서 남정네같이 힘든 일도 가리지 않고 했다는데 무슨 억하심정으로 그리 대했는지, 뚜렷한 이유를 모르겠다고 하더니만, 문득 생각나는 듯이 얘기하였다. 그 작은아주머니하고 제일 친하게 지내는 동네 아줌마가 순근이 떠나기 며칠 전에 이런 말을 주고받았다고 했다.

"순근이가 시집 가는데 큰 잔치는 없어도 초례청에 올릴 음식이라도 마련해야 되지 않아요?"

"아니, 그럴 필요 없어. 우리가 시집 보내 줄 때까지 몇 해 더 있었으면 했는데, 더부살이한 계집애를 그동안 먹여주고 키워줬으면 됐지 더 이상 뭐가 필요한가?"

그러면서 바늘로 찔러도 꼼짝하지 않을 독한 표정을 짓더라는 거였다. 그후로 어머니는 성이 고씨였던 그 아주머니에 대한 억하심정이 생겨서, 애맨 고씨 성을 가진 사람들까지 싫어하게 되었다.

세월이 많이 흘러도 양조장 얘기만 나오면 한 섞인 말을 토해냈다.

"조강지처 찢어내고 유부남을 뺏어낸 탐욕스런 인물이 인정머리라고는 손톱만치도 없지. 그러니께 그 큰 살림 지키며 잘사는 가벼!"

그때 석주와 함께 양조장을 들렀던 후로 30년이나 흘러서 1996년에 두 번째로 치료차 방한을 하였을 때, 어머니는 그곳 전화번호를 찾아내 전화를 걸었다. 그 작은댁이 아직도 살아 있는지 반신반의하면서 해본 건데, 아저씨를 먼저 보내고 여든 중반이 넘은 나이로 살아 있더라고 했다. 그래도 첨에는 반가운 맘으로 통화를 하다가 결국은 그동안 참고 참았던 울화가 봇물 터지듯 쏟아지는 바람에 큰소리로 퍼붓고 말았다. 그 아주머니는 시종 묵묵부답을 하다가 되물었다.

"너 시집 갈 때 서운하게 해줬다고 따지려고 전화했냐?"

"그럼, 그때 피눈물을 흘리며 떠나갔는데, 이 정도 얘기도 못 해요?"

어머니는 애꿎은 전화를 내동댕이치듯 끊어버렸다. 그런데 몇 달이 지나서 미국으로 돌아온 후에, 오래 전 뉴욕으로 이민을 온 그 댁 둘째아들한테서 편지가 왔다. 어머니가 얼마 전에 다녀갔다면서 그는 어머니를 대신하여 사과를 하였다. 그리고 얼마 후에 장항에서 부쳐온 커다란 소포뭉치엔 무려 반세기나 지난 혼숫감으로 카시미론 담요에 겉속옷 치마저고리와 잠옷이며 내의, 버선 등이 들어 있었다. 어머니는 하도 기막히고 어처구니가 없어서 모두 다 패대기쳐버렸다.

그날 장항에서 떠나가던 날에 평생 잊을 수 없는 건, 차비마저도 마련해 주지 않은 것이다. 골이 잔뜩 난 신랑이 그나마 군산에 있는 친척집에 들러서 하룻밤을 보내고 여비를 마련해 전북 임실로 떠날 수 있었다. 당대에 장항에서 제일가는 부잣집한테 그렇게 홀대를 받았다는 거에 화가 난 신랑은 벌게진 얼굴로 어머니에게 푸념하였다.

"형님만 살아 계셨다면 자네한테 장가 안 들었을 걸세."

그러나 더 불안한 일은 상할머니며 시어머니한테 줄 버선 한 짝도 없다는 거였다. 훗날 두고두고 불씨가 되면 어찌할까 하는 걱정이 앞섰기 때문이다.

그날 희뿌옇게 비구름이 깔린 날, 열아홉 살 난 순근은 내팽개쳐 버리다시피 시집이라고 가면서 어찌 통한의 갈등이 없었겠는가? 언젠가 어머니는 장항에서 군산으로 가는 선착장에서 연락선을 기다리면서 이러지도 저러지도 못했던 당시의 심사를 연필로 적어 놓은 누렇게 색 바랜 노트를 보여줬는데, 석주는 그걸 이렇게 정리했다.

시집가던 날

베개 모서리 원앙새,
수 년 동안 정성껏
누굴 위해 수놨단 말인가?

십사오 년 모진 더부살이 끝에
시집이라 간다며 예를 지내고,
부둣가에 도착해서
서방이란 사람,
얼굴 흠칫 보니,
어찌나 나이도 많아 보이며
얼마나 굶었는지,
덕지덕지 빈천이 붙었더라.

배표를 건네주는 순간,
다시 얼굴 봤다가
또 한 번 실망하여,
저쪽 제련소 쪽으로 도망치러
한 발 내디뎠다가,
다시 한 번 생각 끝에
발길 거뒀네.

내 팔자 좋았으면,
어려서 부모 잃고
갖은 고생 다 하다가
이토록 쫓겨나듯
등 떠밀리어 가겠는가?

연락선 타고
멀어져 가는
정든 땅 바라보며
눈물 흘리는데,
뱃고동도 울었소.
갈매기도 울었소.

당시 집안의 기둥이었던 큰아버지가 8년 전에 요절한 후로 가세가 급격히 기울어졌고, 위로 손위 누이가 있다지만 이미 출가를 한 상태였다. 아버지는 졸지에 상할머니 이하 할머니를 위시해서 청상이 된 형수에 어린 두 조카들을 먹여 살릴 유일한 남정네가 되었다. 함경북도 장진에 있는 광산 배급소에서 일하다가 향리인 임실로 돌아와서 군청엘 다닐 때 그리 급하게 혼례를 치른 거였다.

1824년생인 31세손인 김세우(金世佑)는 고종 때 호조참판(戶曹參判)을 지냈는데, 그의 세 아들 중 3남인 증조부 김철규(金哲圭), 그리고 장남인 조부 김용석(金瑢錫)의 차남이 바로 석주의 부친이다. 세대가 바뀌면서 찌들어져 버린 가문에 청상이 된 큰어머니는 문필가로 살림살이보다는 책을 벗 삼아 지내다 보니, 그나마 어려운 살림은 말이 아니었다. 게다가 상할머니와 시어머니 두 분을 섬겨야 하는 시집살이는 고난스러울 수밖에 없었지만, 결국 융통성 있고 그악스런 어머니가 집안 살림을 도맡게 되었다.

잘살아도 힘든 판에 어려웠던 생활은 괴로움의 연속이었지만, 어린 시절을 생각하면서 알뜰하게 어른들을 잘 모시니, 시집 올 때 빈손으로 왔다는 걸 곱씹는 건 고사하고 두 분들이 오히려 더 잘 대해 줘서 맘의 위로를 많이 받으며 지냈다. 특히 두 어린 조카들이 불쌍해서 열심히 거뒀다는데, 장손으로 오냐오냐 하면서 키워 와서 본인밖에 모르고 컸다는 큰형 얘기를 자주 들었다. 또한 천덕꾸러기에 장난기까지 심한 상 개구쟁이인 작은형이 동네 양조장에서 술찌기를 잔뜩 먹고 술이 취해 집에 돌아와서 대빗자루며 멍석 따위를 우물에 집어던져 넣고, 대청마루 밑에 숨어서 잠을 잤다는 황당한 얘기도 들었다.

큰아버지는 경성부청에 재직하면서도 명성이 이미 알려진 연식정구선수였고, 아버지와 같이 동대문구 창신동에서 하숙을 하고 있었다. 학력이 큰아버지보다 짧은 아버지는 형의 입김으로 경성부청에서 시가지에 물을 뿌리는 살수차 트럭 조수로 일을 했다. 큰아버지한테 정구를 몹시 배우고 싶었지만, 여섯 살이나 위인 형은 조수일이라도 똑바로 하라며 구박만 주고 가르쳐 주지 않았다. 그런데도 정구장에 자주 심부름을 다니고 또 따라다니면서 어깨 너머로 배웠다.

석주 아버지가 결혼할 무렵 큰아버지 생전에 정구시합 때문에 항시 으르렁거리는 견원지간으로 지내던 친척이 서울 전매청에 다니면서 선수 생활을 하다가 그만두고 임실에 내려와 있었다. 그런데 공교롭게도 서울 본청의 인사담당 과장과 친분이 있던 이모할머니 아들의 주선으로, 돌아가신 큰아버지에 대한 명성도 한몫 하여 두 사람이 함께 전주 지방 전매청에 취직이 되어 전주로 이사 오게 되었다.

임실에서의 남은 재산이라는 게 무남독녀 증조모가 시집 올 때 가져온 얼마 되지 않은 전답과 선산 그리고 그동안 대대로 물려온 낡은 초가 한 채뿐이었다. 그나마 다행한 일은 큰아버지가 유고 전에 새로 샀다는 큰 기와집이 남아 있었다. 그걸 정리해서 대부분은 큰어머니와 두 형들의 생활 밑천으로 건네줘서 얼마 후 목포로 가 자리잡게 했다. 그리고 증조모 이하 식솔들은 1949년(己丑年) 음력 2월에 전주로 이사를 오게 되었다. 두 분 어른들 때문에 방이 적어도 셋이 필요한데다 남아 있는 돈이 턱없이 부족하여 직장이 있는 시내에 필요한 집을 살 형편은 못 되었다. 석주 아버지는 철길을 넘어서며 만삭이 된 어머니한테 저 멀리 보이는 동산을 가리키며 말했다.

"저기 산자락에 우거진 큰 나무들을 보시오. 동네 앞에는 맑은 개천이 흐르고 논밭이 예까지 확 트여져 있어 삭막한 시내보단 경치가 참으로 수려하구려."

다음해 발발한 6·25전쟁 때 거의 다 없어졌지만, 당시 뒷동산 산자락에는 고목이 된 상수리나무며 노송이 빼곡히 우거져 있었다. 그 앞 금암동에 아버지는 터를 잡았다. 좀 무리를 해서라도 시내에 집을 마련했더라면 훗날 여러 모로 이득이 있었겠지만, 그런 변두리로 나와서 방이 4개 딸린 독채 전세를 얻어서 새살림을 시작하였다. 그러나 그 집이 곧 팔리는 바람에 바로 옆의 초가집을 전세로 얻어 옮겨갔다가, 그

집마저도 또 판다는 기별을 받고 어렵사리 그 집을 사게 되었다.

석 달 뒤에 석주가 태어나고 몇 달 후에 상할머니가 타계하였다. 상할머니는 성격이며 행동거지가 무척 깔끔하여서 오래 전에 마련해둔 검게 옻칠한 관을 틈나는 대로 닦았다고 하였다. 그리고 할머니는 막둥이 창호가 태어나기 9개월 전인 1955년에 하세하였다.

석주가 초등학교 1학년 봄 소풍을 갈 때였다. 소풍길에는 학생들의 긴 행렬 좌우나 뒤에서 학부형들이 줄줄이 따라나서곤 했다. 석주는 한참 가다가 할머니와 어머니가 안 보인다고 슬금슬금 대오에서 빠져나와 찾느라고 두리번거렸다. 그러다가 혹 할머니가 따라오는 게 힘이 들어서 너무 뒤에 처진 게 아닌가 하는 생각이 들자, 조금만 더 되돌아가 보자는 생각에 계속 달려오다가 작은 고개를 두어 차례 넘어서 초등학교까지 오고 말았다. 조용한 학교 건물을 좌편으로 힐끗 쳐다보며 지나치는데, 마침 자전거를 타고 석주 옆을 스쳐가던 어떤 아저씨가 어디까지 가느냐고 묻는 바람에 그가 살고 있는 동네 근처까지 데려다 줬다. 어처구니없게도 땀을 펄펄 흘리며 허겁지겁 집에 들어서자, 세 들어 살던 아저씨가 놀란 표정을 지으며 조심스레 물었다.

"느네들 오늘 소풍 가지 않았냐?"

"네!"

"그런데 지금 이 시간에 혼자서 왜 집에 돌아온 거여?"

"그게, 그게 말이죠……."

아저씨는 자초지종을 다 듣더니 기가 막혀서 헛웃음을 쳤다.

"에이 참, 넌 헛똑똑이구나. 우등생이라더니 바보도 상 바보 같은 짓을 했어. 할머니가 아무리 아파도 니한테 연락도 안 하고 집으로 오시겄냐? 안 되것다. 나가자 빨리. 어여 내 자전거에 타더라고!"

그렇게 아저씨 도움으로 자전거에 실려서 목적지인 건지산으로 허겁지겁 되돌아오고 있었다. 아니나 다를까 조경단 근처에 다다르자, 전교생이 합창으로 석주 이름을 부르는 소리가 크게 들려 왔다.

그날 어처구니없게도 그의 체면은 있는 대로 구기고 말았지만, 하마터면 학교 행사를 망칠 뻔하였다. 교장 선생님 이하 여러 선생님께 머리를 조아리며 용서를 구하고 온종일 고갤 들지 못하였다. 석주는 만 여섯 살로 한글이나 산술을 일찍 깨우쳐서 조기 입학했는데, 입학식 하던 날에 담임이었던 조삼규 선생님은 웃으면서, 맨 앞에 서 있던 덩치가 쪼그만 석주를 깐보고 골렸다.

"김석주는 일 년 동안 엄마 젖 좀 더 먹고 오세요."

"아녀요. 선생님, 저는요. 읽고 쓰기도 하고 덧셈 뺄셈도 잘 혀요."

할머니는 이런 손자를 거의 까무러칠 정도로 걱정하며 어머니한테 말했다.

"얘야, 너도 봤지? 우리들 뒤따라오던 나병 걸린 거지들 말이여. 그 사람들이 어린애들 간을 빼먹으면 병이 낫는다고 하더니만, 만에 하나라도 우리 장손이 어찌 되었으면 나는 이제 더 이상 못 살어."

"어머님, 벌건 대낮에 보는 눈들도 많았는데 그럴 일은 절대로 없을 거예요. 아까까지도 그 사람들은 저 아래에서 동냥한 음식을 먹고 있었어요."

석주는 그날 할머니의 일그러진 얼굴을 여태껏 생생하게 기억하고 있다. 그런데 그때 소풍 가던 날만 빼고, 학교의 큰 행사가 있는 날에는 대부분은 비가 왔다. 학교의 허드렛일을 도맡아서 하던 만수라는 소사(小使) 아저씨가 학교 뒤꼍에서 무지하게 큰 구렁이를 잡아 태워 죽였다는 소문이 있었다. 그 혼이 해코지를 하느라고 그런지 기다리고 기다리던 운동회나 소풍 가는 날에는 이상하게도 비가 내렸다. 그 해 가을 운동회 때도 역시 비가 와서 모두 다 교실로 들어가서, 밤늦도록 맛있게 준비한 도시락을 까먹는 걸로 대신했다. 노란 자위가 유난히 먹음직스럽게 보이는, 도톰하게 잘라 가지런히 눕힌 삶은 계란에다 석주가 유난히 좋아했던 연뿌리며 멸치볶음과 콩자반이 가득 찬 층층 도시락을 풀어 먹고, 식구들과 같이 일찍 하교를 할 때 저쪽 뒤에서 어머니와 함께 힘들게 걸어오던 할머니의 모습이 너무도 생생하다. 온화한 얼굴에 되뚱되뚱 걷는 모습이 어쩌면 그렇게도 아버지의 걸음걸이와 똑같은지 몰랐다.

초등학교 2학년 과정이 끝나 가고 겨울방학이 시작되면서 할머니가 매우 편찮았는데, 둘째 여동생 경주가 할머니 등에 매달리면서 보챘다.

"함매, 함매, 업어 줘, 응?"

"아이고, 이 할미가 어여 병이 나서야 우리 경아를 또 엎어 줄 텐데!"

할머니는 그리 서글프게 탄식하였지만, 끝내 회복하지 못하고 음력 동짓달 스무이튿날에 돌아가셨다. 장례식 날엔 봄날같이 따뜻했다. 사흘장을 치르는 동안 집 앞터 밭은 물론이고 좀 떨어진 금암천 둑까지 흰옷을 입은 문상객들이 북적거렸다. 그렇게 큰 잔치를 치르는 걸 본 적이 없는 석주는 철없이 곡을 하는 친척들 사이를 동네 애들과 같이 누비고 다니다가 그 개구쟁이 작은형한테 머리에 군밤을 호되게 얻어맞았다. 그리고 장례가 끝나고 모두 집에 돌아왔는데, 몇 년 만에 목포에서 올라온 큰어머니가 갑자기 식당방에서 방바닥을 치며 이리저리 구르면서 대성통곡하는 모습을 보고 고모가 입을 씰룩거렸다. 석주 어머니는 혼자서 병시중을 하느라 고생을 많이 하였지만, 할머니는 68세에 돌아가시기 7년 전까지도 시어머니인 증조모가 80세에 타계할 때까지 오랫동안 모셨다.

아버지는 시쳇말로 가방끈이 짧았지만, 대단히 고지식하여 주어진 일만큼은 융통성 없이 열심히 하는 성격이라 기능직으로서 공장장 직급까지 승진하였다. 그런데 여공들은 아버지에게 '빼꼼이 김상'이라는 별명까지 붙여줬다. 창문 밖에서 공장 안을 은밀하게 들여다보며 수백 명의 여공들을 감시한다고 해서 그런 거였다. 훗날 감찰부 특별지도원 자리로 옮긴 후로는 수많은 공원들이 퇴근을 할 때 낱개 담배나 담뱃갑을 품에 숨겨서 나가지나 않는지 적발하는 일을 하게 되었다. 아마도 전매청장 등 고위 간부들에게 열심히 정구를 가르쳐 주고 같이 연습하면서 오랫동안 어울려 지냈기에 그런 특혜도 받았을 거라는 생각도 들지만 워낙 말이 없던 분이라 그 진위를 파악하지 못하였다. 그리고 매년 가을에 치르는 전국체전에 장년부 전북 대표 선수로도 자주 출전해 우승도 많이 했기 때문에 전주지역에서는 소문이 나 있었다. 그런데 저녁 늦게 돌아올 땐 매번 두어 개의 정구채를 끼고 오기에, 석주가 궁금하여 물었다.

"정구채를 여러 개로 번갈아서 치나요?"

"아니다. 청장이나 국장들 정구채 줄을 다시 매주려고 가져온 거여."

아버지는 저녁을 들고서 밤늦게까지 줄 매는 작업을 하였다. 두어 군데가 끊어졌거나 헤어졌으면 부분적으로 새줄을 끼우고 양끝이 당겨져 풀어지지 않게 담뱃불로 지져서 옹이를 만들어 수리를 했다. 여러 군데가 망가진 것은 줄을 다시 매는데, 손톱깎이로 잘라서 줄을 모두 걷어내고 마주 보는 구멍에 새 줄을 끼워 방망이로 감고 당긴 후 송곳을 구멍에 꽂아 고정시켰다. 순전히 경험에 의한 감각으로 튕기는 소리만으로 줄의 상태를 점검하는 반복된 작업이었다. 그리고 마지막엔 마름모꼴로 된 지지대에 넣고 네 개의 손잡이가 있는 스크루를 꽉 조이고 나면 작업이 끝나는 거였다. 그 줄은 고래 힘줄로 만든 거라 했는데, 잘라낸 줄이 어쩌다 비에 젖어 있는 걸 보면 국수발같이 퉁퉁 불어 있기에 정말로 고래힘줄이라고 믿었다.

석주 아버지는 그렇게 정구에 푹 빠져 지내면서도, 석주가 배우겠다고 나서지 않아서 그런지는 몰라도 자식들한테 정구를 가르쳐 주겠다며 관심을 보인 적은 없었다. 사실 하겠다고 해도 그 비용이 만만치 않을 일이었지만 말이다. 석주가 고등학교를 졸업하고 서울로 떠난 후에 전주에서 중학교에 다녔던 창호가 아버지한테 몇 차례 개인 지도를 받았다는 얘기를 들었지만, 그 당시 집안 살림이 더욱 어려워졌기에 그후로는 정구에 대한 아무런 얘길 듣지 못하였다.

훗날 석주가 중학교에 다닐 때쯤 어머니는 아버지가 본인밖에 모르고 지냈다고 불평하기도 했다.

"꼭 흰 밥만 들었고, 반찬 투정도 많아서 쇠고기 자장이나 달걀이 없으면 숟가락을 놔버렸지. 생선을 좋아하면서도 입 안 구조가 잘못

되어서인지 당신 혼자서 뻬를 바르지 못하였으니 도대체 이해가 안 갈 일이여. 글고, 금암동 넓은 집에 10년 이상 살았을 때도 텃밭에 토마토를 기를 때나 김장배추 갈 때, 물 한 바가지 주거나 풀 한 포기 뽑은 적이 없었고, 톱질은커녕 망치질만 하면 못 대신 손가락을 때리는 양반이었으니 말 다혔지."

그러다 보니 모든 집안일은 어머니 차지가 되었다.

그 무렵에는 종종 연초를 쌌던 거적때기와 포장용 상자를 트럭으로 부려 와서 땔감 걱정은 안 했지만, 훗날 셋방살이를 전전할 때 어머니는 동네 아낙네들과 같이 어울려 이십여 리 떨어진 산으로 자주 나무를 하러 다녔다. 하루는 돌아오는 시간이 지체되어 아버지의 퇴근 시간보다 좀 늦게 집으로 서둘러 돌아오고 있었다. 6학년이었던 석주도 초가을이어서 소풍 가는 기분으로 가볍게 따라나섰는데 돌아올 때는 그도 나무 한 짐을 지고서, 잔솔가지 등으로 꾸려 집채만 하게 지고 가는 어머니 뒤를 따라가고 있었다. 철길을 따라 여러 사람들이 이고 지고 가는 긴 행렬이 마치 피란민 행렬 같다는 생각이 들었다. 몇 시간을 걸어가니 다리도 등도 아파서 찔찔거리며 따라가는데, 어머니가 걱정을 하였다.

"니 아버지는 끼니때를 놓치면 큰일 나는 줄 아는 양반인데, 저녁식사 준비가 좀 늦것다."

그러면서 달리다시피 마구 걸었다. 얼마 후 철길을 빠져 나와 서두르며 동구 밖에 들어섰는데, 아니나 다를까 저 앞쪽 논밭 사잇길을 따라 시내 쪽으로 뚜벅뚜벅 걸어 나오는 아버지를 목격했다. 잠시 후에 서로 마주쳤는데, 어머니는 좀 늦어서 죄송하다는 변명을 하였다. 해가 떨어진 정도로 늦은 것도 아니었고 먼 길을 무거운 짐 지고 정신없이 왔다는 걸 아버지도 알 터였다. 하지만 아버지는 화가 잔뜩 난 표정으로 아무 말도 않고 그냥 휙 스쳐지나 시내 쪽으로 가버렸다. 머리에 이고 온 무거운 나무 더미를 거들어서 길 옆으로 부리면서 좀 쉬어 가라는 말 한마디라도 해주었으면 얼마나 좋았을까. 어머니는 너무도 서운하고 실망을 한 끝에 머리 짐을 길가에 내동댕이치고 크게 흐느끼면서 울었다. 그렇듯 당신밖에 모르는 분이라 어머니의 울화는 해가 갈수록 어려워지는 생활만큼이나 늘어만 갔다.

그 무렵 서른 초반인 어머니는 힘이 장사였다. 쌀 예닐곱 말을 묶은 자루를 머리에 이고 오리가 넘는 거리를 쉬지 않고 달리듯 다녔다. 잦은 이사는 사남매들이 거들기는 했어도 어머니 혼자 다 해냈고, 아버지는 저녁 무렵에 동네 사람들의 눈을 피해서 용케 찾아오곤 하였다. 석주가 초등학교 6학년 초부터 고등학교 졸업 후 서울로 떠날 때까지 6년 동안 일 년마다 이사를 했다. 그때마다 큰 살림은 대부분 다 없어지고 껍데기만 잔뜩 물려받은 대가의 의미는 여지없이 찌그러져 시궁창에 처박히고 말았다.

결혼 전 석주 아버지의 소역사에 잠시 눈을 돌려본다. 그는 향리에서 추운 겨울에도 나막신을 신고 다녀야 할 만큼 어려운 처지에서 겨우 보통학교를 마친 후에 서울로 올라와 자동차 학원에 다니다가 경성부청에 다니는 큰아버지 찜으로 부청에서 살수차(撒水車) 조수로 일을 하게 되었다. 그런데 어떤 노인네가 자전거를 타고 가다가 큰 트럭이 뒤에서 따라오니까 당황한 나머지 옆으로 피한다는 게 비척거리다가 그만 뒷바퀴에 부딪치는 사고가 나고 말았다. 이 일로 하는 수 없이 조수일을 그만두어야 할지 말지 고심을 하며 하숙집에 와보니, 뜻밖에도 큰아버지가 이불을 똘똘 말고 누워 있었다.

"오후에 정구연습을 끝내고 소낙비를 좀 맞았는디, 저녁 무렵부터 고열이 나고 지독하게 떨리는구나. 내일 점수 니가 부청에 결근계를 좀 내줘라."

"잘 알겠고만요. 근데 아세삐린은 좀 드셨남요?"

"그게 말이지, 여러 차례 먹었는디 열이 떨어지지가 않어."

다음날 일과 후에 하숙방에 서둘러 들어섰는데 큰아버지는 이미 짐을 챙겨 당신 혼자서 병원으로 들어갔고, 황당하게도 1주일 만에 장질부사로 세상을 떴다. 아버지가 스물두 살이고, 큰아버지는 스물여덟 살 나이였다. 큰아버지가 졸지에 요절하자, 결국 아버지는 운전면허 시험도 못 보고 조수일도 그만둬야 했다. 부청에서는 큰아버지에 대한 배려로 아버지에게 토목과에서 측량 조수로 일을 하게 했지만, 월급은 48원이 고작이었다. 당시 종로구 창신동에서 하숙하는데 월 하숙비가 45원이었다. 결국 하숙비 내기도 힘이 들어 이것저것 전당을 잡히면서 버티다가 그만두고 말았다. 그 무렵 할아버지는 경성 우체국에서 주사로 근무하고 있었지만, 이미 오래 전부터 작은할머니와 살림을 차렸기 때문에 왕래도 끊긴 후라 임실의 식솔들은 더욱 어렵게 지내고 있었다.

큰아버지는 아버지하고는 성격이 많이 달랐다. 말수가 적고 거동이 굼뜬 아버지에 비해 감정의 굴곡도 심하고 사교성도 좋아서 직장생활도 원만하게 잘해냈다. 임실에 있을 때 어느 일본 신문사 지국에 근무하면서 연식 정구를 시작하여 이름이 나자 전주시청으로 옮기고, 다시 경성부청으로 옮겼다. 그리고 조선 연식 정구 선수권 대회에서 우승을 하여 신문 기사에도 자주 나면서 유명해졌다. 더욱이 시의 확장에 따른 토지 구입을 주로 하는 지금의 도시계획과라 할 수 있는 요직에 근무하면서 야간 중학교까지 졸업을 했다. 그러다 보니 여유도 생기면서 임실에 새로 집도 마련했고, 같은 향리 출신의 갑부와 함께 서울 근교의 부동산에도 제법 투자를 하였다는데, 그렇게 요절하는 바람에 투자를 했던 일에 대해서는 누구도 알 수 없는 일이 되고 말았다. 큰어머니나 아버지는 어떻게 손을 쓸 수도 없이 모든 걸 허공에 날려 버리게 됐다는 안타까운 얘기뿐이었다.

결국 아버지는 경성부청을 그만두고 친척과 함께 광산 배급소에서 사무원으로 일하러 함경남도 장진까지 갔는데, 거기에서도 아버지와 친척은 물론 여럿이 장질부사에 걸렸다. 그 친척은 열이 나니까 차가운 콘크리트 바닥에 누워서 뒹굴고 찬물을 연신 마시더니 결국 죽고 말았다. 아버지도 사경을 헤맸지만 민방으로 효험이 있다는 오래된 분뇨저장 웅덩이에서 우러난 물을 여러 차례 마신 탓인지 구사일생하였다. 그런데 설상가상으로 할아버지의 뒤늦은 부고를 받고 다시 임실로 서둘러 돌아왔다. 5년 전 큰아버지가 요절하고, 지난 십수 년 동안 왕래가 없었던 할아버지도 60이 채 안 된 나이로 졸지에 하세하는 바람에 아버지는 문중에서 유일한 남정네가 되고 말았다. 물려받은 재산도 없고 탐탁한 직장도 없는 데다, 상할머니를 위시해서 할머니며 청상이 된 형수에 어린 두 조카까지 먹여 살려야 할 책임과 의무만 물려받은 게다. 그런 판국에 어렵사리 임실 군청 후생 사무소에서 일을 하기 시작했지만, 뒷감당도 못 하는 욱하는 성격 탓에 후생 담당

목사하고 대판 싸우고 퇴직한 후로는 적당한 직장을 찾기가 힘들었고 집안 살림은 더욱 말이 아니었다.

그런 와중에서 아무것도 없는 노총각과 혼인을 하고 시집이라고 들어와서 어려운 살림을 꾸리는 일은 결국 어머니 몫이 되었고, 장항의 새색시는 운명적으로 험한 길을 그렇게 갈 수밖에 없었다. 훗날 중매를 주선했던 친척이 어머니를 볼 때마다,

"내가 자네한테 씻지 못할 죄를 지은 것 같아. 아주 큰 죄를 말이야. 아저씨가 그렇게 무능한지는 미처 몰랐어."

하며 후회의 말을 했다지만, 때늦은 일이었고 태산 같은 집안일에 매달려서 무심한 세월만 흘러갔다.

아버지는 전주로 이사 온 뒤론 주로 일과 후에 정구 연습이나 시합에만 매달리며 지냈고, 집안일이나 사남매 키우는 데는 관심이 없는 것같아 보였다. 석주의 기억에도 아버지는 비가 오나 눈이 오나 뛰는 모습을 본 적이 없었다. 그러다 보니 또랑갓집 떠버리 아줌마를 위시하여 말 많은 동네 아낙들이 한여름 저녁나절에 모여서 석주 아버지 흉내를 내면서 폭소를 자아냈다.

"이봐 댁들, 나 좀 보랑께. 이렇게 오리같이 좌우로 까딱까딱, 뒤뚱거리며 자로 재듯 걷는 모습이 죽여 준당께. 그런 양반이 정구할 때는 어찌 그리 잽싸게 뛴다는지 알다가도 모르것어."

석주도 그게 참 의아할 따름이었다. 몇 세대 전에 태어났으면 틀림없이 지금보다도 더 체통만 고집하고 지냈을 게다. 가난한 살림에 지붕이 새도, 곡식 널은 멍석이 다 떠내려가도 책만 읽고 있었다던 옛날 어느 선비같이 말이다. 그러나 심지가 곧고 정직한 게 호감을 얻어 비

록 덩치가 왜소해도 많은 여공들한테는 인기가 좋았다. 그러다 보니 어머니 마음을 아프게 했던 염문이 오랫동안 가시지 않았다. 옛날 사진첩을 가끔 들쳐보면 무슨 사찰이다, 과수원이다, 딸기밭에서 계모임인지 야유회인지 여러 여공들하고 찍은 사진들을 볼 수 있었다.

석주가 태어나고 얼마 되지 않을 무렵, 아버지는 같은 직장에 다니는 어느 혼자된 여자와 정분이 난 적이 있었다. 석주가 다섯 살 때까지 소꿉장난을 하며 놀던 동갑네인 혜숙이라는 계집아이가 있었다. 그 애는 고개를 갸우뚱갸우뚱하며, 야무지게 말했다.

"석주 아빠가 우리 아빠고 우리 아빠가 석주 아빠다!"

그때 석주는 그게 무슨 소린가 하여 고갤 갸우뚱했지만, 그 애와 취학 전까지 거의 매일 놀던 기억이 있었다. 그러나 초등학교에 들어가면서 갑자기 발길이 묶여지고, 옛 기억도 희미해져 갔다. 그러다가 6학년 때 같은 반이 되면서 남매지간이라는 터무니없는 소문이 나돌았지만 곧 잊어버리고 말았다. 그러다가 중학교 3학년이 되면서 어머니한테서 모든 전말을 알게 되었다.

석주가 초등학교 6학년 무렵까지도 어머니의 출생신고가 누락되어 있어서 부모님들의 혼인신고를 할 수 없었다. 어머니는 큰 집 살림에 애들 키우고 두 할머니 모시기 바빠서 응당 아버지가 해야 될 일이라 손을 쓰지 않고 있었다. 또 초등학교에 입학할 때는 주민등록만 되어 있으면 문제가 없었는데, 중학교부터는 호적등본이 꼭 필요하다고 한데다, 그 떠버리 아줌마가 어머니를 만나기만 하면 부추겼다.

"아니, 그 여우 같은 년이 애 아빠를 꼬드겨서 시앗을 본처로 올리면 어떻게 하려고 고로콤 넉 놓고 가만히 있을 거여?"

다급해진 어머니는 먼저 출생신고가 누락된 걸 해결하려고 부랴부랴 부여엘 갔다. 그리고 유광문이라는 사촌동생을 찾았다. 그는 이미 오래 전에 문중에서 어머니 쪽에 대가 실질적으로 끝나는 것을 막기 위해서 양자로 입적시킨 동생이었다. 그 외삼촌이 수소문하여 어머니를 큰할아버지의 장남되는 유성준(兪聲濬)의 여식으로, 출생신고를 미처 하지 못한 처자로 둔갑시켜 줬다. 그래서 석주가 초등학교를 졸업하고 중학교에 입학하기 전인 1961년 1월 25일부로 혼인신고를 하였는데, 호적등본에는 1931년(申未年) 음력 1월 24일생으로 실제보다 서너 살 정도 어린 유복술(兪福述)로 기록 돼 있었다. 석주는 그때까지 어머니가 용띠인 1928년생이라고 알고 있어서 무슨 영문인지 몰라 어리둥절하였다.

전주로 이사를 온 후엔 혜숙이네까지 두 집 살림을 꾸리다 보니 살림이 더 어려워진 데다 두 할머니 장례로 빚을 지기 시작했다. 그리고 결정적인 타격을 얻어맞은 일은 직장에서 친하게 지냈다는 한 동료가 무골호인인 아버지한테 매달려 하도 딱하게 부탁하길래 빚보증을 해준 일이다. 그러나 그는 상습적인 노름꾼으로 많은 돈을 잃어버리자, 여러 사람의 돈을 그런 식으로 챙겨 줄행랑을 쳤다. 친척이 변호사라는 채권자는 아버지 봉급의 태반을 매달 차압하였지만, 빚보증한 액수가 커서 갚을 길이 요원했다. 그리고 설상가상으로 별 수입이 없었던 큰어머니한테서는 수시로 생활비가 급히 필요하다는 전보가 날아왔다. 큰형의 학비에다 작은형은 말썽을 피우다가 퇴학 맞고 복학하는 데에 또 돈이 필요하다 하여 연신 빚을 낼 수밖에 없었다. 그런데 그런 급전을 빌려준 사람이 바로 담 하나를 사이에 둔 이웃으로 유감스럽게도 석주의 초등학교 동창인 경자네 어머니였다. 경자 어머니는 돈 되는 일에는 욕심이 지나친 진지리꼽재기라 이자를 제대로 갚질 못하면, 이자의 이자를 눈 하나 깜짝 안 하고 물렸다.

"석주 어머니, 나도 큰돈 빌려서 돈놀이 하는디, 수금이 안 되어서 고민이여. 언제까지 이자만 낼 수 없응게, 집이라도 파는 게 낫지 않겠소잉?"

경자 어머니는 돌아가는 꼴을 보니, 원금을 되받기는커녕 언제까지나 이자를 받는 것도 어렵게 될 거 같아서 그렇게 볶아댔다. 석주는 어려서 이런 사실은 알 리가 없었지만, 경자네 어머니나 낯 모른 사람들이 다녀가면 부모님이 자주 말다툼을 했던 기억이 있다. 어머니는 수년을 그렇게 시달리다가, 석주가 초등학교 6학년 여름방학이 시작된지 얼마 되지 않아, 그 정든 집과 어머니의 지극정성으로 가지가 찢어지도록 열렸던 토마토, 노란 속이 꽉 찬 김장 배추를 갈았던 텃밭과 추억들이 담겨진 몇 그루의 과일 나무들을 헐값에 넘겨주고 말았다.

배가 몹시 출출한 오후, 책가방을 맨 채로 나무에 올라가 아직은 초록빛이 나지만 노랗고 붉으스레 맛들어 가는 복숭아 두어 개를 따서 대충 소매로 훔치고 서둘러 먹다가 껄끄러움에 캑캑거리고, 입 언저리가 한동안 얼얼했던 일이며, 노란 살구를 장대로 후려쳐 주워 먹던 일들이 새삼 떠올랐다. 얼마 후에 이사 간다는 말을 듣고, 석주는 철없이 물었다.

"집은 팔렸어도, 이 과실나무들은 캐 가지고 가면 안 돼?"

그 어처구니없는 말이 어머니를 흐느끼게 만들었다.

6학년 2학기가 시작할 무렵, 사남매가 태어나고 자란 정든 집을 떠나 그곳에서 얼마 떨어지지 않은 금암천 건너, 앞동네인 진북동으로 이사 간다고 하였다. 그 동네에는 왜정 때 일본인이 거취했던 규모가 큰 저택이 있는데, 모두들 뜻도 모르고 '우장집'이라고 불렀다. 집 주위로 엄청나게 넓은 화원이 있었고 소를 많이 키웠다는데, '우장'의 일본식 한자 표기는 '牛漿'으로, '소에게서 채취한 천연두 면역 물질'이란 말로 '우두(牛痘)'와 뜻이 같다는 걸 수십 년이 지나서야 알았다.

측백나무와 탱자나무로 어우러진 그 집의 울타리 옆을 예전에 가끔 지나쳤을 때, 본채 앞으로 해묵은 대추나무와 단감나무가 두어 그루가 있고 잘 가꿔진 정원이며 넓은 마당도 보였다. 본채의 서편에는 짙은 갈색으로 군데군데 녹이 많이 슨 양철 지붕을 인 창고 같은 허름한 건물이 담장 옆 한쪽 구석에 있었다. 그게 예전에 농장 일꾼들이 기거했다는 곳인데 어처구니없게도 그리로 이사를 간다고 하여, 어린 맘이었지만 실망이 너무 컸다.

소낙비라도 오면 양철지붕은 꽹과리를 두들기듯 요란한 소리를 내었다. 뒤곁에 변소와 잿더미가 한데 어울려 있고, 바로 옆에 돼지막이 두어 개가 있어서 바람이 불지 않아도 인분과 돼지똥이 합성된 고약한 냄새가 창틈으로 스며드는지 서편으로 난 창문은 아예 몇 겹의 창호지로 봉해져 있었다. 그게 얼마나 오래 되었는지 짙누렇게 탈색되어 있었다. 그리고 나란히 붙어 있는 두 방으로 들어가는 문이 여인숙 같이 나 있고 각기 방으로 들어가는 문 아래쪽 옆으로 아궁이가 있었지만, 광복이 되어 인부들이 떠나간 후에 월세를 줄 요령으로 천장과 벽을 골진 양철판으로 둘러치고 집 앞 중앙에 출입문을 만들어 놨다.

아귀가 맞지 않는 양철문을 삐거덕거리며 열고 들어가면, 좌우 칸막이도 없이 오른쪽으로 컴컴한 부엌으로 쓰던 흔적이 보였고, 왼쪽에는 땔나무를 쌓아 놓을 공간에다 아궁이만 있었다. 그리고 왼쪽 방에서 석주와 여동생 둘 그리고 지난 4년 동안 식모로 생사고락을 같이 해온 열여섯이나 된 춘자도 함께 지낼 거고, 오른쪽 방은 부모님과 막둥이가 쓰도록 정해졌다. 두 방은 모두 일꾼들의 땀과 담배 냄새에 인분과 돼지똥 냄새까지 합쳐진 지독하게 퀴퀴한 냄새로 찌들어 있었다. 석주가 기거할 방은 그나마 서쪽으로 난 그 조그마한 창으로 걸러진 햇살로 그리 어둡지는 않았지만, 출입문에 들어서면 창문 없이 둘러친 골진 양철판 사이로 햇빛이 들어와서 기다란 스포트라이트가 여기저기 난무하여 부엌이 그런 대로 암흑은 면하였다. 그리고 어머니는 아마도 임실에서 큰살림을 정리하고 이사 올 때 묻어 온, 사방 두 자쯤 되는 두터운 목판 두 장을 부엌과 방문 사이에 깔아 놓고 마루로 사용하게 하였다. 지금 생각해 보면 사찰이나 대궐같이 큰 집에서 사용했던 마루 조각 같다는 생각이 든다.

금주나 경주는 금암동의 옛집에 대한 추억은 조금이나마 기억할지 모르지만, 창호한테는 전혀 기억이 없을 터였고, 철들어 셋방살이를 하며 이리저리 옮겨 다녔던, 가슴 아픈 기억만이 남아 있을 것이다. 게다가 석주를 더욱 우울하게 만든 건 몇 그루의 큰 단감나무에 얽힌 사연 때문이었다. 비바람이 몹시 치면, 주먹만한 감들이 마구 떨어졌다. 아침 일찍 동생들이 철없이 그걸 다 주워 갔다고 주인집에서 당장 불평을 해왔다. 그런 그곳에서 석주가 초등학교를 졸업하고 중 1학년 여름방학 전까지 일 년 남짓 살았다.

그리고 여섯 식구에 춘자까지 같이 지내려면, 방이 여러 개 있는 전셋집이 필요하지만, 형편이 여의치 못하여 적어도 이간장방이나 방 두 개 딸린 셋방을 구해야 하는데, 과년한 춘자는 더 이상 같이 지낼 수 없게 되자, 마침 혼처가 생겼다며 춘자 아버지가 데리고 갔다.

그런데 석주만 아는 은밀한 얘기가 있다. 초등학교 6학년 2학기 말에 입시준비로 밤늦게까지 공부를 하다가 잠자리에 들었다. 그런데 뭔가 기분이 이상해서 눈을 떴는데, 춘자가 옆에서 자는 체하면서 영글지도 않은 석주의 은밀한 물건을 만지작거리고 있었다. 순간 기겁을 하고 일어났지만, 하도 어처구니가 없어서 소리는 치지 못하고 일어서서 "에이 씨!"를 연발하며 춘자의 머리통을 연거푸 밟아버렸다. 춘자는 끽소리도 못 내고 이불을 뒤집어쓴 채로 엎드려서 죽여 주시오 하듯 가만히 있었다. 그후로 어머니가 춘자를 다그쳤던 소동이 없었던 걸로 봐서 석주가 그 황당한 얘길 발설치 않았나 보다. 어쨌든 춘자는 얼마 있지 않아서 정든 식구들과 아주 헤어지게 되었다.

금암동집을 헐값으로 급하게 넘기지만 않았다면 어머니는 불쌍한 춘자를 시집도 보내 주려고 하였지만, 모든 게 그리 뒤틀어지고 말았다. 석주가 아마도 초등학교 3학년 때쯤으로 기억한다. 길게 한 가닥으로 딴 머리에 눈은 큰 편인데, 양 볼이 도톰하게 나와 있는 데다 인중이 짧고 윗입술이 좀 뒤집어져서 고집스레 보이는 누나뻘되는 계집아이가 옷 보따리 덜렁 한 개를 안고서, 지게에 젓갈통을 얹고서 행상을 하던 제 아버지를 따라 석주네 집에 왔다. 일 년도 넘게 어머니가 자주 젓갈을 사줬던 바람에 안면이 익숙해질 무렵인 초겨울 아침나절이었다.

"야는 일찍이 어미를 잃었는디요, 지가 재취를 하여 없는 살림에 이복동생까지 생긴 후에는 그만 찬밥 신세가 되었고만요. 지가 노냥 돌아다니는지라 왼종일 데리고 다닐 수도 없고요. 일은 잘 혀서 밥값은 할 거고만요. 그냥 먹이고 입혀만 주시면 정말로 고맙지라우."

그렇게 신신 부탁을 하는 바람에 어머니는 그 앨 거둬줬다.

4년 후에 석주가 고등학교를 다닐 때, 춘자는 몇 년 동안 세칭 니나노 집에서 작부노릇을 하고 있었다. 3년 전에 재취자리가 나서 혼인을 하고, 전주에서 200여 리 떨어진 오수에서 살았다. 그러나 시어머니와 남편이 먹고 입는 것마저 사사건건 간섭하고 구박을 하여 도저히 견디지 못하고 야반도주하여 다시 그 술집으로 돌아와서 아비도 모르는 자식도 낳았고 또 키울 수도 없어서 입양을 보내 놓고 술만 들어가면 자주 울었다. 춘자가 그리 험난한 작부의 삶을 살고 있다는 맘 아픈 소식을 들었던 게 마지막이었다.

2. 고향무정

금암동집을 팔고 셋방살이를 시작할 무렵부터 어머니의 아버지에 대한 불신이 더욱 심화가 되었다. 저녁식사가 끝나고 어머니는 그동안 속이 문드러져서 터져나가는 맘을 겨우 진정시키고 물었다.

"저 보세요. 그동안 석주 아버지 찜으로 전매청엘 들어가서 일하게 된 아주머니들도 여럿 있다는 얘기를 들었고만요. 근데 우리 집은 빚 때문에 집 팔고도 목돈이 없어서 전셋집은커녕 단칸방 셋방살이를 전전하며 쪼들리는데, 나를 전매청에 취직시켜 주면 안 되나요?"

"무신 얘기여? 임자가 내 안사람이라는 것이 소문이라도 나면, 집안 망신이고 창피혀서 어떡허고."

"아니 그려도, 단칸방에서 다 큰 애들 고생시키고 이제 줄줄이 나래비선 애들 학교도 못 보내고 주저앉게 되면 어쩌려고 그러요?"

"그렇다고 굶기지는 않잖어? 임자가 일을 하게 되면 내가 그만둔당게."

결국 이런 말들이 오가다 보니 복장이 터져 나갈 거 같이 울화가 치민 어머니는 방문을 박차고 나가고 아버지는 애꿎은 담배만 퍽퍽 피워댔다.

석주는 초등학교 5학년 때까지만 해도 자기네가 동네에서 제일 부자인 줄 알았고 어머니는 당신이 못 했던 공부에 한이 맺혀 큰아들한테 온갖 정성을 다 쏟아부었다. 어려서부터 그림 그리기에 소질이 있었던 그를 데리고 커다란 스케치북이나 여러 색이 가지런히 박힌 큰 크레파스 곽을 들고서 뒷동산으로, 들로 같이 다니면서 스케치하는 것을 도와주었다. 그리고 말수는 적었지만 장난이 무척 심하였던 석주가 동네 꼬마들과 같이 아버지가 직장에서 가져다 부려 논 집채만 한 연초포장용 나무 박스나 거적때기로 집을 만들고 동굴을 만들면서 노느라고 집안을 온통 난장판을 만들어도 싫은 내색 한 번 없었다. 게다가 삶은 고구마나 옥수수를 갖다 주면서 왼종일 놀도록 해줬고, 정월 대보름이 가까워질 무렵에는 앞동네 뒷동네 애들과 떼 지어 싸우느라고 앞 텃밭에 토마토를 받히는 데 쓰는 기다란 삭정이를 무수히 축내어도 야단 한 번 치지 않았다.

금암동에서 살았던 시절은 시내라지만 변두리가 되어 논밭과 개천이며 동산이 어우러진 시골의 풍치를 마음껏 즐겼던 일로 감성의 풍요를 맛보았다. 공부는 6학년까지 신경을 쓰지 않아도 매 학년마다 우등을 놓친 적이 없는 데다 그림까지 잘 그려서 전교생 조회 때 교장 선생님이 주는 우수상을 독차지하여, 우물안 개구리 격으로 교내에서 인기가 제일 좋다는 자만심이 잔득 부풀어 있었다. 체구는 작지만, 눈썹이 짙고 계집애같이 곱게 생긴 데다 대부분 사내애들이 까까머리에

껌정 고무신에 헤진 옷을 입고 다녔던 거에 비해서 석주는 상구머리에 항상 흰 칼라가 붙은 깨끗한 교복을 입고 다녔다. 그러다보니 여학생들한테 인기가 좋아서 6학년 때는 반장 선거에서 절대적인 지지를 받고 당선되었다. 담임선생님은 지휘봉까지 넘겨주고 숙제 검사까지 하도록 일임을 해줬다.

방과 후나 방학 때는 또래들과 어울려 산과 들이며 전주천으로 무던히도 쏘다녔다. 집에 갈 때도 큰길로 가는 대신에 윗동네 사는 애들하고 학교 뒤편으로 오르는 뒷동산을 넘어갈 때는 과수원과 맞닿는 계곡에서 개구리를 잡아 구워 먹으며 실컷 놀다 어둑해져서 집에 들어갔다. 정상에 오르면 산 뒤편으로 원만하게 경사진 과수원 끝자락과 맞닿은 넓은 운동장을 끼고 있는 초등학교 단층 교사가 손에 잡힐 듯 보였다. 동네 쪽 산자락에는 6·25전쟁에서 그나마 살아남은 아름드리 상수리나무들이 제법 많았는데 옹이가 진 데는 나무진이 흘러나와 풍뎅이나 장수하늘소 같은 곤충들이 많이 있어서 그걸 잡으러 다니다가 벌한테 여러 차례 쏘였다.

정상에는 해묵은 정자가 있고 동네 할아버지들이 한가하게 장기를 두거나 낮잠을 자는 모습도 보였다. 남으로 시내 쪽을 바라보면 금암천이 동네 바로 앞에 흐르고 철다리를 지나서 시내 동쪽 변두리에 위치한 전주 형무소 옆으로 나 있는 철로가 시내와 석주가 사는 동네를 가른다. 굉음을 내고 쏜살같이 달리는 디젤 기관차가 나타나기 전까지는 뭉게구름 같은 검은 연기를 세차게 위로 푹푹 뿜어내고 하얀 증기를 옆으로 칙칙 뱉어내며 오르막 경사가 진 구전주역으로 힘들게 들어가는 증기기관차를 바라보던 추억이 아련히 떠오른다. 그 증기기관차가 힘차게 달려가며 내는 칙칙 폭폭 하는 소리가 마치, "전주 놈들 밥만 먹고 똥만 싼다. 전주 놈들 밥만 먹고 똥만 싼다."라고 생각하고 읊으면 그게 기막히게 딱 맞게 들렸다. 사실 전주 대신에 두 글자가 들어가는 서울, 부산, 대전 같은 도시명을 붙여도 역시 잘 맞겠지만 말이다.

여름방학 때는 전주의 남쪽 한벽루 앞에서 서쪽으로 추천대를 포근히 감싸고 흐르던 전주천이나 이십여 리 떨어진 만경강 상류인 소양천에 미역을 감으러 고무 신발에 물기가 마를 날이 없이 찌걱거리며 다녔다. 그래서 발가락은 항시 쪼골쪼골하고 허옇게 탈색이 되었고 결국 수십 년 동안 붙어 다녔던 무좀도 일찌감치 얻었다. 봄가을에는 산과 들에서 망아지같이 뛰놀면서 보리밭 가운데 보리를 잔뜩 눕혀 놓고 씨름도 하고, 전쟁놀이를 하다가 주인한테 들켜 수없이 줄행랑도 쳤다. 유독 전쟁놀이나 윗동네 아랫동네를 상대로 패싸움을 자주 했던 이유를 생각해 보면 아마도 6·25전쟁이 일어난 지 채 10년도 안 되던 때라서 애들도 그런 전쟁 놀음을 자주 했다.

그런데 활쏘기를 무척 좋아했던 석주에게 엄청난 일이 벌어졌다. 화살을 만들 땐 가벼운 갈대를 이용하고 화살촉은 못 머리를 잘라내어 망치로 넓게 두들긴 후에 줄로 갈아서 뾰족하게 만들었다. 그리고 들에 나가 과녁을 만들고 누가 잘 맞추고 더 멀리 보내는지 시합을 하였다. 어느 날 창호만 데리고 들로 나갔다가 추수가 끝난 논 가운데 염소 한 마리가 매여 있는 게 눈에 띄었다. 호기심이 나서 제법 멀리에서 설마 맞겠느냐 생각하고 쏘았는데, 그만 그 화살이 뒷다리의 허벅지에 정통으로 꽂히고 말았다. 마른하늘에 날벼락을 맞은 녀석은 소리를 지르며 매어 놓은 끈을 따라서 빵빵이를 돌며 뛰는 바람에, 둘은 아무리 쫓아 뛰어도 그 염소에게 다가가서 화살을 뽑을 수가 없었다. 그대로 도망을 치자니, 확실한 증거가 남아 있어 어떻게든 그 화살을 빼야만 했었다. 잠시 안절부절 하다가 기막힌 묘수가 불현듯 떠올랐다.

"안 되것다. 창호야, 빨리 일루 와. 성이 이렇게 줄을 밟고 염소한테 갈건디, 니는 성 뒤에서 줄을 꽉 잡고 바짝 따라와! 알아들었냐?"

석주가 한가운데 박힌 쇠말뚝에서 시작된 줄을 두 발로 밟으면서 염소 쪽으로 다가가는 묘안이었다. 그렇게 가까이 다가가니 필사적으로 요동치는 녀석을 창호하고 같이 겨우 붙들 수 있었다. 화살을 잡아 뽑으려 하였지만, 갈대로 만든 화살의 중간이 부러지는 바람에 깊게 박힌 화살은 근육이 응축되어서 잘 뽑히지 않았다. 겨우 뽑힌 화살촉에는 응고된 핏덩이에 살점과 털이 덩이져서 묻어났다. 불행 중 다행으로 허벅지에 맞고서, 매해해~ 울부짖으며 뛰던 그 가여운 염소를 생각하니 그때 느낀 죄의식이 다시 살아나는 것 같았다.

돌로 방천을 쌓기 전에는 여름철에 장마가 지면 금암천이 범람하였다. 원두막 기둥이며 이엉들이 둥둥, 또 호박이며 수박이 뒤뚱뒤뚱 떠내려오고 동네 사람들이 개천 옆에 두어 자 높이로 배추와 무를 열심히 가꿔 놓은 밭이 죄다 휩쓸려도 제일 신나는 건 그걸 구경하는 애들이고 물 치는 제비들이었다. 석주 또래의 골목친구 중엔 다리를 몹시 절어서 걸어가는 모습을 의태어로 빗대어서 '뽕까'라는 별명을 가진 애가 있었다. 모두들 방천에 나와서 커다란 늙은 호박들이 둥실둥실 떠내려가는 걸 보고 있는데, 행동이 굼뜬 뽕까네 아부(阿父)가 둑에서 한참 동안 담배를 피우더니 그걸 건질 욕심으로 옷을 입은 채 슬슬 개천으로 들어갔다. 처음에는 허리춤까지 물이 차올랐는데, 갑자기 키를 넘어 꼬르륵 물 속으로 가라앉고 말았다. 일이 벌어지자 모두들 긴장하고 있는데, 뽕까하고 같은 울 안에서 사는 '낭코'가 소리를 질러댔다.

"어, 어— 뽕까네 아부가 사라졌다."

그런데 바로 머리가 쏙 올라오고 그는 가까스로 가장자리로 기어나왔다. 누군가가 모래를 퍼갈 요량으로 군데군데 깊게 파논 웅덩이에 헛디딘 거였다. 밖으로 나온 그가 윗도리 양 호주머니를 더듬거리더니 담뱃갑을 꺼냈는데 물이 주르륵 쏟아졌다.

"제기랄, 담배만 다 젖어 부렀네."

그의 떨떠름한 얼굴 표정이 하도 우스워서 모두들 낄낄거리고 웃었다. 그후로 상 개구쟁이 낭코가 뽕까를 놀려대는 계기가 되었다. 낭코의 아부 사이(崔)상은 왜정 때 그 우장집에서 밭이나 정원 가꾸는 일을 수십 년 동안 한 탓인지 평소에 말을 할 때도 왜말을 섞어서 하고 또 자식들 이름도 일본식으로 불렀다.

초등학교 동창인 낭코에 대한 추억은 유난했다. 어느 여름날 해가 떨어지고 골목에도 어둠이 막 깃들 무렵에 애들이 떼로 떠들며 장단 맞춰서 손뼉을 치는 소릴 듣고 뛰쳐나갔다. 역시 낭코가 주동이 되어 뽕까를 포함한 대여섯이 황당하게도 바지를 내리고 엉덩이를 뒤로 빼문 자세로 어기적거리며 걸어가면서 양손으로 엉덩이를 짝짝짝 맞춰치면서 지네처럼 골목길을 휘젓고 다니고 있었다. 계집애들이 기겁을 하고 소리치며 달아나고 어른들도 어이가 없어서 웃으며 "네끼, 이놈들!" 하며 소리를 치고 있었지만, 들은 척도 안 하고 이리 구불 저리 구불 다니다가 어둠속으로 사라졌다. 훗날 낭코는 초등학교만 졸업하고 나서 리어카를 끌고 다니며 엿장수를 하였다. 그런데 석주가 고등학교에 다닐 때, 낭코는 초저녁나절 거나하게 막걸리를 마시고 집에 오다가 트럭에 치어 객사했다. 그 보상금으로 집안 형편을 펴놓고 일찌감치 저 세상으로 떠나간 꼴이 되었다.

며칠이 지나 황토물이 빠져 나가면 또래 애들과 더불어서 떼로 미역을 감았다. 그보다 더 신나는 건 제일 높은 뚝가에 홍근네가 심어 놓은 팽나무에 밧줄을 묶어 놓고 거기에 매달려 시계추같이 흔들거리다가 곤두박질하는 거였다. 또 겨울철에는 그 개천이 매일 꽁꽁 얼길 바랐다. 눈을 뜨자마자 밖을 내다보고 기온이 많이 내려간 거 같은 쌀쌀한 이른 아침에도 앉은뱅이 썰매에 송곳 두 개를 꽂고 개천으로 뛰어나갔다. 얼음이 두껍게 얼면 무지 신이 났고, 살얼음이 얼어 썰매가 폭삭 개울에 빠지는 한이 있어도 신나게 지쳤다.

그런데 썰매 타는 얘기만 하면 항시 생각나는 일이 있다. 아마도 석주가 초등학교에 입학하기 전이니까 댓 살이나 되었을까? 이른 아침부터 나와서 놀다 보면 손발이 꽁꽁 얼게 되어 송곳의 손잡이를 잡기도 힘들어진다. 더 이상 견디기가 힘들어지면, 곱은 손으로 어렵사리 송곳을 썰매 중앙에 끼워 들쳐메곤 징징 울면서 한 5분 거리인 집 대문에 들어서자마자 부엌으로 들어섰다. 아궁이에는 장작불이 벌겋게 날름거리고 검은 무쇠솥에서 구수한 밥 냄새가 풍기는 김이 새어나오는 걸 보자 자신도 모르게 군침을 삼켰다. 김을 굽고 있던 어머니는 비시게 웃으며 미지근한 설거지통 물에 두 손을 꼭 잡고 담구었다. 처음엔 욱신거렸지만, 눈 녹듯 사르르 녹아내리는 언 손은 금세 붉으스레 제 빛이 돌아오곤 했다.

초등학교 5, 6학년 때는 외발 스케이트를 만들어 타고 놀았다. 신발 폭 크기의 나무판에 폭 좁은 졸대를 아래 중앙에 박은 후, 그 밑에 철사를 대어서 앞뒤로 휘어 고정시키고, 땅이나 돌에다 문대어서 반짝거리게 질을 낸 다음 양쪽에 잔 못을 박아 고정시켰다. 그리고 나무판을 신발에 대고 고무줄로 얼기설기 묶으면 외발 스케이트가 된다. 까치발을 한 채로 맨땅을 4, 5미터 뛰어오다가 얼음 위로 올라타면, 쌩하고 몇십 미터를 쏜살같이 달려갔다. 그런데 날이 좀 풀려가면서 얼음이 녹기 시작하면 먼저 커다란 돌멩이를 두어 번 내동이쳐 보고 아직 돌멩이가 박히지만 않으면 위험을 무릅쓰고라도 몇 차례 탔다. 방죽 가운데를 지나칠 때는 얼음이 우두둑 금이 가면서 가라앉는데도 쏜살같이 달려 저편으로 건너가는, 목숨을 건 아슬아슬한 모험을 즐겼다. 그 재미는 평생 잊지 못할 소중한 추억으로 남았다. 그러나 그런 추억 많은 어린 시절을 뒤로하고 초등학교 6학년을 고비로 중학 시절부터 무척 어려운 시절을 겪게 되었다.

석주가 중학교에 다닐 무렵엔 막둥이 창호한테 온갖 궂은 일은 죄다 시키면서 똘마니같이 부렸다. 제일 기억에 남는 일은 대형 글라이더를 날리는 일이었다. 그걸 잡아 주고 또 줄을 잡고 뛰어야 하니 두 사람이 같이 띄워야 하고, 멀리 날아가면 그걸 가져오는 건 창호 몫이었다. 그리고 석주가 고1 때는 사람이 탈 정도로 크게 만들어 높은 언덕에서 녀석을 태우고 날리려고 설계도면까지 만들었는데 돈이 많이 들어갈 거 같아 포기하였다. 훗날 창호가 공군사관학교를 졸업하고 초급장교 시절 비행 훈련을 하는 중에 하는 말이 걸작이었다.

"그때 성이 그걸 만들었으면 저를 태웠을 텐데, 만들지 못했던 게 천만다행이었죠. 뭘 만들면 항시 시험 대상이 저였잖아요. 풀무 풀리로 앞바퀴를 만들어 제가 타고 성이 있는 대로 뛰면서 끄는 구루마를 타는 건 스릴 만점이었죠. 비탈진 언덕을 내려오다가 주물로 만든 그 풀리가 깨지면서 앞으로 나둥그러졌지만 다행히 다치지는 않았는데, 만약 대형 글라이더를 만들어서 탔더라면 아마도 골로 갔겠죠. 헤헤."

그런 일들 중에서 창호를 제일 애먹인 사건은 통나무도 아닌 얇은 송판으로 평상같이 만든 배를 깊이가 허리춤에 닿는 방죽에 띄운 일이다. 창호를 그 배 위에 앉혀 놓고 밀어붙이자마자, 송판 틈새로 물이 갑자기 들어와서 순식간에 가라앉는 바람에 흙탕물을 실컷 마시게 한 거였다. 잠시 허우적거리는 녀석을 바로 꺼내 놓자, 몰골이 하도 우습게 보여서, 한참 웃었는데 녀석이 처음으로 무지 화를 내었다. 그러면서도 언제나 같이 어울려 신나게 놀았다.

60년대 여느 애들도 다 그러했겠지만, 석주도 아버지를 따라서 총천연색 서부활극을 보는 게 제일 신나는 일이었다. 그땐 인디언들이 무섭고 잔인하다고 생각하였으니 할리우드에서 만든 영화가 여러 나라 사람들에게 거침없이 부정적인 선입관을 심어 주었다. 그런데 석주가 금암 초등학교 3학년 때인 50년대 후반쯤 처음이자 마지막으로 학교에서 방화를 상영하였다. 별도로 강당이 없던 때라서 긴 단층 건물의 맨 끝 두 개의 교실 사이를 열 짝 남짓한 미닫이로 막아놓고 평상시는 교실로 쓰다가 졸업식 같은 큰 행사가 있을 땐 칠판을 떼고 책상과 걸상을 복도의 한 켠에 2층으로 쌓아서 길게 내다놓고, 미닫이를 양쪽으로 몰아 두 교실을 턴 후에 강당처럼 썼다. 그날 교장선생님과 다른 선생님들은 옆으로 길게 붙여놓은 의자에 앉고 나머지 전교생들은 바닥에 앉아서 왁자지껄 떠들고 있었다. 잠시 후에 교실 창문에 겉은 검고 안쪽이 붉은 두툼한 커튼이 내려지고 흑백영화가 상영되는데, 교사 뒤꼍에서는 발전기를 돌리는 발동기가 굉음을 내며 돌아가고 있었다. 그게 1948년에 만든 무성 방화인 〈검사와 여선생〉이었다. 처음 영화가 시작할 때, 서부활극과 비교해 흑백영화에다 소리도 없어서 모두들 실망하였는데, 뒤쪽에서 신기하게도 영화에 나오는 대로 남자나 여자의 목소리를 모두 흉내 내는 중년 남자가 있었다. 그가 당시 마지막 변사인 그 유명한 '신출' 선생이었는지는 모르지만, 나중에는 모두 다 영화에 몰두를 하고 말았다. 지금 기억엔 법복을 입은 판검사와 우는 여인네며 도망치는 죄수 등의 몇 장면이 아련하게 떠오를 뿐이다. 탈옥수를 숨겨준 여선생이 그 관계를 오해한 남편과 말다툼이 일어나다가 실수로 살해하여 재판을 받는데, 검사가 된 옛 제자의 변론으로 무죄가 되었다는 신파조의 내용이었다. 그후로는 〈구름은 흘러도〉(1959년), 〈독립협회와 청년 이승만〉(1960년) 그리고 중학교 때는 〈쌀〉(1963), 〈저 하늘에도 슬픔이〉(1965년) 등 여러 편을 단체로 시내에 있는 극장에 가서 봤다. 훗날 석주가 고등학교에 다닐 때는 『은막의 세계』라는 책까지 사서 미국 할리우드 배우들의 족보까지 꿰면서 동생들을 모두 데리고 두 편을 동시상영하는 외화 전용의 공보관을 신나게 다녔다.

어른들의 잘못으로 죄 없는 자식들이 고초를 겪는 일은 참으로 슬픈 일이다. 더욱이 애들이 청소년이 되어 가는데도 지금보다 생활이 나아질 희망이 전혀 보이지 않을 때는 더욱 비참해진다. 집안이 어려울수록 더 배우는 것이 더욱 바람직하지만, 초등학교도 못 끝내고 생활 전선에 뛰어들다 보면, 그 궁핍은 대를 이어갈 수밖에 없는 처지가 되고 만다.

입학시험 철이 다가왔다. 혜숙이와 경자를 포함해서 여자애들 네 명이 명문중학교인 전주여중에 합격하였지만, 우물 안 개구리같이 경쟁 없이 지내던 석주를 포함하여, 그해 네댓 명의 남학생들은 전주중학교에 한 명도 합격하지 못하는 비애를 맛보았다. 결국 졸업식도 참석 못 하며 후기 시험을 보고, 가톨릭 재단에서 새로 건립한 지 1년밖에 안 된 중학교를 다니게 되었다. 그러나 입학 후에는 수험료뿐만 아니라 교과서마저 제대로 사는 것도 어려웠고, 그때부터 중·고교를 마칠 때까지 비용이 들어가는 수학여행이며 과외수업 같은 것은 꿈도 꾸지 못하는 처지가 되어 버렸다.

당시 아버지 직장에서 일하던 여공원의 딸인 덕이라는 여학생이 있었는데, 석주보다 일 년 선배였다. 다행히 같은 가톨릭 재단의 학교라서 교과 과정이나 교과서가 비슷해서 매 학기마다 빌려 보고 돌려 줬다. 그러는 가운데 장난꾸러기 개구쟁이는 의기소침해지고 내성적인 성격으로 바뀌기 시작했다. 석주는 마치 연속극에 나오는 응석만 부리며 자란 만석지기 어린 도령이 하루아침에 노비로 전락하듯 여지없이 차가운 현실에 나뒹그러졌다.

중 1학년 때는 지금 생각하면 창피해서 도저히 입지 못했을 누르스름하게 색 바랜 교복, 그나마 엉덩이 쪽이 헤어지면, 색깔이 좀 진한 검은 천으로 대어 꿰맨 바지를 입고 다녔다. 등하굣길에 여학생들이 많이 오가는 곳에서는 창피해서 아예 다 지나갈 때까지 길 옆에 서 있기도 하였다.

중학교를 어렵사리 마치고, 그래도 성적이 상위권이었던 석주는 3학년 졸업생 중 상위권에 속하는 열 명 정도와 함께 호남의 명문인 전주고등학교에 응시했다. 하지만 반 정도가 합격되었고 석주는 또 고배를 마셨다. 교감선생님이나 담임은 같은 계열의 고등학교에서 장학금을 주겠다고 한다며 유치하려고 설득하였지만, 그대로 포기할 수는 없다 생각하고 힘든 재수를 하기로 했다. 재수를 하여도 학원은 꿈에도 생각을 못 했고, 어렵사리 마련한 몇 권의 참고서를 파고들었는데, 지금까지 그때만큼 수험 준비를 지독하게 한 적이 없었다는 생각이 든다.

그 무렵 큰집의 두 형들은 이미 자리를 잡았고 서울 대방동에서 큰어머니와 함께 전셋집에서 살고 있었다. 석주는 이번 기회에 아예 고등학교부터 서울에서 다니면 좋을 것 같은 생각에서 아버지와 상의하였는데, 아버지는 큰어머니의 의중이 가장 문제라고 얘기하였다.

"금암동에서 살 때야 니 형들이 방학 때마다 번갈아서 머물 때는 방도 많았으니 문제가 없었지만, 그 집 팔고 큰어머니한테 생활비며 장사 밑천으로 목돈도 여러 차례 부탁만 하면 마련해 줬고, 또 단칸방에서 비좁게 살 때도 몇 달 동안 한 식구같이 지내기도 했으니까, 아마도 허락하실 거다."

"제가 중1 때죠. 그때는 가을에 오셔서 이듬해 초여름까지 같이 지내셨잖아요. 작은형이 군에 있을 때 휴가 나왔다가 들렀는데 큰어머니한테 무슨 일로 혼나고 훌쩍거리며 나가버리니까, 큰어머니 부탁으로 제가 한참을 뛰어가서 하다만 얘기도 전해 줬었는데요."

아버지와 석주는 그런 큰어머니가 흔쾌히 청을 들어줄 것으로 믿고 있었다. 그런데 의외로 완강하게 거절하였다. 심지어는 그래도 계속 부탁하면 당신이 차라리 집을 아예 나가버리겠다는 막말을 하였기에 아버지나 석주는 잔뜩 맘만 상하고 일주일 만에 낙향하고 말았다. 별도리 없이 전주고등학교엘 다시 응시했고 빛바랜 합격의 영광을 안았다. 그러나 남들은 들어가기 힘든 학교에 합격했다고 부러워했지만, 기뻐했던 일도 한때였다. 역시 수업료 내기도 힘들었고, 참고서적 사는 것은 물론 과외공부를 한다는 건 엄두도 내지 못할 처지였다. 단지 돈이 들어가지 않는 방법을 찾아 열심히 할 수밖에 없었다. 그 중 하나가 몇 년 동안 새벽잠을 설치며 방송으로 익힌 영어 회화 실력이었다. 평화 봉사단 요원으로 파견된 미국인 선생하고 수업 중에 유연하게 얘기를 나눈 게 소문이 나서, 당시 전주고와 전주여고의 엘리트 학생들로 구성된 영어 회화 클럽이었던 '미네르바' 회원에 초청되는 영광을 얻기도 하였지만, 몇 개월 후 회비나 교제비 등이 버거워서 스스로 탈퇴하였다.

그러한 생활 속에서 자신도 모르게 소극적인 면이 커 가면서 더욱 과묵해지고 내면적인 고뇌의 깊은 골만 파고 있었고, 세 동생들이 자라면서 학비 부담이 늘어나 가중된 경제적 부담은 더욱 커져 갔다.

중학 3학년 때 단짝인 건용이라는 급우가 있었다. 어느 여름날, 전주 시내 다가동 남쪽 산비탈에 있는 그 친구가 사는 허름한 초가엘 들렀다. 고등학교 진학을 못 한 큰누이가 집안일을 도맡아 하고 있었고, 몇 동생들이 뜰에서 놀고 있었는데, 건넌방에서 오랫동안 병석에 누워 있는 그 친구 아버지를 잠시 뵈었다. 친구네 사정이 그렇다 보니 어머니가 일하며 어려운 생활을 이끌고 있었다. 중학교에서 사귄 유일한 친구인 그는 집안이 그리 가난해도 매 시험 때마다 1, 2등을 하다시피 했다. 국어 시간에 너무 어른스럽게 쓴 자작시를 발표해서 3학년 담임이었던 박해근 선생님이 극찬을 한 적도 있다.

석주가 고등학교 1학년이 된 어느 늦은 봄날, 이미 2학년이 된 그 친구가 놀러 온 일이 있었다. 같이 뒷동산에 올라가서 많은 얘기도 하고 집에 와서도 한참 놀다 갔는데 그가 만년필을 집에 놓고 간 사실을 나중에야 알았다. 무척이나 갖고 싶어 하던 파카 만년필이었다. 다음날 학교에 가서 바로 응당 돌려 줬어야 했는데, 차일피일 미루다 돌려주지 못했다. 어느 날 이 친구가 석주 교실에 찾아왔다.

"지난 일요일에 혹시 집에서 내 만년필을 보지 못했냐?"

"만년필? 못, 못 봤는데……. 혹 뒷동산에서 흘렸나?"

석주는 잠시 머뭇거리다가 거짓말을 하고 말았다. 가슴이 찔끔했다. 실망감에 고개를 갸우뚱하는 그 친구의 표정을 지금도 잊을 수가 없다. 일주일이 지나고 자초지종을 얘기할 뜻으로 그를 만나러 교실로 찾아갔는데, 너무 뜻밖에도 그 친구는 가정 형편상 자퇴를 했다는 걸 알았다. 어떤 사람들은 엄청난 기부금을 내겠다고 해도 들어가지 못할 판에 자퇴라니 어이가 없었다. 한동안 그가 사는 집엘 들르겠다는 생각도 했었지만, 무슨 일 때문이었는지 기회를 놓쳐버렸고 그후로 영영 만나지 못했다. 그래도 그 친구에 비하면, 석주네 집안 형편이 나았나 보다. 사실 집이나 돈이 없어서 그랬지, 아버지가 직장이라도 다니면서 그나마 빗 보증으로 떠넘겨진 이자 붙은 원금을 분납으로 떼 주고 남은 쥐꼬리만한 돈으로 최소한 끼니 걱정은 하지 않고 지냈으니 말이다.

그런데 석주는 며칠 후 너무 질게 나오는 촉을 잘못 건드려서 그 만년필을 버릴 수밖에 없었지만, 두고두고 마음에 걸려서 그 죄책감이 평생 쌓이게 되었다. 지금이라도 언제든 만나면, 단죄를 받고 천 배 만 배로 갚아 주고 싶은 맘이 들었다. 석주는 좀 늦되는 경향이 있었나 보다. 중학 시절 유일한 친구가 학교를 그만뒀으면, 어떻게든 꼭 찾아가서 만나 보는 게 당연한 일이었을 터인데, 당시 무슨 생각을 했었는지 도통 기억이 없으니 답답할 노릇이었다.

그의 처지도 그 친구같이 자퇴를 할 수밖에 없는 최악의 형편은 아니었더라도, 매번 수험료 때문에 일어나는 고충이며 교과서 구입 등에 필요한 돈이 제때에 해결되질 않아서 차라리 학교를 그만두고 검정고시를 준비하는 게 나을 거 같다는 생각을 여러 번 했다. 그럴 때마다 어머니의 도움으로 납기일 넘긴 수험료를 내기도 했다. 어머니는 전주에서 유명한 고전 무용가한테 몇 차례 춤과 장고 강습을 받은 걸 기초로 하여 스스로 익힌 후에 아주머니들을 2, 30명씩 모아서 강습을 하고 있었다. 주로 지금의 덕진공원에 있는, 봄여름 철에 창포와 연꽃이 장관을 이루는 연지 옆에 있는 취향정에서 가르치는 일을 했다.

그런 궁핍한 생활은 석주가 고3 때 극치를 이뤘다. 초등학교 6학년 때 이사 온 그 우장집의 행랑채에서 한 1년 남짓 살다가 같은 동네에서 세 번 이사를 하고, 네 번째로 다시 이사를 하여 우장집의 부엌 건너편에 있는 예전에 식모들이 쓰던 방 두 개를 쓰기로 하였다. 그런데 그쪽으로 가려면 주인집 현관 앞을 거쳐 커다란 격자 유리창문이 몇 개가 나란히 난 거실 앞을 지나쳐야 하는 게 매우 불편하였다. 방 앞으로 쪽문이라도 있으면 좋으련만 탱자나무 울타리가 빼곡히 둘러져 있어서 문을 내려면 큰 공사가 필요하고 또 얼마나 여기서 살지도 모르는데 불편함을 감수할 수밖에 없었다. 식구들이 밤늦게 오면 대문이 잠겨 있어도 대문기둥에 부착된 주인집의 초인종을 누를 수도 없어서 방 앞에서 제일 가까운 울타리 밖에서 주로 창호 이름을 불렀다.

그땐 우장집이 팔려서 새 주인이 살고 있었다. 며칠 후 아버지가 그 집 현관 앞을 지나는데 주인집 할머니가 갑자기 창문을 열고 큰 소리로 물었다.

"아니, 여보게 거기 '점수' 아닌가?"

석주 아버지 등에 큰 점이 몇 개 있어서 모두들 어려서부터 이름 대신 '점수'라고 불렀다.

아버지는 잠시 주춤하다가 어설프게 인사를 하였다.

"아이고, 어르신 오랜만입니다."

"아, 맞네. 점수여. 아주 오랜만에 봤어도 자넬 기억허지. 자네도 날 알아보것는가? 임실 이도리 한동네에 살았던 황씨네 집 말이여. 자네 모친허고는 아주 친하게 지냈는디, 지금 모친은 어찌 되셨는가?"

"암요. 기억하죠. 근디, 모친은 오래 전에 돌아가셨구먼요."

아버지는 하필 이곳에서 이런 꼴로 만나게 된 걸 달가워할 리가 없었다. 서둘러서 출근을 해야 한다며 대문 밖으로 나갔다. 게다가 더 한 것은 그 집엔 아들 하나에 딸이 둘이 있었는데 장남은 석주가 다니는 고등학교 1년 선배였다. 집안 살림이 부유해서 전주중학교엘 기부금을 내고 들어갔다는 소문이 나 있었지만, 고등학교 때는 뒤를 잘 받쳐 준 덕인지 공부를 잘한다고 하였다. 석주는 같은 학교에 다니면서도 비교를 당하는 것이 싫어서 될 수 있으면 마주치는 걸 피하며 지냈다. 그는 방이 여럿 있는 큰 집에서 부러울 것 없는 환경에서 지내고, 석주네 여섯 식구는 단칸방에서 서로 부딪치며 지내야 했다. 방이 두 개가 있었지만 중간 벽에 문도 없이 터져 있어 담요를 치고 공부한답시고 앉아 있으면 라디오 소리, 동생들 노는 소리로 정신을 집중할 수가 없었다. 더욱이 그 방에는 그나마 연탄아궁이가 없어서 겨울에는 추워서 쓰기가 힘들었지만 이불을 둘둘 감고 감내할 수밖에 없었다. 하루는 저녁때 시험공부를 하고 있는데, 동생들이 한데 어울려 부스럭대는 데다, 크게 틀어 놓은 라디오 소리가 너무도 거슬렸다.

"아버지, 그 라디오 소리가 넘 커서 집중이 안 돼요. 오늘 저녁엔 좀 꺼주시면 안 되나요?"

그러나 아버지는 너무도 뜻밖의 얘길 하였다.

"야, 그럼 이 애비는 무신 재미로 살라고 그러냐?"

그날 밤의 그 한마디는 석주 가슴에 깊이 꽂혀서 세월이 많이 흘러도 잊혀지지 않았다. '아무리 당신 나름대로 인생 고민이 컸다 해도 고3인 자식한테 절대로 할 수 있는 얘기는 아니다'라고 생각했다. 그게 그때까지 지난 6년 동안의 찌들은 생활에 대해 총결산을 내리게 해 준 말로 받아들였다. 아버지라는 호칭을 쓰기가 역겨웠고 쳐다보는 것도 싫었다. 아버지의 몸을 빌려 이 세상에 태어난 자체도 부정하고 싶었다. 그래서 서울로 유학 간다는 자체를 꿈도 꿔 보지 못할 처지임에도 더욱더 이를 악물고 별렀다. 밤 12시가 다 되어 매일 지나가는 서울행 준급행의 디젤엔진 소음을 들으며 새로운 환경에서 죽었다 깨어나도 뛰고 또 뛰는 자신을 그려보는 게 유일한 낙이었다. 그런 환경에서 나름대로 독하게 맘의 성을 쌓았지만, 현실적으로 공부다운 공부를 제대로 하지 못한 것도 평생을 두고 후회할 일이 되고 말았다.

석주네 사남매는 모두 세칭 일류 중고교를 졸업했어도 앞날을 기약할 수 없는 험한 길로 들어섰다. 결코 풍족치는 못했지만 겉으로나마 명랑하게 지내기 위해 항시 노력하는 어머니를 도와 석주는 아버지 대신에 동생들을 엄하고 정신적으로나마 결코 찌들려 지내지 않게 하려고 발버둥쳤지만, 양 어깨에 걸쳐진 가난이란 멍에를 그 스스로 벗어버릴 수는 없었다.

여름방학 때 의젓한 대학생이 되어 서울에서 내려온 주인집 아들은 거실 큰 창가에 앉아서 클래식 음악을 들으며 책을 보고 있었다. 어쩌다 그 앞을 지나치던 석주와 눈이 마주치면 그는 손을 잠시 들어 인사를 하였고 석주도 목례로 답하며 아무 말 없이 스쳐 지나 골방으로 들어갔다.

단칸방에서 셋방살이를 하고 있어도 그나마 끼니를 거르지 않았던 것만 해도 다행한 일이지만, 아버지의 생각은 어머니와 달랐다.

"애들을 모두 다 대학 공부를 시키는 게 힘드니까 계집애들을 실업고등학교를 보내야겄어."

"그럼, 애들을 일찌감치 취직해서 돈이나 벌어 오라고 하려고요? 부모 잘못 만난 게 애들 죄는 아닌데, 애들 장래를 생각혀야지요. 무슨 일이 있어도 대학까지 가르쳐야 혀요."

그렇게 기를 쓰고 우긴 어머니와 심한 말다툼으로 이어졌다. 석주는 아무리 독하게 별러도 비관하는 맘이 수시로 비집고 들어와서 어두운 밤 한적한 곳에 나가 목을 놓아 절규하며 울던 때가 한두 번이 아니었다. 그러나 그 좌절이 그 시절에서 끝나지 않고, 오랫동안 우회의 길을 겪게 하는 전초전(前哨戰)에 지나지 않았다.

석주에게 고향은 결코 기억하고 싶지 않은 곳이었다. 고등학교를 마치고 고향을 떠나올 때에도, 지금은 신작로가 나버려 온데간데없이 사라져버린 옛 집이며, 이제 아파트의 숲이 되어버린, 고삐 풀린 망아지처럼 뛰놀던 뒷동산에 대한 애틋한 추억만이 남아 있을 뿐이었다. 그리고 한낱 뇌수의 추억물로 전락해 버린 것들. 달빛이 파란 눈 내린 겨울밤에 판자 울타리 사이를 욱욱거리며 스치는 바람소리, 봄비 내린 날 뒷동산 과수원 굽이굽이마다 하얀 배꽃과 연분홍 복숭아꽃 물결, 긴 장마 후 세차게 흩어지는 흰 구름 사이로 언뜻 언뜻 터져 보이는 검푸른 남고산성의 신비스러운 모습, 초중고 때까지 수시로 소풍을 가고, 석주가 살았던 금암동에서도 그리 멀지 않아, 고등학교 때 유일한 친구인 상윤이와 같이 사시사철 이 구석 저 구석 발자취가 안 닿는 데가 없이 무수히 쏘다녔던 건지산, 눈 많이 내렸던 날 전주 이씨 시조인 이한의 묘역인 조경단에서 눈썰매 타다가 쫓겨 도망갔던 일이며, 자칫 길 잃어버릴 정도로 깊은 소나무 숲, 그 사이 사이에 있는 잔디가 깔린 공터, 이름과 날짜를 새겨 놨던 깊숙한 곳의 오리나무들, 오가며 안녕을 빌면서 잔 돌을 던져 만들어진 커다란 돌무더기 사이로 우뚝 선 삼형제 소나무의 위용스런 모습, 그리고 모악산 산상 근처 세차게 비껴 올라오는 비구름의 위압감에 가슴이 철렁거렸던 추억만을 가슴에 한아름 안고 미련 없이 떠나갈 일이었다.

3. 상경

여름방학이 끝나고 석주는 3학년 2학기가 막바지로 치닫던 늦은 가을날 갈색 잎이 우수수 떨어지는 그 해묵은 팽나무 아래서 상윤을 오랜만에 만났다. 홍수만 지면 대피하느라 난리가 났던 예전의 제방 위에 지은 오두막 같은 집에서 살았던 초등학교 동창인 홍근네가 미루나무 몇 그루와 같이 심어 놓은 그 팽나무는 이제 고목이 되었다. 그 애가 살던 집은 방천 둑을 쑥돌로 축조하고 그 위로 반듯한 새 길이 나면서 흔적도 없이 사라졌다. 다행히 그 팽나무는 길 옆으로 조금 비켜서 있어서 용케 살아남아 여름이면 동네 사람들이 즐겨 찾는 명소가 되었다. 상윤은 고개를 좌우로 흔들며 구시렁거리는 특유의 목소리로 말했다.

"야, 석주, 너는 참 징하게 질겨! 느네집 살림살이가 뻔헌디 어찌 서울로 유학을 가겄다고 그러냐?"

"나도 잘 모르것다. 내가 국립대학교 아니면 언감생심(焉敢生心) 사립대학교를 갈 수 있겄냐? 서울 가면 어떡허든지 가정교사를 할 생각하고 무대포로 덤벼보는 거지 뭐. 근디, 니는 형편이 나보단 훨씬 좋은데 왜 서울 유학을 걷어버린 거냐? 그냥 여기서 지방대학교를 가겠다고?"

"겉보기에 집 한 채 있다는 것뿐이지. 전매청에 잘 다니시던 아버지가 졸지에 돌아가신 후로는 나만 생각하고 고집을 피울 수가 없게 되었당게. 나도 사남매 중에 젤 맏이인데. 니도 알다시피, 내가 서울공대 화공과에 들어갈 실력은 안 되잖어. 그렇다고 사립대학교는 꿈도 못 꾸고, 또 거기 갈 바엔 동창들 절반 이상이 전고분교라는 거그라도 간다는데, 나라고 별 수 있냐?"

석주도 속으로는 두려웠다. 하지만 보이지 않는 미래를 걱정할 여지도 없이 무조건 돌파구를 찾아야 했다.

"세상만사 잘되든 못되든 맘먹은 대로 해보는 것도 의미가 있는 것이 아닐까? 어쨌든 자신이 써가는 시나리오이고 연기해야 될 일이 아닌가?"

결국 죽어도 서울로 가리라는 꿈이 이뤄진 석주는 어렵게 만들어준 황금 같은 입학금만 받아 쥐고 떠나갔다. 그리고 우선 고모네 집에 기거하면서, 가정교사라도 할 거라 생각하고 차가운 객지에 몸을 굴려 버렸다.

그후 그게 얼마나 터무니없는 꿈이었다는 것을 알았지만, 그런 어처구니없는 발상을 하지 못했다면 서울로의 유학은 결코 이룰 수가 없었다. 어떤 희망도 없이 어두운 골방에서 풍장 치며 지낸다는 것은 생각할 수도 없는 악몽이었고, 중고등학교 시절 가슴속 깊게 파여진 계곡을 스스로 덮지 않으면 미쳐 버릴 것 같은 처지에서 죽어도 꼭 서울로 가겠다는 생각은 어쩌면 현실을 버틸 수 있게 해준 희망 그 자체였는지도 모른다.

3학년 말이 되면서 진학 상담을 하던 담임인 오민탁 선생님이 아래턱을 윘니 안으로 끌어당기면서 도수 높은 근시안경 너머로 석주를 바라보며 속삭이듯 물었다.

"2학년 말 학력고사 결과로 봐서는 김군이 가려는 서울공대 항공공학과에 합격할 가능성이 있다고 봤었는데 3학년 성적은 왜 이리 떨어졌나?"

석주는 순간 눈물이 글썽하며 아랫입술을 앞니로 지그시 누르며 고개를 숙인 채 대답을 못 하였다.

"한번 응시했다가 실패하면, 재수를 해야 하는데 가능하겠어? 국립이라 수업료가 사립대보다 훨씬 싸니까 적성이 좀 안 맞더라도 사대나 농대를 응시하면 어떻겠냐?"

담임선생님의 조언이 귓전을 울렸지만, 적성도 맞지 않는 데를 전국 명문고교 서열을 올리기 위해서 머릿수 채우는 희생양으로 갈 수는 없었다. 그렇다고 비싼 등록금을 치르는 사립대학은 아예 생각지도 못했고, 낙방을 각오하는 모험을 할 수도 없었다. 더욱이 재수는 엄두도 못 내는 일이었고, 과외는커녕 제대로 참고서를 살 형편조차 안 된다는 것을 잘 알고 있었기 때문이었다.

그러다가 그동안 눈여겨 뒀던 국립 특수학교인 항공대학으로 눈을 돌렸다. 수업료는 면제해 주고 기성회비와 실습비만 낸다 하니, 다른 국립대학보다도 부담이 적어서 생활이 넉넉지 못한 학생들한테는 최상의 학교였다. 석주는 대학에서 항공기 설계이론을 배우고 미국 유학도 가야겠다는 막연한 희망을 품고 있었지만, 이미 선택의 여지는 없었다. 민간항공에 기여할 항공기 정비사가 되어야 한다는 것이 맘에 걸렸으나, 하기 나름일 것이라 생각하여 입학원서를 냈고, 예비소집을 감안해서 며칠 일찍 서울로 올라왔다.

서울 날씨가 몹시 춥다니까 어머니는 새 코트 살 형편은 안 되어, 누런 미군 담요를 사가지고 껌정물을 들인 후에 안면이 있는 양복점에 맡겨서 코트를 지어 주었다.

“좀 무겁지만 추워서 떠는 거 보단 훨씬 나을 거여.”

“아무리 그려도 촌티가 물씬 나서 꼭 나무꾼들이 입는 거 같네요.”

“야 좀 봐라. 나무꾼같이 보이면 어떠? 얼어 죽는 거보다 낫것다.”

석주는 못마땅하여 연신 우기다가, 만들어 준 성의를 봐서 가지고 갔는데, 서울역에서 내릴 때 딱 한 차례 입었다.

그날 서울역에 첫 발을 디디면서 그에게는 이것이 자신의 인생에서 장족의 시작임을 생각하며 뜨거운 한숨을 천천히 토해냈다.

“이제 나도 이곳 거대한 서울에 섞어지는 한 사람이 되었구나. 수많은 사람들이 이렇게 시작했는데, 과연 세월이 흘러서 나를 얼마나 변하게 할까?”

그러나 너무 긴장된 탓인지 바짝 마른 입 안에 침을 흘리려 해도 나오질 안아 목이 찢어질 것처럼 바짝 탔다.

역 광장으로 나와서 잠시 두리번거리다가 파출소 쪽으로 걸어갔다. 서울역을 지나는 버스가 모두 정차하는 것 같아서 서둘러 가는데, 추운 날씨에 고등학교 모자를 그냥 쓴 시골티가 물씬 나는 석주를 힐끔 쳐다보더니 웬 허름한 청년이 앞을 갑자기 막아섰다.

"전주에서 왔는가? 모자의 배지를 보니 명문 고등학교를 다니는 구먼. 이렇게 객지에서 동향 사람을 만나서 매우 반가운데 초면에 염치불구하고 부탁을 허네. 내가 차비가 없어서 그러는데 좀 도와주면 안 되겠나?"

몹시 당황한 나머지 석주는 제대로 대답도 못 하고서 황급히 옆으로 비켜서 뛰다시피 달아나고 말았다. 그는 석주의 등뒤에 대고 한동안 고향을 운운하는 욕설을 퍼부어댔다.

"에라 이 자슥아. 너같이 인정머리 없는 놈들 땜에 전라도 사람들이 욕을 먹는 거여!"

돈 몇 푼 건네주지 못한 죄로 그런 욕설을 들어야 하는지 어이가 없었지만, 좀 두렵기도 했고 당혹스러웠다. 그게 서울역 앞에서의 첫 시련이었고, 역 앞에서 서둘러 탄 버스가 영등포 방향으로 가는 바람에 마장동으로 가는 대신에 한강을 넘어가는 수난을 당하였다. 날은 금방 어두워지고, 가뜩이나 긴장이 되었다. 아무래도 차창 밖 풍경이 시내를 통과하지 않는 것 같아 어떤 여학생한테 물어 보니 한심하다는 듯이 위아래를 힐끗 훑어보고는 길 건너가서 같은 버스를 타라는 얘기를 해줬다. 그 버스는 용산을 지나 바로 한강을 건너가고 있었다.

마장동 작은고모 집에서 하루 저녁을 지내고 예비소집 때문에 다음날 학교에 나가기 위해, 이른 아침 고모한테 인사를 드리니 한심스러운 듯이 고개를 잠시 흔들면서 말했다.

"집안도 어려울 텐데 공고에 가서 무슨 기술이라도 배우고 취직을 했어야 할 일 아녔니?"

너무 뜻밖에 그런 말을 듣고 나니, 뭐라 대답할 경황도 없었다. 무시당하는 것 같아 불쾌했지만 무슨 말대꾸를 할 수도 없었다. 단지 어금니를 지그시 물며 어정쩡하게 웃었다. 집안 형편을 위해서 그런 얘길 하였다면 선의의 충고로 받아줬겠지만, 단순히 그렇게 받아줄 맘의 여유가 없었다. 하지만 돌아서서 금세 코허리가 시큰하고 눈시울이 뜨거워질 만큼 서운했다. 이미 인문고를 나왔고 대학입시를 보러 온 판국에, "형편도 어려운데 힘든 결정을 하였구나. 이왕 이리 되었으니 열심히 노력해서 꼭 성공하여 집안을 다시 일으켜야지" 하였다면 큰 힘이 되었을 게다. 물론 지난 십여 년 동안 코빼기도 안 보이고 지내다가 무슨 혹이냐 라는 생각을 하였겠지만, 당장은 머리를 조아리며 참을 도리밖에 없었다. 이번에 합격하지 못하면, 석주는 이제 극도로 위축된 폐인이 되지 않을까? 하는 걱정이 앞섰다. 재수를 한다는 생각 자체를 할 수도 없고 하고 싶지도 않았다. 대문을 나와 고모네 2층 양옥집을 잠시 쳐다보는데, 뜨겁고 긴 한숨이 절로 나왔다.

마장동 고개 근처에서 왕십리를 거쳐 서울역으로 나온 후 교외선 기동차를 타거나, 버스를 타도 족히 1시간 반 이상이 걸렸다. 아침나절 예비소집에 갔을 때 입학 경쟁이 10대 1이나 된다기에 더욱 위축되었다. 마장동에서 서대문구 수색을 지나 화전까지는 끝에서 끝이었다. 교통 혼잡이 없었던 시절이지만, 본고사 전날은 아무래도 민박을 하는 것이 좋을 것 같아서 지방에서 올라온 몇 학생들끼리 학교 근처에서 민박을 했다. 그리고 시험을 치르고 가슴조이는 날들이 지나고, 석주는 다행히 합격이 되었지만, 같이 응시했던 몇 고등학교 교우들하고는 다시 만나기가 쉽지 않은 서운한 이별이 따랐다. 합격자 발표를 보고, 바로 시내로 가려 했다. 하지만 별로 갈 데도 없고 해서 하루 저녁이나마 민박을 했던 그 집에 들러서 인사나 할 생각이었는데 그만 주인아주머니의 호들갑스런 청을 얼떨결에 들어줘야 했다.

"아유, 그 전주 학생 아냐? 같이 있었던 다른 학생들은 어찌 됐나? 다들 붙지 않은 모양이구먼. 하여튼 반갑고 또 축하해요! 그날 밤 다른 이들은 떠들기만 하고 있었는데, 글쎄, 댁은 한 쪽에 앉아 조용히 책을 꼼꼼히 보고 있는 모습을 보았다오. 그래, 학생은 꼭 될 줄 알았지 뭐!"

그러면서 뜻밖에 중학교에 입학한 둘째 아들인 인호의 과외지도를 신신 부탁하였다.

"우리도 중학생이 둘이라 넉넉지 못하니 과외비는 따로 줄 형편은 안 되고, 우선 두 아들이 거처하는 방을 같이 쓰면서 숙식만 하고, 대신 그룹을 만들어서 과외비는 따로 벌게 해줄 게요!"

사실 마장동에서 등하교하는 것도 힘든 일이고, 지난번에 그런 일이 있고부터는 잠시만 지낸다는 생각을 해도 맘이 편치 않을 처지였다. 우선 숙식만이라도 해결이 되고, 차비 들어가며 먼 곳을 다니지 않아도 된다는 생각에서 쾌히 승낙을 했다. 그 집은 나중에 알았지만 그 동네에 있는 초등학교 교감선생님 댁이었다. 그게 효시가 되어, 학창시절을 거의 아르바이트로 일관하게 되었지만, 벌면서 학업을 계속할 수 있다는 자신감을 얻게 되었다.

집을 떠나고 반 년 만에 첫 여름방학을 맞이하였다. 그동안 대학 생활을 어떻게 지냈는지도 얘기하고, 또 부모님 이하 동생들, 고등학교 친구들도 무척 만나고 싶어서라도, 빨리 집에 내려가고 싶었다. 하지만 방학 동안에 다음 학기 등록금을 웬만치라도 마련해야겠다는 생각에 그룹지도를 하려고 2주 이상을 알아봤다. 그러나 학기 중에 미리 준비를 했어야 했는데 그만 시기를 놓쳤다는 생각이 들었다. 2학기부터는 자취를 하면서 그룹지도를 하든지 얼마라도 받고 입주를 해야겠다는 생각에서, 넉넉지 못한 그 교감선생 댁에서의 입주를 사실상 마무리짓고 전주로 내려갔다. 가장 어려웠던 때에 큰 도움을 준 인호 어머니의 도움을 잊을 수가 없었다.

서울 생활의 첫 반 년은 바짝 마른 스펀지가 물을 빨아들이듯이, 수많은 일들을 한꺼번에 받아들여야 했다. 갑자기 어른이 된 느낌이 들었고, 말꼬리가 서울식으로 바뀐 것부터, 또 툭하면 "서울에는 말이야" 등이 자연스레 튕겨 나왔다. 입학 후 신입생 막걸리 파티를 효시로, 선배들의 주선으로 여대생들과 미팅이라는 것도 해보고, 이젠 없어진 지가 사반세기가 되어 가는 전차를 타고 서울역과 왕십리를 왔다갔다 한 거며, 새로 사귄 친구들과 어울려서 말로만 듣던 남산에 올라가서나 야외 실습장에 계류해 놓은 교육용 고물 비행기를 배경으로 찍은 사진들을 보여주면서 말이다. 지금도 그때 찍은 색 바랜 네댓 장의 흑백사진이 있지만, 상윤이나 몇 동창들한테 바짝 열을 내어 해대는 얘기는 끝도 없었다. 그러면서도 다시 서울로 되돌아가야 할 날들이 닥치면서 불안한 맘이 고개를 들었다.

개학이 며칠 후로 다가왔다. 그러나 2학기 등록금도 어머니가 몇 군데서 어렵사리 빌려 마련해 준 판에 학교 근처에 방을 얻어 자취를 하면서 그룹지도를 하겠다는 생각도 한낱 사치에 불과했다. 어머니는 당신도 바로 상경할 것이고 자리가 잡히면 석주를 데려갈 터이니, 새로 자리를 잡을 때까지 한 달 만이라도 마장동 신세를 지기로 고모한테 신신 부탁하였다. 결국 석주는 도살장에 끌려 들어가는 소같이 별 도리 없이 멀고도 먼 통학을 감수하면서, 숙식의 대가로 사촌동생들 과외공부를 지도해 주기로 하고 허락을 받았다. 며칠 후 석주는 아직도 홀로 서지 못함을 자학하며, 올 겨울방학부터는 어떻게든지 독립을 하겠다는 결심을 하고, 어렵게 마련해 준 등록금을 받아 들고 서울로 가는 준급행 야간열차에 올랐다.

그날 저녁 석주는 열차에서 우연히 앞좌석에 앉아 있던, 수심이 가득 찬 어느 여고생에게 마음이 끌렸다. 서울역에 도착해 그녀와 헤어진 뒤 두 달 만에 우여곡절 끝에 필연으로 다시 만나는 기쁨으로 이어졌지만, 결국은 헤어지게 되어서 석주의 일생에서 첫 정 때문에 가슴 아픈 시련을 겪게 될 줄은 짐작도 못 했다. 그 애는 경기여고 2학년인 숙이라는 학생이었다. 석주는 카라꽃같이 생긴 옷깃에 허리가 잘쏙하게 들어간 하얀 상의에다 남색 스커트의 하복을 입은 여고생과의 만남을 수년 동안 그리워해 온 듯하다. 이는 아마도 중고등학교시절 그저 먼발치에서 바라보기만 했던 혜숙에 대한 애틋한 정이 탈바꿈된 그리움 때문이라는 생각이 들었다. 그러나 그러한 만남이 그해 가을과 겨울, 그리고 다음해로 이어지는 한겨울 동안 그 애를 만난다는 희열이 오해로 탈바꿈해 결국 헤어지게 되는 안타까운 맘의 상처를 석주에게 듬뿍 안겨 줬다. 심신이 고달팠던 서울 유학 초, 쓰러지지 않으려고 발버둥치던 시절, 석주는 형식적인 맘만 움켜쥔 채 진실 한 번 제대로 토해 내지 못했다. 고달팠던 현실 속에서 서글픈 낭만을 만끽하던 장충단 공원의 분수대는 만남의 장소였는데, 그 만남은 우울한 만남이었고, 어찌 보면 떳떳치 못한 만남이었다. 내년이면 고3이 되는 그 애와의 만남은 이미 애달픈 헤어짐이 예고되어 있었는지도 모를 일이었다.

그 무렵, 금주가 몸이 아파서 두 해 휴학하고 복학해서 중3, 경주도 중3, 그리고 창호가 초등학교 6학년이 되었다. 나중에 알게 된 얘기지만, 그해 가을부터 어머니는 여유가 생기면 석주를 곧 데려가겠다는 고모와의 약속을 지키려고, 친척이 경영하는 숙박업소에서 허드렛일을 하면서 연말까지 서울에서 머무르고 있었다.

작은고모 외에 큰고모 한 분이 더 있어서 아버지와는 이복남매 지간이다. 상할머니 이하 할머니 및 큰고모, 큰아버지, 아버지인 삼남매가 전북 임실에서 고생하고 있을 때, 할아버지는 서울에서 작은할머니를 봤고, 어린 두 자매를 두고 졸지에 하세하여 향리 대신 경기도 용인에 묻혔다. 석주가 1968년 대학시험 합격자 발표 후 새 학기가 시작하기 전에 난생 처음으로 큰고모를 따라서 용인엘 갔었고, 할아버지 산소가 그곳 어느 공동묘지에 있다는 얘기도 들었다. 그때는 시간이 없어서 훗날로 미루고 성묘도 못 했는데, 아쉽게도 그 이후에는 개발관계로 이장을 하게 되어 화장을 할 수밖에 없었다는 얘기를 들었다.

아버지도 할아버지에 대한 기억이 별로 없다고 하였다. 아버지는 1992년에 84세로 타계한 전주 큰고모와 나이 차가 10년이나 되어, 어렸을 때는 그 고모가 어린 아버지를 보살피느라 고생을 많이 했다는 얘기를 들었다. 가난한 살림에다 할머니는 젖이 충분치 못해서 쌀을 으깨어 먹이며 힘들게 키웠다는데, 어머니는 아버지가 배를 많이 곯아서 남자 덩치가 당신보다 왜소하다고 우스갯소리를 하며 선친을 놀리기도 했다.

할아버지가 그리 되자 용인 할머니와 두 딸은 거리로 나앉을 정도로 고생을 하였다. 작은고모는 언니보다 배움에 유난히 집착이 많았다. 한때 서울 생활이 너무 힘들어 전주에서 고등학교엘 다닐 수 있도록 어머니한테 신신 부탁을 하였는데, 당시 큰집 형들도 석주네 집에서 자주 머무는 때라 고모의 사정을 들어주지 못하였고, 작은고모는 울면서 서울로 되돌아갔다는 얘기를 들었다. 어쨌든 세월이 흐르고 석주가 작은고모 집에서 잠시라도 기거를 운운한다는 것이 입장이 바뀐 격이 되었다. 내색은 안 했지만 결코 잊지 못할 가슴 아픈 기억을 되살렸을지도 모른다는 생각이 들었다.

가을 학기가 시작되고 멀고도 먼 통학을 하면서 항시 불안한 맘을 가지고 들어와서 저녁을 먹고 조카들을 가르쳤다. 가장 힘들었던 일은 가정부의 냉대였다. 행랑객 취급도 그렇게는 안 했을 것인데, 어쩌다 늦게 와서 저녁식사라도 부탁하면 노골적으로 끙짜놓기 일쑤였다. "너나 나나 남의 집 살기는 마찬가지인데, 너무 거만하게 굴지 마라!" 하며 찬밥에 먹다 남은 반찬 몇 가지를 쟁반에 던져 주던 그녀의 행패가 계속되었지만, 일일이 그것을 고모한테 얘기할 수도 없었다. 고모가 석주에게 별로 관심을 두지 않으니 가정부까지 우습게 봤는지도 모를 일이라는 생각만 들었다. 석주가 그녀한테 잘못 보인 게 있다면, 조카들을 가르치지 않는 날엔 가끔 늦게 와서 저녁식사를 부탁하였고, 몸과 맘이 항시 피곤하여 그녀한테 사근거리지 못하고 관심을 가져 주지 못한 것이 죄라면 죄였다. 자신의 코가 석자나 빠져 있었던 그가 아무런 이유 없이 사람을 무시하고 거만하게 행동할 리가 없었다.

11월 중순에 들어서니 날씨가 제법 추워졌다. 대문 옆 별채에서 지내고 있었는데, 그날 늦게 들어와 잠자리에 들려 하니 고모의 시어머니가 뜻밖에 그 방에서 자고 있었다. 석주가 들어오는 인기척이 있자 할머니는 헛기침을 하면서 잠시 몸을 뒤척였다. 석주가 쓸 이불이 따로 없어, 할머니가 덮고 있는 이불 반대편 가장자리 밑으로 슬며시 몸을 뉘었다. 겨우 석주의 오른쪽 반 정도밖에 덮을 수가 없어서 한기가 들어 도저히 잠을 잘 수가 없었다. 생각다 못해 주저하다가 말을 꺼냈다.

"……저, 할머니, 혹시 이불 여분이 더 있는지요? 이쪽이 너무 차가워서 말예요."

할머니는 대답 대신 혼자말로 구시렁거렸다.

"아이고, 더 춥기 전에 어여 다른 데로 가야지. 글쎄, 우리네 식구도 못 둔 판에 참!"

울분이 터져 견딜 수가 없어서 당장이라도 뛰쳐나가고 싶었지만, 몸을 창 쪽으로 돌리고 새우같이 웅크리니 뜨거운 눈물이 순간 펵 쏟아져 내렸다. 소리 내어 울 수는 없고 어금니 바짝 물고 참으니 가슴속에도 눈물이 주르르 흘렀다. 석주가 고등학교 때부터 너무 힘들고 해결 방안이 보이지 않을 때마다 자신을 스스로 위로하는 말이 있다. 그날도 '오늘이 지나고 내일은 어디에서 무슨 좋은 일로 환하게 웃고 있지 않을까?'를 수차례 뇌까렸다. 고모는 무관심인지 아니면 시어머니나 고모부 앞에서 달갑지 않은, 친정 없는 친정 식솔을 편들 수가 없어서 그랬는지 알 수 없지만, 그후로도 달라진 게 없었다. 어찌됐건 석주는 조만간 조용히 떠나는 것이 최선이라 생각했다.

그동안 아르바이트 자리를 찾아서 이곳저곳 수소문하고 다녔으나, 학기 중이라 마땅할 델 찾을 수가 없었다. 그런데도 2학기가 시작된 지 석 달이 지난 11월 말 아침 일찍, 라면 상자 두 개에 책과 소지품을 챙기고서 그동안 고마웠다는 인사를 하러 현관문을 두드렸다.

"저, 고모부, 고모님, 학교 근처에 입주 가정교사 자리가 생겨서 가게 되었거든요. 그동안 고마웠습니다."

급작스런 하직인사에 모두들 놀란 기색이 보였다. 그리고 집을 나와서 서울역 방향으로 가는 버스를 타려고 했지만, 통사정을 해도 통근시간대에 짐이 많다고 태워 주지 않아서, 두 차례 놓쳐버리고 나니 당황하기 시작했다. 정거장에 서 있던 사람들이 힐끔힐끔 멋쩍게 쳐다봤다. 얼마 후에 타야 할 버스가 또 왔는데, 갑자기 뒤에 서 있던 어떤 처자가 아무 말도 없이 다가와 라면 상자 하나를 나눠 들고서 같은 버스에 오르는 거였다. 그 바람에 석주는 무사히 버스를 탈 수 있었다. 석주는 땀이 주르륵 흐르는 얼굴을 훔치며 고맙다는 인사를 수차례 했다. 그 누나뻘로 보이는 처자의 차분한 얼굴이 지금도 거의 또렷하게 떠오르는 것을 보면 너무도 감격했던 모양이다.

석주는 학교 근처에서 둘이서 자취하는 동기생한테 며칠 동안 잠만 자게 해달라고 부탁한 후에 수업이 끝나자마자 아르바이트 자리를 찾아다녔다. 이틀 후, 다행히 학기 초부터 여름방학 때까지 있었던 인호 어머니의 주선으로 역 앞에서 주점을 하는 인호의 초등학교 동창인 경철네 집을 소개받았다. 경철의 과외비는 뒤곁에 떨어져 있는 부엌이 딸린 작은 방 하나를 내주는 걸로 대신하고, 중학교 일학년인 그 애들을 시간제로 가르칠 기회가 생기게 되었다. 그렇게 한숨을 돌리고 주말에 어머니한테 들러서 마장동에서 나왔다는 얘길 하고서 양동이에 냄비며 그릇 몇 개와 취사도구를 얻어 왔다. 또 경철 어머니가 여벌로 마련해 둔 이부자리를 고맙게도 빌려 주는 바람에 조촐한 자취를 시작할 수 있었다. 그리고 인호 어머니한테 선불로 받은 과외비로 우선 라면이며 계란 몇 개에 쌀과 연탄 몇 장을 샀다. 그리고 자취하는 동기생들한테 된장과 고추장을 조금 얻어왔으나 반찬이라 해봤자 경철 어머니가 준 김치가 전부였다. 이렇게 대책 없이 마장동을 떠났지만, 그래도 지금 이 자리에 서 있다는 자부심이 생기면서 두 주먹을 불끈 쥐었다.

아침부터 오후 늦게까지 강의를 듣고 자취방에 돌아와서 대충 식사를 끝내고 두 시간의 과외를 마친 후에 밀린 공부를 하면서 몇 주가 지나고 12월 중순이 넘어갔다. 그런데 먹는 것도 부실하고 춥게 지낸 탓인지 어느 날 아침에 고열이 나면서 몹시 어지러웠는데, 서 있기조차 힘들어서 다시 눕고 말았다. 눈을 감으면 온몸이 빙빙 돌면서 자꾸 심연으로 빠져들고, 겨우 잠이 들면 롤러코스터를 타는 거 같이 심하게 요동치는 악몽을 꾸면서 땀으로 뒤범벅이 되어 눈을 자주 떴다. 첫 강의가 끝나도 석주가 나타나지 않자 만규가 들렀는데, 그 친구 목소리가 가물가물하게 들려 왔다. 그렇게 이틀을 과외도 못 하고 호되게 앓자, 인호와 경철이 어머니가 자취방에 들러서 깜짝 놀라 말했다.

“아니 이러다가 큰일 나겠어. 한겨울에 먹는 것도 부실하고 이리 추워서 어찌 살아?”

석주는 멋쩍게 생웃음을 지으며 아무 말도 하지 못했다. 눈물이 나오려고 하였지만, 부단히도 참았다. 그런데 다음날 아침 인호 어머니가 급히 찾아와서 호들갑을 부렸다.

"학생, 학생, 이제 학생은 살았어. 여기 역 앞 큰길 옆에 '순창상회'라고 있지? 그 집이 인호랑 초등학교 동창인 석준네 집인데, 그 애 아버지가 아주 깐깐한 구두쇠로 소문났지만, 경우에 빠지지는 않아. 과외 선생이 시원찮고 책임감이 없다고 생각되면 밥 먹듯이 갈아치우는데, 내가 석준 어머니한테 학생이 책임감도 있고 실력도 최고라고 했어. 그런데 마침 과외 선생을 다시 구하려고 한다기에 어쩜 딱 기회가 됐지 뭐야. 당장이라도 옮길 수 있고. 이제 곧 겨울방학이 시작되니 우리 애하고 경철이랑 같이 그룹과외를 하면 학비도 벌 수 있을 거 같은데……."

"아, 그래요? 이거 너무 고마워서 어쩌죠?"

"어쩌긴 어찌해, 애들 잘 가르쳐서 성적이나 쑥쑥 올려주면 되는 거지."

석주는 귀가 번쩍 띄었고 그 길로 무뚝뚝하기로 이름이 난 그 아저씨를 만나서 어떻게 애들을 지도할 건가를 합의하고서 당장 그날 저녁부터 석주가 쓸 방으로 얼마 되지 않은 짐을 옮겼다. 그래서 따뜻한 큰 방에서 혼자 지내며 푸짐하게 차린 식사를 대하게 되었고 석준이네 5남매 과외를 해주고 또 그룹과외를 하면서 그해 겨울방학을 나게 되었다.

마장동에서 갑작스레 떠나고 난 후에 들은 얘기지만 고모는 어머니한테 수시로 전화를 해서 석주를 데려가라고 한 모양이었다. 그때 어머니는 중구 구청 근처에 있는 친척이 운영하고 있었던 조그만 호텔에서 허드렛일을 하고 있었다. 이름만 호텔이지 여느 여관과 다를 바가 없는 곳이고, 같이 지낼 만한 입장이 못 되어 속도 너무 상하고 서러웠지만, 별도리가 없어 조금만 더 부탁한다고 애원하였다.

그해 2학기가 시작하면서 책값이며 용돈은 어머니가 간간이 쥐어줬기에 천만 다행이었지만, 깔끔하게 새 교과서를 산 적이 무척 드물었다. 새 학기가 시작되면 청계천 고서점을 뒤지고 다녔다. 개정판이 나오면 숙제를 할 때, 문제를 꼭 확인해야 하고 일부를 베끼거나 늦게 빌려 보는 방법을 택했다. 중고등시절의 궁색한 생활이 대학시절까지 연장되는 것을 보면 쓰러진 한 집안이 다시 일어난다는 것이 단지 세월만 흘러서 되는 것이 결코 아니었다. 아버지 혼자 버는 걸로는 석주는 고사하고 전주에 있는 동생들 뒷바라지하기에도 벅찼다. 결국 어머니가 뒤늦게 발 벗고 나섰지만 돈을 번다는 것이 밑돈 없고 뒷줄 없는 상황에서 결코 쉬운 일이 아니었다. 그후 어머니는 석주가 마장동을 떠나고 얼마 안 되어 잠시 전주로 내려갔다. 호텔일도 시원찮고 희망도 없는 일이라는 생각이 들었고, 시기적으로 봐서도 창호의 초등학교 졸업과 중학교 입학에다가 두 여동생도 모두 중학교를 졸업하는 때여서 돌봐야 할 일도 많았다고 하였다.

마장동에서의 석 달 동안 겪었던 가슴 아팠던 추억은 세월이 흐르다 보니 많이 엷어졌어도, 20여 년 만에 큰집 형 내외와 두 고모, 고모부, 여동생네 식구들 다 모여 화기애애하게 지난 얘기를 나눌 때 그

서운했던 기억들이 슬며시 고개를 들기도 했다. 하지만 이미 다 지난 일이라 생각하고는 피식 웃고 말았다.

기억하고 싶지 않은 것은 깡그리 잊으면 좋으련만 그러하지 못하였다. 그러나 억지로라도 노력하다 보면 언젠가는 그 서운함이 가실 거라 생각하지만, 몇 해 전 타계한 친고모한테 느꼈던 포근함이 없었다. 아마도 어려서부터 자주 뵈었고 혈연적으로 더 가깝다는 선입관이 있기도 하지만, 그보단 아무리 친척이라도 한 쪽이 기울면 잦은 왕래도 없게 되고, 그러다 보면 소원하게 되는 것은 어쩔 수 없는 거라 생각했다.

훗날 석주가 20주 기본훈련 끝에 공군소위로 임관하고 큰형 식구들이 살고 있는 수원에 들러서 큰어머니와 큰형 내외를 뵈었을 때, 늠름한 장교가 된 모습을 보고 모두들 무척 놀랐다. 그리고 처음 만난 형수는 형이 무척 외로워하니 자주 만나자는 얘기를 했다. 그후 큰어머니는 석주가 군에 있을 때는 찾아뵙지도 못했다가 결혼 후 아내와 같이 6년 만에 만나 뵌 것이 마지막이었고, 미국에 있는 동안 유명을 달리했다는 비보를 들었다. 청상이 된 후에 어린 두 형을 키우느라 고생하였고, 둘째 형마저 사고로 먼저 보내야 하는 통한의 슬픔도 겪었다.

그리고 형 내외는 두 조카들이 경제적으로 어려움 없이 잘 컸어도 대학 진학이며 직장을 잡는 데는 기대에 미치지 못하여 맘고생을 많이 하였다지만, 자식들 키우는 일이 부모 맘대로 되지 않는 일 중에 하나다. 이제는 모두 결혼하여서 손자, 손녀도 봤다 하니 세월은 흐르는가 보다. 그 세월 속에서 모두들 나름대로 자기 자리를 매겨 갈 일이다.

그런데 그 형은 환갑이 지난 나이에 외로움이 크고 인생무상을 뼈아프게 느낀다고 하였다. 몇 년 전 부평 아파트에 들렀을 때, 집에서 키우는 강아지의 재롱에 낙을 삼는다는 얘길 듣고 나니 인생사가 왠지 서글프게 느껴졌다.

"녀석은 배고프면 밥 달라고 낑낑거리고 심심하면 옆에 와서 비비면서 같이 놀자 하지. 하루 종일 못 보다가 퇴근 후 만나면 그렇게 반가이 맞는다."

힘없이 던진 형의 말이 가슴에 닿았다.

겨울방학이 시작되고 해가 바뀌어 1969년 1월이 되었다. 2학년 1학기 등록금을 벌어야 할 처지여서 하루 종일 과외지도로 소일을 하고 있었지만, 그래도 맘은 편하고 춥지 않고 잘 먹고 지내는 처지가 되었다. 어느 제법 늦은 밤, 가게 문을 닫은 것으로 봐서 11시쯤 되었나 보다. 석주가 거처하는 방이 서편에 있고, 창문이 논밭 쪽으로 나 있는데 누군가가 그의 이름을 부르는 듯하였다. 창문을 열어 보니, 뜻밖에 소식도 없이 상경한 어머니가 양동이, 냄비 등 취사도구들을 잔뜩 싼 보따리를 들고 저만치 서 있었다. 바로 쫓아나가려 했으나 겹으로 잠긴 가게 문 때문에 나갈 수가 없어서 석준 어머니를 조심스럽게 불러 말씀드렸다. 잠시 후 따뜻한 방으로 모셨지만, 추운 날씨에 온몸이 굳었고 극도로 피곤해 보였다.

"주인아저씨가 아주 깐깐하다는데, 혹 너한테 누가 되지 않을까 해서 어지간하면 역에서 밤을 지새우고 아침에 잠시 만나 본 후 가려 했는데, 마지막 교외선 기동차가 지나가니까 직원이 연탄난로를 사무실

안으로 들여다 놓고 퇴근해 버리더구나. 아무리 기를 써도 도저히 추워서 견딜 수 없어서……. 이리 소란을 피워서 미안하다."

그 당시 역사라는 게 대합실이 있는 것도 아니고 눈비만 가리도록 지붕만 매표소에 이어 붙여 만들어 놨었다. 연탄난로가 벤치 앞에 놓여 있다 해도 밤을 지새울 만한 곳은 아니었다.

석주 걱정을 하여서 그러려고 하였다지만, 석주는 맘이 찢기듯 아프고 화가 났다. 아버지에 대한 미움과 원망이 동시에 엄습해 왔다. 어머니는 마땅히 갈 데가 없었고, 날이 밝으면 영등포엘 가서 사글세 방이라도 얻으려 했다는 얘길 하였다. 많지 않은 돈을 여관비나 식대로 쓸 수 없었다는 눈치였다. 완행열차로 상경한 어머니는 물어물어 화전엘 찾아왔고 왼종일 굶다시피 한 게 역력하였다. 피곤한 거는 둘째 치고 뭐라도 드셔야 할 것 같았다. 갑자기 찾아온 불청객 때문에 폐를 끼친다고 마구 말렸지만, 석준 어머니한테 사정 얘기를 할 수밖에 없었다. 늦은 저녁상을 부탁했는데도 석준 어머니는 별 걱정을 다 한다고 하면서 푸짐한 상차림에 분주하였다. 석주는 난생 처음으로 늦은 저녁식사 한 끼라도 어머니께 대접해 드리는 눈물 젖은 감회가 따랐다. 그리고 따뜻한 잠자리에서 모처럼 나란히 누워 밤늦도록 집안 소식을 들었다.

훗날 들은 얘기지만, 그 다음날도 어머니는 영등포 쪽을 훑고 다녔으나 마땅한 방을 구하지 못하고 서울역 대합실에서 하루를 더 지새웠다. 그 당시에는 수많은 사람들이 서울역 대합실에서 밤을 새는 게 흔한 풍경이었다. 역무원들이 쫓아내면, 잠시 역전 공중변소 안에 숨었다가 다시 들어와서 벤치에서 넝마나 골판지 따위로 대충 가리고 자거나, 어떤 이들은 새우같이 웅크린 채로 모진 잠을 잤다. 어머니는 다음날 안양천 둑이 바로 뒤로 보이는 양평동 허름한 곳에 방을 하나 얻어 들어갔다. 그러나 저녁에 피곤한 잠을 자는데 빈대들의 극성으로 잠을 설쳤고, 다시 옮겨야 했다. 그리고 만원 전세로 1년 이상을 살았던 그 집을 훗날 석주도 들락거리게 되었다.

그 무렵에 아버지와 함께 전주 지방전매청에 근무를 했던 박씨라는 지인이 양평동에서 테이프 짜는 공장의 중간 책임자로 일을 하고 있었다. 그래서 어머니는 그분한테 부탁하여 일자리를 구해 준다는 얘기만 믿고, 어렵사리 서울 살림을 시작하려 한 거였다. 하지만 조금만 더 기다리라는 헛된 약속에 생고생만 잔뜩 하였다. 일자리 얻기가 쉽지 않은 때라 시장에 뚫고 들어가 노점상을 하기도 했으나 가정부로 들어가는 일도 시일이 걸리고 또 쉽지도 않았다고 했다. 어떻게든지 생활을 안정시켜 놓고 뒤늦게 중학교를 졸업한 금주를 데려 와서 낮에 사환일이나 공장일이라도 시키면서 야간학교라도 보낼 심산이었다. 금주는 초등학교 6학년 때 과외를 하고 저녁나절에 집으로 들어서는 골목길에서 갑자기 달려든 개한테 놀란 후로 자주 경기가 일게 되었는데, 그 증상은 2년 넘게 지나서야 겨우 진정이 되었다.

해가 바뀌고 봄, 여름이 지나 가을로 접어들면서도 생활은 여전히 안정되질 못했다. 어머니는 닥치는 대로 가정부며, 경인국도 공사장에 나가 잡일도 하면서 그 박씨가 차일피일 미루는 대로 공장 취직을 기다리며 지냈다. 그리고 가난해도 배우지 못하면 그 가난에서 결코 빠져 나올 수 없다는 것을 잘 알고 있는 어머니는 고생을 해도 당신 그늘에서 하는 게 백배 낫다고 생각했다. 그래서 더 이상 끌면 안 될 것 같아서 금주를 혼자서 상경시키기로 했다. 금주가 오기로 한 날에 석주는 감자바위 출신인 만규와 같이 영등포역에서 금주를 기다리고 있었다. 만규와는 작년 일학기 말 시험 기간 중에 도서관 앞에서 서로 담배를 나눠 피며 가난과 야망이 가져다 준 청춘 고민을 논하다가 가깝게 지내게 된 사이였다.

"야, 이거 도착 시간이 한참 지났는데도 그 열차가 오지 않네. 혹시 약속이 잘못된 거 아냐? 우리를 무작정 기다리다가 주변 불량배들의 꾐에 빠져서 역전 사창가로 끌려가지는 않았겠지?"

"하루에 한 번밖에 없는 열차편인데 날짜를 잘못 알았겠나?"

석주는 그리 얘길 해놓고도 불안한 나머지 만규와 같이 그 일대를 한참 동안 정신없이 뒤지기도 했다. 그러다가 다시 역에 와보니 난데없이 영등포역은 생사를 확인하느라 아수라장이 되어 있었다. 하필 금주가 타고 올 전라선 완행열차가 천안역에서 대기 중에 뒤에서 받히는 대형사고가 일어난 거였다. 수많은 사상자들이 뒤늦게 영등포역으로 후송되고 있었다. 이 소식을 듣고 달려온 어머니와 함께 석주는 가슴을 조이며 밤늦게까지 게시되는 사상자 명단을 확인했다. 하지만 금주의 이름은 어디에도 보이지 않았다. 그래도 맘을 놓을 수가 없었다. 다음날 아침 시외 통화로 확인을 해보니 사정이 여의치 못하여 그 기차를 타지 못했다는 어처구니없는 얘기를 들었다.

며칠 후 올라온 금주와 어머니는 양평동 전셋집에서 새 생활을 시작하였다. 그리고 가장 먼저 어머니는 금주를 S여고 야간부에 입학시켰고, 낮에는 어머니를 돕고 밤에 학교를 다녔다. 그 무렵 석주는 여름방학이 시작되기 한 달 전에 아버지의 소개로, 전에 전주에서 연식 정구를 같이 했다는 백 사장의 집으로 들어가게 되었다. 다행히 시기가 맞아 좋은 조건으로 입주 가정교사를 하기로 하고 그동안의 화전생활을 접었다. 그는 전주에서 운수업을 크게 하였는데 모두 정리하고 수년 전에 서울로 이사를 했다고 했다.

무엇보다도 어려울 때 많은 도움을 준 석준 어머니의 은혜를 저버리는 것 같아 마음이 무거웠다. 그래도 석준 어머니가 등록금까지 마련해야 하는 석주의 처지를 잘 이해해 줘서 맘이 조금은 가벼웠다. 대신에 여름방학이 시작되면 그룹지도를 해주기로 약속하고 신촌 로터리 근처 창천동에 있는 백 사장 집으로 입주를 하였다.

어머니는 여전히 뚜렷한 일을 하지 못하고, 때로 공사장에서 뜨거운 아스팔트를 뿌리는 일을 돕거나, 자갈이나 모래를 나르는 고된 일을 하고 있었지만, 희망 없이 전주에서 세월만 보내는 것보다는 백 배 나았다. 석주가 먼저 집을 떠나고 어머니에 이어 금주도 서울로 옮겨와서 이제 식구들이 셋 씩 반으로 갈라졌다. 동생들이 커가면서 학비부담이나 식비도 늘어갔지만, 아버지의 차압당한 월급 부스러기로는 생활 자체가 유지되지 못하였다. 석주는 이미 떨어져 나와 있었지만, 어머니 없이 창호와 더불어 살림을 꾸려 나가는 경주가 너무 측은했다. 어느 세월에 두 동생들이 생활 걱정 없이 공부에만 몰두할 수 있을까를 생각하면 가슴이 답답해졌다.

헤어진 동생들과는 자주 만날 수 없는 처지였다. 1년에 두 차례 여름과 겨울방학 동안 일주일 정도의 짬을 내어 전주에 내려가면, 두 동생들과 같이 예전처럼 주로 영화 구경을 하면서 시간을 보냈다. 석주가 고등학교에 다닐 때도 현실의 어려움을 그런 식으로 돌파구를 찾아서 동생들과 같이 극복하였다. 동생들한테는 무섭고도 잘해 주는 하늘 같은 오라비며 형이었다. 경주는 노래 부르기를 몹시 좋아했다. 초등학교 때 방송국 어린이 노래자랑에 출연하여 일등으로 입상도 했었지만, 합창단에 가입하는 것조차 마음대로 할 수 없었다. 석주가 괜히 시간만 낭비하고, 막말로 까진 아이들과 같이 휩쓸릴 우려가 있다 해서 강력히 반대했기 때문이다. 한 번은 오라비의 눈을 피해 나갔다가 들켜서 한 오십여 미터를 눈길에 맨발로 질질 끌려 들어온 적도 있었다. 얼마 전에도 경주는 그때 얘기를 하며 오라비가 얼마나 독종이었나를 상기시켜 모두들 맥없이 웃었다.

창호도 들로 산으로 냇가로 무던히도 같이 쏘다니며 기억에 남을 많은 추억들을 만들었지만, 석주의 장난기 때문에 수난도 많았다. 매운 고추장 먹여 놓고 물 안 주기, 갖은 인상 쓰기를 시켜서 이마에 주름이 더 많이 생겼다고 주장하는 지금의 김 중령이다.

"참, 많이 당했지요. 젤 애를 먹은 건 판자로 만든 그 엉터리 보트 땜에 황톳물 좀 마셨지요. 새로운 걸 만들면 항시 테스트 대상은 저였습니다."

석주는 장난이 무척 심하였고 뭐든지 만드는 걸 무척 좋아했다. 어른 키보다도 더 큰 글라이더를 만들어 띄우다가 남의 집 장독대에 떨어져 대소동을 벌이고, 또 지기 싫어하는 성격 탓에 창호 나이 또래의 동네 꼬마와 억지 쌈도 자주 시켰다. 창호가 불현듯 생각이 난 듯 열을 올렸다.

"아니 글쎄, 싸울 이유가 도통 없는 우리들을 마주보게 세워놓고 한바탕 싸우라는 거예요. 우린 서로 인상만 쓰다가 뒤로 물러났죠. 그러면 성이 우리들의 양쪽 등을 세게 밀어붙여 심하게 부딪치게 하면, 우리들은 서로 밀치면서 화가 돋워져 좁은 골목에서 만난 개같이 한바탕 접전을 하였다니까요."

창호는 새삼스레 기가 막힐 일이라며 끽끽거리며 웃어댔다. 장난기가 들어서 한 일이지만, 모두다 곤욕을 치르게 만들었다. 석주가 중학생 때였으니 일곱 살이나 어린 창호는 아마 취학 전이나 초등학교 1학년 때였을 거다.

어머니는 아버지가 잘 아는 다른 지인의 소개로 지금의 부천시가 된 소사의 공사장 임시 숙소로 옮기면서 양평동 생활도 접게 되었다. 이왕 시작한 공사장 일이기에 기왕이면 막일보다는 인부들 밥 해주는 일이 더 낫다고 해서 하기로 한 것이다. 마침 도로 확장 공사를 하는 동안에 세칭 '노가다 함바'라는 공사장 인부들을 위한 밥집 일이 나왔기 때문이다. 그러나 공사장에서 일하는 막된 노동자들을 상대하는 그 일은 결코 쉬운 일이 아니었다. 부지런해야 하는 건 둘째 치고, 눈치도 빨라야 하고, 얼려 주고 달래 주고, 때로 심한 술주정을 당하기도 하는 등 인내심이 많이 요구되는 일이었다.

석주가 난생 처음으로 소사라는 곳을 찾아갔다. 공사현장은 소사역에서 그리 멀지 않는 심곡리라 불리는 곳에 있었는데 논이 드넓게 보였다. 하천을 곧게 내고, 제방을 쌓고 도로를 내는 중이었다. 훗날 이름도 바뀌고 상전벽해가 돼버린 부천엘 가보니 그 자리가 어디쯤인지 가늠하기가 불가능하였다. 그때 금주는 신작로 옆 공사장 임시 건물에서 지내며 낮에는 공사장에서 어머니를 도우면서 야간고등학교를 다니고 있었다. 석주는 금주와 어머니를 생각해서 토요일 오후엔 틈만 나면 들렀는데, 어느 날 가보니 그 가건물이 흔적도 없이 사라져버렸고 공사도 거의 끝나 마지막 뒷정리를 하는 인부 몇 명이 눈에 띌 뿐이었다.

"아저씨, 여기 밥집이 있었는데, 혹시 어느 공사장으로 옮겼는지 아세요?"

"어, 함바 아주머니 아들인가? 아 글쎄, 얼마 전에 불이 나서 그 함바가 깡그리 다 타버렸어. 다행히도 인명 피해는 없었고, 여기 공사가 다 끝나서 저쪽 소사역 건너편 신도로 확장공사장에 가서 물으면 알 수 있을 게야."

석주는 서둘러 그곳에 가서 어머니를 만났다.

"아니, 어찌 된 거예요?"

"많이 놀랐지? 글쎄, 금주가 학교에 갈 시간이라 잠시 따라나섰다가 돌아와 보니 저녁 준비로 불을 지펴 논 게 집 전체까지 옮겨 붙었지 뭐냐. 그나마 남아 있던 옛날 사진첩도 대부분 타 버렸고, 많지도 않는 옷가지며, 이불보따리, 심지어 니가 맡겨둔 책과 실습복도 다 타 버렸으니 어쩌면 좋냐?"

"뭐, 어쩔 수 없잖아요. 모두 무사했으면 됐죠."

"금주가 학교를 가고 집 안에 사람이 없어서 천만다행이었지."

"백 사장 집으로 전화를 하지 그랬어요."

"아니, 너도 매여 있는 몸인데, 어차피 토요일 오후에 오면 알게 될 거 같아서 안 했다."

그리고 음식 솜씨가 좋은 어머니 덕에 걸쭉한 막걸리도 곁들여서 푸짐한 저녁식사를 했고, 술기운이 오르자 어머니는 한탄조로 얘길 하였다.

"함바집 하는 데 젤 큰 문제는 현장 사무소 소관을 떠나 재하청 업자들과 정산할 경우에는 다 받지 못하고, 처진 돈을 받으러 다니는 일은 피를 말리는 일이더라. 더한 것은 공사 끝마무리가 지연되면서 아주 멀리 가버린 현장에서 새 일을 시작하는 업자들을 찾아다니는 일도 힘들고, 때로는 처진 돈이 많다 보면 코가 꿰져 그 업자들을 따라서 이리저리 옮겨 다녀야 할 일도 걱정이여."

"밑천이 있으면 조그마한 식당이라도 차려 놓으면 보람도 있고 신바람이 날 텐데요. 금주도 있는데 매번 공사장 근처 임시 건물에서 생활을 하다가 그곳 공사가 끝나면, 또 정처 없이 옮겨 다니는 일이 넘 힘들 거 같네요."

석주는 밤늦게 돌아온 금주와 늦도록 얘기를 나누고서 합판으로 짠 평상에서 잠이 들었다. 그런데 꿈자리가 뒤숭숭하고 이상하게 물결치는 소리가 들리는 것 같았다. 순간 발이 차갑다는 느낌이 들어 기겁해서 일어나 보니, 잠깐의 폭우로 물이 갑자기 불어나 평상 바로 밑까지 물이 차서 출렁거리고 있었다. 경황 중에 전등을 켜고 둘러보니 냄비, 양재기 그릇, 나무토막, 신발 등 뜰 수 있는 것은 모두 다 둥둥 떠 가지고 돌아다니고 있었다. 자다가 급히 뛰어나온 현장 인부들의 도움으로 피신을 했지만 별놈의 꼴을 다 당한다고 구시렁거리다가 하도 어이가 없어서 모두 웃고 말았다.

그동안에 어머니는 지난 일 년 동안 어렵게 목돈을 만들었는데, 방 두어 칸짜리 집을 지어 하숙이라도 치려고 했다. 그러나 군부지에 무허가로 집을 다 지었다가 헐리고 말아 억장이 무너지는 슬픔을 겪었다. 그 돈으로 장사 밑천을 했거나 밭이라도 샀더라면 하는 때늦은 아쉬움이 따랐지만, 당장에 살기 위한 방편으로 그렇게밖에 할 수 없었던 것은 운명적으로 아직 시련의 시나리오가 끝나지 않았기 때문이었으리라.

소규모 공사장 밥집을 꾸린다는 게 보통 식당일하고 달라서 마지못해 먹고살려고 하는 것이지 희망이 있는 일이 아니었다. 그후로도 석주는 이곳저곳으로 옮겨진 공사장을 따라다니는 어머니를 틈나는 대로 찾아갔다. 그래도 그를 보면 피로가 가시고, 비록 이런 일을 해도 저렇게 멀쩡하게 생긴 대학생 아들이 있다는 것을 여러 사람들한테 자랑하고, "에이, 함바 아줌마는 걱정 없겠네요!"라는 부러움의 말이라도 들으면 그것이 제일 큰 보람으로 생각하였기 때문이었다.

1969년 2학년 여름방학이 시작하기 전에 신촌으로 옮긴 후로는 맘의 여유도 생겼다. 사정이 허락되면 대학을 끝낼 때까지 입주를 계속하고 싶었다. 그러나 서울로 올라온 뒤로는 택시 두 대를 친척들한테 맡기며 전전긍긍하는 백 사장의 처지가 어려워지는 것 같아 보였다.

게다가 아이들도 문제였다. 석주는 명문 여고를 다니며 공부를 잘하여 학교에서 하는 과외만 하던 고3 언니와 모든 면에서 비교가 되어 구박받고 겉도는 현이라는 고1 여학생을 위주로 가르치고 있었다. 그 와중에 그녀의 열등감을 감싸주다 보니 그 애는 석주를 과외 선생 이상으로 따르게 되면서 심적 부담이 커지기 시작했다. 더 머물다간 감당키 어려운 일이 일어날 것 같아서, 아쉬웠지만 입주 반 년 만인 그해 12월 말 겨울방학이 시작될 무렵에 마무리를 하고 학교 근처로 다시 들어왔다. 다행히 만규가 방학 중에 아르바이트를 하기 위해서 낙향한 뒤라 그의 자취방에서 바로 지낼 수 있었다. 낮에는 석준 어머니가 주선해 준 그룹으로 석준이와 인호 그리고 경철을 집중지도하고, 밤에는 석준이네 동생들을 따로 가르치면서 등록금 마련에 여념이 없었다. 그런데 해가 바뀌어 3학년이 된 외아들 경철이 가을 수학여행 중에 건널목을 지나던 버스와 기차의 충돌사고로 수십 명의 사망자와 함께 안타깝게 목숨을 잃고 말았다.

1971년 봄이 되고 새 학기가 시작되고 나서는 아예 석준이네 집에서 하루 세 시간 과외지도를 하는 대가로 크고 깨끗한 방을 얻어 자취를 시작하면서 그룹지도를 계속했다. 다행히도 성의껏 과외지도를 해준 덕으로 애들 성적도 많이 오르게 되어 자취, 입주를 번갈아 들락거리며 몇 년 동안 순창상회의 5남매의 과외지도를 일임했다. 작년에는 신촌에서 입주를 하고 있을 때에도 여름방학 동안에 과외지도를 해주었다. 석준이네는 푸짐한 점심상도 차려 주면서 가끔 당시 제일 비싼 황금색의 청자 담배 한 갑을 건네곤 했다. 석주는 담배를 별로 피우질 않아서 친구들하고 나눠 피워도 일주일 이상을 피웠다. 졸업을 하고 그곳을 떠날 무렵에는 항시 뒷전에서 보살펴 주던 석준 어머니의 간곡한 부탁이 지금도 기억에 생생하다.

"학생 같은 사람 하나 꼭 좀 구해 주고 가요."

"그럼요. 아끼는 2년 후배가 하나 있는데 한번 만나 보세요."

훗날 그 후배는 석주가 가르쳤던 큰딸과 혼인을 하였다.

어머니가 함바집을 하는 동안에도 피눈물 흘리며 벌어 논 밥값을 떼먹고 줄행랑치는 인부들도 있고, 시공자가 경제적 사정이 어려워져 차일피일 미루고 정산을 미루는 고충이 항시 따랐다. 금주는 일손이 딸리어 식사 준비를 도와주는 것 외에도 전표 정리를 하고, 업자들 집을 찾아가거나, 사무실에 가서 따지기도 하고, 때로 화가 나서 울기도 했다. 짧은 공사가 끝나 공사장을 옮기면 또 피난민 같이 보따리를 챙겨서 따라가야 했지만, 너무 멀리 현장을 따라가면 통학하는 데 불편할 터였다. 어머니는 소사역에서 가까운 어느 방앗간 근처에 있는 정말로 귀틀집 같은 곳을 싼 월세로 빌렸다. 경인국도 확장도로 바로 옆에 있어서 개통만 되면 헐릴 움막이나 다름없는 집이었다. 수년 동안 지붕을 이어주지 않아서 검게 썩어 있고, 흙벽도 많이 상해 있었는데, 천장도 우굴쭈굴하고 비가 새어 얼룩이 많이 져 있는 데다 밤낮으로 쥐들은 운동회라도 하는지 야단스럽게 소리 내며 뛰어다녔다. 그런 상태로 헐릴 때까지 근 3년을 살았는데, 처음 일 년 이상을 금주 혼자 살다시피 하였다.

어머니가 공사장을 따라 옮긴 곳이 백마장 쪽의 공단 안에 있었기 때문에 일과가 끝나면 정문을 닫았다. 그래서 금주는 밥집의 임시 숙소에서 어머니와 같이 지낼 수가 없었다. 낮에 공단에서 일하고 나서 등교하기 전에 쌀이나 찬거리를 싸가지고 그 귀틀집에 잠깐 들렀다가 수업을 마치고 밤늦게 어둠침침한 그곳으로 돌아왔다. 그러나 그동안 별 일이 없어서 천만 다행이었지만, 고등학교에 다니는 다 큰 여자애가 혼자서 그리 지낼 일은 아니었다. 게다가 바로 옆 새로 지은 양옥에 살고 있는 안주인이 월세만 챙기려 들고, 며칠만 넘기면 금주를 졸라댔다. 결국 화가 몹시 나면 첫 말을 더듬거리고 눈을 자주 깜박거리는 버릇이 있는 금주가 여주인한테 단단히 따졌다.

"이, 이것도 집이라고 그렇게 구두쇠같이 그러세요? 월세 그나마 제대로 양심적으로 받으시려면 지붕도 고쳐 주고 벽도 고쳐 줘야 하는 거 아녀요?"

그러고는 금방 나간다고 보따리를 주섬주섬 다 싸 놨다. 그런 일이 있은 후에 어머니가 사과를 하였다는데, 집주인은,

"따님이 조목조목 따지는데 대단합디다. 가슴이 섬뜩했어요."

하며 두 번 다시 금주한테는 월세를 운운하지 않았다.

여름에는 식사 준비로 석유풍로를 사용한다지만 겨울에는 연탄아궁이가 없어서 매번 밥을 지으려면 불을 때야 했다. 어차피 난방이 필요했지만, 이른 아침에 일어나서 재를 퍼내고 방앗간 뒤꼍에 쌓여 있는 쌀겨를 퍼 와서 밥을 짓고 국을 끓여야 하는 불편이 따랐다. 유난히 춥거나 눈이라도 많이 온 날은 더욱 고충이 컸다. 게다가 낮에는 근처 공장엘 다니면서 조금이라도 벌고, 하루 걸러 공사장에 가서 어머니 일을 도와주어야 했다. 그리고 매일 밤 아무도 없고, 다 찌그러져 귀신 나올 것 같은 귀틀집에 혼자 들어올 때면 섬뜩한 두려움을 느껴야 했다. 그러면서도 공부를 제법 잘하여 야간에서 주간으로 옮기는 시험에 합격하고, 대학을 꼭 가겠다며 주간에 학교를 다니게 되었다. 어머니는 주중에는 전혀 틈이 없어서 일요일에 잠깐 들렀다. 금주는 도시락 반찬이 떨어지면 밥에 된장을 섞어서 빈대떡같이 둥글고 얇게 펴서 솥에 찐 장떡을 만들어서 가지고 다니면서, 점심시간에 누가 볼세라 도시락 뚜껑으로 감춰 가며 식사를 했다.

어머니는 일손이 부족하여 밥집 일을 그만두기 전에는 한나절도 빠질 수가 없었겠지만, 믿지도 않는 하나님의 가호만을 빌었던지 다 큰 딸애를 혼자 그렇게 지내게 한 것은 너무했다는 생각이 들었다. 그래서 석주는 어머니와 상의 끝에 4학년 여름방학 동안에 과외지도를 마지막으로 끝내고 2학기가 시작하기 전에 소사로 왔다. 당장 등하교 문제가 불편하게 되었지만, 금주가 걱정 없이 학교를 다니게 되었고 또 대학을 졸업하고 공군에 입대를 하면 한동안 같이 지낼 기회가 없을 것 같아서 그나마 다행이라고 생각했다. 결국 1972년 3월 초에 입대하기 전까지 반 년 이상을 그 귀틀집에서 같이 살았다.

금주는 고3이 되어 늦게 들어오는 날이 많았다. 어려서 보면 샘도 많고 부지런하여 별명이 띠와 같은 토끼였다. 이것저것 따지지 않고 해내겠다는 욕심에 끈기도 있어 결국 힘든 일들을 무난하게 극복하여 이제 대학입시를 준비하는 졸업반이 되었다.

경인국도 확장공사가 당시 소사읍 중심지를 바로 벗어나서부터 시작하여 부평 쪽으로 공사를 계속하고 있었기 때문에 개통까지는 시일이 많이 걸렸다. 아직 개통이 안 된 도로 쪽 토담은 거의 무너지고 우윳빛 비닐로 붙인 두 쪽 창이 그나마 방을 환하게 해주지만, 안쪽으로 들어가는 통로나 부엌은 몹시 어두웠다. 비가 오면 여러 곳에서 물이 새서 온갖 그릇을 총동원해야 했다. 석주는 지붕의 이엉이 썩을 대로 썩어 푹푹 기분 나쁘게 빠지는 지붕에 올라가 비닐종이나 함석조각도 끼워 넣고 슬레이트 조각으로 덮은 뒤 벽돌로 눌러 놨다.

1971년이 저물어 갈 무렵, 별로 벌지도 못하고 공단 공사가 마무리되면서 어머니는 밤늦게 술이 좀 취해 집으로 돌아왔다.

"엄마, 오늘 한잔 했다. 하도 속상해 하니까 너무 고민 말고 술 한잔 하면 기분 좀 풀린다기에 좀 마셨다. 황금 같은 내 새끼들 고생시켜서 미안하다. 어떻게든지 잘해 보려고 했지만 그게 잘 안 되는구나!"

어머니는 목이 메여 말끝을 흐리었다.

"아니에요. 그동안 금주가 고등학교 3년을 무사히 끝낼 수 있게 해 줬고, 서울에서 그리 멀지 않은 소사 공사장에서 밤낮으로 일하는 어머니가 계시다는 사실이 저한테도 큰 위안이 되었잖아요. 지금 세상에 이렇게 다 찌그러진 귀틀집에 살아 보는 것도 재밌고요. 내년에 다시 떠오르는 새 태양을 기다리듯이 깊은 흙탕물 속에서 떠오르는 공처럼 곧 물 위로 떠오를 터이니 조금만 참으세요."

그해 크리스마스는 세 식구에게 유난히 기억에 남는 날이었다. 그림을 잘 그렸던 석주는 그때의 처지를 빗대어 오리 식구 셋이서 숲 속의 조그만 집에서 행복하게 사는 모습을 모조지 전지에 그려서 벽에 붙이고 색색의 전등으로 장식해 놨다. 셋이 나란히 누워서 그걸 바라보는 행복감에 젖어서 해가 바뀌어도 오랫동안 그 그림을 떼지 않았다. 어디 하나 직선이라고는 없을 정도로 오래되어 낡고 다 쓰러져 가는 귀틀집이었지만 꿈이 있었고 낭만이 있었다.

1972년 2월, 석주는 졸업식이 다가오는데 고등학교 때처럼, 상장 하나 없이 졸업장만 덜렁 받는 식에는 참석하기가 싫었다. 3학년 2학기의 망가진 학점을 만회하기 위해 4학년 학점을 최고로 받으려고 부단히 노력했지만 뜻대로 되지 않았다. 2학기 때 수험료 납부가 2주 이상이 늦어져 학칙에 따라 10%를 감점하는 바람에 수업일수와 무관

했던 논문 한 과목만 95점을 받았고 A가 될 전 과목들이 모두 B가 되어 버리고 말았다. 당시 기계공학 과장이었던 이교수한테 찾아가 사정을 했지만, 그는 서류를 뒤적이더니 난처한 표정을 지어 보였다.

"자네 혼자라면 어떻게 해볼 수 있겠으나 과에서 스물두 명 중 여섯 명이나 되어 형평성에도 어긋나니 아쉽지만 별 도리가 없군그래."

교수실을 나와 활주로 건너 언덕바지에 앉아서 멀리 논밭 건너 산비탈에 우뚝 선 행주산성의 승전비를 바라보며 눈시울을 적셨다. 지난 4년의 결산인데, 회한이 노도같이 밀려왔다. 고등학교를 졸업하고 새내기 서울 생활을 시작하면서 가정교사를 바로 시작했지만, 숙식만 간신히 해결했던 1학년 때를 제외하고, 지난 3년 동안 먹고살고 매년 방학 동안에 그룹지도로 번 돈 챙겨서 수납 창구에 고스란히 밀어 넣던 일들이며, 새 책을 재대로 사기가 힘들어서 청계천 고가서점들을 몇 번씩 뒤져 헌책을 사거나 빌려 봤던 일들이 주마등같이 스쳤다. 입주 가정교사나 그룹 과외지도를 하면서 시간에 쫓기는 생활을 했어도 학교 공부하는 데 시간이 부족했다는 생각은 들지도 않았다. 다만 낭만적인 기질이 있는 그로서 우연히 대학 2학년 때 알게 된 어느 미모의 미대생한테 맘을 뺏겨서 성적 유지에도 크게 관심을 두지 않고 혼자 좋아서 쫓아다니다가, 결국 3학년 2학기 성적을 망쳐 놨다.

미국 유학을 가려고 별렀던 놈이, 하늘이 두 쪽 나도 성적은 최상으로 유지했어야 하는 후회도 해보고, 처음부터 학교 선택이 잘못됐다는 때늦은 후회를 해봐도, 다 지나간 일이었다. 4년 전 서울의 어느 길바닥에 쓰러지는 한이 있더라도 고향을 떠나는 것만이 석주가 택해야 했던 최선의 선택이었기에 그저 씁쓸한 미소를 지으며 긴 한숨을 몰아쉬었다. 그런데 졸업을 하고 공군장교 훈련을 받는 동안 그녀는 그녀와 동향인 과친구를 통해서, '시간이 나시면, 꼭 연락해 주세요'라는 한참 뒤늦은 연락을 해왔다. 석주는 어이없어 쓰게 웃으며, "잘 알았다"라는 애매한 말을 전해주고 다시 연락하지 않았다. '남자는 불꽃, 여자는 오븐'이라고 했던가?

석주는 남들보다 유난히도 공간지각이 뛰어나서 기계설계나 제도공작은 사실 타의 추종을 불허할 정도로 잘하여, 기계부품을 도면화하고 만드는 데 전례 없이 만점을 받았다. 그리고 기계공작실습이나 정비실습 자체를 싫어한 것은 아니었지만, 항공기 정비 위주로 짜인 과정보다는 이론과 설계를 하기 위한 공학적인 기초학문을 여물게 배우지 못하는 게 아쉬웠다. 그래서 항공기 정비사의 길을 가지 않으면, 아마도 훗날 모든 기초공학을 다시 시작하면서 긴 우회의 길을 갈 거라 생각했다. 고등학교 시절에 더욱 독한 마음을 갖지 못하고 맘고생에 연연했던 일이 안타까웠지만, 여기까지 온 것도 왕고집으로 왔지 않느냐고 자문자답해 봤다. 비단 석주뿐이 아니었다. 동생들도 하나같이 선택의 여지없이 건너야 했던 고뇌의 강 때문에 모두 다 긴 우회의 길을 걸어야 했다.

석주는 조심스레 이번 졸업식엔 참석치 않겠다고 하자, 침울한 표정으로 가득한 어머니가 힘없이 말끝을 흐렸다.

"이 어미가 끝까지 대 주지 못하여 할 말은 없으나 그래도 니 졸업식에는 꼭 가보고 싶었는데……."

"하지만요. 무슨 일이 있어도 이 담에 유학 가서 하고픈 공부 더 하고, 그땐 졸업식에 꼭 참석시켜 드리겠으니 너무 서운케 생각 마세요."

그 약속은 무려 17년이 지난 1989년 5월 20일에야 그 일부의 약속을 지켜 드렸다. 미국 시카고에 있는 일리노이 공과대학에서 석주가 마흔 살이 되던 해에 뒤늦은 공학석사학위를 받을 때였다. 어머니에게 가운과 모자를 씌워 드릴 때 두 모자는 눈시울이 시큰거리는 감상이 따랐다.

"한 번 더 해야지?"

"꼭 필요하게 되면 할 게요."

부모의 꿈과 기대에 따르지 못하는 것도 불효이고 자신을 위하는 길이 대부분이 부모를 위한 길이 된다고 생각했다.

한편 금주도 여고를 졸업하고, 그 암울했던 소사생활을 정리하게 되었다. 어머니가 잘 아는 용산 철도사무소에 근무하는 아저씨의 제안으로 국비에 기숙사가 있는 국립 간호대학엘 쉽지 않는 경쟁 속에서 용케 합격한 것이다. 이리저리 수없이 따라다녔던 공사장의 임시 숙소와 그 귀틀집의 망상을 후루루 떨쳐 버리고 날아간 몸과 마음은 창공을 치는 독수리보다 더 기뻐했으리라.

그해 창호는 경복고등학교를 응시하였는데 합격하지 못했다. 전주에서의 생활이 어려웠던 입장에서 뒷바라지 해줄 어머니 없이 경주하고 엄청나게 쪼들리는 생활을 하면서 공부에만 전념하지 못했음을 능히 짐작이 된다. 결국 소사로 올라와서 어머니와 같이 지내면서 재수를 하기로 했다.

경주는 어머니 없이 아버지와 동생 수발을 들면서 전주여고를 다니고 있었지만, 아버지의 퇴직과 사업 부진으로 당장 끼니 걱정이 앞섰고, 과외비며 독서실비나 책값을 충당할 수가 없어서 대학 진학은 진즉 포기하였다. 1976년 여름이 끝날 때까지 고등학교 시절 단짝이었던 인선이와 같이 아버지가 퇴직금을 올인하여 벌인 교복장사를 도왔지만, 완전히 거덜이 날 때까지 모진 고생만 하다가 경주도 졸업 후에 소사로 올라왔다.

석주는 1972년 2월 26일에 상처뿐인 대학졸업을 하고, 3월 6일 제법 포근한 오후, 소사역에서 소리 없이 흐느끼는 어머니를 뒤로하고 대전 공군 기술교육사령부로 사관후보생 훈련을 받으러 떠나갔다. 고등학교를 졸업하고 부모 곁을 떠났지만, 군에 입대한다는 것이 전쟁 중에는 마지막일 수도 있다는 선입관이 있어서 착잡한 맘으로 훌쩍거리는 어머니를 달랬다.

"너무 걱정 마세요. 뭐 전장에 가는 것도 아니고, 남들 다 가는 군대고 한 5개월만 고생하여 소위 임관하면 자주 뵐 수 있으니까, 걱정 푹 놓으시고, 또 너무 무리하지 말고 몸조심하세요"

"그래, 우리 아들은 독해서 잘해낼 거야."

그리고 소사역 구내로 들어왔다. 잠시 후 소리 없이 손을 흔드는 어머니의 모습을 뒤로하고, 석주가 탄 기동차는 덜그럭거리며 긴 플랫폼을 빠져나가고 있었다.

석주가 공군 교육사령부에 입교를 한 후에 창호가 소사의 그 귀틀집을 물려받고 경주가 올라오기 전까지 어린 맘속에 나름의 성을 쌓기 시작했다. 훗날 창호가 아버지한테 썼던 편지를 보면 당시 소사 생활이 얼마나 힘들었는지 알 수 있었다. 석주가 어려서부터 익혀 온 습관 중 한 가지는 옛 기록들에 대해서 애착이 크고 특히 추억이 될 만한 편지나 서류, 그림 그린 것 등을 수십 년이 넘도록 보관하고 있는 것이다. 석주가 미국으로 이민 온 후에도 한국에서 이사가 잦아 일부가 없어지는 맘 아픈 일이 있었지만, 중요한 것은 석주가 가져온 것도 있고 경주나 창호가 보관하고 있다가 건네준 것도 있다. 그런 기록이 없었더라면 꼭 기억해 둬야 할 것도 없어져 버려 아쉽기 짝이 없는 것들이 더 많을 것이다.

그러한 것 중에서 창호가 아버지한테 보낸 편지를 훗날 복사하여 창호의 결혼 전에 국제우편으로 보내 주면서 신혼여행길에 읽어 보라고 했다. 창호는 뜻밖의 편지에 당혹스러웠던 모양이다. 아마 신부한테 보여주기도 창피한 내용이라 생각했었나 보다. 더욱이 가난이 자랑할 만한 것은 아니지만, 사람은 몸과 맘이 편하게 되면 누구나 안일해져서 옛날의 어려웠던 시절은 아득하게 잊혀 가고, 때론 기억조차도 하기 싫은 추억이라 간주하기도 한다. 지나간 과거에 너무 집착하여 추억을 파내며 살라는 게 아니고, 잊기 쉬운 옛날을 되살려 지금의 나를 채찍질하는 것도 바람직한 일이라 생각했다. 그 색 바랜 편지는 석주가 1972년 8월초 소위 임관 후 전주에 잠시 들렀을 때 가져온 것이다.

아버님께

아버지, 어머니, 누나 모두 안녕하십니까?

여기 이곳도 몸 건강히 잘 있습니다.

주신 편지는 28일에 받아 보았습니다.

어머니께서 누우셨다니 정말로 안타깝습니다.

얼른 일어 나셔야죠.

여기 생활은 어머니께서 가신 지 1주일 만에

쌀이 다 떨어졌습니다. 그 뒤로 줄곧 국수로만 살아왔어요.

놀부도 처음엔 안 먹다가 나중엔 할 수 없이 먹더군요.

큰누나가 두 번이나 다녀가서 돈 200원을 주고 가더군요.

그 돈으로는 고추장 사고 파 사고 해서 다 썼고요.

지금은 반찬이라곤 간장밖에 없습니다.

그리고 국거리가 없어서 달걀을 하루에 한 개씩 사서

국을 만들어 국수에 말아먹습니다.

놀부도 그래야지 먹고요.

저번에 머리 깎고 남은 돈하고 해서 250원 썼어요.

이제 꼼짝없이 간장 신세만 지려나 했더니

편지가 와서 그래도 다행이네요.

여기 걱정은 너무 하지 마시고 어머니께서

몸이나 빨리 회복하시라고 해요.

저는 이곳에서 도서관에 매일 나가고

있습니다. 밤 10시에 와서 재 치고 물 푸고 하려면,

좀 걱정스러웠지만 이젠 괜찮습니다.

아직까지 공사일은 소식이 없어요.

아무튼 어머니께서 빨리 올라오시길 바랍니다.

형한테 작은누나보고 편지 좀 하라고 해요.

형한테서 사진이 왔는데, 여기 동봉합니다.

어머니께서 올라오실 때 가지고 오세요.

참, 여기 변소가 뜯겼어요. 그리 아세요.

그럼 몸조심하시길 빌며 이만 줄이겠습니다.

1972년 6/28, 소사에서 창호 올림

추신: 형이 무척 살이 빠졌지만 몸은 많이 단련되었고 지금은 훈련은 얼마 없고 거의 강의 시간이래요. 그리고 어머니께서 속히 올라오시라고 해요. 말이지 혼자는 이젠 질렸어요. 달걀이라도 먹어야지 어떻게 국수만 가지고 몸을 지탱합니까? 국수도 하도 먹어서 이젠 다섯 통밖에 안 남았는데, 그것으로 한 열흘밖에 못 먹어요.

〈주〉 놀부: 체격이 적고 얌체같이 생긴 털이 흰 잡종견의 별명

금주가 겪었던 그 길을 똑같이 답습해야 하는 것이 가슴 아픈 일이었지만, 그러한 쓰라린 경험들이 잘 썩혀져서 현재를 사는 강인한 밑거름이 되었을 거라 생각했다. 그리고 소사의 그 귀틀집은 두 달 후 경인간 신국도가 개통할 무렵인 그해 여름에 철거되었다.

그후 어머니와 창호는 그 귀틀집에서 10여 분 걸리는 복숭아밭이 있는 곳의 조그만 방 한 칸과 부엌이 딸린 별채로 사글세를 주고 옮겼다. 그 귀틀집에 비교하면 호텔 같은 집이고, 어려서 금암동 동산 뒤곁에 끝없이 펼쳐진 연분홍 물결의 복숭아밭을 떠올리게 하는 무릉도

원에 있는 집이었다.

창호도 이듬해에 서울사대부고에 합격했다. 그때 석주는 특기교육을 끝내고 대구 전투비행장으로 배속을 받아 신임 소위 시절을 여유없이 바쁘게 지내고 있었는데, 그의 고등학교 합격 소식과 함께 입학금이 걱정이라는 얘기를 들었다. 바로 부대 행정계장한테 가불을 하여 밤에 급히 소사로 올라갔다. 소위 봉급이 2만 원이 채 못 되었는데, 입학금이 2만 원이 조금 넘어서 한 달에 4천 원씩 반 년에 걸쳐 갚았다. 하숙비 주고 빌린 돈 갚고 두 달에 한 번 정도라도 소사를 다녀오려면, 경비를 꿔 가지고 다녀야 할 판이었다.

1973년 겨울 경북대학 근처에서 고향이 대전인 군 동기인 김성일과 하숙을 할 때는 몇 개월 동안 시간제 과외지도를 한 적도 있었다. 학창시절을 생각하며 해봤는데 전투비행단 근무를 하다 보니 퇴근이 일정하지 못하여 오래 지속할 수가 없었다. 더욱이 두 달 동안 오지에 있는 고속도로 비상활주로 파견근무를 나가는 바람에 하숙집까지 정리를 해야 했다. 그리고 그 다음해 2월에 석주가 신신 부탁한 장교교육담당 교관 차출을 의뢰하는 공문이 내려왔고, 부대장을 설득하여, 출퇴근이 일정하기도 하고 또 소사엘 들르는데도 훨씬 가까운 대전 교육사령부로 전속 갔다.

눈에 보이지 않는 곳의 어려움을 잊으면 안 되고 항시 맘을 독하게 벌려야 하는 데도, 사람의 맘은 환경에 따라 망각의 지배를 쉽게 받게 된다. 저 멀리 피안의 소사나 전주에서는 삶의 격동이 있는데도 어쩔 수 없이 석주는 하숙집에서 편히 지내고, 때로 술집에서 모든 것을 잊고 희희낙락거리기도 하였다. 항시 맘에 걸리는 일이지만, 단체 생활의 흐름에 모가 나서 매번 피해 갈 수는 없었다. 옛날 가난한 선비가 진수성찬을 받아 보고, 늙은 부모를 생각하니 슬픔이 격하여 음식을 대할 수가 없었다는 얘기를 종종 떠올려 봤다.

4. 세월은 흐르고

1975년 어느 늦은 봄날 석주 아버지가 대전 사령부로 면회를 왔는데 몰골이 말이 아니었다. 바짝 마른 얼굴에 머리는 장발인 데다 수염이 하도 길어 그 모습에 깜짝 놀랐다. 대충 얘기를 나누고 가진 돈 얼마를 드리면서 먼저 목욕과 이발을 한 뒤에 하숙집으로 들어가는 골목 입구 앞 다방에서 만나기로 하고 근무가 끝나는 대로 나갔다. 하숙집에서 저녁식사를 같이하며 그동안의 자초지종을 들었다. 소사로 떠나가기 전까지 경주는 끼니 잇기도 어려워서 친구네 집을 전전하면서 지냈다는 얘기는 이미 들었지만, 처진 빚까지 있어서, 도저히 전주에서는 더 이상 발붙이기가 어려운 입장이 되었다고 하였다. 하루저녁을 같이 하숙방에서 지내고, 급한 대로 얼마의 돈을 하숙집 주인아주머니한테서 꿔서 드렸다. 그리고 아버지는 전주로 모든 것을 정리하러 내려갔다.

지긋지긋한 전주 생활을 정리하고 소사로 올라온 경주는 속으로 무척 꺼렸겠지만 우선 공장이라도 다니다가 때를 봐서 좀 나은 직장을 찾아보기로 했다. 석주가 김포 가는 길목에 있는 그 공장에 들른 적이 있었다. 푸른 작업복을 입은 여공들과 같이 두건을 쓰고 운동화 만드는 일을 하고 있던 경주의 풀이 죽은 모습이 안돼 보였다. 하지만 멀쩡하게 잘생긴 데다 공군 장교 복장을 한 석주 오라버니가 뒤를 받쳐 주고 있다는 인상을 주려고 찾아갔기에 수많은 여공들이 우르르 몰려 나와서 '경주 언니'에게 부러운 눈길을 보냈다.

집을 정리하러 내려갔던 어머니가 전주에서 먼저 올라온 후에 서울 대방동의 아파트 신축공사장엘 따라가고 나서 일주일 후에 아버지가 마지막으로 지난 사반세기 동안의 파란만장한 전주 생활을 청산하고 올라왔다. 그리고 수많은 이사로 살림살이가 줄고 줄어 두 분이 고향에서 가져온 이삿짐은 두어 개 보따리로 줄어들었다. 그것이 그동안의 총 결실이었다. 옷가지 일부와 이불, 그리고 오래된 사진첩과 서류들이 전부였다. 지금도 석주의 서재엔 어머니가 끝까지 끌고 다니다가 넘겨준 아버지의 정구시합 우승 상장들이나 초등학교 시절의 상장 및 통신표까지도 무슨 대단한 보물같이 보관하고 있다. 석주가 어렸을 때 선반 위에 있었던 주단으로 된 함을 열어 보면, 왜정 때부터 보관해 온 독립운동가에 대한 책이며 조선팔도 명승지를 담은 사진첩과 각종 정구대회에서 받은 큰아버지와 아버지의 상장이나 우승컵, 서류들이 고스란히 담겨 있었다. 그런 것들을 자주 봐 온 터에 석주는 지금도 옛 것들을 보관하고 또 기록을 하는 습관이 들었나 보다.

어머니는 서울 대방동 아파트 공사 현장 근처에 조그마한 방을 하나 얻고 다시 밥집 일을 시작하였다. 그곳도 오래 있을 입장이 아닌데다 방도 비좁고 시끄러워서 식구 모두 같이 지낼 수가 없어서 창호는 여전히 소사에서 성북구 제기동에 있는 서울사대부고까지 상당히 먼 길을 통학하고 있었다. 한편, 키도 크고 예쁘게 생긴 경주는 얼마 후 소사공장에서 명동에 있는 코스모스 백화점의 직매장으로 옮겨 세일즈를 하게 되었다. 금주가 그 귀틀집을 떠나서 기숙사로 들어가고, 창호와 경주가 예전처럼 같이 지내게 되었지만, 그래도 이젠 직장에 다니는 경주의 도움이 있어서 생활은 안정되어 갔다.

어느덧 금주는 간호대학 졸업반이 되었고, 창호는 고2가 되었다. 어머니는 지난 5, 6년 동안 해온 일이지만 금주와 창호 가르치면서 먹고살았다는 거지, 그 이상으로 저축은 생각지도 못하였고, 온종일 곤두박질을 치면서 바쁘게 일해도 남는 건 피곤뿐이었다. 마지못해 뛰어든 살기 위한 투쟁이지, 결코 목돈을 벌 수도 없었기에 세월만 축내는 일이었다. 그래도 일손이 딸리는 처지라 아버지가 허드렛일을 도와주는 것이 큰 도움이 되었지만, 자주 일꾼들과 소리를 지르며 다투는 바람에 결국은 어머니와의 말다툼으로 이어지는 때가 많았다. 당신의 감정을 억누르고 처음 하는 일인 데다 아니꼬운 일을 당하다 보니 그럴 수밖에 없었을 것이다. 사실 석주도 그동안 눈여겨온 바지만, 공사장에서 밥을 해주는 일은 전투하는 것과 같았다. 막된 노동자들하고 하루 종일 입씨름을 하니 울화도 터질 일이고, 더욱이 60이 다 되어 밥 쟁반이나 들고 온종일 서성거려야 하는 고된 일을 하게 되었으니 이해가 될 만도 했다.

다음해에 금주가 간호대학을 졸업하고 국가고사도 합격하여 병원 기숙사에 기거하면서 어엿한 간호사로 새출발을 하게 되자, 그동안의 멍에를 떨쳐내게 되었다. 그 무렵 경주와 창호는 서글픈 낭만이 깃들었던 그 무릉도원에 있던 외딴집 생활도 곧 정리를 해야 할 때가 되었다. 대방동 아파트 공사가 끝나고 경기도 의정부를 지나 퇴계원에서 벌인 공사장을 따라 부모님이 떠났기 때문이다. 경주와 창호는 부모님들이 지내던 대방동의 골방으로 잠시나마 이사를 해서 시간적으로 훨씬 절약이 되었다.

소사가 멀기는 했어도 앙상한 가지에 물이 오르고, 분홍빛 복숭아꽃이 피는 과수원 언덕 위의 작은 집 단칸방에는 경주가 장식해 놓은 색색의 조형물, 시화액자, 판화, 장승 등이 잔뜩 걸려 있었다. 그 모든 것들은 경주의 마지막 자존심을 잡아 주는 기둥이었다. 어려운 생활을 하면서도 결코 정신적으로 찌들어 살지 않으려고 모두들 발버둥쳤다.

석주의 어린 시절에 부족함이 없었던 추억과 어머니의 지극한 보살핌이 철이 들어가도 단단한 정신적인 지주가 되었다고 믿지만, 동생들은 그러질 못했다. 철부지 때부터 셋방살이만 전전한 기억밖에 없을 텐데, 그래도 풍장 치던 단칸방 시절부터 지금까지 굳게 버티어 온 것을 보면 같이 뭉쳐서, 놀고, 노래하고, 얘기하면서 정신적으로 건강하게 지내 왔기 때문이라 믿었다. 사남매의 단합과 우애가 만드는 보이지 않는 질기고 질긴 그 줄을 서로들 단단히 붙잡고 긴 우회의 길을 가면서도 어려움을 극복하는 바른 자세가 아니었나 생각해 봤다.

사람은 조금이라도 기댈 언덕이 있으면 의식적이나 무의식적으로나 그것을 염두에 둔다. 부모가 아예 없거나 금전적인 능력이 전혀 없다면 식구들을 위해서 우선 먹고사는 문제를 먼저 해결해야 함으로, 아마 장남인 석주도 혼자 벌어서 대학 공부를 할 수 있다고 해도 대학

대신 생활 전선에 뛰어들어야 했을 것이다. 그래도 부모 슬하의 바람막이가 제일 큰 힘이 되었다.

목돈을 벌 수 없었던 부모님들이 지금처럼 푼돈이 들어가는 살림살이를 도와주는 것은 가능해도, 군에 있는 석주가 입학금 같은 목돈을 빌리고 갚는 데는 오랜 시일이 걸렸다. 그는 항시 피안의 격동이 염두되어 갈등을 했어도 자신만이 해내야 할 어둡고 깊은 계곡을 파 덮는 한 과정으로써 때로 과감하고, 활달한 본연의 자신을 찾는 과정이 필요했다. 그래서 장남으로서 부담감을 갖고서 산다기보다 책임감을 가지고 집안 형편을 조만간 피게 만들어야 한다는 생각을 한시라도 잊을 수 없었다.

언제가 될지 모르는 유학이지만, 서울에서 군 복무를 하게 되면 유학 준비를 하는 데 대전보다는 여러 모로 유리하고, 적어도 자극이라도 받고 싶었다. 또 길에다 버리는 경비도 줄이고, 동생들하고도 같이 지내면 여러 모로 이점이 있을 것 같았다. 그래서 1975년 8월부터 용산 미8군에 연락장교로 장기파견을 나갈 기회가 있다는 소식을 듣고 공군본부와 국방부를 쫓아다녀 가까스로 차출명령을 하도록 조치를 했는데, 최종 명령이 나는 데에 석 달 이상이 걸렸다. 그런데 한미 합동훈련본부에 파견근무 신고를 하고 일주일도 못 되어 작전이 일찍 마무리되어 해체가 되면서 서울 생활이 수포로 돌아가고 말았다. 당시 허무하게 공중에 뜬생각을 하면 어처구니가 없다. 대신에 공군 측 책임 장교가 대전 사령부에 해야 하는 전입신고를 일주일 후에 할 수 있도록 휴가를 주어서 주민등록 문제를 해결하는 계기가 되었다.

대방동에서는 잠시라도 도저히 지낼 형편이 못 되어 좀 큰 단칸방이라도 얻어야 될 것 같아서 거주지 등록 문제를 알아보니 동에 신고가 돼 있지 않았다. 그래서 소사엘 가보니 퇴거신고를 하지 않은 상태에서 행방이 묘연하여 말소가 되어 있었다. 아무리 바쁘고 귀찮아도 주민등록 전출입신고는 꼭 해놔야 했지만, 당시 부모님들은 퇴계원의 새 공사장으로 옮겨가는 시공자를 따라가느라 눈코 뜰 새 없이 지내고 있었다.

석주는 본적지인 임실 면사무소에 내려가서 호적등본을 교부 받고 금주와 같이 월세방을 구하러 봉천동 일대를 찾아다녔다. 버스정류장에서 그리 멀지 않은 위치도 고려해서 봉천6동에 있는 시장을 조금 벗어난 곳에서 깨끗하고 조용한 방을 찾아 계약하고 주민등록 전입신고를 끝냈다.

그리고 대방동에 들러서 그동안 밀린 방세를 갚아 주고, 저녁시간에 쫓기듯이 많지 않은 이삿짐을 챙겨서 나올 무렵, 어머니가 짬을 내 퇴계원에서 올라왔다.

"미안허다. 니들한테 할 말이 없구나. 무슨 돈이 있다고 밀린 방세를 다 갚고……."

"근데, 집 근처 가게에 쌀값이며 찬대로 10만 원이 채 못 되는 외상값이 깔려 있다고 금주가 말하던데, 지금은 여유가 없어서 어쩌죠?"

"별 수 없지. 나중에 여유가 생기면 어미가 꼭 갚아야지. 그보다 피와 땀으로 얼룩진 밥값 200만 원을 차일피일 미루며 주지 않고 다른 공사장으로 가버린 악덕 하청업자들 때문에 피를 말리게 하는구나. 그걸 받으러 공사장을 찾아갔다가 공갈 협박을 당하고 목까지 졸렸단다. 막된 인생살이를 하는 무서울 게 없는 인간들이어서 무슨 짓을 할지 모른다는 생각이 들자, 니들 얼굴이 떠올라서 포기하고 말았어."

"잘하신 거예요. 돈은 또 벌면 되지만, 목숨은 하나잖아요."

석주가 어머니의 손을 꼭 잡고 위로해 줬다. 매번 공사가 끝날 때는 외상으로 남은 것이 번 돈이 되는데, 그렇게 뜯기고 나면 그동안 먹고살았다는 것으로 위안을 해야 했으니, 안타까운 노릇이 아닐 수 없었다.

금주는 경주가 일하는 백화점으로 연락하여 새 주소를 알려주고, 대방동집 앞에서 늦게 귀가하는 창호를 기다렸다가 밤늦게 데려왔다. 봉천동에 얻은 셋방은 그만하면 크고 밝았으며 차가 다닐 정도의 큰 골목길 쪽으로 높은 데에 창문이 나 있어서 밤늦게 다녀도 문 열어 달라고 부르기가 쉬울 것 같았다. 그리고 주인집에는 초등학교에 다니는 사내아이와 그 애 엄마 둘이 조촐하게 살고 있었는데, 마침 전화도 있어서 당분간 지내는 데는 좋을 듯했다. 우선은 가구 하나 없는 살림이지만, 근 10년 만에 퇴계원에 있는 부모님만 제외하고 사남매가 다 모이게 되었다.

동생들 모두 좋아했고, 경주는 금세 눈물을 찔끔거렸다. 무엇보다도 경주와 창호의 교통문제나 시장 보는 게 전보다 훨씬 용이해졌다. 금주는 용산에 있는 병원 기숙사에서 주로 지내지만 소사나 대방동보다 훨씬 가까워서 자주 들락거리게 되었다. 석주는 모처럼 맘의 안정을 느끼면서 일주일 후인 11월 중순 무렵 대전으로 전입신고를 하러 내려갔다.

석주는 1976년 7월 31일, 기본군사훈련과 특기교육기간 20주까지 합하여 4년 반이나 되는 긴 공군 장교생활을 정리하고 선임 중위로 전역하였다. 매일 똑같이 통근버스를 타고 지나치는 거리일지라도 영내에서 12주 이상 고된 훈련을 하다가 외출할 때 보고 느끼는 감정은 차이가 많다. 모든 것이 새롭게 보이고 특히 귀대할 땐 영외에 있는 푸나무 같은 하찮은 것이라도 한없이 부러워 보였다. 훈련기간 중에는 밖에 나가면 해야 할 것도, 먹고 싶은 것 또한 많고, 부모 형제한테도 잘 해 주고픈 맘으로 잔뜩 부풀어지나, 환경이 바뀌고 세월이 흐르면 그 전에 품었던 맘가짐은 민망스러울 정도로 다시 엷어진다. 그러나 매번 닥치는 시련에 제대로 적응하다 보면 그만큼 삶의 질이 여물어지겠지만, 단조로운 일상을 탈피하려고 변화만을 찾아 방황하는 것도 불행한 일이다. 지금 석주가 처한 시련은 공학적인 표현으로 잠정적인 국부최소(Local Minima)에 있다고 생각하고, 이런 시련을 매번 극복하다 보면 인생의 총체적인 기울기는 상승세로 나가게 될 거라 믿었다.

석주는 그의 진로에 대해서 고민이 많았다. 대학에서 배운 것이 항공기 정비이고 민간항공회사에 취업하는 것이 최선이었다. 그러나 석주는 많은 선배들이 그 길로 갔고 또 후배들이 뒤를 이어 따라가야 하는 지극히 틀에 박힌 평범한 길에 그의 인생을 던질 수 없다고 생각했다. 그렇다고 모든 것을 팽개치고 혼자 공부하러 훌쩍 떠나갈 수도 없었다. 아직도 과도기를 겪는 집안부터 일으켜 세워야 했기 때문이다.
우선 전공에 관계없이 서울 시내에 있는 직장을 찾아보려고 했다. 유학 준비를 하려면 시내에 있어야 학원도 다니고 토플 시험을 치르기도 용이하였기 때문이었다. 6월 중순부터 취업시험으로 분주하였다. 그러나 당시 해외공사 붐으로 건설회사들이 인기가 좋았다. 그 중 현대그룹의 초봉이 제일 높았고, 본사가 광화문 사거리 바로 옆에 위치해 있어 막연히 괜찮을 것 같다는 생각이 들어서 기계 분야에 응시하기로 했다. 그리고 대학에서 이수치 못한 기계전공과목들을 별도로 공부하여 7월 초에 시험을 봤는데 예상보다 응시인원이 많아 걱정을 했다. 다행히 필기시험과 두 차례 면접을 거치는 치열한 경쟁을 뚫고 합격하여 현대건설 기계부로 발령받았다. 그리고 근무를 시작하기 일주일 전에 석주는 동생들과 더불어 새로운 출발을 위한 계기를 갖고 싶었다.

"사남매 모두가 지난 10년도 넘는 세월 동안에 쌓인 스트레스를 푸는 의미도 있고, 앞으로 이렇게 다함께 여행한다는 게 용이치 않을 것 같아서 단합 및 재충전을 위해서 서해안 제부도 여행을 가려고 하는데 다들 이의 없는 거지?"

모두들 박수를 치며 대환영을 하였다. 그리고 카메라도 빌리고 취사 준비도 한 다음에 용산에 있는 시외버스 터미널에서 모두들 유쾌한 마음으로 수원으로 가는 버스를 탔다. 수원에서 다시 버스를 갈아타고 제부도로 들어가는 종점에서 내려 어둑어둑해지는 늦은 오후, 경비초소에 주민등록을 맡기고 물 빠진 뻘길을 서둘러 건너갔다. 그날 저녁에 민박하던 집에서 송아지를 낳는 경사도 보고, 다음날 햇볕이 들지 않아 스산했지만, 붐비지 않는 해안에서 해수욕도 하였는데, 경주가 무슨 일로 고집을 피우다가 석주한테 혼이 났고, 그러고도 수영복 차림의 사진도 찍었다. 훗날 경주의 딸이 중3 때 감탄을 하였다.

"어머, 엄마가 이렇게 날씬한 때가 있었어? 엄청 놀라라."

"야, 그때 큰외삼촌한테 된통 혼나고 울어서 눈이 좀 부었지? 그때 내 고집만 피우다가는 그런 날씬한 몸매로 사진 찍을 기회가 결코 다시 없을 거 같아서 맘을 바로 고쳐먹었지."

다음날 뭍으로 나와서 버스를 기다리는 시간이 너무 길어지자, 군대식으로 수원까지 몇 시간이 걸리는 강행군을 하였다. 다들 녹초가 되었지만 돌아오는 길이 제일 기억에 남는다고 말했다. 2박 3일의 짧은 일정이었지만 두고두고 기억에 남는 추억이 되었고 지금은 색 바랜 몇 장의 사진들이 그 시절을 말해 준다.

8월 12일부터 신입사원 교육을 받고 온수동 비상 발전기 건설현장에서 석 달을 보내고, 바로 마장동 비상발전소 보수공사 현장에 투입되어서 1977년 4월까지 겨우내 공사장에서 뛰었다. 석주는 디젤엔진 설치 담당기사로서 공정관리를 하며 하청업자와 인부들을 원만하게 다루고, 또 발주자와 시공자의 관계를 밀접하게 유지하는 팔방미인이 되어야 했다. 그런 현장에서 뛰는 것이 적성에 맞는 일이었지만, 처음 생각과는 달리 도저히 유학 준비를 할 수 없다는 게 맘에 걸렸다. 하지만 뒤돌아볼 틈도 없이 샛별보기 운동을 하듯 봉천동에서 온수동으로, 또 마장동으로 뺑뺑이를 치며 쫓아다녔다.

그 무렵 창호는 군 입대 문제가 대두가 되어, 일반대학교를 응시하는 대신에 공군사관학교를 먼저 지원하고 입영연기를 하는 입장으로 우회를 하였다. 그러다가 경제적인 문제도 염두에 두고 또 파일럿에 대한 꿈도 있어서 합격통지를 받고 잠시 망설이다가 입교를 결정해

버렸다.

그리고 이런 바쁜 생활 속에서 무엇보다도 가장 보람된 일은 저축이라는 걸 할 수 있게 되면서, 가세가 서서히 피어나게 되었다. 그해 5월 중순에 울산정유공장 현장으로 내려가기 전에 봉천6동 언덕바지에서 아랫동네 평지의 주택가로 내려와 깨끗하고 제법 큰 방을 얻어 이사했다. 모처럼 사는 것 같은 생활을 시작하면서 모두 다 감개무량하였다. 그리고 처음으로 흑백 텔레비전도 장만하였다. 부모님들은 그 무렵 수년간의 지옥같이 지긋지긋한 공사장 함바집 일을 마무리하고, 처음 석주가 서울로 유학을 떠난 후로 10년 만에 모두 같이 지내게 되었다.

어머니는 석주가 울산 현장에 내려가 있는 동안 매월 불어나는 봉급통장을 보며 생전에 처음으로 사는 보람을 느낀다고 하면서, 모처럼 주말에 서울로 올라온 석주한테 어머니는 한탄조로 말하였다.

"이제야 하는 얘기지만, 니 아버지가 엉뚱하게도 적금에 들어간 200만 원을 상의 없이 빼내서 무슨 합작투자를 해버렸단다. 그게 어떤 돈인데 눈치코치도 없는 양반이 지인들한테 홀려 가지고는 지방에서 계분인지 뭔지를 수거해서 몇 곱으로 비싸게 팔 수 있다는 말만 듣고서 나하고 일언반구 상의도 없이 그런 터무니없는 투기를 해버렸어."

"그래서 몇 곱 벌었나요?"

"몇 곱? 속은 게 뻔한데, 내가 눈이 뒤집혀서 가만히 있었겠냐? 바로 니 아버지를 앞세우고 지방에 내려가서 일 벌리기 직전에 손을 썼지. 며칠 동안 그 사람들한테 들러붙어서 나 죽는다고 사무실에 드러

누워 버렸지 뭐냐. 나원 참, 별 짓을 다해서 겨우 돌려받았단다."

석주는 기가 차서 헛웃음이 나왔다.

"평생 니 아버지한테 모르면 묻고 상의하고 세상 돌아가는 일을 얘기하며 자식들 공부에도 적극적으로 관심을 가져 주길 바라면서 살아왔지만, 그게 결국 수포로 돌아간 후로는 속은 썩고 또 썩으면서 아예 포기를 해버렸다. 참다못해서 집을 나가려고 몇 번이나 보따리를 쌌지만, 니들, 어미 없는 자식 소리 듣게 하지 않으려고 참고 또 참고 지내 온 거지."

그러면서 더 기가 막혔던 옛 얘기를 계속하였다.

"애들 다 실업고등학교나 보내자며, 집안이 어려운데 인문고를 나오고 대학은 무슨 놈의 대학이냐는 얘길 수시로 하는 바람에, 이 어미가 얼마나 만정이 다 떨어져 나가고 실망을 하였는지 니들은 상상도 하지 못할 거다."

지금 당장 생활이 어렵다 하여 입에 풀칠하는 데만 급급하다 보면, 당대에 희망을 이루는 건 고사하고, 다음 세대에서도 이루지 못할 입장이 되어 버린다. 가난이 쉽게 3대를 대물려 간다.

석주가 고등학교를 졸업하고 뒤도 돌아보기 싫은 고향을 무슨 일이 있더라도 떠나리라 별렀던 데는 빈곤에 찌든 삶으로부터 해방되고픈 절실한 바람이 있었기 때문이었다. 사실 석주보다도 생활이 넉넉한 고등학교 동창들도 하지 못했던 걸 해낸 걸 보면, 꼭 해내고야 말겠다는 독한 맘을 수년 동안 별렀던 결과였다. 물론 그게 그저 바람으로 끝날까 두렵기도 하여 초조한 나날을 보냈지만, 동시대를 살면서 자신보다 나은 환경에서 앞서가는 이들한테 무엇을 내세워 맘의 위안을 삼을 수 있었겠는가? 위만 보지 말고, 아래를 보면서 살아야 했다. 당시 석주가 졸업한 초등학교의 6학년 2반 65명 중에서 중학교에 진학한 애들이 10명 남짓 되었던 시절이었다. 그런 어린 시절에 흘러넘쳤던 어머니의 정성어린 보살핌 때문에 중고교시절의 어려움을 거치면서도 삐뚤어져 엇나간다는 생각은 꿈에서라도 하지 못했고, 겉으로 내세울 건 없어도 사남매에겐 어느 누구와 비교할 수 없었던 정신적인 풍요가 있었다는 자긍심이 있었다.

석주는 자신의 한계를 극복하는 방법의 하나로 '멀리뛰기 지론'을 믿었다. 그가 도저히 뛸 수 없는 위치에 선을 그어 놓고, 뛰고 또 뛰다 보면 결국에는 도저히 불가능한 위치까지 뛰게 된다는 것이다. 그래서 때로 무모할지라도 그걸 이루기 위해 최선의 노력을 하다 보면, 그동안 보이지 않았던 여건들이 놀랍게도 서서히 응집되어 모여든다는 걸 깨달았다.

구르던 낙엽이 막다른 골목에 모이듯, 세월에 밀려서 애들이 성장하여 석주가 스물아홉, 금주가 스물일곱, 경주는 스물넷 그리고 막둥이 창호가 스물둘이 되었다. 그해 여름이 지나갈 무렵 금주의 선배나 동기생들까지도 반 이상이 이미 미국으로 취업이민을 떠나갔다. 금주도 가고 싶은 눈치였지만, 대부분이 짝을 지어서 나가는 통에 쉽게 결정을 못 하고 영어회화 학원을 다니더니만 뒤늦게 비자 신청을 하였다. 토요일 오후에 들른 금주에게 물었다.

"금주야, 이민을 가더라도 결혼을 하고 가면 좋겠는데 니들 동창이나 선배한테 소개받을 만한 사람이 그리 없냐?"

"그게 쉽지 않더라고요. 다들 자기네들 코가 석자인데."

"어머니도 당신 나름대로 주변의 지인들을 통해서 두어 번 선을 보게 해줬지만, 그것도 인연이 되지 못했고, 나도 회사 동료나 군대 동기생, 대학 후배들 중에서 골라서 여러 차례 연결해 주려 했지만 역시 쉽지 않더라."

"오라버니, 이젠 별 수 없잖아요. 그냥 순리대로 놔두는 수밖에. 정 여의치 못하면 비자 인터뷰하고 혼자 떠나도 되는 거죠. 짚신도 짝이 있다는데 어딘가에 있겠죠, 뭐."

석주의 울산 현장 근무는 해가 바뀌어 1978년 2월 말까지 정리하고 서울 본사로 들어왔다. 해외 공사가 최고조에 이를 때라 현대건설도 중동에서 많은 공사를 하고 있었다. 중동의 바레인 현장에서 디젤엔진 발전소 공사의 적임자로 석주의 이름이 오르내릴 무렵, 집안 사정을 내세워 당분간만이라도 본사 근무를 고집했다. 사실 석주가 유학을 포기하고 또 결혼을 미루고 중동 파견을 3년 동안 나갔다면, 그의 장래는 지금과는 완전히 다른 방향으로 바뀌었을 것이다. 먼저 집안 형편도 훨씬 빨리 폈을 거고, 고속 승진도 하여 나름대로 회사에서의 입지를 단단하게 굳혔을 일이었지만, 대학 졸업 때 했던 어머니와의 약속이자 자신과의 약속을 포기할 수는 없었다.

그런데 건설회사에서 본사 근무란 현장에서 필요한 기계자재 수배 내지 지원 등의 업무를 하는 자재부 파견근무를 해야 했다. 현장근무와는 달리 답답한 일과를 보내야 했지만, 출퇴근도 거의 일정하여 광화문 근처의 학원에 등록하여 토플 준비를 할 수 있었다. 그리고 조만간 계속될 혼사를 감안해서 전세 150만 원에 봉천4동의 조용한 주택가로 옮겼다가, 주인집 대문을 같이 사용하지 않고 별도의 옆문이 있어 나다니기가 훨씬 용이한, 산자락에 위치한 조용한 곳으로 다시 옮겼다.

그 무렵 경주는 백화점에서의 세일즈 일을 그만두고 어느 조그마한 회사에서 경리를 보며 나름대로 안정된 생활을 하고 있었다. 석주가 울산 현장 근무를 끝내고 광화문 본사로 올라온 지 얼마 안 되는 어느 날, 경주한테서 지금 근처 다방에 나와 있다며 전화가 왔다. 그런데 뜻밖에 경주는 한 젊은이와 같이 앉아 있었다.

"오빠, 죄송해요. 이렇게 갑자기 찾아와서 이 사람을 인사시켜 드려서요."

그 젊은이가 어설프게 자신의 이름을 대며 인사를 하였다. 석주는 그 친구와 경주를 번갈아서 쳐다봤다.

"진즉 오빠한테 말씀드리려고 했는데, 그동안 지방에 계셔서 전화로는 말씀드리는 게 아니다싶어 본사로 오실 때까지 기다렸어요. 이 사람은 저의 회사 거래처의 자재구매 담당 대리로 근무하는데요. 결, 결혼을 약속했습니다."

경주는 곧바로 말을 잇지 못했다.

"뭐라고? 사귀고 있는 사람을 소개하는 게 아니고 결혼을 약속했다고?"

"죄송합니다. 갑자기 이리 말씀드려서요."

석주는 화를 있는 대로 내면서 물컵의 물이 튈 정도로 다방의 탁자를 치며 소리를 질러댔다. 주변의 사람들이 모두 다 놀라서 힐끔거리며 쳐다봤다.

"오늘, 소개시켜 주면서 이미 결혼 약속을 한 사이라고? 그러면 나한테 형식적인 재가를 받으러 온 거란 말이냐?"

자기네끼리 무슨 이유든 간에 그리 결정을 하였다는데, 석주는 더 이상 말을 계속할 수가 없어서 그 자리를 박차고 나가버렸다.

경주와 그 젊은이는 그날 진땀나는 홍역을 치렀다. 석주는 그날 저녁에 어머니와 함께 그동안의 얘길 들었지만, 반대를 고집할 수는 없었다. 석주의 봉급은 대부분 목돈 마련을 위해서 저축이 되고 있었기 때문에, 결혼 비용이 턱없이 부족했다. 하지만 어머니가 열심히 저렴한 데를 찾아다니는 발품을 팔아가며 혼수를 준비하여 1978년 7월 22일 부평에서 식을 올렸는데, 아쉽게도 사관학교 1학년에 재학 중이던 창호만 참석치 못하였다. 어머니는 넉넉하게 혼수를 챙기지 못해 미안스러워했지만, 그나마도 어려웠던 고비를 넘기고 막 펴기 시작했던 살림살이라 가능하였다.

물론 금주도 경주 결혼 때 많은 도움을 줬다. 사실 언니가 과년하여 먼저 가야 했지만 어쩔 수 없는 일이었다. 모두들 나름대로 대를 이어온 우회의 길을 걸어왔기 때문에 자신들이 풍기는 향수의 영역이 너무 좁은 탓에 주변의 소개로 신랑감을 구하기가 쉽지 않았다.

그런데 석주와 처음 만났던 그 매제가 될 젊은이는 맘의 상처를 크게 받았는지 언젠가는 술이 취해서 어머니한테 말했다.

"형님이 아무리 공부를 많이 하시고, 잘 사셔도 부럽지 않습니다. 우리도 형님 부럽지 않게 잘 살렵니다."

그도 장남으로 태어나서 아버지의 도움 없이 어머니와 세 여동생들을 보살피기 위해서 가고픈 대학 진학도 포기하고 생활 전선에 뛰어들었는데도, 인간성이나 생활방식이 건전하여 삐뚤어지지 않게 살아왔다. 그런 면에서 석주는 지금은 그를 무척 아끼고 좋아하게 되었다. 그러나 그를 처음 만났을 때는 첫 매제가 될 사람이니 그래도 자주 만나서 소주 한잔이라도 걸치면서 이런저런 속마음, 세상 보는 눈도 알고 싶었는데, 처음 만나는 목적이 결혼 승낙을 받아내는 일이 되었기에 석주로서도 황당하였고 또 아쉬움도 컸다.

어렵게 살아도 세월은 흐르고 자식들은 커서 그렇게 하나씩 둥지를 떠나갔다. 뭐든지 다 잘해 주고픈 부모의 맘이지만, 능력의 한계가 있고, 또 잘살려고 노력했던 만큼 속도 끓이는 게 부모다. 이제 한 마리의 어린 새는 성인이 되어 그 멍에의 사슬을 끊고 새출발을 했다. 어려웠던 삶을 살아왔던 법을 잘 알고 있으니 새로운 부부가 만드는 항해는 어떠한 일들이 있어도 좌절하지 않고 끝까지 해쳐나갈 거라는 걸 뼈저리게 느꼈을 것이다.

앞으로 세 번이나 더 치러질 혼사를 대비하여 방이 적어도 두 개가 필요하여 다시 옮기려 했다. 석주가 결혼을 하게 되면 얼마나 이곳에서 살지 모르지만 방이 하나가 더 필요한 이유가 있었다. 그래서 50만 원을 더 보태어 봉천8동 조용한 주택가에 200만 원짜리 전세 독채로 옮겼는데, 그제야 산다는 것 같은 생각이 들었다. 전주 금암동집을 빚으로 넘겨주고 18년 동안 무려 열여섯 번의 이사를 다니면서 셋방살이를 해왔기에, 그 감회는 이루 말할 수 없었다. 아버지도 좋아서 눈물이 글썽하였고, 어머니는 부엌에서 할 말을 잃고 눈물만 연신 흘리면서 겨우 말을 이었다.

"한 집안이 다시 일어서는 것이 이토록 힘든 거구나. 다 이게 잘된 장남 덕분이다."

"이제 시작인데요. 그런데 금주는 병원 기숙사에, 경주는 출가, 창호는 사관학교 기숙사에 들어가 있어서 집은 텅 빈 거나 다름이 없지만, 그래도 주말이면 찾아와서 맘 편히 지낼 수 있어서 좋긴 하네요."

세월이 흐른다고 모든 게 절로 잘되는 것은 아니지만, 세월은 어린 애들을 성인으로 성장케 하고 또 둥지를 떠나 결국 추억만 남게 만든다. 지난 세월이 우울하고 암담했던 시절이었을지라도, 이제 그걸 잊어버린다기보다 보람된 미래를 만들 수 있는 밑거름이 되었을 거라 생각했다.

석주는 지난 3년 동안 금주가 소개시켜 준 문희와의 인연이 우여곡절을 거치면서 결혼까지 염두에 둔 사이가 되었지만, 서로가 집안을 위해서 당장 결혼을 할 수 없는 처지라 둘다 고민하고 있었다. 그런데 작년에 그녀의 아버지가 졸지에 사고로 혼수상태에 빠져 있을 때, 급히 방한을 하였지만, 유언 한마디 남기지 못하고 유명을 달리했기 때문에 모두들 망연자실하고 말았다. 그 어른은 철도 공무원으로 30년 이상을 근무하며 말년에는 주로 충청도 시골 역장을 전전하다가 조기 퇴직을 했다. 고등학교 때부터 도시로 유학을 보낸 자식들에게 들어갈 비용 때문에 목돈이 필요해서였다. 그후 영동에서 일꾼 하나를 두고 억척스런 그녀의 어머니와 같이 시작한 일이 방앗간이었다. 그 바람에 왼종일 몸으로 때우는 고된 일을 해야 했고, 날이 갈수록 시대가 변해 일거리가 자꾸 떨어져 나가는 걸 지켜 봐야 했다. 그런데 아빠한테 제일 잘해 주던 맏딸이 시집가기 전에 지금까지 키워준 부모한테 보답한다는 각오로 미국에 기술이민을 떠난 후로는 시름에 젖어 반주로 들던 술잔을 대하는 빈도가 늘어났다. 그런데 어느 날 방아 축을 고치다가 사다리에서 실족하여, 머리를 크게 다쳐서 급히 수술을 하였지만, 다시 깨어나지 못하고 중환자실로 옮겨진 것이다. 전보를 받고 허겁지겁 입국한 딸내미의 통곡을 듣는지 마는지 아빠는 끝내 눈을 뜨지 못하고 하세하였다.

이런 사고가 있기 일 년 반 전에 석주는 문희와 가끔 미래를 다짐하는 언약도 나눴지만, 문희는 어느 날 갑자기 만나는 걸 피하였다.

"우리 이제 그만 만나요."

"밑도 끝도 없이 무슨 일로 그러는데?"

"거기도 집안을 먼저 생각해야 되고 저의 입장도 마찬가지잖아요. 언제 혼인을 할지도 모르는데 무작정 절 기다리라고 할 수도 없으니, 이쯤에서 정리하는 게 모두를 위해서 최선인 거 같아요."

아무리 달래도 문희는 요지부동으로 석주를 피했다. 전화를 해도 바꿔주지 않게 하였고, 겨우 통화를 해도 바로 끊어버렸다. 그래서 억지로 찾아가기 전에는 만날 수도 없었다. 때로는 초저녁에 서울 가는 기차를 타고 갔다가 막차로 내려온 적도 있었지만, 결국은 소강상태로 접어들었고 반 년이 넘도록 만나질 못하였다. 그런데 석주가 전역을 석 달 앞둔 어느 날, 당시 대전에서 고등학교에 다니던 막내가 찾아와서 누나가 곧 떠나간다는 사실을 알려줬다. 석주는 담담하게, "잘 가라고 하더라"고 전해 주라 하였다. 그래 놓고 무슨 맘이 들어서인지 일주일이 지난 토요일 오후에 연락도 없이 그녀의 집이 있는 영동엘 내려갔다. 집 모퉁이를 상기된 얼굴로 총총히 돌아 뒤꼍으로 들어가는 문희의 모습을 봤다. 그때 집에 내려간 막내는, "괜히 찾아갔다가 창피만 당했잖아" 하며 불평을 하였다.

문희는 석주가 전역하기 두 달 전인 1976년 5월 6일 저녁에 서울에 있는 친척집에서 모두 모여 환송회를 했다. 사랑하는 사람들을 모두 뒤로하고 떠나기 싫다는 그녀는 술에 취하고, 슬픔에 취해 밤새 울다가 다음날 푸석푸석한 얼굴로 또 울면서 뚜렷한 기약도 없이 떠나갔다. 그렇게 살아 생전의 마지막 아빠의 얼굴을 보고 떠나간 것이다. 그후로 석주는 그리워하는 맘은 한두 달에 한 번 주고받는 편지로 달래봤지만, 몸과 맘이 극도로 피곤한 생활을 하다 보니 근무가 끝나면 유학 준비는 엄두도 못 내고, 공사 현장 동료나 군에서 가까이 지냈던 동기생들과 어울려서 자주 술집만 누비고 다녔다.

경주가 결혼한 지 두 달이 채 못 되었다. 그런데 석주가 결혼을 하게 되면 잠시라도 방이 두 개가 필요하여 다시 옮기는 바람에 이젠 목돈도 없었다. 금주는 그동안 자기가 저축한 것을 쓴다 해도 석주의 월급은 적금으로 적립하고 나서 생활비를 하면 여유가 없었다. 적금이래야 다시 시작한 지 몇 달도 안 되었지만, 막연하게 가을까지는 식은 올려야 한다는 생각을 하고, 무리한 계획을 짤 수밖에 없었다. 작년에 문희 아버지의 유고만 없었다면 결혼도 더 늦어지고, 유학 또한 미뤄져도 집안 형편을 생각해서 중동 현장에 갔을지도 모르는 일이었다. 부모님들도 은근히 바라는 눈치였고, 그로서도 막 일어나려다 주춤하는 가세를 생각하면 심정이 착잡했었다.

9월 초에 문희가 귀국했다. 그동안 식장을 예약하고 대학 시절 은사였던 김태욱 교수님한테 주례도 부탁해 뒀다. 사실 전세 독채로 옮겼어도 가구나 기타 주방용품 따위를 제대로 마련도 못 했는데, 결혼 후에 회사 사람들이나 친구, 친척들을 불러 집들이하는 것도 큰 문제였다.

당시 석주의 한 달 급여가 대략 20만 원 정도였다. 결혼 준비를 하는데, 집 안에 필요한 물품에서부터 양복, 한복, 신혼여행에 따른 경비를 모두 계산해 보니 대충 120만 원이 필요했지만, 그것도 예물에 쓸 비용은 제외한 금액이었다. 그때 고민스러워 적어 놨던 메모지며, 예식장 계약서, 비행기표, 제주에서 하루 지낸 호텔 및 부산에서의 호텔 계약서 등이 오래된 상자 속에 남아 있어서 들여다봤다.

결혼식은 모험으로 치를 수밖에 없었다. 우선 회사에서 매달 공제를 하고 사원들한테 빌려주는 20만 원으로 어머니로 하여금 집안 정리를 하게 하였다. 그리고 관리부에 근무하는 군 동료인 최중기한테 9월 상여금으로 갚겠다며 20만 원을 빌리고, 만규한테서 20만 원, 적금 해약으로 10여 만 원이 보태져서 70만 원을 만들었는데 나머지 50만 원은 도저히 채울 재간이 없었다. 결국은 얼마가 들어올지 모르는 축의금으로 나머지 부족한 걸 해결해야만 하였다. 게다가 석주는 예물로 줄 반지도 미국에서 문희의 친구한테 빌려서 사게 하고 서울에 있는 식구한테 한화로 30만 원을 조만간 갚아 주기로 하였다. 그리고 당장 결혼식 때 입을 양복이며 기본 예물에 한복, 양장 심지어 가방, 트레이닝 복, 파자마 따위를 준비하는 데에 40만 원이 들어갔다. 1978

년 9월 13일 서울 중구 남산동에 있는 퍼시픽 호텔의 예식장에서 식을 올릴 즈음에 석주의 호주머니에는 불과 몇만 원밖에 없었다.

생각하면 우울하기 짝이 없는 일이지만, 70만 원 정도의 축의금으로 바로 해결해야 할 일들이 많았다. 대기업에 근무한 덕을 제일 많이 봤고, 대학 동창과 군 동기생들이 하객으로 많이 참석해 준 덕택이었다. 식을 끝내고 바로 치러 줘야 할 잔금을 치르고, 만규를 통해 주례를 해줬던 김교수님 등 식당에서 점심 대접을 해드려야 했던 분들을 고려해서 얼마를 주고 만규한테서 빌렸던 돈도 바로 갚았다.

그런데 처음하는 결혼식이라 정신이 없다 해도 큰 구설수가 될 일이 벌어졌다. 폐백 후 옷을 갈아입느라고 서로 잠시 헤어져서 동료나 친지들한테 답례를 하는 등 얼마 동안 북새통이 따랐다. 그리고 마지막으로 양가끼리 인사를 하려고 처가 쪽 사람들이 어느 식당에 있는지를 물어 보니, 문희는 모른다고 하였다. 장인어른의 급작스런 유고로 아직도 슬픔에만 차 있는 그녀의 어머니를 달래 주다가, 문희 혼자 생각으로 어디든지 가 있으라고 했다는 거였다. 그러나 아무리 그래도 모두 그 자리를 뜬 사실을 이해할 수가 없었고, 결국 두고두고 설왕설래를 하게 한 불씨가 되어버렸다. 구내식당에서 기다리다가 한자리에서 양가 인사도 교환하고 마지막 정리를 한 후 신혼여행을 떠났으면 문제가 없었을 텐데, 주머니 사정이 여의치 못한 탓도 있었다. 석주 내외는 만규가 알아서 대접해 준 일부 하객들이 식사를 하는 근처 식당을 돌아다니며 인사를 했으나, 처가 식솔들은 끝내 찾을 수가 없었다.

그 무렵에 처가도 경제적으로 어려웠기에 미국에 있는 문희한테 혼사 문제는 알아서 하라고 한 건 그렇다 쳐도, 결혼한 손위 처남들이며 친척들도 여러 명이 있었는데 무엇이 어떻게 되어 그 자릴 떠나 버렸는지 안타깝기 그지없다. 문희는 누차 변명을 했지만, 이미 석주네 식구나 친척들에게는 지울 수 없는 오점을 남기고 말았다.

석주와 문희의 결혼 얘기가 오갈 무렵, 처제가 그해 여름에 보낸 편지를 석주가 뒤늦게 본 적이 있었다. 아버지의 갑작스런 타계로 집안이 나갈 방향이 제대로 서 있지 못할 때인 데다, 자식 모두가 학교에 다닐 때라 혼례를 치르는 데 전혀 도움을 줄 수 없다고 하였다.

그런데 또 석주 내외가 공항으로 떠난 후 친척 및 친지들을 대접하는 식당에서 어머니는 경비가 없어서 난처했다는데, 다행히 만규의 도움으로 해결을 봐야 했다. 그날 어머니가 수중에 그렇게 여윳돈이 없을 거라는 걸 미처 생각지 못한 게 석주의 불찰이었다. 식이 끝나고 나서도 얘기할 기회가 있었는데도 석주가 떠나간 후에 당황하여 애를 태웠고, 그 또한 훗날 두고두고 구설수가 된 불씨가 되어 버렸다. 세상 어느 누가 부조금으로 식장 비용 처리하고 당일 신혼여행이며 집에서 치러야 할 회식까지 준비하려고 하겠는가. 그걸 생각하니 석주는 고개를 갸우뚱하며 허탈한 쓴웃음을 지었다.

신혼여행을 계획할 때는 경비 절약을 감안해서 남해안을 생각했지만 앞으로 기회가 많지 않을 것 같아 제주도로 3박 4일, 부산에서 1박, 처가에서 1박해서 5박 6일 예정으로 잡았다. 그러나 경비를 줄여서 조금이라도 더 남겨 가려고 제주도에서는 1박 2일 동안만 머물고 다음날 저녁 폭풍우 속에서 부산으로 나왔다. 다행히 대한항공 제주지점에서 근무하는 대학 동창인 광선의 도움이 컸다. 예약도 없이 밤늦게 해운대에 도착하여 어느 호텔에 들렀으나 방이 없어서 예약실에 부탁하여 알아보니 근처에는 제일 비싼 조선비치호텔밖에 없었다. 별도리 없이 그곳에서 일박을 하고 기차로 돌아오는 길에 처가엘 들러 3박 4일째인 9월 16일 저녁에 돌아왔는데 그들의 그런 노력에 대한 보람은 고사하고 구설수만 잔뜩 끌어안게 되었다.

신혼여행을 떠나면서 경비를 아끼겠다는 생각이 참 쑥스러운 일이었지만, 결국 10만 원 쓰고 10만 원짜리 자기앞수표 한 장을 남겨 와서 몇 차례 있을 회식 준비와 필요한 살림살이를 마련하라고 어머니께 드렸다. 그리고 문희가 출국할 때까지 보름 동안 신혼살림을 하였다.

9월 24일 코스모스 만발한 동학사를 지나 계룡산 정상을 다녀오면서 돌아오는 길에, 대전에서 딸아이까지 두고 처가에서 마련해 줬다는 새집에서 살고 있는 만규한테 들렀다. 그날 저녁에 잠자리에서 문희는 앞으로의 막막한 타국생활을 생각하면서 소리를 죽여 흐느껴 울었다.

"우리들도 언제쯤 이렇게 따뜻한 보금자리를 꾸리고 살 수 있을까요?"

"글쎄, 몇 년은 걸리겠지?"

그리고 뚜렷한 재회의 날짜도 정하지 못하고 일주일 후인 10월 1일에 문희는 혼자서 시카고로 돌아갔다.

그후에도 석주는 금주의 결혼 문제를 포함해서 부모님들의 거처 문제 등 해결해야 할 일들이 있어서 비자가 나와도 출국할 수 없었다. 또 문희가 미국에서 같이 지내는 대학 동창한테 빌려서 준비한 신부 예물반지 대금을 석주가 식이 끝나고 나서 서울에 살고 있는 동창 어머니한테 건네 주기로 하였지만, 석주는 월급에서 가불한 돈을 갚는 중이라 당장 여유가 없으니까 몇 달만 기다려 달라고 양해를 구했다. 그러나 그녀는 막무가내로 반말투에 목청을 높이며 수시로 전화하여 성화를 내는 바람에 석주는 울화가 터져 견디기가 힘들었다.

"당신한테 그렇게 사정을 봐 줬으면 됐지, 그게 무슨 돈인데 안 주고 차일피일하는 거야?"

"아주머니, 제가 지금 바로 출국하는 것도 아니고 지금은 매달 공제 금액이 많으니, 연말 상여금이 나오면 바로 해주겠습니다."

그리고 석 달 후인 12월 30일 보너스가 나오는 날, 회사로 찾아온 그 동창의 언니에게 갚았지만, 돈 없이 치른 결혼식은 많은 얼룩을 남기고 말았다.

금주의 결혼은 결국 석주와 만규의 중재로 대학 2년 선배와 이뤄졌다. 학교에서는 선후배 사이로 안면이 있는 정도였지만, 대학 2학년 때 덕수궁에서 열린 코리아 헤럴드 영어 백일장 대회에서 우연히 만나 좀 더 가까워졌는데, 매우 검소하고 성실한 선배로 알고 있었다. 사실 그동안 어떻게 살아왔는지 잘 알지 못했지만 그도 일찍 아버지를 여의고 자수성가하였다. 당시 만규가 경남 창원에 있는 회사의 같은 부서에서 근무를 하고 기숙사도 같이 쓰며 겪어 보니, 사람 됨됨이가 그만하면 됐다는 그 친구의 제안을 받아들여서 혼담이 오갔다. 인연치고는 전혀 생각지도 못한 인연이었다.

어느 날 광화문 근처에서 모두 모여 정식으로 금주를 소개하고 얘기도 나누다가 자리를 옮겨 술도 마셨다. 그 선배는 잘 마시지도 않는

술을 마구 들더니만, 곧 취기가 오르자 그동안의 긴 세월 속에 누적된 설움이 복받쳐 잠시 오열을 했다. 모두가 처음에는 적이 당황했고 놀랐다.

그는 석주보다 네 살이 위 서른세 살이었다. 장남이었지만, 맏이인 누나가 혼기를 놓치면서까지 집안을 이끌어 왔고, 그가 군에 있을 때부터 누나에 이어 자신이 남동생들을 어렵사리 보살필 수 있었다. 지금까지 어느 누구의 도움 없이 매사를 혼자 결정하고 해결하면서 살아왔기에 저변에 쌓여 온 외로움과 설움이 얼마나 컸겠는가. 그게 그리 터져버린 거라 여기고 긍정적으로 이해하려고 하였는데, 누구보다도 당사자인 금주가 더 이해를 해줬다. 그후 금주와는 여러 차례의 만남이 이어졌고 그해가 가기 전에 그의 모친과 더불어 돈암동에 있는 집 근처 다방에서 상견례를 치렀다. 그리고 1979년 3월 초에 식을 올렸으나 이번에는 석주가 금전적으로 큰 도움을 주진 못했고, 금주가 지난 4년 동안 저축하여 모은 돈을 결혼 비용으로 썼다. 그때 석주네 재산이라고 해봐야 여러 혼사를 치르기 위해 그가 장만한 봉천4동에 있는 200만 원짜리 전셋집뿐이었다.

가난은 체면도 없다지만 너무 초라하고 남루한 모습을 직장 동료나 상사, 또 사돈집 식솔들한테 내보이고 싶지는 않았다. 억지로 체면을 유지하기 위해서가 아니라, 최소한의 기본은 지켜야 했다. 석주네 식구가 지금까지 걸어온 길을 주변 사람들 모두 다 잘 이해해 줄 거라는 기대는 불가능한 일이다. 어찌됐건 그 전셋집은 두 차례 혼사를 치를 수 있게 해주었고, 석주도 한국에서의 보름 남짓한 신혼생활을 지낸 곳이었다.

1978년 여름부터 1979년 3월까지 채 일 년도 못 되는 기간 중에 막둥이를 제외하고는 세 차례의 혼사가 치러졌는데, 부모님의 경제적 도움 없이 나름대로 벌어서 했다지만, 어머니는 혼숫감 준비할 때, 한 푼이라도 아끼려고 입술이 부르트도록 동분서주하였다. 창호는 사관학교 3학년에 재학 중이었고, 1년 후에 임관하면 경제적으로도 이젠 자립할 수 있어서 다행이었지만, 언제 재회할 기약 없이 석주와는 멀리 떨어지게 되었다. 가족이라도 멀리 떨어져 있어서, 꼭 필요할 때 도움이 못 되면, 친구나 이웃보다도 못 하다. 혈연이란 무형의 끈으로 서로를 붙들어 주지만, 멀지 않는 곳에 살면서 자주 왕래하여 좋은 일이나 궂은 일로 연륜을 쌓아야 부모나 형제자매의 정도 깊어지는 법인데, 아쉽기 짝이 없다.

그러나 현실도피적인 의도가 없더라도 많은 사람들이 무슨 연고만 있으면 이민을 가고 싶어 하였다. 한국에서의 삶이 순탄치 않고 기회와 평등의 땅이라는 미국에 가서 노력한 만큼의 결실을 맺을 거라는 희망이 있었기 때문이다. 석주 역시 삶의 폭도 넓히고, 공학 박사학위도 취득한 후에 보잉이나 멕도넬 더글러스 같은 큰 회사에서 항공기 설계를 꼭 할 거라는 막연한 희망에 부풀어 있었다. 그리고 착잡한 맘으로 주변 생활을 정리하기 시작하였다. 이미 두 해가 넘도록 공부와는 현실적으로 거리가 먼 건설현장으로 뛰어들었지만, 우선 바닥에 떨어진 집안을 어느 정도 일으키려고 잠시 우회를 한 거라 믿었기에 더 큰 도약을 위해서라도 너무 늦지 않게 선을 긋고 싶었다.

문희가 미국으로 떠나간 날 저녁에 두 분이 서운해서 우두커니 방에 앉아 있었는데, 평소에 필요한 얘기도 하지 않던 아버지는 긴 한숨을 쉬면서 말을 이었다.

"야 참, 서운하구나. 지금 어디쯤 갔을까?"

"떠난 지 7시간이 되었으니 반은 갔겠네요."

"거 참, 멀기는 먼가 보구나……."

더구나 석주가 조만간 떠나고 나면, 다시 만날 때까지 어떻게 지내게 될지 모르는 입장이라 모두들 침울한 표정을 지었다. 그냥 그렇게 부모님과 더불어 소시민적인 생활을 할 수 있겠지만, 대학 졸업식도 참석 안 하며 한 어머니와의 약속 그리고 석주를 오랫동안 지켜 준 자신의 꿈을 도저히 저버릴 수는 없었다.

부모님들은 당분간 고생해도 옛날 같지는 않을 처지였다. 어머니는 전세를 정리하여 월세로 바꿔서 목돈이 쥐어지면 무슨 장사라도 할 수 있고, 일반 식당의 주방일이라도 할 수 있어서 빈손 쥐고 뛰어든 공사장 밥집일보다는 훨씬 수월할 거라는 생각이 들었다.

이민이라지만 석주가 가져갈 돈은 없었다. 문희가 지난번 방한 때도 월부로 비행기표를 끊었을 터인데, 석주가 타고 갈 편도 568불짜리 비행기표도 또 보내 줬다. 석주는 현대건설 근무를 2월 초에 정리하고 얼마 안 되는 퇴직금을 부모님께 다 드리고 나니 빈털터리가 되어 버렸다. 그리고 일 년 전에 떠나간 문희의 선배 남편한테 석주가 가져갈 수 있는 외화 한도금액 3,000불을 모두 양도해 주고, 시카고에 가면 아내 모르게 개인적으로 갚겠다며 비상금조로 500불을 빌렸다. 그나마 그것도 친구들하고 이별주 마시려고 100불을 환전해서 써 버렸다.

문희는 석주가 들어갈 무렵에는 같이 간 동료들과 헤어져 침실이 하나 있는 아파트를 빌리고 소꿉장난 같은 신접살림을 꾸릴 준비를 해놨다. 그리고 아직도 미국 간호사 면허를 따기 위해 일하면서 공부하느라고 시간과 금전적으로 쫓기고 있었다. 타인의 처지를 이해하는 것이 힘들다. 그래서 나름대로 결과만을 보고 오해를 하거나 선입관까지 생겨서 오랫동안 씻기 힘든 마음의 상처를 주기도 한다. 문희는 자질구레한 변명을 하지 않는 성격이라서 당시 미국생활의 어려움을 모두 잘 모르고 있었다. 결혼 준비를 하기 위해 출국하기 전, 두어 달 동안 병원 근무 외에 레스토랑에서 웨이추레스로 일하면서 번 돈으로 캐논 카메라를 샀다는 얘기도 훗날 알게 되었다. 그리고 그후로 그 케이스의 가죽이 허옇게 속이 나올 때까지 닳도록 오랫동안 사용하였다.

문희가 시카고로 돌아간 지도 5개월이 지났다. 그동안 금주의 혼사가 끝났지만 시작도 끝도 없는 집안일 때문에 언제까지나 머물 수는 없었다. 결코 자기만 살려고 떠나는 것은 아니었지만, 이제 나이가 들어 흐리게 젖은 눈에 눈물이 글썽한 아버지며, 겉으로 태연하고 강하게 보였던 어머니, 경주와 금주네 식구들이며, 몇 친구들을 뒤로하고 떠나갈 시간이 되었다. 출발 전에 출국장 앞에서 기념촬영을 했다. 1979년 1월에 태어나 막 두 달된 경주네 첫 딸을 안고 찍은 사진이 해묵은 앨범 속에서 누렇게 변해가고 있다.

그리고 언제가 될지 모르는 조만간의 재회를 벼르면서 1979년 3월 23일 노스웨스트 오리엔트 008편으로 오후 2시 40분, 빌린 돈 400불을 거머쥐고 마치 마누라 따라 도망치듯 국외선 탑승 출구를 빠져나가는 석주의 맘은 왠지 모를 자책감 때문에 무척 무거웠다.

5. 시카고에 뿌리를

그 시절엔 미국에 가려면 김포공항에서 노스웨스트 오리엔트 항공사의 보잉 747을 타야 했다. 비행기는 일본 동경에서 잠시 기착했고 다시 태평양을 끝없이 날아갔다. 창 밖에 보이는 것은 코발트색 하늘과 구름 그리고 바다뿐. 때로 바다도 보이지 않고 그저 구름 위를 날아갔다. 처음에는 누구나 창가에 앉으려고 하지만 자주 타게 되면 안쪽을 선호하게 된다. 이착륙 때를 제외하면 창 쪽에 자리를 잡아봤자 볼 것도 없고, 창이나 벽 쪽에서 찬 기운이 들어와 춥기만 하다.

지구의 자전 방향인 서에서 동으로 날아가니 해가 일찍 지면서 어두워지더니만 금방 환하게 밝아졌다. 옛날 전주에서 서울 가는 밤차를 탔을 때도 잠을 이루지 못했는데, 기내 에어컨 출구에서 쏟아대는 쏴—하는 소음과 우르릉거리는 엔진소리가 귀에 꽉 들어차고, 또 다리가 밑으로 축 늘어진 상태에선 잠들기가 힘들었다. 또 문희를 반 년만에 만난다는 설렘도 있었고, 앞으로 헤쳐 나가야 할 일들에 대한 우려 때문에 더욱 잠이 오질 않았다. 그래도 밥숟갈이라도 챙겨 놓고 기다리는 사람이 있다는 것이 조금은 마음의 여유를 주기도 했다. 여느 가난한 유학생처럼 단신으로 떠나가면서 먹고살 걸 해결해야 하는 사람들과 비교해서 어쩌면 잠재적이나마 단단한 각오가 결여된 느슨한 맘을 가졌었는지도 모른다.

출발한 지 10시간이 넘어서 북아메리카 대륙의 해안이 보이기 시작했다. 푸른 바다에 들락날락한 해안선이 언뜻 언뜻 터진 구름 사이로 가까이 보이자 자신도 모르게 침을 삼키면서 "드디어 오긴 왔구나!" 하며 중얼거렸다. 비행기가 하강을 시작하자 모두들 창 쪽으로 고개를 돌렸다. 바닷가에 도열한 집들이며 눈부시게 하얀 돛을 단 수많은 배들이 파란 바다와 푸른 숲에 기막히게 조화를 이루고 있었다. 하늘에서 보는 풍치는 항시 멋있게 보이지만, 영화를 통하여 미국에 대한 깨끗하고 아름답다는 선입관을 가지고 있어서 더욱 아름답게 보였다.

잠시 후에 미국 서북부에 위치한 시애틀에 착륙했다. 지루한 입국수속을 마치고 다시 시카고로 가는 국내선으로 환승하여 동으로 날아가는데 눈 덮인 로키 산맥을 넘어 3시간쯤 지나 시카고에 도착할 땐 이미 어두워졌다. 시간차 두 시간을 합해서 저녁 6시쯤 되었는데, 귀도 울고 머리도 띵하여 어지러웠다. 짐을 챙기고 걸으니 다리가 휘청거렸다. 이리도 멀리 날아와 보니, 고국에 두고 온 부모형제를 다시 못 볼 거 같아서 맘이 더욱 심난했다.

공항에는 문희와 그녀의 동창 몇 사람 그리고 석주보다 일 년 먼저 온 대학 동기 상호도 나와 있었다. 제일 먼저 문희의 웃음 먹은 상기된 얼굴을 보며 손을 잡아주고 다른 사람들한테 목례를 하며 간단한 인사를 하였다. 상호는 크게 웃으면서 손을 내밀었다.

"야, 드디어 왔구나! 씨뱅이. 서두르지 않고 천천히……!"

그게 상호다운 첫 화두였다.

"짜슥, 넌 여전하구나……."

그래도 뒤늦게 오는 사람은 환영객이라도 있어서 아주 낯설지가 않았지만, 먼저 온 사람들에겐 석주가 서울역에 처음 혼자 왔을 때처럼 침이 마르고 상기된 얼굴에 어설프고 막연한 두려움에 반정신이 나갈 지경이 될 것 같다. 몇 대의 차가 새로 옮긴 월세 아파트로 출발했다. 공항에서 고속도로를 타고 반 시간 정도 가는데, 가로등이 한국같이 수은등이 아니고 누르스름한 백열등인 데다 차창에 스치는 암갈색 아파트 같은 건물들이 마치 폐허처럼 도열해 있었다. 겨울이 길고 춥고 눈도 많이 오면서 바람도 매섭게 분다더니, 건물들이 투박스럽고 육중하게 보였다.

문희가 얻어 놓은 3층 건물의 맨 위층에 있는 아파트에 들어섰다. 침대 방 하나에 거실이 있고 화장실과 침대 방 사이에 책상을 하나 놓을 만한 공간도 있었다. 벽은 엷은 핑크색과 푸른색으로 칠해져 있는데, 거실 벽은 검은 무늬가 있는 한 자 크기의 사각유리로 박혀 있어서 새롭고 신기롭게 보였다. 모두 같이 늦은 저녁 식사를 하면서 밀린 얘기하며 술도 많이 마신 탓도 있지만, 긴장이 풀리는 바람에 피곤이 파도처럼 몰려왔다. 밤이 이슥해지면서 환영 나왔던 사람들이 모두 자리를 떴다. 그제야 문희의 상기된 얼굴이 석주 눈에 들어왔다. 석주는 문희를 꼭 껴안으며 말했다.

"오랜만이지? 혼자서 아파트 꾸미느라 힘들었겠네."

"5개월이나 지난 거 알죠? 좀 더 있다가 오시지 그랬어요?"

"비자가 12월에 나왔지만, 알다시피 금주 결혼도 치르고 또……."

"알아요. 농담이에요. 여기 아파트로 이사 올 때, 그동안 같이 룸메이트로 지내던 영애가 병원 기숙사로 들어가는 바람에 살림살이를 그대로 가져와서 따로 준비할 게 거의 없었어요."

문희가 긴 여행 후의 갈증엔 볶은 보리와 옥수수를 섞어 끓여 시원하게 해둔 물이 최고라고 해서 목까지 차도록 마셔댔다. 그러나 너무 피곤한 탓인지 아니면 밤과 낮이 바뀌어서인지 미국에서의 첫날밤부터 깊은 잠을 이루지 못하고 새벽 두어 시에 일어났다. 생체리듬이 지금 한국에서는 점심때라는 걸 알려주니, 꼭두새벽에 냉장고를 뒤졌다. 텔레비전을 틀어 보니 왼종일 방송을 하고 채널도 많았다. 밤새도록 영화를 볼 수 있어서 영어도 익힐 겸 잠도 오지 않는 판에 실컷 볼 수 있었다.

그리고 밖에 나가는 일이 처음 며칠 동안은 무척 조심스러웠다. 아파트라고 해야 한국같이 고층이 아니고 주로 2, 3층의 낮은 건물들이다. 물론 다운타운 호숫가에 있는 고급 콘도나, 흑인들이 많이 사는 남쪽 구역의 저소득층을 위한 아파트는 고층이 많았다. 도시 미관상 고층 건물의 높낮이를 충분히 검토하여 건축허가를 해준다는 얘길 들었다. 그러서인지 비행기에서 본 다운타운 건물들이 멋있게 조화가 돼 있지만, 그 중에는 낡고 지저분한 데다 각종 범죄가 많은 빈민층의 고층 아파트 건물들도 한몫을 하고 있었다. 무슨 일이든지 명암이 있기 마련이다.

모두들 미국은 기독교 정신에 입각한 나라라 범죄도 거의 없고 도덕성도 높고 양심적이며, 세계 여러 민족들이 어울려 살아도 만인 평등의 민주주의 기본 정신에 입각해 인종차별도 거의 없고 직업에 귀천 없이 돈도 잘 벌 수 있는 지상천국 같은 나라로 알고 있지 않았던가. 더욱이 64년에서 69년까지 5년에 걸쳐 만든 TV 연속 드라마 〈페이튼 플레이스〉는 크리스마스 카드에서나 볼 수 있었던 풍경과 저택, 그리고 라이언 오닐과 미아 패로우가 선남선녀들의 애증을 보여줬다. 이제 석주도 그런 미국을 보고 느끼며 살아 보려고, 마치 10여 년 전 서울역에 첫 발을 디디면서, "나도 이제 거대한 이곳에 섞어지는 한 사람이 되었구나"라고 중얼거렸듯이 또 다른 첫걸음을 떼었다.

처음 두 주 동안 올빼미같이 밤낮이 바뀐 생활을 하다가 서서히 시차 적응이 되어 갔다. 이런저런 걱정이 많은 석주에게 이민 선배들은 하나같이 조바심을 버리고 천천히 쉬면서 차근차근하게 뭘 할까를 생각하라고 조언을 해줬다. 좁고 바쁜 한국생활을 하다가 이곳에 오면, 모두 다 우물에서 숭늉을 찾듯 서둘기 마련이다. 백화점에서 필요한 물건을 주문하면, 2, 3주를 기다려야 한다는 얘기를 들을 때는 어이가 없었다.

주말이 되자 상호한테서 연락이 왔다. 미국에서는 술 한 잔을 마시더라도 한국 같은 분위가 아니라며 자기 집에서 한잔하자고 하였다. 그리고 상호는 뽑은 지 일 년밖에 안 된 번쩍거리는 승용차로 석주를 태우고 20여 분 걸려서 어느 허름한 아파트 빌딩으로 데리고 갔다. 어둠침침한 계단을 올라가서 복도의 맨 끝에 있는 그의 아파트로 들어섰다. 어두운 방 안에 들어서자 주물로 만든 투박스런 온수 라디에이터에서 나오는 열기로 숨이 턱 막혔다. 거실과 부엌 창을 조금 열어 놓으니 훅 하며 밀려들어 온 찬바람이 얼굴을 스치면서 그제야 정신이 좀 들었다. 상호는 손잡이에 손때가 잔득 묻은 냉장고문을 열고 돼지고기를 갈아서 요리한 스팸(Spam) 깡통을 꺼내고 맥주나 독한 위스키 대신 저렴한 1.5리터짜리 테이블 와인을 꺼내어 물 컵 두 잔에 가득 부으면서 말했다.

"미국에 온 걸 축하해야 할 일인지 위로해 줘야 할 일인지 모르겠지만, 청춘을 위해서 건배하자!"

둘은 물 마시듯 한 잔을 금세 비워 버렸다. 상호는 바로 한 잔을 가득 채웠다.

"우리 집이 좀 지저분하지? 마누라가 밤 근무를 하니까, 청소나 빨래도 제때 못 하고 어린 딸년까지 생기는 바람에 정신없이 산다. 너도 잘 알다시피 나도 깔끔한 사람이 아닌 데다 이른 새벽엔 나도 또 일하러 가고 말이야."

"자리를 잡는다는 게 언제가 될지 모르지만, 이민 햇병아리들이 다 이리 사는 거지. 아, 그런데 만규가 꼭 안부 전해 달라고 하더라. 니가 떠나기 전에 같이 대전에 있으면서 떠나는 것도 몰랐다고 하면서 말이다."

"만두? 갠 제대했냐?"

그러면서 피식 웃었다.

"지난일은 다 잊어 버려라. 여기서 한 일 년 살다 보니 모두 다 거추장스런 기억들이다. 오로지 살기 위한 투쟁밖에 없지. 여기 내 손바닥을 봐라. 잡(Job) 찾으러 수없이 다니면서 핸들을 이리 돌리고 저리 돌리고 다니니까 손바닥에 물집이 잡히더라. 게다가 내가 별 기술이 있냐? 대학 때 공작실습 시간에도 전혀 관심이 없던 난데, 여기 와서 갈고 때리고 조이는 일을 하다 보니 이리 되었다."

석주는 그의 양손을 보니, 엄지 밑 손바닥의 가장자리에 물집이 잡혔다가 터진 후에 생긴 굳은살이 확실한 증거라도 되듯이 박혀 있었다. 그리고 오른 손목에 감긴 때묻은 붕대를 보여주며 하도 망치질을 해서 팔목이 시리고 아파서 감고 다닌다고 하였다.

"내가 여기까지 와서 평생 망치질만 하겠냐? 다 참아내고 또 때가 되어야 무슨 일이고 하고픈 일을 할 수 있으니 지금은 기다리는 법부터 배워야 한다. 의사 한번 만나러 가도 몇 주 전에 약속을 해야 하니, 한국에서처럼 조급해 하는 사람들에게 Take a time(천천히)이나 Take it easy(슬슬 해) 하는 인사말을 쓰지."

"하긴, 한국인들의 서두르고 발을 동동 구르는 조바심은 알아주지. 오늘내일 필요한 것도 아닌데 지금 가져다 놔야 하고, 좋은 것은 자기가 먼저 갖고, 타고 가야 하는 맘은 어느 때부터 생겼는지 모르겠다. 조선왕조 500년 동안 조상들은 양반의 예절법도에 따라 비가 와도 결코 뛰지 않고 아무리 배가 고파도 여유 있게 식사를 했다 했는데, 아마 일제치하에서 살아남기 위한 편법을 배웠고, 6·25전쟁이 또 한국인들을 그렇게 만들어 버렸나 보다."

주정이 약한 포도주라도 연거푸 마시다 보니 상호의 검은 얼굴이 검붉게 달아올랐다. 그는 큰 눈을 지그시 감으며 열변을 토했다.

"뉴욕이나 시카고 같은 대도시에서는 유태인들이 큰 장사는 다 잡고 있거든. 여기 한인 타운은 유태인들이 거의 다 빠져나가고 한인들이 동양의 유태인이 되어서 그 뒤를 잇고 있지. 14세기에 베니스에서 유태인들이 돈놀이를 많이 하면서도 성경에 쓰인 대로 유태인끼리는 이자를 받지 않았다고 하더구먼. 즈네들끼리는 똘똘 뭉치고 외부 사람들을 경계하고 쥐어짜고 말이다. 하여튼 장기적인 계획이나 투자보다는 현금을 선호하고 단기적으로 비즈니스를 운영하는 것도 다 알고 보면 모두 모여서 살 땅이 없는 탓에 미래가 없는 남의 땅에서 산재해 살아오면서 터득한 사활의 신조 아니겠어? 유태인의 힘이 무섭게 커지고 있으니, 아마 미국 정부도 나중엔 감당 못 하게 될 걸?"

"그러고 보면 한국인들도 좁은 땅에서 많은 사람들이 경쟁에서 살아남기 위한 방편이 굳어져 지금의 대다수의 국민성이 되어 버렸나 하는 생각이 들어. 자신과 무관한 경우엔 과잉 친절을 보이고, 이권이 개입되면 많은 이들이 안면 몰수하지. 이 모든 것들이 잘못된 과정에서 생긴 것이지 한국인들의 전통적 기질이라 생각지는 않지만 말이다."

이날 둘은 모처럼 취기가 올랐고, 그동안 밀린 얘길 실컷 나누다가 술도 깰 겸 밖으로 나왔다. 아직 쌀쌀한 날씨에 이슬비까지 내리는 스산한 공원에서 한동안 걷다가 다음 주말엔 석주네 아파트에서 만나기로 하고 늦은 오후에 돌아왔다.

문희는 저녁식사를 준비해 놓고 기다리고 있었다. 석주가 며칠 전 동네 큰 사거리에 있는 한인이 하는 주류 판매장에서 미국에 와서 첨으로 7불을 주고 산 죠니 워커 위스키 병을 꺼내 놓자, 문희가 물었다.

"상호 씨하고 포도주 많이 마시지 않았나요? 단내가 풀풀 나는데요."

"음, 취할 정도는 아닌데, 테이블 와인이라 주정도 낮고 맛도 떫은 데다 배만 부르고. 아무래도 깔끔하게 입가심을 해야 할 거 같아."

"근데, 무슨 얘길 그리 오랫동안 했어요?"

"뭐, 10년 만에 만난 것도 아니고, 지난 1년 동안 잡(job) 찾으려고 고생한 얘기를 주로 들었어. 또 이민 초기라 그런지 한인들은 너나 할 거 없이 조바심이 많아서 우물에서 숭늉 찾는다고 하더라고."

"다른 이민자들보다 일찍 자리를 잡으려고 더 열심히 일하잖아요."

"물론 장점도 있고 또 단점도 있지. 빠른 시간 내에 벌판에 고속도로며 주택과 공장을 세워서 삶의 질도 향상시키고 수출도 늘였지만, 상하수도 및 녹지대 부족, 공해, 부실, 등을 동시에 키웠잖아. 그런데, 더 큰 문제는 국민들의 의식구조가 상대적으로 느리게 향상되는 거라, 해가 갈수록 경쟁이 심해지니까 타인을 배려치 못하는 극단적인 이기심과 조바심이 더 커지는 거 같고. 일제의 물이 들지 않은 4·19 혁명 당시 젊은이들이 40대가 될 무렵에는 의식구조가 크게 향상될 것이라고 믿었는데, 요즈음의 젊은이들은 더욱 기회주의적이고 이기적이 된 거 같아. 어찌됐건 기성세대가 교육을 잘못 시킨 탓이겠지."

처음 얼마 동안은 모두 애국자라도 된 듯 종종 만나 술만 먹으면 나라 걱정하는 얘기들을 많이 하지만 서서히 생활인으로서 이민생활에 빠져들어 가면서 타성에 젖어간다. 그래서 자주 쓰는 영어 표현으로 'Who cares!'라는 말이 있다. 자기 힘으로 더 이상 안 될 때, 배 차라고 하는 식으로 '내 알 바가 아니지!'라는 뜻으로 말이다.

이미 오랫동안 살아온 이민자들에게도 이제 2세 자녀들이 커 가고 더욱 더 돈이 필요하지만 비즈니스는 옛날과 같지가 않고 살기 좋다는 미국이 점점 희망이 없는 나라같이 느껴졌다. 맘씨 좋고 부지런한 세탁소 주인 '킴'이나, "옛 써, 옛 써!" 하는 중국식당 주인인 '챙'은 주류사회의 경쟁 대상에서 제외된 소수민족으로서 왜소한 체구의 정겨운 동양인 친구들이었다. 그러나 이제는 이민자의 수가 많아지고 경기도 나빠지니까 서로 간에 무관심을 지나 혐오에 따른 범죄의 대상이 되기도 한다.

전에 듣던 대로 문희는 힘들게 일을 하고 있었다. 그래도 이제는 서로 위로도 되고 고생을 해도 같이 하는 입장이라 힘들다는 생각은 않게 되었지만, 고생은 고생이다. 영어는 아직도 짧고, 면허시험 준비하는 동안 시간당 급료가 5불 36전이라 2주에 실수령액이 350불 정도다. 게다가 어렵사리 시작한 병원의 위치가 흑인 빈민가에 있었서 버스는 강도의 위험이 많았다. 하지만 별 도리 없이 그걸 타고 출퇴근을 할 수밖에 없었다. 아침 6시가 채 되기 전에 같이 식사를 하면서 문희가 시무룩한 표정을 지으며 입을 열었다.

"겨울에는 이 시간에도 아직 어두워요. 오후에 서머타임이 해제되고 오후 4시가 지나면 어두워지는데 3시 반에 일 끝나고 병원에서 버스 정류장까지도 10여 분 걸어갈 때는 두리번거리며 뛰다시피 가야 해요. 대낮에도 승객이 거의 없을 때 심심치 않게 버스에서 강도를 당했다는 얘기를 하더라고요. 제 친구 영애도 버스 안에서 목걸이를 강탈당한 적이 있었어요."

지금은 그래도 비상연락을 하는 무선설비와 핸드폰이 있지만, 그때만 해도 운전기사가 있어도 전혀 도움을 주지 못하였다. 누구라도 그런 상황에서 목숨을 내놓고 선뜻 나설 수가 없었던 게다.

석주는 아무리 공부를 하고 싶어도 문희 혼자서는 기본적인 생활도 꾸릴 수 없음을 깨닫고 TOEFL과 GRE시험만 보고, 조만간 차라도 사려면 우선 직장을 잡아야겠다고 생각했다. 공부도 재정적인 뒷받침이 있어야 하지, 아무리 여문 결심을 했다 하여도, 맘만 가지고 덤빌 일이 아니었다. 더욱이 이민 가방 하나 달랑 들고 떠나온 처지라면, 재정적 뒷받침을 나름대로 준비해온 유학과는 시작이 다르다. 석주가 잘 아는 대학 선배는 석주가 시카고로 온다는 소식을 듣고, 일거리를 찾는 데도 훨씬 수월한 시카고에 소재한 주립대학교로 옮겼다. 그는 학비가 모자라 급한 대로 석주한테 돈을 빌려서 풀타임 수강신청을 하고 정부기관에 보고를 한 후에, 한 두 과목만 남기고 환불을 하는 식으로 몇 학기를 계속하였다. 그리고 환불된 금액에 차액을 채워서 돌려주고 중국식당에서 아르바이트로 피나는 고생을 하며 파트타임으로 공부를 했다. 하지만 일주일 단위로 내는 방세를 포함해서 생활비를 버는 데도 힘이 부쳐서 결국 학업을 포기하고 불법 체류자가 되어 버렸다. 그 선배뿐만 아니라 어려운 고비를 수없이 넘어서 이곳까지 온 가난한 유학생들은 그렇듯 포기를 해버리고 차가운 현실 속으로 사라져 갔다.

석주는 시카고 트리뷴지의 일요일판 구인광고를 뒤적거리며 할 만한 일거리를 열심히 찾고 있었다. 주변의 한인 남자들은 상호처럼 대다수가 공장일을 하거나, 한국에서 좀 여유 있게 살았던 사람들은 가져온 돈으로 자기 비즈니스를 개척했다. 하지만 위험한 동네에 가서라도 흑인 상대의 잡화점, 가발 및 미용 관련 제품 판매점, 옷가게 등을 하고, 또 유태인들이 떠나고 이젠 한인들이 모여드는 거리에서 양식품점, 한식품점, 잡화점, 식당, 사진관, 여행사, 선물센터, 복덕방, 세탁소 등을 하는 게 고작이었다. 극히 일부가 교수, 의사, 약사, 엔지니어 등 전문직에 종사하고 70년대 중반에 취업이민으로 온 많은 젊은 여성들이 간호사일을 하고 있었다.

개인 비즈니스도 다 운이 닿아야 제대로 되는가 보다. 석주네 아파트로 들어가는 입구의 사거리 모퉁이에 지난 수년 동안, 한인이 운영해온 소규모 양식품점이 있었다. 전주(前主)는 그동안 돈도 모아서 사업 규모를 늘리려고, 그 가게를 한국에서 최근에 온 황씨라는 중년 남자한테 팔았다. 그리고 새 주인이 된 그는 헌병 출신으로 태권도 유단자이고 갸름한 눈매에 조그마한 체구지만, 근육질의 단단한 몸집을 가지고 있었다. 그는 가게를 시작하면서 내부 정돈도 다시 하고 또 전시 효과를 위해서 태권도복을 검은 띠로 묶어서 계산대가 있는 뒷벽에 걸어도 놨다. 도둑들은 조심하라는 무언의 경고랄까? 그런데 불과 석 달도 되지 않은 여름철, 땅거미가 지기 시작한 초저녁 8시쯤이었다. 가게 문을 닫을 무렵에 그만 생면부지의 무장 강도한테 목숨을 잃고 말았다. 소위 말하는 아메리칸 드림을 이루기 위해 그렇게 생명의 대가를 지불해야 되는지, 한 달이 멀다 하고 그런 사고는 주변에서 일어났다.

석주는 현대건설에서 2년 반 기계설치 엔지니어로 근무를 했다지만, 미국에서는 누가 시켜 줘도 잘해낼 수 있을지 엄두가 나지 않았다. 세분화된 특기도 없고 말도 짧아서 불가능한 일인 데다, 미국 경력과 학위며 자격증도 물론 없어서 직장을 찾는 데는 전혀 도움이 되지 못했다. 또 대학에서나 군에서 배운 항공기 정비 경력을 살려서 항공기 정비사를 하면 어떨까 하는 생각도 해봤지만, 이제 와서 새삼스럽게 면허시험 준비를 한다는 것도 한심스러웠다. 그런데 그나마 다행한 것은 대학 시절 기계설계 및 제도를 둘째가라면 서러울 정도로 잘했기에 제도사로 직장을 찾아보기로 하였다. 제도는 엔지니어링에서 기본이라 일단 그 일을 하면서 공부도 계속하고 또 학위도 따면 언젠가는 당당히 엔지니어도 될 수 있겠다는 생각을 해봤다.

석주가 온 지 5개월이 지나도록 문희 혼자서 벌어온 걸로는 중고차마저도 구입할 형편이 안 되어 직장을 찾더라도 시내버스 노선이 닿는 시내로 제한할 수밖에 없었다. 몇 군데를 구인광고에서 오려 놓고, 말이 서투르니 전화통화는 못 하고 직접 가서 여유 있게 설명할 요령으로 찾아다니기로 하고서 한 군데를 들러 봤다. 지원서를 쓰고 간단한 인터뷰를 하고 나서 실기로 기계 부품을 보고 기본 삼면도를 그려보라고 하였다. 두어 시간이 걸려 그린 도면을 제출하였더니 엔지니어링 책임자가 자세히 살펴보더니 윗사람한테 데리고 가서 석주를 소개시켰다. 그제야 그 감독관은 웃으면서 악수도 청하였다.

"자네는 제도에 소질이 많군. 그러니 자넨 고용이 됐네. 시간당 4불 50센트를 줄 터이니 내일부터 일을 시작하게나."

이렇게 하여 전자기기를 만드는 소규모의 회사에서 의외로 쉽게 제도사일을 시작하게 되었다. 그 무렵에 별 기술 없이 공장엘 다니는 사람들의 최소 임금이 2불 30전인데 비하여, 주변 한인들은 미국 경험 없이 그렇게 받은 것이 대단한 대우라고 혀를 내둘렀다.

그날 오후 늦게까지 일자리 찾아 나간 사람이 돌아오지 않자, 문희는 걱정이 되어서 아파트 3층 창문으로 고개를 내밀고 내려다보고 있었다. 그런데 차에서 내리는 석주를 보고는 깜짝 놀랐다. 그 회사에서 근무하는 미국인 동료가 석주가 사는 아파트 근처에 산다며 집에 가는 길에 태워준 것이다. 그렇게 시작한 첫 직장을 시내버스를 한 번 갈아타며 다녔다.

주변 풍물들이 눈에 제대로 들어올 무렵에 석주가 먼저 운전면허를 땄다. 1980년 눈이 많이 내린 1월 초에 차 세일즈맨이 소개한 8,000마일 뛴 8기통의 1979년형 말리브 클래식이라는 지엠의 쉐비 승용차를 5,724불에 샀다. 색깔 선택의 여지도 없는 엷은 배추 색의 쿱(coupe)이었다. 그리고 1,200불 밑돈에 연 14.55%의 이자로 3년 월부에 세금 포함하니 대략 7,100불이 되었고, 월 불입금은 164불이었다. 미국 생활은 모두가 월부로 시작해서 월부로 끝난다. 그날은 새로 발이 생긴 날이라 모처럼 기분이 들떴다. 딜러에서 서류 정리를 한 후에 차를 인수하고 문희와 같이 이리저리 다니다가 도중에 어두워지고 말았다. 헤드라이트는 켰어도 계기판을 환하게 조절하는 장치가 어디에 붙어 있는지 몰라서 아파트까지 답답하게 캄캄한 채로 돌아왔다.

얼마 있다가 문희도 운전면허를 따면서 직장이 썩 좋지 않은 동네에 있는 병원인지라 차는 주로 출퇴근용으로 쓰게 되었다. 석주는 해를 넘겨 봄 학기부터 파트타임으로 일리노이 공대 대학원에 등록했다. 낮에는 직장을 나가고, 일과 후 아파트에 와서 차를 넘겨받아 학교엘 다니게 되었다. 그런데 대학에서 3, 4학년 때 전공으로 배운 30여 개 과목들 중 서너 과목을 제외하고, 나머지는 항공기 정비사가 되지 않으면 아무짝에도 쓸모없는 과목들이라 정식 입학은 불가능하였다. 그래서 대학원 과정으로 세 과목 정도를 평균 B 이상 받으면 정식 입학을 할 수 있다는 조건부 입학 허가를 받았다. 때늦은 후회만을 할 수도 없고, 그렇다고 포기할 수도 없었다. 더욱이 어머니와의 약속을 위해서라도 그럴 수는 없었다.

미국의 대학원 공부는 한국보다 몇 배 노력이 든다고 하지만, 어떻게 됐든 해내야 할 입장이었다. 낮에 직장을 다니고 저녁에 3, 4학점짜리 두 과목을 수강하면, 숙제에다 시험으로 초비상이 되어 버렸다. 풀리지 않는 숙제와 씨름을 하다 보면 수시로 창 밖이 밝아 오곤 했다. 지금도 간혹 새벽에 '구—구—' 하고 우는 야생 비둘기의 울음소리를 들으면, 옛 생각이 절로 난다.

고집과 깡다구로 시작했지만, 대학 졸업한 지 8년 만에 결심만 가지고 시작한 대학원 공부는 애를 먹였다. 대학에서 깊이 있게 배우지 못한 분야였기 때문이다. 특히 대학원 과정의 고급수학을 선택하여 혼쭐이 나는 바람에 그후로 고급 유체역학이나 연속역학, 열역학 등의 과목을 새로 기초를 다시 다지며 시험 위주의 공부를 할 수밖에 없었다. 주변에서는 "김형은 항공기 정비를 하여서 자동차 정비는 새 발의 피 아니야? 발 벗고 나서면 돈도 많이 벌 텐데 힘들게 공부를 해서 뭐 하려고 그래요?" 하며 어이없어 했다. 물론 석주 자신도 보이지 않는 미래를 바라보고 이제 어려운 발걸음을 내디뎠으니 불안한 맘이야 항시 맘속에서 고개를 들었지만, 학교와 직장 그리고 아파트를 잇는 삼각형 꼭짓점을 돌고 또 돌 수밖에 없었다.

이민자 중 대부분의 남자들이 한국에서 대학을 나왔고 군이나 사회

경력도 있지마는 새로 시작하는 이민 생활에서는 모두 무용지물이었다. 공장에서 힘든 육체노동을 하거나 시카고 남부 흑인 빈민촌에서 목숨을 내놓고 장사하면서 본인들의 꿈은 애당초 접어 버린 채, 단지 2세한테 희망을 걸어놓고 정신없이 살아간다. 그러다 보니 대부분의 이민자들이 주말에 교회를 다니면서 친교하며 스트레스를 풀고, 또 끼리끼리 만나서 술이라도 한잔 들어가면, 신세 타령을 하면서 사는 재미가 없다고 한탄한다.

"한국에서는 그래도 일과 후에 한잔씩 걸치면서 스트레스도 풀고 했는데 여기서는 하루 일과가 끝나면 모두들 곧장 집으로 총알같이 달려가죠. 집에 가는 길에 아침에 맡겨 놓은 애들을 데려오고, 또 누구라도 일찍 집에 오는 대로 저녁식사 준비도 해야 하니까요."

하기야 미국 술집이라는 게 분위기가 한국하고는 영 틀려서 정감이 나질 않았다. 혹시 누가 시비라도 하지 않나 눈치도 살펴지고, 또 말도 짧고 칵테일 종류도 모르니 맥주 몇 병 마시는 게 식상할 수밖에 없다. 결국 찾아다니는 게 한인이 경영하는 식당이나 술집이다. 그리고 동문회, 향우회, 전우회, 상우회 등의 모임에 참석하여 술도 마시면서 스트레스 해소를 하다 보면,

"난 이래봬도, 왕년에는 모 대기업에서 잘나가는 자리에 있었거든요."

"그래요? 난 군에서 잘 나가던 보급 장교였었지."

"이봐 정씨, 장교 소릴 꺼내지도 말어. 저기 새로 오신 양반 말이여, 말씀이 통 없으신데, 육군 소장 출신이라고 하드만."

"그래, 지금 뭐 하시나?"

"세탁소 하시나 봐."

이렇듯 영양가 없는 과거사가 꼬리를 물었다.

"이 고달픈 이민 생활을 미리 알았더라면, 머나먼 이 낯선 땅까지 절대로 오진 않았을 거요. 지금 안달이 나서 이민 오려고 하는 사람들이 있으면 보따리 싸 가지고 다니면서 말리겠어. 허나, 나도 그랬지만, 한번 이민병에 걸리면, 못 오게 하려는 수작이라고 오해를 하지. 나중에 지 머리가 왕창 깨지고서야 실감이 나겠지만 말이야……."

석주가 떠나온 지도 일 년 반이 지나고 있었다. 석주 아내는 그동안에 미국 간호사 면허시험에 합격했고, 일리노이주에 있는 초급대학에서 필요한 학점을 이수하여 정식 면허를 취득하게 되었다. 그래서 그동안 쌓인 부담감을 털어 버리고 이제 제대로 보수를 받으며 전부터 다니던 병원을 계속 다니고 있었지만, 그 병원이 있는 동네가 흑인 빈민들이 사는 곳이어서 신변 안전에 항시 신경이 쓰였다. 그래서 사람들은 그런데 있는 병원이나 학교를 섬이라고 한다. '시카고 대학교'나 '일리노이 공대'도 예외는 아니었다.

그 무렵 석주 부모님들은 봉천동을 떠나 청량리역 근처에서 월세로 지내고 있었다. 어머니는 근처 카바레 식당에서 고되기는 해도 수입이 좋은 주방일을 하고 있었다. 그러나 훗날 사고를 당하고 회복이 늦어지자, 어머니는 수시로 "내가 뭐에 홀렸지. 뭣도 모르고 불려 와서 자식 며느리허고 으르렁대고 지내다가 이젠 병신까지 되었으니 이 노릇을 어떡혀?" 하며 울부짖었다.

1980년 9월 초에 장남인 진혁이가 태어났다. 그런데 석주 처의 출산 휴가가 끝나갈 무렵 어머니를 미국으로 부르기로 했다. 당장 애가 태어나면 맡기는 일이 급선무였고, 어차피 부모님들을 가까이에서 모시기로 한 거라 서두른 것이다. 어머니를 이민 초청하려면 석주가 시민권자라야 하므로 일단 관광비자로 입국하여 4년 후에 영주권을 신청하기로 하였다. 자동차 유지비에 월부금까지 내는 형편에서 여유가 별로 없었지만 어머니의 왕복 비행기표 1,100불도 일 년 할부로 구입해 보냈다. 그리고 큰애가 태어난 지 한 달 만에 시카고로 오셨다.

당장 침실이 두 개인 아파트를 구해야 되는데, 렌트비가 두 배인 300불을 내고 옮겨 볼까 하였지만, 그것도 여의치 않았다. 침실이 하나인 아파트에서 어른 셋이 살 수 없다는 아파트 주인을 설득하여 당분간 지내기로 했지만 불편하기 짝이 없었다. 결국 침실은 석주 내외가 쓰면서 아기침대를 같이 놓고 지내고, 어머니는 거실을 사용할 수밖에 없었다.

그런데 어머니의 의견을 충분히 타진하고 방문 초청을 했어야 했는데, 그러질 못해서 미처 생각지도 못한 많은 부작용이 따랐다.

첫째, 석주 내외는 낮에 베이비시팅을 하면서 아파트에 답답하게 갇혀 지내야 하는 어머니의 맘을 미쳐 잘 헤아리지 못했다. 여태껏 밖에 나다니면서 일을 하던 분인데 왼종일 징징거리는 애들만 보는 걸 참기 힘들어했다. 하루는 석주 부부가 일과 후에 식품점에서 만나서 같이 장을 봐 가지고 3층까지 낑낑대며 올라와 아파트 문을 열고 막 들어서자마자, 어머니가 큰 소리로 버럭 화를 냈다.

"야, 미국이라는 게 다 이렇게 하고 사는 곳이냐?"

석주 내외는 웃으며 들어오다가 기절초풍하게 당황해 웬 영문인가 해서 살펴보니 집 안이 아수라장이었다. 어머니는 같은 층의 바로 옆 아파트에 사는 맞벌이 한인 부부의 어린애까지 봐주고 있었는데, 그 애는 등에서 때를 쓰며 울고 있고, 석주네 큰 녀석은 덩달아 응접실 마루에서 마구 울고 있었다. 어머니의 성격이 차분하게 애들이나 보면서 몇 푼 버는 것에 만족할 분이 결코 아니었음을 간과하였다.

둘째는 얼마 동안 있어 보니 새아기가 말버릇 없게 남편한테, "이랬어, 저랬어" 하면서 반말을 하고, 남편이 공부하는데, "자기 이리 와서 이것 좀 해주고, 저건 너무 무거우니 좀 들어줘" 하면서 도대체 가만히 두지를 않으니 언제 공부를 하느냐는 얘기였다. 그리고 석주 처는 자기 딴엔 열심히 노력해서 친어머니같이 허물없이 지내려고 했다는데, 어머니의 눈에는 버릇도 없고 또 고집도 세다는 식의 부정적인 선입관을 갖게 되었다. 그런데 문제는 그런 얘기를 그때그때 다 터놓고 서운하게 느끼거나 잘못되게 생각되는 점을 바로 풀어 버렸으면, 훗날 감당키 힘든 큰 오해를 만들지 않았을 터였다. 그런데 당신 마음 속에 차곡차곡 쌓아 놓았다가 갑자기 폭탄처럼 터트릴 줄이야 석주는 꿈에도 상상할 수 없었다.

사실 석주가 고등학교를 졸업하고 서울로 올라온 후 어머니를 10년도 넘도록 이리 오랫동안 모신 적이 없었다. 어렸을 때나 결혼 전에는 느끼지 못했던 새로운 면을 접하게 된 거다. 여느 어머니 못지않게 자식들한테 열성을 퍼부었고, 고생도 많이 해서 이해성도 많고 화통한 성격을 갖고 있을 거라 생각해 왔는데, 석주는 그때까지도 어머니의 속마음을 깨닫지 못한 탓이었을까? 집 밖에서는 여장부같이 지내고 매사에 허허하는 것처럼 보여서 사소한 오해 같은 것은 하지 않는 분이라고 알고 있었다. 그러나 사실 그것은 당신 스스로 내면의 갈등을 극복하려는 노력에서 나온 피상적인 행동이었지 사실은 그러하지 못한 것이었다. 어려 이래로 눈덩이같이 커 온 슬픔과 남편에 대한 기대가 좌절로 바뀐 지 오래고, 이제 자식에 대한 기대마저 무너지지 않나 하는 생각에서 당신 혼자 넘기 힘든 맘의 성을 쌓고 있었다.

결국 어머니는 잘해 드리려 노력했던 석주 처에 대해서 도리어 본래 이해보다는 자기 주장만 내세우는 며느리라는 선입관만 쌓아 갔다. 문희 역시 며느리도 자식이라는데 아무것도 없는 집에 시집 와서 살려고 고생해도 수고한다는 말 한마디는 고사하고 이해마저 해주지 않으니, 미국에 모신 것을 후회하게 되었다. 그럴수록 어머니는 또 수시로 석주를 몰아세웠다.

"사내 녀석이 마누라 치마 자락에 휘감겨 하라는 대로 다 들어주면서 이리 쏠리고 저리 쏠리기만 하니, 하려는 공부는 언제 하려고 그러냐? 어떤 여자는 남편 공부 끝날 때까지 찬밥 한번 안 먹이고 갖은 정성을 다했다는데, 도대체 버릇도 없고, 생각도 없어."

"어머니, 그것은 어머니 오해십니다. 제가 이리저리 쏠린다는 게 무슨 말씀이에요? 매번 경우 없게 그렇진 않아요."

"얘, 그럼 이 어미가 다 잘못 봤다는 거냐? 나는 한 번 잘 보이는 사람한테는 간이라도 빼 준다. 내가 그렇게 옹졸한 사람이 아니다."

그런 가운데 석주는 시계추같이 왔다 갔다 하면서 삶의 새로운 면모를 터득하기 시작했다. 한 풀 꺾인 문희는 될 수 있으면 말을 삼가하게 되었는데, 그것마저도 시어머니에게는 꽁한 반항으로 보였다.

어머니는 고분고분하고 싹싹한 며느리, 직선적인 것보다는 나중에 반대의사를 보일망정 우선은 "예, 예" 하며 공손히 받아들이는 태도를 원했다. 서로 노력하여 원만하게 오해 없이 지내는 것이 최선이겠지만, 주변에는 이렇듯 고부간에 서로들 소원한 채로 세월을 보내는 집안들이 많이 있었다.

지나고 나면 다 그러하듯 아쉬움이 따른다. 문제가 생기면 그때그때 바로 소통을 하여 풀었으면, 그렇게까지 곪아 터지지 않았을 거라는 뒤늦은 생각이 들었다. 그래서 오해가 없도록 세 사람이 다함께 얘길 하자고 하였더니, 어머니는 크게 역정을 내었다.

"그래, 그리 조목조목 따져서 어떻게 하겠다는 거냐?"

처음엔 그리 얘길 해놓고도 훗날 일이 크게 터진 후에야 어머니도 뒤늦은 공감을 하였다. 당신 속으로만 끓이는 대신에 윗사람으로서 둘을 불러 앉히고 조목조목 얘기를 하여 의심나거나 서운한 일을 밝혔으면 훗날 모두가 그토록 처절하게 맘고생을 하진 않았을 것이라는 얘기다. 사실 몰이해로 인하여 모두가 가시밭을 걷게 되었다. 그놈의 자식에 대한 과잉기대에서 오는 한 많은 어머니들의 바람 때문이었다.

당시에 석주는 학교 공부도 힘들었지만 잠정 입학의 딱지를 떼야 하는 과정에서 문희나 어머니한테도 그 내막을 자세히 얘기할 수 없었다. 예전에 서울에서 혼자 험난했던 과정을 겪으며 대학 졸업을 했듯이 이곳 미국에서도 좋은 결과만 보여주려 했는데, 어쩔 수 없이 미리 모시게 되어 그 모든 과정을 함께 겪다 보니 생각지도 못한 갈등의 늪에 빠지고 말았다.

어머니는 어쨌든 문희의 초청으로 모두 미국에 들어왔기 때문에, 그녀가 행여나 석주한테 잘못 대해 줄까 봐 직접 얘기도 못 하고 당신 혼자 그토록 속만 끓이었다니 너무 어처구니가 없었다. 그런데 그때부터 어머니 맘속에 쌓여진 울화는 아직 시작 단계에 불과했다.

어머니는 집안에서 애들과 씨름을 하면서 지내는 일보다는 이때까지 해왔던 식당일 같은 데에 더 관심을 두었기에 한식집 주방에서 일하는 걸 알아봤다. 그래서 겨울에는 춥고, 여름에는 땀으로 목욕하며 곤두박질을 하는 주방일을 다시 하게 되었다. 데이고 베이는 젊은 사람들도 일이 고되어 코피를 흘리는 곳이다. 그렇다 하더라도 어머니는 이윤도 남지도 않는 일로 아파트 공사장에서 뛰고 날던 때를 생각하면 편한 일이라 생각했다. 석주 어머니는 아직 손에 풀기가 있을 때 한 푼이라도 더 벌겠다는 생각을 하였고, 석주는 자신의 명의로 만든 통장에 꼬박꼬박 저금을 할 수 있도록 하여 그나마 보람을 갖게 해드렸다.

그 무렵 금주는 병원엘 다니면서 시댁이 있는 돈암동에서 살고 있었다. 첫 딸이 그해 12월이면 벌써 돌이 된다면서, 준비가 되는 대로 내년 3월쯤은 취업이민을 올 수 있을 것 같다고 편지가 왔다. 어머니가 입국한 지 두 달 만에 보낸 편지는 이러했다.

어머니께

몸이 불편하다는데 괜찮으신지요.

아버님이랑, 경주네 식구들은 잘 있으니 걱정 마시고, 마음을 조급하게 먹지 마세요. 이제 어머니 연세에 돈을 잘 벌면 좋겠지만 운이 붙기에는 때가 지났어요. 그러니 미국에 있는 동안만이라도 마음을 편히 가지시고,

잠시 놀다가 들어간다는 생각을 가지세요.

그래서 오빠, 올케 공부하고 일하는데, 마음 편하게 조카 맡기고 다닐 수 있게 도와주시고.

어머니는 항상 조급하게 서두르고 또 한시도 맘 편하게 지내지 못하시잖아요.

그러니 수양하는 셈치고, 편하게 계시다가 몸 건강히 오세요.

저희들도 지금 많이 알아보고 있으니, 가서 만나게 될지, 아니면 이곳에서 다시 만나 뵐지 모릅니다만, 항시 여유를 갖고, 오빠와 올케를 달달 볶지 마세요.

그럼 또 편지 드리겠어요.

안녕히 계십시오.

1980년 12월 12일,

금주 올림

석주가 출국하고 나서 부모님들은 1979년 8월에 봉천동의 200만 원 전셋집에서 미아리로 50만 원 보증금에 4만 원 월세방으로 옮겨서 지내다가 12월에 연탄가스 중독으로 모두 큰 변을 당할 뻔했다. 부엌이 따로 없어서 불편하였지만, 주인집에 전화가 있어서 참고 지내다가 다음해 4월에 계 탄 돈을 합쳐 150만 원짜리 전세로 다시 옮겼다.

경주도 매제가 소사에서 부평으로 직장을 옮기는 바람에, 그곳에서 전세를 얻는 데 애로가 많았다. 600만 원만 있어도 연립주택을 구입할 수가 있었다는 얘길 들었다. 그러나 8월에 어머니의 방문비자가 나오자 전셋돈 뺀 150만 원하고 경주네 130만 원을 합쳐도 300이 채 못 되는데 400만 원이라는 부평 부개동의 전세 독채를 어떻게 얻을 수 있을지 걱정하는 편지를 9월 초에 받았다. 그러다가 어머니 출국 후 한 달 반 만인 12월 말에 부개동에서 편지가 왔다. 부족한 금액을 힘들게 빌려 채워서 전세를 얻었고, 아버지는 큰손녀를 보면서 같이 지낸다고 했다. 형편이 아직 피지 못하여 어렵게 지내고 있을 때라, 석주는 아버지가 입국할 무렵까지 생활비 일부를 송금해 줬다.

방문 초청으로 입국한 어머니가 이미 6개월 비자 유효기간이 넘어서 불법체류를 하게 되었지만, 아버지의 방문 초청을 시도해 보기로 했다. 원래 두 부부가 입국하면 장기 체류가 의심되어 비자를 안 준다는 얘길 들었지만 모험을 해봤다. 다행히 컴퓨터로 조회를 하지 않던 시절이라 비자가 나와서 어머니가 입국한 지 8개월이 지나고 다음해 6월 중순에 아버지도 입국하였다. 아버지가 출국할 때도 경주네 전세방에 돈이 묶여 있고, 그쪽 생활도 어려우니 결국 빈손으로 떠나야 할 처지라서 또 할부로 구매한 왕복 비행기표를 보내 드렸다. 방문으로 입국할 때는 편도로 끊지 못하여 모두 곱이 되는 왕복 비행기표 값을 치러야 했다.

이제 컬럼가에 있는 아파트에서는 더 이상 같이 지낼 입장이 못 되어서 큰 아파트를 찾아보기로 하였다. 그런데 월 120불 정도를 내다가 침실이 3개 있는 아파트는 월세가 450불도 넘어 부담이 큰 데다 집주인들의 요구 조건도 까다로웠다. 가는 곳마다 애들은 몇이고 몇 대가 사는지 물었고, 담배를 피우면 공용 히터 블로어가 돌아가니 냄새가 나서 안 되고, 심지어 무슨 음식을 주로 요리를 하는지도 물었다. 한식을 주로 하는 어른들이 있으니 당연히 된장찌개에 김치찌개 냄새가 진동할 것이라 그들이 요구하는 조건에 한 가지도 들어맞지가 않았다. 시카고 교외로 나가서 단독주택을 산다 해도 어지간한 집은 100,000불이 넘었다. 더욱이 직장이 모두 시내에 있고, 아직 차도 한 대뿐인 데다 지금 형편에 무리를 할 수도 없어서 시내에서 동네가 그런 대로 괜찮은 곳을 찾아보기로 하였다. 결국 몇 군데를 돌아다니다가 어머니가 일하는 한국 식당도 걸어서 다닐 만한 위치에 있고, 또 동양식품점이나 서양식품점도 역시 걸어서 다닐 위치에 있는 집을 찾아냈다. 네 가구가 들어 사는 한국의 연립주택 같은 콘도 건물이었다. 아래층에 있는 한 유태인이 살던 유닛을 여러 차례 줄 당기기를 한 끝에 44,000불 주고 구입하기로 하였다.

미국에서 집을 산다는 것이 월부로 자동차 구입하는 것과 다를 게 없다. 밑돈으로 그동안 저축한 돈에다가 문희 친구한테 5,000불을 빌려서 10,000불을 집어넣었다. 나머지는 30년 상환으로 월 불입금이 385불이 되는데, 부동산 세금을 월별로 계산해서 대략 490불 정도가 되었다. 그리고 8월 마지막 주말에 이사를 했다. 문희로 봐서는 4년, 석주한테는 2년 반 만에 월세 아파트 생활을 정리하고 우선 콘도나마 구입하여 이사를 가는 게 감격스러웠다. 그렇게 해서 다사다난했던 버윈가의 결코 짧지 않은 8년 생활의 막이 올랐다.

콘도로 이사를 가기 전까지 2년 동안 석주는 아파트 근처 공원에서 예전에 군복무할 때처럼 주말이면 틈나는 대로 상호와 몇 시간씩 테니스를 했다. 그러고는 석주네 아파트에 가서 문희가 열심히 차려준

생마늘을 곁들인 상추쌈과 불고기에 맥주를 마시면서 이제 막 적응해 가는 이민 햇병아리들의 고충을 털어놓고 어찌 살아야 하는지 등의 문제로 매번 열을 올렸다. 상호는 사실 공학보다는 철학과 종교에 대해서 더 많은 관심을 갖고 있었다. 겉으로는 기독교를 신봉하였지만, 그의 삶의 방식을 보면 누구라도 그 속내를 가늠치 못하였다. 술도 억세게 좋아하고 종교와 철학적인 주제만 나오면 물불을 가리지 않고 따지기 일쑤였다. 동창들보다 두어 살이 많은 데다 앞머리까지 벗어진 그는 검은 뿔테 안경에 항시 낡고 꾀죄죄한 베이지색 버벌리 코트를 걸치고 다녔기에 별명이 '철학교수'였다.

"나는 말이다. 자유로운 영혼으로 살고 싶다."

"아니, 이제 연년생으로 딸을 둘씩이나 두고 그게 무슨 소리야?"

"어찌됐건 인생은 고독한 거지. 먹고살기 위해서 손목이 시려도 끝없이 망치질을 해야 하고. 마누라는 집안 살림은 제쳐 놓고 밤낮으로 뺑뺑이 치며 일만하고 말이야."

"가진 거 없이 떠나온 우리들이 그리 살아야 하는 거 아니냐?"

"난 말이다. 때가 되면 다 벗어 던지고 모세처럼 저 광활한 애리조나 사막으로 들어갈 거다."

그후로 상호는 아들을 하나 꼭 두려고 한 건지 몰라도 또 딸 하나를 더 낳고, 석주한테는 일언반구도 없이 어느 날 멀리 이사를 가버렸다. 그후 수십 년이 흘렀지만, 만나기는커녕 아무런 소식도 듣지 못했다. 그러다가 석주가 미국 온 지 11년 만에 처음 방한한 후로 자주 들락거리게 된 만규가 여럿이 어울린 자리에서 상호를 만났다며 전해 주는 얘기를 들었다. 오랜만에 모인 자리에서 상호는 지금 애리조나의 어느 소도시의 한인 타운에서 목회를 하려고 신학교에 다닌다고 했다. 그러자 입바른 얘길 잘하는 동창이 비아냥거렸다.

"야, 지나가던 개도 웃겠다. 니가 목사가 되면, 이 세상에 목사 안 될 사람이 하나도 없겠다."

이 한마디가 화근이 되어 서로 멱살잡이를 거세게 벌였다는 거였다.

석주는 대학원 공부를 시작한 지 2년이 지나가는데도 조건부 딱지를 떼지 못했다. 어쩌면 맘만 가지고는 할 수 없는 것이 공부인 거 같다는 생각이 들었다. 대학원 학과는 어렵고 기초가 부족하여 두어 배의 노력을 해도 전 과목 점수를 최상으로 받기가 쉽지 않았다. 일 년 후인 81년 봄 학기까지 대학원과정 세 과목을 이수했는데 맘만 급하여 기초가 부족한데도 상급 엔지니어링 수학2를 택했던 것이 큰 실수였다. 결과적으로 기계공학과 과장이 정식 학위과정으로 등록하는 걸 보류하여서 너무 큰 실망을 한 나머지 포기를 할까 하다가, 가을 학기에 수강하는 두 과목을 잘하려고, 생활이 어려운데도 직장을 파트타임으로 바꿨다. 알고 보면 학점을 잘 받을 수 있는 과목을 택하는 방법도 있었는데, 주변에서 대학원 공부하는 지인들도 없다 보니 누구한테도 조언을 받지 못하여 시행착오를 겪었다. 가을 학기에는 상급 유체역학과 열역학을 수강하여 학점도 잘 받았지만, 정식 입학 허가서 제출을 망설였다. 수업료와 책값은 경제적으로 큰 부담이 되었고, 또 동양인들을 별로 탐탁하게 여기지 않았던 학과장도 맘에 걸렸다.

해가 바뀌고 1982년 초에 곧 둘째를 출산할 시기가 되면서 파트타임 일만을 고집할 수는 없었다. 당시 석주 아내는 부업으로 다른 병원까지 다니면서 빠듯한 살림을 이끌어 가고 있었다. 더욱이 출산이라도 하면 몇 개월은 쉬어야 하는데, 유급휴가로는 기간이 부족하여 무급으로 더 쉴지도 모르고, 또 이젠 월부금도 많아져 경제적인 여유가 없어서 자주 가계 문제로 불화가 일었다. 그렇지만 학교 문제에 대해서는 모두에게 구체적인 얘기를 할 수가 없었고, 어머니한테는 가계 형편상 풀타임으로 직장을 찾아야겠다고 여쭸다. 어머니는 석주가 공부에만 전념치 못하고 직장을 위주로 다닌다는 것이 당연히 며느리 탓이라고 생각하였다. 더욱이 두 해 전 아파트에서 놀란 일이 있었던 후로 될 수 있으면 부딪치지 않으려고 지내다 보니 석주 부부를 이해하기보다는 탐탁지 않게 생각하였다.

연초 휴무가 끝나고 석주는 버스를 타고 다니는 범위 내에서 직장을 찾기 위해서 여러 회사가 몰려 있는 곳에 들러서 하나하나 물으면서 찾아다녔다. 구인 광고가 많이 실리는 일요일판을 보려면 한 주일이나 기다려야 했기 때문이었다. 연초가 되어서 구인을 별로 하지 않아 성과 없이 며칠을 돌아다녔다. 다시 방향을 돌려서 집에서 버스로 약 30분 거리에 있는 곳을 찾아보았다. 몇 군데 산재되어 있는 공장들을 묻고 다니다가 윌리엄즈라는 전자제품 제조회사에 이르렀는데, 마침 엔지니어링 확장 중인지라 광고도 나가기 전에 타이밍이 잘 맞아서 지원서를 쓰고 면접까지 끝냈다. 전에 다니던 회사에서 두 해 동안 들락날락한 경력을 계속해서 근무한 것으로 해달라고 미리 양해를 구한 터라 이력서에 경력 2년으로 써넣었지만, 제도는 자신이 있었고 평판도 좋았다. 며칠 후에 고용이 되었다는 연락을 받고 급료 책정을 위해 엔지니어링 매니저를 만났다. 그는 제리라는 중년의 흑인이었는데 첫 인상이 좋았다.

“자네가 시간당 6불을 원했어도, 2년 경력에 제도 실력이 우수하니, 50센트를 더 주겠네.”

석주는 세상에 이런 일도 다 있다며 무척 기뻐했다. 그리고 1982년 1월 10일부터 제법 큰 분위기의 엔지니어링 부서에서 제도사 일을 다시 시작했다. 전자게임 기기를 만드는 회사인데 프로젝트가 다양하여 지루한 줄 모르고 일에 몰두할 수 있었고, 무엇보다 시내버스를 타고 출퇴근을 할 수 있어서 다행이었다. 처음 제도사로 일을 시작할 때 느꼈던 대로 바닥부터 미국 경력을 하나하나 쌓아야만 했다.

그 회사를 나가기 시작하고 한 달 반 만에 둘째인 진아가 태어났다. 어머니는 여전히 식당일을 하면서 바삐 지내고, 아버지는 두 애들을 봐주느라 여념이 없는 가운데 반 년이 지나갔다. 그리고 반 년 만에 설계사로 승진하고, 다시 채 일 년도 못 되어 담당 프로젝트 엔지니어로 고속 승진을 했다. 처음에 직장을 잡을 때는 누구라도 그런 것처럼 우선 먹고사는 것이 급해서 이것저것 가리지 않았으나, 시간이 지남에 따라 석주도 하고 싶은 일을 찾고 싶어졌다. 게다가 지금 다니는 회사는 80년대 중반에 이르자 경기 퇴조에 따라 점점 어려워져 갔다. 그러나 대중교통을 이용해도 될 정도로 출퇴근 거리가 가까운 곳에 있고, 수업료를 회사에서 환불해 주는 혜택도 있어서 우선 석사학위를 끝낼 때까지 근무하기로 하였다. 아직도 항공공학에 미련이 남았지만, 시카고에서는 전공에 맞는 직장도 없고 또 이제 애들까지 둘이나 되어 시카고 땅을 떠나기가 점점 어려워져 가고 있었다.

금주의 이민은 반 년 이상이 지체되어, 82년 초 매서운 겨울에 시카고로 왔다. 경제적으로 넉넉지 못한 서민들이 한 번쯤 거쳐 가는 아파트가 밀집되어 있는 로렌스와 킴볼 근처 월세 아파트에서 조촐한 이민생활을 시작했다. 부부가 같이 왔기 때문에 새 생활에 적응하는 데 시간이 더 걸렸다. 금주는 문희가 했던 대로 낮에 도서관에서 간호사 시험 준비를 하고, 밤에는 양로원 보조 간호사 근무를 했다. 매제는 원자력 발전소 비파괴 검사원직에 이력서를 내고 결과를 기다리는 동안, 아직 차가 없어 먼 거리를 몇 번씩 버스를 갈아타면서 한인이 하는 소규모 무역회사엘 다니고 있었다.

다행히 반년 후에 원전 채용이 결정되었다. 일본으로 단기교육을 받으러 떠난 후 1983년 7월에 둘째 딸이 태어났다. 금주는 산후조리를 하는 동안 석주 집에 와서 잠시 머물다 갔다. 매제가 일본에서 돌아오고 나서 얼마 있다가 일리노이주의 중앙에 위치한 디케이터라는 곳의 한 원자력발전소로 첫 발령이 나서 식구 모두 떠나갔다.

6. 시련

어머니는 여전히 고된 식당일을 하면서 지내고 아버지는 시카고에서 차로 3시간 정도 걸리는 금주네 아파트에서 머물고 있을 무렵이었다. 석주 아내가 2년 전에 시민권자 직계가족 초청이민으로 친정어머니를 초청했는데, 곧 입국한다고 하였다. 그래서 우선 따로 살집이 정해질 때까지 석주네 집에서 잠시 머물기로 하였지만, 사돈 간에 불편함을 감수하고 객지에서 서로 도우면서 살면 좋지 않겠느냐는 의도는 그야말로 이상적인 바람이었다. 더군다나 그동안 고부지간이 원만치 못하고 또 석주와도 자주 다투던 때라 불안하기 짝이 없는 일이었다.

1984년 9월 초 저녁 무렵에 모두가 모처럼 오손도손하게 주변에서 일어나는 얘기를 나누던 끝에 어머니는 갑자기 물었다.

"요샌 돈 없고 갈 데 없는 한국 노인네들도 노인 아파트에 많이 산다는데, 그럼, 나도 한번 물어 보자. 우리 아들 며느리는 어떻게 생각하는지."

석주는 그 얘길 듣고 왠지 불길한 생각이 들면서 가슴이 철렁 내려앉았다. 마침 석주 아내가 별 생각 없이 대답한다고 한 말이 화근이 되고 말았다.

“꼭 원하신다면 나가 사시는 것도 나쁠 게 없지요.”

그 말이 도화선에 불을 붙이는 꼴이 된 것이다. 옆에 앉아 있던 석주는 변명의 여지도 없이 중재에 말려들었지만, 어머니는 있는 대로 화를 내면서 언성을 높였다.

“뭐라고? 니들이 날 눈에 가시로 여기는 모양인데, 난 죽어도 그리 못한다. 못 혀!”

결국 어머니는 감정이 격해져서 지난 얘기를 처음부터 죄다 들추게 되었고, 석주 아내는 당황하여 변명을 하였다.

“나가시라는 얘기가 아니라 그저 제 생각을 말씀드렸는데 왜 또 지난일까지 모두 다 들추시면서 가정교육을 운운하시면 어떡해요.”

석주 아내도 자제력을 잃고 울부짖었다.

“저는 여기 미국으로 시집 온 것도 아니고, 두 병원 뛰면서 열심히 사는데 저도 경제권이 있지요. 제가 혼자 있다고 모두 절 무시하는 거예요? 딸 걱정하시면서 사위한테 잘하시듯, 그 반이라도 절 생각해요? 며느리도 딸자식 아녀요? 실수나 잘못을 했어도 조금이라도 이해를 해줄 수 있잖아요?”

“결혼식 날에도 제멋대로 하더니만, 이제는 서방한테 이거 해라, 저거 해라, 이것 좀 들어 줄래? 저것 좀 들어 줄래 하면서 한시도 가만두지 않고 공부를 못 하게 하고, 말버릇도 없고, 내가 한 마디 하면 열마디를 하지. 어려서 고아 되어 이날 이때까지 영감 무능하여 고생 고생해도 자식만 믿고 호호 불며 키워 왔는데, 내 인생의 전부다! 응, 죽어도 못 나간다!"

어머니도, 석주 아내도 자제력을 잃고 서로 한맺힌 대화를 계속했다.

"그래, 우리 같이 한국으로 나가자."

"같이 나가든지 말든지 정말이지 맘대로 하세요!"

"얘야, 저 말하는 입 좀 봐라. 이제 막말까지 하는구나. 엉?"

석주는 중재를 하면서도, 아무리 그래도 말조심하라고 하며 아내를 윽박질렀다. 어머니를 두둔한다기보다 너무도 강하게 나오는 그 태도에 순간 혐오감이 치솟아 참을 수가 없었다. 이미 제정신이 아닌 아내가 악을 쓰고 덤비자, 석주는 뺨을 두어 차례 갈겨대고 엎치락뒤치락했다. 그때 제일 맘 아픈 일은 잠에서 깬 진아가 거실로 나오면서 눈을 똑바로 뜨고 지켜보고 있었다는 것이다. 어머니가 진아를 안고 한쪽으로 비껴서고, 석주는 화가 치솟아서 말리는 어머니를 팽개치고 아내를 침실로 끌고 들어갔다. 문을 잠그고서 미친놈같이 침대에 밀쳐 눕히고 목을 조아댔다. 밖에서 어머니는 당황하여 소리를 지르며 연신 문을 두드렸다.

석주 내외는 이미 미치광이가 돼버렸다. 그렇게 하면 사람 하나 죽이는 건 일순간일 수도 있었다. 그녀는 발버둥치면서 눈이 뒤집혀지고 손톱을 세워 할퀴어대었고 석주 가슴에 비행운 같은 피멍을 남겼다. 방 밖에서 진아가 울고 어머니의 처절한 절규가 들리면서 석주는 손을 놓았다. 폭풍우 치며 노도가 스쳐 간 악몽의 밤이 지나고, 평온한 아침이 되었지만 모두에게 남겨진 깊은 골은 무엇으로든 채울 수가 없었다.

석주는 얼마 동안 시계추같이 양쪽을 다니면서 설득했지만, 이미 시기를 놓쳐버린 삼자회담도 무용지물이 되었고 언제라도 노도가 되어 뒤집어지지 않을까 하는 우려가 계속되었다. 어머니는 매일 회사로 전화를 하여 아내의 그런 성격을 못 고친다고 나무랐다. 그러다 보니 사무실 전화벨 소리만 들어도 가슴이 철렁하였고, 날이 갈수록 그렇게 산다는 자체가 무의미하다는 생각이 들어서 수시로 혼자 떠나버릴 생각도 하였다. 그러나 그때마다 가슴 아프게 걸리는 것은 어린 자식들이었다.

세월이 흐른다고 해서 서로들 가슴의 상처가 자연히 아물고 융화가 되지는 않을 일이었다. 모두들 될 수 있으면 과묵하게 지내려 했다. 어머니는 지난 몇 년 동안 하였던 대로 밤늦게 식당일을 끝내고 들어왔다가 오전 늦게 출근했기에 사실 서로 얼굴들을 마주 대하기도 쉽지 않았다.

석주 아내는 큰애를 낳기 바로 전날까지 일을 했다. 어머니에 이어 일 년 후에 아버지가 입국한 다음 무리해서 집을 옮긴 후로는 더욱 돈이 필요해서 주말에는 양로원이나 다른 병원에까지 나가 시간제 근무로 쉴 새 없이 일을 했다. 둘째가 태어날 무렵에는 석주도 풀타임 직장을 다시 찾을 수밖에 없었다. 그런 처지를 알 텐데도 어머니는 단지 남편 공부하는데 뒷바라지 해주지 않는다고 아직도 색안경을 쓰고 봤다. 게다가 평생 험한 일에 익숙한 어머니이긴 하지만 없는 집에 시집와서 고생이 많다는 따뜻한 위로 한마디는커녕 제멋대로 하여 남편 출세를 망치는 사람으로 폄하를 했으니, 석주 아내의 가슴속 멍울은 점점 커져만 갔다. 그러나 직선적이고, 싹싹하지 못해 구차한 변명을 잘하지 않는 아내의 성격이 어머니 입장에서는 또 고집 세고 버릇없게만 보일 터였다. 석주는 일이 터질 때마다, "일은 일대로 뼈 빠지게 다 하면서 위로는커녕 험한 소린 다 듣고 있잖아. 다된 밥에 코 빠뜨리지 말고, 제발 눈치 좀 보면서 얘기해" 하며 당부했지만, 날이 갈수록 고부간의 골은 깊어만 갔다.

석주 부부는 경제적으로 어려운 사정을 내색도 하지 않은 채 허리띠를 조이면서 두 분 모시는 도리를 다 해드렸는데도, 결국 어머니는 너무 서운할 정도로 곡해를 하였다. 제각기 성장과정이 다르고 또 생각하는 범위가 다르다 보니 낯선 사람을 친구같이, 또는 한 식구같이 이해해 주기는 어려운 일이지만, 무엇보다 고정관념이 제일 큰 문제였다. 단지 나이가 많다는 면에서 내 말을 들어야 하고, 그 시절에 나는 이렇게 저렇게 하여서 웃어른들한테 귀여움도 받았고 또 그렇게 해야 하는 게 도리라 믿는 고정관념 말이다. 지금의 내 생각대로 따르지 않는다는 그 고정관념 때문에 이런 사태까지 만들고 만 것이다. 말끝마다 그렇지 않다는 말대꾸는 어른을 이기려 하는 걸로 간주되어 두고두고 너는 그런 사람이라는 선입관만 키워 왔으니, 석주 아내 역시 서운한 맘만 가득할 수밖에 없었다.

이러한 소강상태에서 석주 아내의 친정어머니가 그동안의 집안 분위기를 전혀 알지 못한 채 시카고로 떠나올 날은 다가오고 있었다. 그래서 며칠 전부터 석주 아내는 어머니와 모종의 약속을 하였다.

"앞으로 조심하고 또 조심할 터이니 저의 어머니한테는 그동안의 불화 내용에 대해서는 꼭 비밀로 해주세요. 이때까지 잘 지내고 있다고 철석같이 믿고 있거든요."

그리고 그녀의 친정어머니는 예정된 날에 오게 되었고, 당분간이라도 불편하지만 석주의 처제가 올 때까지 같이 기거를 할 수밖에 없었다. 며칠 뒤 저녁나절 두 분이 분위기 좋게 술을 드는 자리에서 이런 얘기 저런 얘기를 한 끝에 어머니는 갑자기 이렇게 운을 떼었다.

"미국에 오면 며느리들이 득세하여 남편이나 시어머니들을 불러들였다 하여 안하무인이고 설움을 많이 준다고 하더라고요. 저희들 편하려고 했든지 손자들 고생 안 시키려고 했든지 첨엔 시어미, 시아비를 불러 놓고 애들 클 만하면 아파트로 내쫓고 친정어미 불러 드린답니다."

석주가 바로 옆에서 얘기의 전말을 다 듣지는 못했지만, 이런 식의 대화로 급선회를 하자 주방에서 음식 준비를 하던 그의 아내한테 자연스럽게 불똥이 튀겨 날아가고 말았다. 석주는 침실에 있다가 어쩐지 불안한 맘으로 거실로 나왔다. 조심스러웠으나 화기애애한 분위기로 이끌어져 그동안의 오해도 좀 풀어졌으면 하는 기대도 했었지만, 그 모든 것이 단지 맘속의 바람에 지나지 않았다. 어머니가 남의 얘기를 돌려 얘기한 것이 당신 며느리도 그런 부류 중의 하나라는 것을 폭로한 입장이 되어 버린 것이다. 친정어머니는 처음에는 당황하여, "니가 어떻게 처신을 했기에 그런 일이 생겼냐? 이런 줄 알았으면 왜 내가 여길 올 수 있겠느냐?"고 되물었다. 그러나 결국은 딸의 얘기를 듣고서 딸의 처지를 비호하는 쪽으로 돌아서 버렸고, 열심히 살려는 며느리를 미워하고 못마땅하게 생각하느냐고 어머니에게 따지면서 험한 말들이 오갔다. 그리고 중간에 낀 석주한테까지도 도를 넘는 감정 섞인 말이 서슴없이 날아오는 바람에 심한 말다툼으로 번지는 어처구니없는 일이 터지고 말았다.

하루도 편할 날이 없이 모두들 날선 언쟁으로 헐뜯었다. 석주 아내는 친정어머니에 대한 그 약속을 며칠 만에 무너트린 어머니를 원망하며 반정신이 나간 사람같이 행동하였다. 석주는 사면초가에 끼어들어 입이 마르도록 어머니한테는 궁색한 변명을 하고 아내를 설득했지만, 점점 더 걷잡을 수 없는 최악의 소용돌이 속으로 말려들었다.

"어머니! 기왕에 지난일을 덮어두겠다는 약속을 한 것이고, 차후로 조심 또 조심하여 잘하겠다고 했으면 단 한 달이라도 두고 보시지 그랬어요. 친정어머니 온 지 사흘 만에 그렇게 터트려버리면, 앞으로 어떻게 하시겠다는 거예요? 이제는 이꼴저꼴 다 보기 싫으니 갈라서라는 얘기인가요? 중간에 있는 절 생각해서라도 좀 자제를 하시지 그랬어요?"

"뭐라고? 내가 잘못했다는 얘기냐? 그동안 나도 당할 만큼 당했다. 내가 먼저 시작했냐? 그러한 며느리들이 많다니까, 도둑이 제 발 저린다고, 지가 저한테 손가락을 가리키면서 나도 그렇다고 표시를 하더구나."

"그래도, 그게 자기도 정말로 그렇다는 걸 내보인 신호였겠습니까?"

"그래, 지금 어쩌자는 것이냐? 응? 또 잘잘못을 가려 보자는 얘기냐?"

"그게 아니지요. 집안 꼴이 너무 우습게 돌아가고, 하루하루가 시끄럽고 불안하고 또 애들한테도 안 좋고요!"

"야 이놈아, 사내놈이 그까짓 계집 하나 휘어잡지 못하고 병신같이 이리 끌리고 저리 끌리고 꼴 좋다—! 이게 다 우리를 우습게 생각해서 그런 것이다. 이놈아!"

"아녀요. 아니라니까요. 제가 골백번 말씀을 드려도 왜 그렇게 답답하게 같은 말씀만 하십니까? 제가 왜 잡혀서 산다고 생각합니까? 제 성질을 잘 알잖아요. 평생에 제가 그렇게 살았어요? 그리고 뭘 잡히고 말고 했는지 말씀을 해봐요. 한 번 들어나 봅시다. 그럼 제가 여편네를 무조건 두들겨 패고 따지고 으르렁거리고 쥐 잡듯이 하며 지내라는 얘기입니까?"

"누가 때리라고 하던? 다, 말로 꼼짝 못 하게 해야지! 공부는 언제 하려고, 이거 해라 저거 해라 하면 쪼르르 따라다니며 온갖 흉내는 다 내지?"

어머니는 지난 몇 년 동안 쌓인 당신의 못마땅함을 속으로만 삼키고 있었는지, 이렇듯 다 토해내는 바람에 건잡을 수 없는 사태를 만들어 버렸다. 그동안 금전적으로 그의 아내가 큰 도움을 준 것은 사실이었지만 그것을 티내지 않았고, 석주는 물론 고맙고 좀 더 잘 대해 주겠다는 마음이 들긴 했어도 기가 꺾이어 하자는 대로 질질 끌려 다녔다는 어머니의 말을 들으니 너무도 어처구니가 없었다. 석주는 하도 어이없고 후회스러워서 망연자실해지고 말았다. 서울로 혼자 유학을 떠났을 때 길바닥 위에서 쓰러지는 한이 있어도 뭔가를 이뤄낸 자신의 당당한 모습을 보여주겠다는 각오를 했던 자신을 떠올려봤다. 더욱이 가슴을 치며 두고두고 후회가 되는 일은 그놈의 감상적인 효심에 두 분을 남겨 놓고 떠나온 게 맘 아파서 어렵사리 모셔 온 것이다. 석주가 떠나온 후로 부모님들이 얼마 동안 고생을 한다 해도 예전같이 무일푼으로 맨 땅에 해딩하는 일은 없었을 터였다. 그런데도 모셔다 놓고서 온갖 푸닥거리를 다 보여줬으니 보람이고 뭐고 더 이상 남을 것이 없게 되고 말았다.

그 무렵 금주한테 갔던 아버지가 시카고로 돌아왔고, 그날 저녁 아버지는 모든 전말을 듣고서 비통해져서 아무 말도 하지 않고 어두운 밖에 나가서 담배만 연거푸 퍽퍽 태워댔다. 그후로는 모두들 심드렁해져서 얼굴 맞대고 지내기도 어려운 긴 하루하루가 지나가고 있었다. 그러나 언제까지나 이렇게 살 수는 없었다. 하루는 늦은 저녁에 식당일을 끝내고 돌아오는 어머니를 기다렸다가 석주는 조심스럽게 운을 떼었다.

“이렇게 한집에서 불편하게 지낼 수 없는 입장에서 제 말씀을 오해 없이 들으세요. 제가 집 근처에 침실이 하나 딸린 월세 아파트를 얻어드릴 터니, 제발 쫓겨 나간다고 생각하시지 말고 당분간만 지내다 보면 좋은 방편이 있겠죠. 그렇다고 온 지 얼마 되지 않는 장모를 밖에 내보내 살게 하는 일은 더 힘들고, 또 조만간 처제가 오면 따로 방을 얻어 나갈 터이니 부디 절 살리는 셈치고 이해 좀 해주세요.”

얼마 후에 석주는 집 근처에 침실이 하나 딸린 아파트를 계약하여 새 살림을 차려드렸고, 어머니는 여전히 식당 주방일을 하면서 바쁘게 지냈다. 석주는 틈나는 대로 애들을 데리고 그 아파트엘 들렀지만, 어머니는 꼴 보기 싫으니 오지도 말라고 닦달하였다. 그러면서 반 년이 지나갔다. 석주가 생활비를 다 대드린다 했지만, 그의 형편이 쪼들리다 보니 어머니가 버는 돈을 생활비로 충당하는 때가 많아지면서 저축이 안 되는 걸 절실하게 느꼈다. 그리고 일 년이 다 되어 그 아파트의 계약이 끝나갈 무렵이 되자, 그동안 바쁜 자식들이 해드리던 일들을 서서히 한인복지회나 교역자들의 도움으로 대신하면서 자립의 길을 걷기 시작하였다.

이민 초기에 대부분의 젊은 한인 이민자들은 두 부부가 맞벌이를 하다 보면, 그동안 못한 효도도 하고 또 어린애들을 좀 봐달라고 할 생각으로 부모를 초청하였다. 그러다 보니 석주네같이 고부간에 갈등이 표출되었다. 그리고 결국은 자의든 타의든 간에 자식을 떠나 새 생활을 시작하게 되면서 연장자 아파트에 저렴하게 입주를 하고, 의료비 등 각종 사회복지 혜택을 받게 되었다. 정부에서 정한 금액 이하를 벌어야 하고 또 일정 금액의 재산도 초과하면 자격이 안 되기 때문에, 그동안 가지고 있던 저금과 재산은 자녀들 명의로 돌려놓고, 바로 혜택을 받을 수 있었다. 그러나 지금은 지난 5년 기간 동안의 고의적인 양도 여부를 조사하고, 또 2,000불 이상의 재산이 없다는 걸 증명해야 한다. 그렇게 해서 자격이 되면, 보통 월에 1,000불 이상의 월세 대신에 150불 미만을 내는 시영 연장자 아파트에 입주할 수 있다. 무료승차권도 교부받고, 에너지 신청을 하면 전기세와 가스비도 환불받고, 또 한 달에 정부보조금액으로 400불 이상을 지원 받는 거 외에 50불까지 술이 아닌 음식만 살 수 있는 쿠폰도 받는다. 그러다 보니 자식들한테 얽매여 구차하게 살지 않아도 통장에 저금까지 하며 산다는 인식이 서서히 들게 되었다. 그래서 이제는 속도 너무 편하고 미국 정부가 효자 중에 효자라 말하면서 재미있게 당신들의 취미생활도 하며 알찬 이민 생활을 하게 되었다. 그리고 한인 상록회 내지는 복지회 후원으로 국내나 유럽 여행까지 자주 다니게 되었다. 심지어 애들을 좀 봐 달라고 자녀들이 부탁하면 "왜 우리가 지들 눈치 보며 생고생하느냐?"며 꺼려 한다는 얘기까지 나온다는 말도 들었다. 이제 한인사회도 서서히 시행착오를 거쳐서 대세를 따라 변해 가고 있었다.

1983년 4월 초에 창호가 중위로 진급하고 결혼을 하게 되었지만, 부모님들은 불법체류 신세가 되어서 가고 싶어도 못 가는 입장이 되었다. 석주네도 애들이 아직 어리기도 하였지만, 여전히 경제적으로도 여유가 없었다. 결국 경주가 주축이 되어 치러야 했고, 결혼식 때는 큰집 형님 내외와 고모님들이 많이 도와줬다는 얘기를 들었다. 그래도 혈육의 정이란 그렇게 쏠리기 마련인가 보다. 석주는 출국에 드는 비용 대신 결혼 축의금을 보냈지만, 이민 4년차인데 아직도 형편이 펴지 못해서 씁쓸한 맘이 앞설 따름이었다.

창호는 우여곡절 끝에 비행기 조종을 그만두고 특기를 바꾸게 되면서 1986년 3월 말에 일 년 동안 연수차 캘리포니아에 왔다. 그 무렵 처제도 미혼 자녀 초청이민을 와서 장모와 같이 석주네 콘도에서 잠시 지내고 있었다. 그래도 그나마 다행인 것은 처제나 창호가 9월 초 노동절 휴무 때 처음으로 시카고에 왔을 때는 그 소용돌이가 어느 정도 진정되어 있을 때였다. 1979년 3월에 김포 국제공항에서 석주가 출국할 때는 평일이라 사관생도들은 외출 허락이 안 되어 공항에 나오지 못했는데, 그때부터 7년 반 만에 만나 보는 감회가 따랐다. 공항에서 모두 눈물이 핑 돌았다.

"야, 이거 얼마 만이냐. 니 결혼 때도 못 가보고, 참……. 자주 만나야 미운 정 고운 정이 듬뿍 들 터인데 말이다. 하여튼, 정말 반갑다!"

"그래도 특기를 바꾸면서 운 좋게 이번 전투기 국산화 관련 사업 프로젝트에 참여할 수 있어서 첫 연수로 올 기회가 생겼습니다."

다음날 아침, 기왕 어려운 발길을 하였으니 무리를 해서라도 나이아가라 폭포를 다녀오기로 했다. 시영 연장자 아파트에서 살고 있는 부모님과 창호, 애들 둘 해서 여섯 명이 중형차인 그 말리브 클래식을 타고, 8월 30일 아침 7시에 출발하였다. 큰애 진혁이가 여섯 살, 진아가 네 살 난 애들이지만, 뒷좌석에서 할아버지와 할머니 사이에 끼여 별로 움직이지도 못하면서 오후 3시 반경에 디트로이트와 캐나다의 경계선까지 왔다.

그러나 석주는 작년에 시민권을 받으면서 부모님 모두 그 다음날로 영주권을 받았고 또 두 애들은 미국에서 태어난 시민권자인 터라 그만 창호가 한국에서 출장 왔다는 사실을 간과하여 비자가 필요하다는 걸 미처 생각지 못하였다. 별 수 없이 어마어마한 규모의 엠버서더 현수교를 다시 건너서 미국 쪽으로 되돌아와서 디트로이트 소재 캐나다 영사관을 찾아보려고 했다. 하지만 마침 그날이 토요일이라 아예 찾아가는 걸 포기할 수밖에 없다. 허탈한 맘으로 차를 세워놓고 창호와 같이 지도를 보며 근처에 무슨 관광지가 있는지 살펴봤다.

"이거 이거, 참 낭패네. 8시간이나 걸려 여기까지 왔는데, 되돌아갈 수도 없고. 이왕 이리 되었으니, 저 아래 '이리'호를 끼고 돌아서 미국 측의 폭포 관광지인 뉴욕주의 나이아가라 폴로 가는 게 어떠냐?"

"그래요. 그냥 시카고로 되돌아갈 수는 없잖아요?"

그리고 예정했던 시간보다 4시간도 더 걸려서 어둑어둑해진 오후 8시 20분경에 그곳에 도착하였다. 그러나 여름철 마지막 연휴가 되어 수많은 관광객이 몰리는 바람에 호텔이나 모텔, 여관을 구하려고 새벽 두 시가 넘도록 돌아다녔지만 구할 수가 없었다. 결국 피곤에 지친 나머지 어느 모텔 파킹장에서 자는 둥 마는 둥 밤을 지새우고, 해뜨기 전에 맥도널드 음식점 화장실에서 씻고 아침 차림을 시켜 먹으면서 쓰게 웃었다. 석주는 뜨거운 커피를 후루룩 불며 마시다가, "노동절 휴무 때 이렇게 모텔마저 찾기 힘들지는 상상도 못했네. 이러고 앉아서 아침 먹고 있으니 호텔에서 자고 왔는지 좁은 차 안에서 새우잠을 잤는지 누가 알겠습니까?" 하였더니 부모님이나 창호도 한참 맥없이 웃었다. 그런데 부모님들은 그런 대로 눈을 붙인 거 같아 보였고, 애들은 할아비지와 할머니 무릎 위에서 늘어지게 살 잤다. 애들이 신이 나서 깡충거리며 뛰노는 걸 보니 다행이었지만, 석주는 거의 잠을 이루지 못하여 아직도 귀가 울고 머리가 빙빙 돌고 있었다. 그런데 거기서 폭포까지 가려면 1시간도 더 걸릴 것 같아 서둘러서 다시 고속도로로 들어섰다. 창호는 아직 미국에서 운전할 수 있는 국제면허를 신청하지 않은 탓에 14시간도 넘는 운전을 석주 혼자 해야 했다. 자칫 너무 피곤해 졸기라도 하다가 사고라도 난다면 이건 엄청난 비극이 초래될 일이라 신경을 너무 쓴 탓에 더 피곤하였다. 그리고 아침 9시가 조금 넘어서 나이아가라 폭포 파킹장에 드디어 도착했다.

석주가 이곳 폭포에 오게 된 또 다른 이유는 미국에 온 후에도 틈나는 대로 고전무용을 열심히 하여 지난 몇 해 동안의 모든 시름을 잊으려고 하였던 어머니의 간절한 바람이 있었다. 게다가 예전에 한국에서 사진기자를 하였다는 아버지의 지인이 보여준, 갈매기인지 황새인지 모르지만 흰 새가 날아다니는 나이아가라 폭포를 찍은 큰 사진을 보고, 말로만 들었던 박연폭포 같은 한가한 분위기를 생각하며 선녀춤 공연을 구상하였던 모양이다. 그런데 막상 와서 보니, 폭포가 시작하는 상류 쪽 'Goat Island'의 끄트머리까지 한참 거슬러 올라가 봐도 잡목만 우거져 있는 데다 그곳까지 폭포 굉음이 제법 크게 들려왔다. 석주 형제는 그렇게 한참 동안 춤을 출 만한 평지를 찾아봤지만 마땅한 곳이 보이지 않았다. 어머니의 엉뚱한 발상에 창피한 생각도 들었던 참에 잠시 망설이다가 석주가 조심스레 운을 뗐다.

"저, 어머니께서 생각하신 건 아담한 폭포를 배경삼아서 백로나 황새가 유유히 날아다니는 그런 한가한 풍경이지만, 여긴 보시다시피 그런 분위기가 아닌데요. 폭이 800미터에 높이가 50여 미터의 거대한 폭포라서 그 소음도 귀청이 터져 나갈 정도로 너무 커서, 이 조그만 카세트 재생기 소리에 맞춰서 춤을 추신다는 게 좀 힘들어 보이네요."

이렇게 부정적인 얘길 계속하였다. 그러자 어머니는,

"폭포 소리가 좀 크게 나면 어떠냐? 그보다 니들 두 녀석들이 창피해서 그렇지? 이 어미의 바람보다 남들 이목이 더 중요하냐?"

하며 목멘 반문을 하는 바람에 둘은 순간 죄책감을 느꼈고, 바로 죄송하다고 사과를 드렸다. 그리고 어머니는 짙은 무대화장을 하고 눈이 부시게 하얀 선녀복을 입고 긴 머리타래도 얹었다. 두 형제는 서둘러 되돌아가서 폭포 쪽으로 가는 길 아래에 나무도 별로 없고 잔디가 깔려 있는 널찍한 장소를 물색해 놨다. 잠시 후, 여기 오기 전 아침에 '나이아가라 폴'로 돌아가서 급하게 구입한 소형 스피커가 좌우에 붙은 테이프 재생기에 국악 연주곡을 제일 크게 틀어 놓고서 어머니는 땡볕에 혼신을 다하여 선녀춤을 추었다. 전에 듣지 못했던 연주곡 소리에 지나치던 관광객들이 제법 모여들고 여기저기에서 사진을 찍고 또 비디오도 찍어댔다. 그리고 굉음 속에 연주곡이 간간히 묻혀버려도 석주는 창호의 도움으로 비디오 촬영을 원만하게 끝내었다.

그리고 어머니는 일 년 후에 엄청난 사고를 당하였다. 그때 찍은 사진과 비디오테이프가 식구 모두에게 가슴 아픈 추억물이 될 줄은 감히 짐작도 못했고, 어머니의 그 춤 공연은 운명적인 이벤트가 돼버렸다. 그후로는 눈물에 가려 차마 그 테이프를 다시 볼 수가 없었다. 그러나 어쩌다 나이아가라라는 말만 들어도 그때 생각이 나면서 자식들이 어머니의 간절한 바람을 받아드리는데 잠시라도 주저했던 일이 너무 죄스럽게 느껴졌다.

시카고로 되돌아오는 시간 때문에 오래 머물지 못하고 서둘러 돌아보면서 사진만 찍었다. 애들은 예나 지금이나 가까운 데 가서 물놀이나 실컷 하는 것이 제일 좋은 거지, 아무리 경치가 좋은 데를 간다 해도 좁은 뒷좌석에 갇혀서 긴 시간 동안 여행한다는 자체를 무척 지겨워한다. 전날 버펄로로 들어가는 길고도 긴 여로에서 땅거미가 지기 시작할 무렵, 어떤 보트를 끌고 가는 트럭이 그들이 탄 차를 추월해 가는 걸 보고, 졸고 있는 줄 알았던 큰 녀석이, "너도 이제 가면 어두워서 보트 타기는 다 틀렸다!"라고 타령조로 말했다. 자기 딴엔 어둡기 전에 호텔에 가서 물놀이도 해야 되는데 어둑어둑해지는 게 아쉬웠나 보다. 녀석의 그 말투가 하도 우스워 피곤한 일행들을 한참 동안 웃게 만들었다. 몇 시간을 더한 긴 우회까지 하며 15시간도 넘는 운전을 했던 석주는 물론 모두가 좁은 차내에서 시달리는 피곤하고 지겨운 여정이었다. 하지만 애들의 재잘거리는 모습에 어머니는 훗날 두고두고 몸 성했던 그때, 애들하고 재미있게 지낸 것이 당신 일생에서 제일 행복했던 때라고 하였다.

그리고 창호는 그해 추수감사절 휴무 때 출국 전 마지막으로 시카고에 왔다가 애들과 같이 아버지와 금주네 식구를 만나고 가겠다며 서너 시간 거리에 위치한 디케이터를 다녀왔다. 아버지는 금주가 간호사 자격시험 준비를 하는 동안 그곳 애들을 봐 드리기로 하고 몇 달 전부터 머물고 있었다. 그들은 그곳에서 하루를 자고 쌀쌀한 날씨에도 불구하고 근처에 있는 일리노이주 수도인 스프링필드에 들러서 링컨 대통령의 묘가 있는 오크리지 공동묘지를 포함해 한나절 관광을 하고 돌아왔다.

석주는 시카고로 돌아오는 길에 창호에게 그동안 고부간의 갈등이 터지면서 서로에게 씻기 어려운 상처를 안겨준 수난의 역사를 대충 들려줬다. 그러나 현실적으로 싫든 좋든 연장자 아파트에서 지내는 부모님을 보면서 창호도 나름대로 어떤 어설픔을 느꼈을 것이다. 창호는 그 다음해 3월에 일 년 동안의 연수를 끝내고 돌아갔다. 그리고 장모와 처제는 걸어서 5분 남짓한 곳에 있는 네 가구가 사는 연립주택 같은 아파트로 이사를 나갔고, 석주네가 시카고 교외로 이사 갈 때까지 장모는 초등학교에 다니는 진혁이와 유치원에 다니는 진아의 등하교를 봐줬다.

7. 어머니의 비운

1987년 어느덧 6월의 문턱을 넘어 여름이 되었다. 석주가 정식 석사학위과정 신청서 제출을 보류하고 그동안 풀타임 프로젝트 엔지니어로 게임기기를 만드는 설계일을 해온 지 벌써 5년이 되었다. 더 늦기 전에 이왕이면 항공공학이 적용되는 설계 분야에서 일을 해야겠다는 생각으로 캔사스주의 위치타에 위치한 보잉회사와 비치크랩프트 항공기 제작회사에 이력서를 보냈으나 학력은 대학원 재학 중이라 해도 경력이 맞지 않아서 반가운 소식을 받지 못했다.

그러나 석주는 항공기 제작회사에서 근무를 하겠다는 미련을 버리지 못했다. 결국 위치타 주립대학의 항공공학과에 박사학위과정 입학허가를 받아놓고, 가을 학기 시작하기 전에 한 번 내려가서 학교나 주변 타운을 둘러본 후 최종 결정을 하기로 했다. 드디어 6월 12일부터 14일까지 휴가를 얻어서 아내와 두 애들을 데리고 처음으로 815마일 장거리를 14시간 운전을 하여 내려갔다. 일리노이주를 종단하고 미시시피 강을 건너서 센트 루이스에 있는 거대한 후리덤 게이트를 우로 보면서 미조리주로 들어갔다. 그리고 동서로 횡단하여 캔사스주로 들어가서 '위자드 어브 아즈(Wizard of Oz)'의 고향인 끝없는 초원을 따라 내려갔다. 그런 초원과 하늘이 닿은 곳에서부터 어두워지기 시작하자 토네이도라도 불어 닥치지 않나 하는 불안한 맘도 들었지만 드디어 삭막한 캔사스주의 중앙에 위치한 위치타에 다다랐다. 그러나 너무 멀리 왔다는 생각은 물론 가는 날이 장날이었는지 숨쉬기도 힘든 습기 많은 찜통더위에 몸과 맘이 모두 지치고 말았다.

석주가 지도교수를 만나는 동안 그의 아내는 비서와 더불어 애들 학군이며 아파트 문제와 근무할 병원 등의 유무를 알아보고 있었다. 석주는 그날 결정을 해야 될 입장이었지만 망설이는 그에게 지도교수는 조언을 하였다.

"그동안 시카고에서 살아온 부모님이나 식구들이 이곳으로 이주해야 한다는 걸 지금 결정하기가 쉽지 않아 보이는군. 일단 시카고에서 석사과정을 마치고 난 후에, 그때까지도 원한다면 박사과정을 여기서 마무리할 수 있지 않겠는가?"

석주는 그리 생각해 보겠다고 얘길 하고 밖으로 나왔지만, 이미 모종의 결정을 하고 있었다.

돌아오는 길에 미조리주의 명소인 '머맥' 자연동굴을 들르고 센트 루이스의 후리덤 게이트(Freedom Gate)를 둘러보고 시카고로 되돌아왔다. 시카고에 되돌아오는 그날로 망설임 없이 일리노이 공대 기계공학과 사무실에 들러서 두 교수의 추천서를 받고 정규 석사과정 평가 요청 서류를 제출하였다. 그리고 인터뷰를 하러 학과장실에 들어

갔는데, 뜻밖에 학과장이 새로 바뀌어 있었고 그는 면접이 끝나자 바로 정식 과정을 조건부 없이 인정해 줬다.

80년 봄 학기에 첫 강의를 들은 후로 6년 만에 정규 학생이 되었다. 지금도 기계공학관을 나오면서 눈물이 글썽하여 주먹을 휘두르며, 미친놈같이 하늘을 향해 'I got it! I got it!(됐다! 됐어!)' 하며 소리쳤던 기억이 새롭다. 마침 내리던 빗줄기가 긴장됐던 석주의 얼굴을 시원하게 내려치고 있었다. 그리고 그동안에 들었던 대학원 과목이 모두 인정되었고 바로 석사과정계획서를 제출하면서, 위치타행은 긴 여로의 추억과 함께 묻어 버리고 말았다.

이제 정식으로 학위과정을 하게 되었다고 어머니한테 얘기하였지만 그동안 석주가 이미 포기해 버렸다는 생각을 하였는지, 그 의미는 이미 탈색되어 버렸다. 더군다나 일방적인 얘기만 듣고 곡해를 한 금주도 그렇지만 어머니는 거의 매일 회사로 전화를 해서 당신의 울화를 풀어대는 바람에 석주를 숨죽인 배추 꼴로 만들어 놓았다. 그럴 때마다 지난여름에 위치타로 훌훌 떠나지 못했던 게 후회가 되기도 했지만, 이젠 이 모든 걸 감수해야 한다면서도 그는 매일 시궁창을 헤매고 있었다.

어머니는 아들하고 같이 지내지 못하는 현실을 오랫동안 받아들이지 못하였고, 더구나 힘들게 버는 돈이 생활비로 지출되다 보니 예전처럼 저축도 할 수 없었다. 그 탓에 석주가 얻어준 일반 아파트에서 연장자 아파트로 옮겨야 했다. 그리고 바쁜 자녀들을 대신해서 문제를 해결해주는 사람들을 통해서 몇 푼의 수수료를 주고 극빈자에게 사회보장제도의 일환으로 지급되는 여러 혜택을 모두 신청하였다. 그래서 이제는 자식들의 도움 없이도 재미있게 지낸다는 주변 사람들의 얘기에 서서히 눈을 뜨게 되었다.

너나 할 것 없이 이민 생활의 연륜이 커가도 자라나는 자식들을 제대로 뒷바라지하기에도 더욱 힘이 부치게 된다. 여유 있는 생활은커녕 이민 초기에 비좁은 아파트에서 같이 지낼 때보다도 부모들을 더 잘 대해 드리지 못하고, 연장자 아파트엘 찾아가는 일도 해가 갈수록 줄어든다. 이번 주말은 큰놈 바이올린 연주 때문에, 또 둘째의 피아노며 아이스하키 교습 등등의 이유를 들어 구차한 변명만 늘어놓는다. 그래도 이민 역사가 짧은 한인 1세들은 적어도 한 달에 한 번 이상은 찾아 뵈지만, 수년이 지나도 아무도 찾아오지 않는 미국 노인네들을 자주 보게 되었다.

정부 혜택으로 먹고살아도 심하게 아프거나 치매가 와서 본인 스스로 독립된 생활을 챙기지 못하게 되면, 화재나 낙상의 위험이 생길 우려가 있다 하여 양로원으로 보내진다. 그러나 때론 부상을 당하고 심지어는 굶어 죽어 나가기도 한다. 이렇듯 쓸쓸히 죽어 간 노인네들의 얘길 자주 들었다. 복도에서 서로 지나칠 때 '하이!'를 하며 손을 흔들어 주던 흑인 할머니가 있었다. 혼자 살던 그가 며칠 동안 눈에 띄지 않아서 신고를 하였더니, 이미 죽은 지 며칠이나 지난 후에 시신으로 발견되었다.

앰뷸런스가 기성을 지르고 아파트 파킹장에 들이닥치면 줄줄이 창문을 열고 내다보며 서로 쑤군거린다.

"누가 또 죽어 나가나? 아님 양로원으로 실려 가나?"

"왜, 그 1044호, 머리가 조금 돈 백인 할머니 있잖아? 만나는 사람한테 매번 헝그리, 헝그리 하는 여자 말이야! 글쎄, 이번에 두 번째로 부엌에서 냄비를 태워먹고 불을 내서 화상까지 입고서 병원으로 실려 갔다나 봐."

어머니도 잘 아는 할머니였고 석주도 몇 차례 본 적이 있었다.

"뭘 주고 싶어도 잘못 되면 구설수에 말려 곤욕을 치르니까 함부로 주지 말라고 한인 담당자가 일러주더라."

세상이 험해져서 넘어진 사람을 일으켜도 자칫 뒤집어쓰고 고소를 당할 우려가 있는 곳이 이곳 도시의 비극이다.

불과 5, 6년 전만 해도 신청만 하면 그리 기다리지 않아도 입주가 가능했다. 요사이는 한인들도 어쩔 수 없이 세월의 흐름에 따라 고령화가 되다 보니 그곳을 찾는 사람들이 많아져 2, 3년은 기다려야 할 입장이 되었다. 그리고 동네가 비교적 안전한 곳에 새로 지은 아파트로 입주하려면, 우선 우범지역에 위치한 아파트라도 들어가서 또 순번을 기다려야 한다. 그래도 월세가 다른 일반 아파트에 비해서 1/5도 안 되고 무료승차권이 발급되면 대중교통을 이용하여 한인 타운에 위치한 식품점엘 가서 장을 보지만 반드시 낮에 다녀야 한다. 어쩌다 어두워진 때 나다니다가 강도를 당하고 두들겨 맞는 상해를 입기도 한다.

대부분 노인들은 친목계를 하면서 끼리끼리 모여 화투도 치고, 술과 음식을 나눠먹으면서 젊은 시절 얘기를 하고, 사위나 며느리에 대한 자랑 내지는 서운한 얘기를 끊임없이 주고받는다. 주말이면 눈에 밟히는 귀여운 손자를 기다리면서 긴 하루를 보내고 짧은 일 년을 보낸다. 그 모든 것을 보고 죄책감을 느껴 온 석주도 홀아비같이 애들만 데리고 부모님을 찾아다녔다. 때로는 아내한테 억지로라도 찾아뵙도록 종용하는 과정에서 말다툼도 생겼고, 그럴 때마다 석주는 큰 소리를 지르고 짜증을 내는 때가 많아졌다.

"당신과 나 사이에 문제가 있었던 것이 아녔으니, 나를 봐서라도 내 말도 좀 듣고 내키지 않아도 한번 어렵사리 발을 떼다 보면, 의외로 쉽게 풀어질 수도 있지 않겠어? 언제까지든 자기 맘이 정리될 때까지 기다려 달라는 얘기는 오해의 소지를 만들 거고. 오지 않으면 아직도 삐쳐서 안 온다고 생각들 하시고, 자네 맘이 세월이 흘러도 돌아서지 않으면 십 년, 백 년이 흐를 수도 있다는 얘기가 아냐?"

이런 식의 감정적인 대화를 자주 하게 되었지만, 주로 혼자서 애들만 데리고 오는 그를 보고 어머니는 궁상 떨지 말고 아예 오지 말라고 소리를 치곤 했다. 가끔씩 석주 아내도 억지로 끌려가게 되어도 화해다운 화해도 없이 1987년이 저물어 가고 있었다.

12월 초가 지나면서 날씨가 추워지고 14일께는 눈이 많이 내렸다. 한 치 앞을 못 보는 게 인간사이고, 아무런 선택의 여지도 없이 필연적으로 하루하루를 살아가는 연약한 우리는 아마도 절대자의 노리개인가 보다.

석주 어머니는 오랫동안 한식당에서 주방일을 하다가 두 해 전부터 한인 나이트 클럽의 주방장일을 해왔기 때문에 생활의 리듬이 바뀌어 있었다. 오전 중에는 주로 잠을 자고 오후에야 늦은 식사를 하고 5시경에 출근하면, 새벽 2시가 넘어서야 주인이 차로 아파트 입구까지 데려다 줬다. 그러면 잠시 주변을 살폈다가 한 30여 미터 떨어진 경비원이 있는 아파트 정문 입구까지 달려야 했다. 어머니는 생활비를 최소로 줄이고 한 푼이라도 더 저축을 하기 위해서 하루라도 손에 풀기가 있는 동안 일을 하고자 했다. 매일 피곤이 누적되어도 그렇게 일을 하지 않고서는 사는 보람이 없는 사람처럼 뭔가에 쫓기는 조바심을 떨치지 못하고 살아왔다. 주변의 노인들이 미국은 물론, 유럽이나 한국도 자주 들렀다 오는 얘길 종종 듣던 아버지는 한국 나들이를 한 번 같이 가야겠다고 여러 차례 망설이다가 석주한테 먼저 운을 띄웠다. 그러나 어머니는 전혀 귀를 기울이지 않았다.

"비용이 곱으로 들어가고 지금의 주방장일을 놓치면 어떡허냐?"

"저희가 일부 비용을 대드릴 테니, 이런 기회에 눈 질끈 감고 다녀오세요. 너무 피곤하게 일을 많이 하셨으니까 좀 쉬고 오면 재충전도 되고 다시 일할 곳은 또 찾으면 되죠."

그러나 어머니의 고집을 꺾지 못하고 아버지만 두 달 동안 방한하여 당신 혼자서 울릉도, 제주도까지 두루 관광을 하고 돌아왔다. 어머니는 한시라도 일을 하지 않으면, 좀이 쑤시고 맘이 편치 않다는 조바심이 당신이 겪게 될 최악의 운명을 재촉하였으니 더욱 안타까운 후회로 남았다.

어머니는 예전부터 좋아했던 고전 무용이나 장구춤에 관심을 계속 두고 있었다. 도미 전까지 한국에서 '살풀이' 같은 신무용의 한 축을 화려하게 장식했던 은방초 선생이 시카고에 세운 무용학원에 꾸준히 다녔고, 추석이나 4월 초파일 등 교민행사에서 공연도 하면서 지냈다. 어려 이래로 하고픈 공부를 하지 못했던 한이 많아서 영어회화도 열심히 다니고, 동포사회에 있는 한인 사찰에도 다니면서 조바심, 미움이나 통한을 버리고 맘의 정화를 위해서 서도를 시작하였다. 사실 이민 온 후로 7년 동안 관광이라고 다녀온 것은 주변에서 몇 시간 석주네 식구와 같이 나들이한 것 외에 작년 9월 나이아가라 폭포에 다녀온 것이 고작였는데, 이런 생활 속에서 조금만 더 하고 쉰다 하면서도 일손을 떼지 못하였다. 몸은 피곤하지만 손에 익은 일이고 남다른 책임감을 갖고 남의 일도 당신 일같이 하는 성격이라, 하루아침에 정리하는 것은 결코 쉬운 일이 아니었다. 그리고 일하고 싶어도 할 곳이 별로 없는 한국과 비교해 보면, 일할 수 있는 날까지 벌 수 있는 곳이 미국이었다. 어머니는 그렇게 목돈이라도 손수 만들어 놓겠다는 의지가 강했지만, 주변에서는 모두 다 어머니가 좀 쉬야 한다는 얘기를 자주 하였다.

그러나 어머니는 아직도 경제적으로 여유를 갖지 못하는 석주한테서 도움 받는 것도 어렵고, 또 늙어서 돈 없는 설움을 받기도 싫다며 고집을 부렸다. 석주가 그래도 이젠 즐기고 싶은 일을 즐기면서 사는 게 자식들을 더 생각해 주는 것이라고 말씀드렸지만, 어머니는 한사코 응하지 않았다.

어머니는 두 해 전에 로렌스가의 한인 타운에 있는 무용학원엘 다니러 가다가 사고를 당했다. 보도 중간에 보도보다 낮게 박아 놓은 상수도관에 부착된 둥근 마개 같은 돌출물에 걸려서 콘크리트 바닥에 털썩 주저앉는 바람에 요추 부분에 균열이 생겨서 병원에 입원을 한 것이다. 병원 치료비는 저소득자들에게 주어지는 의료 혜택으로 해결을 봤지만, 주변의 지인들이 밑져야 본전이고 몇 년 기다리면 몇 푼이라도 보상받을 수 있다는 얘기를 했다. 그래서 한인 타운에서 통역을 두고 한인들을 상대로 송사를 대행해 주는 변호사를 통해서 시청을 상대로 고소를 하였다. 그러나 그 송사가 해결되는 데 5년 이상이 걸리면서 여러 차례 다운타운까지 오가라 하는 귀찮은 일에 휘말리게 되었다. 그해 12월 15일은 시청 측 변호사와 어머니 측 변호사와 같이 모여서 최종 진술을 하는 날이었다.

다운타운에 볼일이 있으면 보통 자기 차를 타고 가지 않는다. 서너 시간 이상이 걸리는 일을 볼 때는 거리주차 대신 유료주차장에 주차해야 하고, 그러면 몇십 불이 들어가기 때문이다. 그래서 시간이 좀 걸리더라도 전철이나 시내버스를 이용한다.

석주는 아침 10시의 약속을 맞추기 위해서 일찍 어머니가 사는 연장자 아파트로 가서 어머니와 같이 눈에 푹푹 빠지는 보도를 걸어가 전철역에서 전동차를 타고 다운타운으로 갔다. 그런데 시청 측 변호사와의 약속시간이 오후 1시로 미뤄져서, 어머니 측 변호사 사무실에서 기다리다가 점심시간이 되었다. 어머니는 대기실 의자에 앉아서 졸고 있었는데, 밖에 나가서 햄버거라도 먹자고 하였지만 그냥 있겠다고 하여 석주 혼자 다녀왔다. 어머니는 햄버거를 별로 좋아하지 않았고 또 다운타운에는 한식당이 없기도 하지만, 평소에 12시가 넘어 일어나서 아침 겸 점심을 하고 저녁은 업소에 가서 늦게 하기 때문에 생각이 없다고 하여 그냥 스쳐 버린 것이다. 지나고 난 뒤에 후회한들 무슨 소용이 있으랴마는, 그때를 생각하면 가슴이 메워지고 죄책감에 사로잡혀 몸부림치게 만든다. 그게 피할 수 없는 운명이었다고 자신을 변명해 봐도 결코 맘이 가벼워지지 않는다.

오후 1시에 시청 측 변호사 사무실에 가서 두어 시간 동안 최종 진술을 끝내고 전동차를 타고 되돌아와서 업소 방향으로 가는 버스를 갈아타기 위해서 웨스턴 전철역에서 내렸다. 너무 시장하실 거 같아서 근처 한국식당에 가서 요기라도 하자고 말씀드렸지만, 음식 준비 시간이 촉박하고 업소문도 열어야 한다고 하여서 그냥 버스에 올랐다. 얼마 후 석주가 먼저 내릴 준비를 하고 어머니는 거기서 대여섯 정거장을 더 올라가야 하는데 계속 졸고 있었다. 석주가 내릴 무렵에 같이 일어나서 내리기 쉽게 창을 등지고 앉는 앞좌석으로 옮겨 앉는 것을 보고, 나중에 전화 드리겠다는 여느 때 하던 식의 인사를 하고 차에서 내려 집으로 돌아왔다. 그때가 오후 5시 무렵인데 이미 어두웠다.

석주는 저녁식사를 하고 안락의자에 깊숙이 앉아서, 그 질질 끌던 소송 건도 마무리가 되어 이젠 더 이상 오가라는 일이 없겠지 하며 지루했던 하루 일을 마무리하면서 쉬고 있었다. 그런데 불과 5분도 채 안 되어 전화가 왔다. 생소한 여자의 목소리가 석주의 이름을 대며 확인을 한 다음에, 지금 어머니가 병원에 계시니 빨리 와 봐야겠다는 다급한 얘기를 들려줬다. 어떻게 얼마나 다쳤나를 확인할 경황도 없이, 그의 아내가 내년 정초부터 근무하기로 되어 있는 병원으로 허겁지겁 출발했다. 지금쯤 업소 주방에서 일을 하고 있어야 할 양반이 무엇이 어찌되어 병원 응급실에 누워 있는지 상상조차 할 수가 없었다. 말이 통하지 않으니 신상 파악이 어려웠다는데, 얼마 후 어머니가 정신이 들자, 같이 병원까지 따라왔던 어느 한인 아주머니에게 석주의 전화

번호를 알려줬다고 하였다.

석주는 허겁지겁 응급실로 들어섰다. 어머니는 하루 종일 굶고 피곤한 기색이 완연했다. 핏기 없이 누르스름한 얼굴에 흐트러진 머리며, 추운 곳에서 앰뷸런스가 올 때까지 얼마나 기다렸는지 파랗게 얼어 버린 손을 보니 예사롭지 않게 보였다. 전신을 딱딱한 판자 위에 반듯이 눕히고 벨트로 매어 놓았는데, 뒷목의 중추신경을 다쳐서 전신이 마비된 상태라는 얘기를 들으니 눈앞이 깜깜해지며, 눈물이 순간 퍽 쏟아져 나왔다. 고개를 돌려 눈물을 훔치고 어머니 곁에 바짝 다가가서 차가운 손을 잡으며 말하였다.

"도대체 어떻게 된 거요? 어머니."

하지만 어머니는 제정신이 아니었다. 부들부들 떨면서 춥고 목이 마르고 배가 고프다는 얘기만 계속하였다. 입술은 바짝 타서 오그라져 있고, 입을 벌리면서 허연 혀를 앞니로 긁어내면서 "물, 물" 소리만 내었다. 그리고 연신 배가 고프다는 말을 하였다. 그런 사고 후에는 아무것도 주지 않는다 하여, 젖은 거즈로 입술과 혀를 적셔 주는 정도밖에 해줄 수가 없었다. 좀 진정이 된 거 같더니만 석주 어머니는 퀭한 눈길을 던지며 힘없이 말을 이었다.

"아이고, 이 노릇을 어쩐다냐? 죽지도 않고 이렇게 살았으니. 전생이나 이승에서 무슨 죄를 그렇게 많이 지어, 다 늦게 이런 가혹한 시련을 당한단 말이냐? 도대체, 뭐가 부족해서 평생 동안 낫지도 않고 병신이 되어 니들 죽을 일 생겼으니 대관절 이 노릇을 어찌 해야 된단 말이여!"

하면서 힘없이 흐느끼는 모습은 차마 눈을 뜨고 바라볼 수가 없었다.

"니가 먼저 내려서 천만 다행이지. 무슨 일이 일어났는지 몰라도 버스가 급정거를 하는 순간, 졸고 있던 내가 그대로 날려서 뭐에 어디를 어떻게 부딪쳤는지 번갯불이 번뜩하고 정신을 잃어버렸는데 눈을 떠 보니, 한데에 나와 들것에 실려 있는데 몸이 말을 듣지 않더라. 이제 나는 끝났다고 생각했다."

"아직 잘 모르니 먼저 실망을 하지 말아요. 치료받고 잘 나으면, 전보다 더욱 튼튼해져서 얼마든지 하고 싶은 것 다 잘하실 수 있을 게요."

한 치 앞을 보기 힘든 얄궂은 사람의 운명인데 뭐 잘되겠다고 또 잘 살아 보겠다고 바득대어야 하느냐는 생각이 들었다. 평소 하던 대로 지나치던 날들이 이런 엄청난 일이 일어나는 날로 바뀌니 어찌해야 좋단 말인가? 다 좋을 수는 없는 일이지만 이토록 파란만장한 삶을 이끌게 하는 짓은 도대체 누가 시켜서 만든 운명인가? 석주는 죄책감에 울화가 터지고 미쳐 버릴 것 같은 자책으로 몸에 경련이 왔다.

당직의사를 기다리는 동안 간호사한테 물이라도 조금 줄 수 없겠느냐고 했지만 담당 전문의가 결정할 때까지는 아무것도 줄 수 없단다. 어떻게 될지 모르는 상태에서 최대한 사고 후의 상태를 유지해야 한다는 얘기만을 되풀이하였다. 시간은 가는데 아무런 조치가 되지 않아서 마구 신경질을 부리며 담당 의사를 빨리 데려오라고 소리쳤지만, 중추신경을 다치면 운명에 맡길 수밖에 없다고 하였다. 천만 다행으로 덜 다쳤으면 회복 가능성이 있을 것이고 그렇지 않으면 영영 사지 마비가 되어 평생 고통과 좌절 속에서 지내야 할지도 모른다고 하였다. 석주가 초조하게 기다리는 동안 어머니는 이 방 저 방으로 옮겨지면서 엑스레이 사진도 찍고 여러 검사를 끝내고 중환자실로 옮겨졌다.

그리고 늦게서야 석주는 아내한테 전화를 하였고 반정신이 나간 아버지를 병실로 모시고 왔다. 주방에서 일을 하고 있어야 할 사람이 어찌해서 병원에 입원을 하고 있느냐는 의아심은 역시 마찬가지였다. 아버지는 사정 얘기를 듣고, 놀라서 어찌할 바를 모르더니 눈물이 글썽하면서 겨우 말을 이었다.

"니, 니 엄마 불쌍해서 어쩐다냐?"

석주는 아버지의 손을 꼭 잡고 완쾌될 희망도 있다는 얘기로 위로해 드릴 수밖에 없었다. 그 무렵 석주 아내도 애들을 재우고 늦게 병실로 달려왔다.

이젠 어떻게 될지는 세월이 흘러 봐야 한다니 미칠 노릇이었다. 집에 돌아오면서 별별 생각을 다하고 자책을 했다. 차를 가지고 갔더라면, 또 질질 끄는 그 송사에 어머니는 지쳐서 가기 싫다는 얘길 자주 하였는데……, "변호사들 개새끼! 저네들 돈 벌려고 눈이 뒤집혀서, 종내 사람을 이 지경으로 만들어 놓았으니……" 등의 끝없는 후회를 해봤다. 원인 없는 결과가 없다는데 도대체 뭐가 잘못되어 이런 일이 일어났단 말인가? 어머니는 그 전날에도 그렇고 매일 새벽 1시가 넘어서 아파트에 오면 아침나절은 꼭 자야 되는데, 하루 종일 못 자고 식사까지 거르게 되어 결국 기진맥진하게 만들어 놓은 꼴이 되었다. 석주는 악을 쓰며 몸부림쳤다.

"내가 좀 더 지각이 있는 놈이었다면 어디 중국식당에라도 들려서 뭐 에그 롤 같은 것이나 마실 것이라도 챙겨 가지고 왔어야 되는 것 아녔나? 업소에 가면 먹고 싶은 거 알아서 드시겠지 하는 안일한 생각으로 세심하게 신경 쓰지 못했던 이놈의 흐리멍덩한 타성 때문에, 결과적으로 이런 일이 생기게끔 원인 제공을 한 거야!"

다음날부터 석주네는 생활의 리듬이 완전히 깨지고 언제 끝이 날지 모르는 비상사태로 들어갔다. 직장이 끝나는 대로, 또 학교엘 가는 날은 학교에서 곧장 병원으로 거의 매일 들렀다. 각종 진찰과 테스트를 받고, 다시 그 변호사를 만나 상황을 설명하고 어처구니없게 또 송사 준비를 시작했다.

어머니는 병실에서 의사소통이 잘 안 되어 누가 곁에서 보살펴 줘야 할 입장이었다. 말도 말이지만 수족을 쓰지 못하고 몸을 움직이지 못하여 침대에 닿는 살이 무르기 시작하고 대소변도 조절이 안 되었다. 소변은 호스를 끼워서 흐르게 하여도, 대변은 필요할 때 누가 병상용 변기를 대줘야 하는데 그 불편함은 이루 말할 수 없었다. 어머니는 정신적으로 타격이 너무 커서 자다가 자주 헛소리를 질렀다. 양팔이 상체 옆에 있는데도 배에 있는 두 손을 내려달라 하였고, 하얀 스타이로폼 조각들이 손등에 잔뜩 붙었으니 떼어달라고도 하였다. 사고 직전에 졸면서 양손을 모아 배에다 내려놨던 그 상황이 여전히 계속되는 악몽으로 재현되었다. 지난 이틀이 이러했는데 앞으로 얼마나 많은 시련이 있을 건가를 생각하면 너무 한심하고 고될 일이지만, 당하는 당신의 입장을 생각하면서 하루하루를 최선으로 지낼 수밖에 없었다. 사흘째 되는 날에는 보다 더 확실한 손상 부위를 확인하기 위해서 자기공명 영상(MRI) 촬영을 할 수 있는 시설로 가야 했는데 어머니한테는 너무도 괴로운 저녁나절이 되었다. 부상 정도가 젖가슴 이하가 마비된 상태이므로 팔 다리는 물론 가슴 밑으로는 느낌도, 움직임도 없는 상태였지만, 머리와 목 어깨를 고정시키고 딱딱한 판자 위에 반듯하게 누인 채로 대기실에서 세 시간을 기다리는데, 담요로 싸고 또 싸드려도 춥다 하며, 수시로 갈증을 호소하였다. 특히 어깨가 결리니 몸을 조금 옆으로나마 움직이고 싶어 하였지만, 조심스럽게 들춰주다가 팔 다리며 전신을 주물러 드렸다. 촬영이 다 끝나고 다시 병실에 왔을 때는 석주도 허기가 지고 너무 피곤하였다.

다음날 신경과 전문의이며 권위자인, 나이가 듬직한 의사는 필름 판독을 하여도 확실한 해답을 주지 못했다.

"목뼈의 3, 4번 중추신경에 약간의 멍울이 진 상태인데, 외상이 전혀 없게 보여도 심하게 타박을 하면, 그런 마비 증세가 나타납니다. 그린데 젊은 사람 같으면 회복이 빠를 수도 있지만, 60이 되는 나이라 아무도 장담을 못 하게 된 상태군요."

"그러면 어떻게 되는 거죠?"

"유감스럽지만, 지금으로 봐서는 기다려 보는 수밖에 없군요."

석주는 둔기로 머리를 얻어맞은 것처럼 잠시 멍해져 버렸다. 그 의사는 머리 쪽으로 한 마디 위의 목뼈를 다쳤으면, 말도 못 할 뿐만 아니라 배가 고픈지 대소변을 누는지 욕창이 나서 살이 문드러져도 모른다는 거였고, 그보다 위를 다쳤으면 즉사했을 거라고 하였다. 그러나 가시밭길을 걸어도 이승이 더 좋다지만, 어머니의 울부짖는 처절한 모습을 매일 대하게 되었다. 아직도 과정 중에 있는 석주는 어머니를 위해서 해줄 것도 많고, 또 뭔가 나름의 결실을 이뤄서 보여 드려야 한다는 면에서 그래도 살아 숨 쉬고 있는 자체가 그나마 천만 다행이라고 별렀다.

다행히 머리는 전보다 더 맑고 배고픈 것도 느끼고 말도 잘하니, 열심히 재활운동을 하면 예전같이 회복할 수 있다는 희망을 가지라고 하였다. 이제 남은 과제는 어디까지 회복이 되느냐인데 천운에 맡기는 수밖에 없었다. 사고 후 사흘째 되는 날 일반 병동으로 옮겼다. 아직도 어떤 후유증이 생길지 확실하게 모르는 입장에서 식구 모두 다 하루하루를 긴장하면서 지냈다. 제일 우려가 되는 것은 심리적 타격에서 오는 정신적인 문제였다. 어머니는 유달리 강한 분이라는 것은 잘 알지만 하루아침에 사지가 부실하게 되는 그 충격을 어떻게 흡수하는가도 제일 큰 걱정이고, 또 자식들이 얼마 동안 어떻게 처신을 하는가도 고민스러운 일이 되었다. 지금은 진찰이다 뭐다 바쁘게 지내지만, 시간이 흐를수록 후유증에 시달리고 회복이 늦어지면 그 정신적인 고통을 어떻게 덜어 주느냐는 문제가 심각하게 대두되었다.

닷새째 되는 날에 어머니가 다녔던 절의 주지 스님이 문병을 왔다.

"보살님, 좀 쉬어라, 쉬어라 혀도 말을 안 들으니 부처님이 억지로 좀 쉬다가 일어나라고 하신 게여. 회복이 곧 될 터이니 걱정 말고 좀 쉰다 생각하고, 맘 편히 먹고 몸조리나 잘 혀."

어머니는 듣기 좋은 얘기라 생각하면서도 그 스님의 말이 많은 위로가 되었다고 하였다.

학기 말에 이런 일이 생기는 바람에 시험을 뒤로 미뤘다. 더욱이 춥고 눈 많이 오는 이곳 시카고의 날씨마저 스산함과 불편을 가중시켜 주었다. 몸과 맘이 극도로 피곤하게 집, 회사, 학교, 병원을 돌면서 하루하루를 지내야 했다. 석주는 어머니의 증상이 어떻게 진전되고 악화되는지 마지막 퇴원을 할 때까지 4개월 동안 주요 변화를 수첩에 기록하면서 병상일지를 썼다.

사고 후 한 달을 넘기면서 많은 문제가 생겼다. 어머니의 재활운동은 계획에 따라 열심히 하게 되었으나 언어소통 문제, 부실한 장운동에 따른 소화불량에다 가스가 차서 아랫배가 항시 인왕산만하고 통변이 안 되고 굳어져 관장을 매번 해야 했다. 간호보조원들이 도와주지만, 석주나 그의 아내가 손가락으로 파내거나 항문 주위를 누르고 비벼서 억지로 통변을 하게 하였다.

시카고의 위도가 북위 42도라 한반도로 따져도 청진보다도 높은 위치여서 그런지 겨울은 춥고 길었다. 또 바다같이 큰 미시건 호수와 접해 있어서 바람도 세고 매섭다. 병실이 따뜻하다고 하나 창문 쪽에서 한기가 들어와 밤에는 더욱 추워서 그나마 잠을 이루지 못하였다. 또 손을 사용하지 못하니 물을 마시고 싶어도 누군가가 도와주어야 하고 감기 기운이 있어서 코라도 막히면 숨도 제대로 쉬지 못하는 것도 문제가 되었다. 더 큰 문제는 병원에서 주는 식사를 못 하므로 아버지가 밥과 미역국이나 콩나물국 등 짭짤한 밑반찬을 가져와야 했다. 석주 아내는 두 분이 드실 것을 하루 걸러서 준비하였다. 이곳 재활원에 옮기기 전까지는 처음 입원한 병원이 노인 아파트에서는 가까워서 아버지의 느린 걸음으로도 지름길로 오면 20여 분 정도 걸렸는데, 이제는 버스를 타고도 한참 걸어야 하니, 아파트를 나서서 재활원까지 오는데 1시간도 더 걸렸다.

한인 연장자들이 많이 사는 그 노인 아파트를 사람들은 외벽이 짙은 갈색의 벽돌로 박혀 있어서 깜장 아파트라고 불렀다. 정초 새벽에 아버지는 병원에서 주는 아침식사가 나오기 전에 어머니한테 더운 미역국이라도 줄 요량으로 한적한 곳으로 질러 내려오다가 두 명의 집채 같은 흑인 강도를 만나 혼쭐이 난 일이 있었다. 머리와 가슴을 구타당해 얼어붙은 콘크리트 바닥에 힘없이 쓰러지면서 들고 가던 비닐봉지가 팽개쳐졌다. 순간 '이제는 죽었구나'라고 생각하면서 눈을 감고 꼼짝 안 했는데, 두 녀석들은 사정없이 호주머니를 뒤져서 몇 푼의 돈을 가지고 달아났다. 한참을 그러고 있다가 팽개친 비닐봉지를 주워들고 흩어진 메모지와 털어간 빈 지갑과 손수건 따위를 챙기고 병원으로 향했다. 모두들 평소보다 늦어서 웬일인가 하고 걱정을 하고 있었는데, 마침 병실 문으로 들어서는 아버지의 머리가 산발이고 엷은 갈색 파카 호주머니가 찢기고 피와 흙먼지가 많이 묻어 있었다. 놀라서 여쭤 보니 그런 일을 당했다는 얘기였다. 급히 응급실로 가서 피가 베인 머리를 사진도 찍고 응급조치를 하게 했다. 동네가 좋지 않아 항시 조심하여야 했는데 결국 아버지도 그런 일을 당하고 말았다. 불행 중 다행으로 뇌출혈을 걱정했지만 괜찮다는 결과가 나왔다. 그런데 녀석들이 지갑을 뒤져서 십여 불을 털어 갔지만, 그 허름한 비닐봉지엔 국을 담은 보온병과 함께 애지중지하던 카메라가 있었다. 그 후부터는 절대로 호젓한 지름길로 다니지 않기로 하고 집에 갈 때는 석주와 같이 차로 가기로 했다. 강도들은 총을 가지고 위협하기 때문에 호젓한 길을 여러 명이 가도 위험하기는 마찬가지다.

석주 아버지는 아침 9시면 병실에 나와 자리를 지켜야 했다. 석주가 학교 수업이 없는 날은 직장일을 끝내고 초저녁에 들러서 도와드리지만, 학교엘 가는 날에는 저녁 9시가 넘어서야 병원엘 갈 수 있었다. 일흔의 아버지는 몹시 피곤해 하였다. 그러다 보니 하루 이틀도 아니고 얼마가 될지 모르는 기간 동안 그렇게 지내야 하니 어머니와도 마찰이 생겨서 자주 말다툼을 하였다. 석주는 아버지를 쉬게 하고서 그날의 경과 및 문제점 등을 알아보고 조치할 것을 조치하고 나서 어머니를 주물러 드리거나 필요한 잔일을 해주면서 위로를 하다 보면 10시가 다 되어 갔다.

그런데 일하는 근무자들한테 어머니를 잘 좀 봐달라고 부탁을 하더라도 밤 11시면 새로 근무조가 바뀌고 좀 못되게 구는 근무자라도 만나면 밤새 뜬눈으로 지내기가 일쑤라고 하였다. 소리를 고래고래 질러도 한 시간이 넘도록 아무도 나타나지도 않는 밤이 되면 그날은 생지옥을 헤맨다. 때론 그날 밤 근무자를 알아내어 감독관한테 조치를 취하게 하기도 했지만, 별로 달라질 일은 아니었다. 석주는 생각 끝에 빨대로 불어서 작동되는 호출기를 장착하고 색깔과 길이를 다르게 하여 물을 빨아서 들이킬 수 있도록 같이 묶어서, 고개를 조금 들면 닿을 수 있도록 입 근처 위에 매달아 놔 드렸다. 한동안 훨씬 수월하게 밤을 지낼 수 있었지만, 그것도 근무자들의 부주위로, 고개를 들어 아무리 입을 대려 해도 닿지 않는 위치로 밀쳐지면 미치는 밤으로 이어졌다. 날이 가면서 어머니의 신경은 더 예민해지고, 하루 종일 뒷바라지를 하는 아버지도 눈에 띄게 초췌해져 갔다.

어머니에게 제일 참기 힘든 고충은 석주가 병실에 들러서 밤 세울 준비를 마치고 아버지와 같이 병실을 떠날 때였다. 지긋지긋하게 긴 밤을 지새워야 하는 당신을 홀로 남겨 놓고 다들 떠나가는 그 시간을 제일 괴로워했고, 석주 역시 얼굴이 누렇게 일그러진 어머니의 모습을 뒤에 두고 걸음을 재촉할 때는 피눈물이 나오는 듯했다. 때로는 10여 미터쯤 나갔을 때 어머니는 처절하게, "애비야! 애비야!" 하고 불러댔다. 돌아서서 뛰어 들어가 보면 침대보에 실내화가 말려서 꼼짝 못 하게 돼 있었다. 다리를 구부리고 싶을 때는 발을 조금이라도 끌어 올려야 하는데, 양말 신은 발은 미끄러져서 실내용 운동화를 온종일 신고 있어야 한다. 그런데 자주 신발 끝에 이불이 말려든다. 그리고 실내화를 신은 발이 밖으로 나와 있어야지 불이 나서 견디질 못한다고 하였다. 생각 같아서는 24시간 간병인을 쓰면 좋겠지만 당시에 시카고 재활병원 규정상 밤샘은 허락하지도 않고, 한국 같으면 사고를 낸 측이 재판 전이라도 최선으로 도와주지만, 이곳은 재판에서 이기기 전까지는 몇 년이 걸리든 간에 있는 돈 다 까먹고 극빈자 의료 혜택을 받든 죽든 개의치 않는다.

그리고 아버지가 무척 피로해져 당뇨병이 더욱 악화되는 것도 걱정스러웠고, 어머니는 밤이 점점 무서워지고 정신적으로 무척이나 나약해져 갔다. 그래서 죽어도 집에 가고 싶다며 괴롭고 절망적인 말을 자주 하였다.

"잔병에 효자 없다는데……, 여러 사람들 고생시키고, 낫지도 않으니, 어서 죽어야 하는데 죽지도 않고, 이역만리까지 와서 병신까지 되었으니 이 노릇을 어떡혀……."

그러다 보니 수시로 아버지하고 언성을 높여 말다툼을 하였다. 어떤 일이 있어도 어머니에게 화를 내면 안 된다는 걸 잘 알지만 아버지나 석주도 너무 피곤하거나 자극을 받으면 금방 후회할 말을 하고 만다. 무슨 억지를 부리든 간에 성한 사람이 백배, 천배 나으니 참아야 할 일이다. 또 어찌됐건 아버지는 어머니가 평생 가시밭길을 걷게 만들었으니, 이제 그것을 말로만 인정하는 대신에 행동으로 보은한다 생각하고 끝까지 참고 간병을 해줘야 한다는 생각도 들었다. 석주가 중고등학교 시절, 두 분이 돈 때문에 말다툼할 때였다. 아버지는 식구들 앞에서 막말을 하였다.

"쥐꼬리만한 봉급쟁이 신세에 뭘 어떻게 허란 말이여! 날 아예 잡혀 먹어라!"

그리곤 밖에 나가 애꿎은 담배만 퍽퍽 피워댔다.

사고 후 한 달이 지나고 두 달이 지나는데도 나아지는 증세는 너무도 서서히 오는 것 같았다. 재활운동은 크게 두 가지로 나눈다. 첫째는 팔 다리 허리 등 전신의 근육이 약해지는 걸 방지하기 위하여 여러 가지 운동을 하는 것이다. 이때 움직이는 정도가 좋아지면 신이 나게 회복의 단계로 들어서겠지만 플래토(Plateau, 정점)에 이르면 더 이상 진전이 없는 것이다. 신경이 절단이 되면, 전선이 끊어져 모터나 전구가 아무리 새 것이라도 쓸 수 없는 것과 마찬가지다. 거구의 미식축구 선수들이 목 부상으로 쇠기둥 같은 다리를 무용지물로 만들어 버리는 걸 보면 잘 알 수 있다. 그리고 둘째는 손의 미세 동작이 부실하므로 수저나 젓가락질을 잘 못 해서 식사를 못 하거나 화장실에서 옷을 내리고 입는 동작, 이불을 끌어 덮는 일 등을 못 하게 된다. 석주는 될 수 있으면 혼자서 한 가지라도 더 할 수 있도록 재활원의 계획에 따라 열심히 하게 했지만, 이미 병원 측은 한계에 이른 거 같다는 평가 결과를 알려 왔다. 하지만 어머니한테는 시간이 많이 걸리지만 열심히 하면 더 좋아진다고만 하였다. 처음 얼마 동안은 식사 보조기를 이용하는 데도 힘들었는데, 그래도 손동작이 많이 좋아져서 나중에는 제법 유연하게 식사를 할 수 있게 되었다. 물론 아직도 하나에서 열까지 주변에 있는 사람이 다 도와줘야 하니 24시간 간병을 한다는 것은 보통 큰 문제가 아니다. 그래서 될 수 있으면 본인이 하도록 놔둬야 하는데, 불쌍한 마음에 자주 도와 드리다 보면 그만큼 자립이 늦어지고 모든 동작도 굳어져 간다. 그래서 혼자 할 것을 강조하면서 아버지를 좀 덜 귀찮게 하라고 말씀드리면,

"이 사람아, 내가 왜 그걸 모르겠어. 온몸이 얼마나 저리고 아프면 그리 하겠는가?"

하며 되레 이해해 주지 못한 걸 더 서운하게 생각하였다.

"그렇지만 남의 도움에 의존하지 말고 될 수 있으면 혼자 할 수 있는 건 억지로라도 하셔야지요."

"아니, 해도 해도 안 되니까 그렇지. 아이고, 아이고, 내가 어서 죽어야지. 어쩌다가 내가 이런 신세가 돼버린 거여?"

결국 이런 극한 상황으로 치닫기 일쑤였다. 때로 극진한 보살핌이 회복을 망쳐 놓을 수 있다는 생각이 들면서도 어쩔 수 없었다. 훗날 혼자 하도록 놔뒀으면 더 좋아질 수도 있다는 원망을 들을 수 있는 모순의 여지가 있는 일이었다.

그리고 몇 가지 후유증이 나타났다. 척추 부상 환자의 일반적인 증상이라고 얘기하지만, 춥거나 몸의 상태가 좋지 않으면 몸의 근육이 굳어지고 마구 떠는 경련이 일어나고, 손과 발이 유난히 뜨거운 느낌

이 들면서 약하게는 발 저리는 것과 같고, 심할 때는 바늘로 쪼는 것과 같은 고통이 따른다. 그리고 운동량이 줄어드니 체중이 늘어나고 특히 대장의 운동이 약해서 경변이 되며 가스가 차서 숨 쉬는 것까지 괴롭게 되는 증세가 생긴다. 물론 성한 사람들처럼 보행을 못 하고 체중 이동에 따른 몸의 균형이 잡히질 못하여 넘어지는 위험도 항시 따른다. 또한 깊은 잠을 이루지 못하고 자주 숨이 막혔다가 터지는 식의 몰아치는 숨을 쉬면서 잠을 깨기도 하였다. 또 좌절에 따른 신경쇠약 및 의지가 약해지며 비관을 잘하게 되고 자연히 필요 이상의 걱정도 많게 되었다. 그러다 보니 오해나 집착도 잘해서 신경안정제, 진통제 같은 약을 먹게 되었다. 그러나 다행한 것은 여러 검사를 통해서 위장병도 없고 간이나 기타 장기 및 심장은 모두 건강한 상태임을 재확인시켜 쓸데없는 근심을 없애 드렸다.

1월 말쯤 일 때문에 꼼짝 못 했던 매제가 잠시 들렀다 갔고, 2월 초에 금주가 뒤늦게 와서 이틀도 못 되는 간병을 하였지만, 매일 풍장치는 아버지와 오빠 내외를 보고 미안한 맘만 안고 내려갔다. 예전에 소원했던 관계가 이렇게 엄청난 사고 후에 어쩔 수 없이 잠시나마 얼굴을 맞대다 보니, 서로 눈물을 흘리며 화해를 하게 된 건 무척 다행스런 일이지만, 그 희생의 대가가 너무나 컸다. 그리고 사고 후 두 달이 가까워 가는 2월 9일부터 주 정부 재활 담당 부서를 통해 급료를 받는 간병인을 구해서 그동안 너무 힘들어 하는 아버지의 일을 반으로 줄여 드렸다.

어머니는 재활운동을 하루 두 차례 제한된 시간만 하고, 휠체어에 앉아 있거나 누워서 지내니, 욕창이 생겨 고생하였다. 그러면서도 손동작도 많이 좋아지고, 운동 삼아 부축하여 어렵게 걷기도 하였지만, 정기검사 때 의사나 물리사의 얘기를 종합적으로 들어 보면 회복되는 속도가 더디다는 슬픈 소식뿐이었다. 그보다 더 큰 문제는 너무 춥고 병원 식사를 못하는 데다가 지옥과 같은 밤을 지새는 거였다. 그래서 이런 고통 등을 감안하여 우선 퇴원을 한 후 외래환자로 물리치료와 재활치료를 주에 몇 차례 하기로 하였다. 간병할 식구들도 걷기 운동이나 기타 전신 운동을 안전하게 시키는 요령을 숙지하고 지침서도 받아들고서 4월 초 봄이 오는 길목에서 퇴원을 하였다.

석 달이 채 안 되는 입원으로 20만 불이 넘는 입원비는 사회보장제도의 일환으로 처리가 되었지만, 언젠가 법적인 배상이 따르면 갚아줘야 하는 조건이 따랐다. 그래도 얼마나 고마운 혜택인지를 절실하게 느꼈다. 그러나 그 고마움도, 화창한 봄날이 다시 왔어도 모두의 마음은 아직도 한겨울 속에서 꽁꽁 얼어붙어 있었다.

어머니가 다시 아파트에 돌아오면서 몇 가지의 큰 고충이 덜어져 맘이 놓였다. 우선 생지옥을 헤매는 밤을 지새우지 않게 되었고, 아버지도 편하게 되었다. 근처 아파트에 사는 간병인 역시 걸어서 출퇴근하게 되어서 그것도 잘된 일이고 무엇보다 식사 문제가 자연히 해결되었다. 또 석주 아내가 아파트 근처에 있는 병원으로 옮긴 뒤라 아침저녁으로 들르기도 편하였다. 그리고 어머니는 사고 전부터 안면이 있었던 어느 한의사에게 치료를 받겠다고 했다. 진료에 대한 확실한 믿음은 없었으나 어쩔 수 없었다. 재활운동을 하면서 한방치료를 병행키로 하고, 바로 침구 시술도 받고 한방약을 복용하기로 했다. 그래서 그가 말하는 대로 우선 기를 돋워야 한다며 웅담이며 사향 등을 비롯하여 녹용을 복용하고, 이빨을 떨 정도로 지겨워 할 만큼 침도 맞았다. 치료가 시작되고 두어 달 후면 쾌차를 할 거라는 말이 있었지만, 눈에 띄는 회복은 보이지 않았다. 어머니가 그동안 벌어서 저축한 피 같은 돈만 없어지고 막말로 얘기해서 그 한약방 재고 정리를 해준 느낌만 들었는데, 그 한의사는 어이없는 변명을 늘어놨다.

"치료 시기가 늦어서 글쎄 조금 힘들겠어!"

"아니, 이제 와서 무슨 변명이 그럽니까? 그리 호언장담을 장황하게 늘어놓고선요."

지푸라기라도 잡는 절박한 상황에서 얄팍한 상혼에 속은 느낌을 받았지만 별도리가 없었다. 최소한 몸보신을 했다는 생각을 하고 그만두게 하였다.

3개월이 지나갔다. 그동안에 한방의 효과인지 회복되는 과정에서 좋아졌는지는 모르지만, 눈에 띄게 달라진 것은 보조기 없이 식사를 하고 소변도 맑고 악취도 없어지면서 어느 정도 참을 수 있게 되었다. 그리고 네 발 보행기를 이용하여 허리에 매는 안전띠를 움켜쥐고 걷게 하면 횟수나 거리도 많이 늘어났다. 아직도 느낌이 덜 와서 구름 위를 걷는 것 같고, 혼자서 화장실을 가거나 바닥에 쪼그려 앉는 일은 엄두도 못 낼 일이었지만, 부축하여서 화장실에서 용변을 보게 되었고 그해 11월에는 간이 변기를 반납했다. 그러나 소변을 참지 못하고 자주 배설하다 보니 방광에 호스를 끼워야 했다. 그 탓에 옷과 침대는 젖지 않아도 자주 염증이 생겨서 병원에 가야 하는 데다 정기검진이다, 평가회의다, 또 소송 문제로 준비할 일들이 더 많아졌다.

정기검진은 두 달 만에 갔지만, 11월 중순부터 시작하기로 했던 외래환자로 물리치료를 하는 데는 많은 어려움이 따랐다. 특히 병원엘 오가는 문제가 제일 난감하였다. 새벽에 시카고 시청의 장애자를 위한 차량 서비스를 제공하는 사무실에 전화를 하여 예약하는데, 그걸 필요로 하는 사람들이 생각보다 많아서 통화 자체가 여간 힘들지 않았다. 당일에 한해서 접수를 받기 때문에 새벽 4시 무렵에 전화통을 귀에 대고 20여 분 이상 졸아가며 순번을 기다리는 지루한 씨름을 해야지 겨우 예약이 가능했다. 5시만 넘으면 예약이 끝나 버려 재활원에 가려면 석주가 근무 중에 몇 시간 동안 자리를 비우고 직접 차로 갈 수밖에 없었다. 일주일에 두어 차례 그런 예약전쟁을 치르는 일도 처음에는 여간 큰 고충이 아니었지만, 그것도 얼마 후에는 하루의 첫 일과가 되어 버렸다.

어머니는 왼쪽이 더 부실하지만 많은 회복을 기대하고, 어렵게 일주일에 두어 번씩 4개월을 다녔는데, 또 중단을 하고 말았다. 더 이상의 진전이 없다는 이유였고, 상태가 더 좋아지면 다시 하기로 하고 두 달에 한 번씩 정기진단만 받으면서 집에서 재활운동을 계속하였다. 오랫동안 식물인간의 상태에서 회복이 되는 불가사의한 일들이 일어났다는 기사를 가끔 접한다. 천만다행으로 괄목할 만한 회복이 된다면 얼마나 좋으련만, 그 속을지도 모르는 희망을 가지고 열심히 해보자고 격려할 수밖에 없었다.

미국에서도 이젠 동서양의 의술에 대한 비교도 많아졌다. 옛날에는 거의 관심이 없었는데, 70년대 초 미국이 중국하고 외교가 활발해질 무렵, 응급이 필요했던 닉슨 대통령에게 침구를 사용하여 신속한 치유가 이뤄졌다는 기사가 대대적으로 소개되면서 관심이 많아졌다. 양의학적인 입장에서 죽음이나 불치의 선고를 받은 말기 암 환자가 마지막으로 찾은 한의사한테 치료를 받고 회복을 했다는 얘기도 들었지만, 신경 자체를 다친 어머니한테는 시침의 효력은 없었다.

어머니는 전신이 절절거리는 고통에 시달려도 이를 악물고 재활운동을 하면서 지내는데 일각이 여삼추 같은 세월은 그래도 흘러갔다. 지난 2년 동안 나아진 게 있다면 손동작이 많이 유연해져 훨씬 용이하게 식사를 할 수 있고, 소변을 대책 없이 자주 하는 문제도 많이 해결되었다. 그리고 합판을 깐 침대에서 좌우로 구르면서 자세를 맘대로 바꾸고, 간병하는 사람의 도움으로 일어서서 네 발 달린 지팡이를 이용하여 화장실도 가게 되었지만, 무리해서 걷다가 만약에 넘어져서 골절이라도 생기면 더 큰 걱정이 될 일이었다.

그런데 온몸이 항시 저리고 쑤시는 문제, 원활한 대변 소통이나 가스가 차는 문제는 아직도 큰 차도가 없어서 주변에 있는 식구나 간병인에게는 여간 피곤한 일이 아니었다. 낮에 일하는 간병인이 퇴근을 하고 나면, 아버지는 어머니의 경직된 팔다리를 수시로 주물러 드려야 하고 4시간마다 진통제를 챙겨 줘야 하기 때문에 밤새도록 시달림을 받는다. 낮에는 온종일 잔다고 하여도 밤엔 피곤하기 마련이다. 아버지는 더 초췌해지고 짜증도 늘어나서 어머니와의 말다툼은 여전히 그치지 않는다. 한밤중에 졸음이 무섭게 오는데, 10분도 못 되어 화장실을 다시 가야 한다며 어머니 침대 옆 바닥에서 자는 아버지를 깨우면 아마 성인군자라도 짜증낼 일이다. 어머니 혼자서 좌우에 붙들어 논 밧줄을 끌어당겨 겨우 일어나서 네 발 보행기를 이용하여 혼자 용변을 누러 갈 수도 있었지만, 시간이 지체되어 도중에 방뇨를 하면 일이 더 커지고, 또 잠에 취해서 중심을 잃고 넘어져서 골절이 되면 더 큰일이라서 겁을 내었다.

석주는 직장과 학교를 다니다 보니 같이 밤 새워 간병을 해드리지는 못하지만, 처음 두 달 동안 이틀 빠지고 병원엘 들락거렸고 퇴원을 한 후로도, 병원 가는 일이며 장보는 일, 변호사와 같이 해결해야 할 일들을 열심히 해드렸다. 그래도 아버지는 오랜 병시중에 지쳐서 그나마 잘 웃지도 않던 웃음마저 잃어버린 지 오래였고, 수시로 불만을 내색하였다.

"밤들을 꼬박 꼬박 세워 봐야지 내 속을 알지."

석주도 하는 데까지는 최선을 다하는 터라 섭섭한 맘이 들었지만, 꾹 참고서,

"낮에 간병인이 있으니까 주무시면 되잖아요? 낮에 일하는 저희들 보고 그런 말씀을 하세요?"

그렇게 반문해 봤지만 기분이 썩 좋지는 않았다. 그리고 어머니한테 물었다.

"어머니는 밤에 아버님을 많이 볶으시는 모양이네요. 시꺼멓게 탔다고 불평이 많으셔요."

"아니다. 잘 잠은 다 주무시지. 평생에 잠이 많아서 누우면 코고는 사람이다. 내가 너무 쑤시는 날엔 잠 못 잤다고 저러는데 조금만 못 자도 저렇게 불평이 심하지. 평생에 자기만 위하라고 하며 살았으니깐."

부모를 가까이 모시는 것이 물론 걱정이 덜 되고 급한 일이 생겨도

바로 해결할 수 있어서 좋지만, 때로는 석주를 서운하게 만드는 일이 종종 일어났다. 가끔 전화만 하는 동생들을 더 반갑게 대해 주는 거야 그렇다 쳐도, 밝은 날이나 궂은 날이나 얼굴 맞대고 씨름하며 지내는 사람들에게 언짢게 던지는 말이 사뭇 서운할 때가 많았다. 그래도 어른들이 계시니까 좋은 일이며 궂은 일도 생기는 게 아니냐고 생각해 봤다. 그런데 어머니는 그것을 잘 알고 있었다.

"듣기 싫어도 좀 들어 둬! 우리들 죽고 나면 듣고 싶어도 못 들으니깐."

넘겨짚기를 잘하시니, 매번 할 말을 잃는다.

어쨌든 식구 모두가 피곤하고 신경이 항시 곤두서 있어서 참으면서 지내야 할 일이다. 화딱지 난다고 느끼는 대로 쏘아댄 말은 상대 가슴속에 깊이 박히게 되고, 또 동시에 자신의 가슴에 되돌아와서 박힌다.

석주는 둘째가 태어나기 전 달인 1월 초부터 다니기 시작한 윌리엄스 전자회사를 6년 반이 넘게 다니고 있었다. 프로젝트 엔지니어로 연봉 3만 4천 불을 받고 있었는데, 한곳에서 오랫동안 머무는 것이 엔지니어로서 정체가 되는 건 아닌가 하는 생각도 들면서, 기회가 되면 꼭 하고 싶은 기계설계를 하는 곳으로 옮기고 싶었다. 그래도 석주를 엔지니어로서 처음 인정해 준 곳이고, 석사과정 막바지일 때 낮 시간에 개설된 학과를 수강하기 위해서 일주일에 두 차례 오전 3시간을 학교에 나갈 수 있도록 허락해 준 곳이었다. 석주는 빠진 시간만큼 휴가를 반납하겠다고 하였는데, 엔지니어링 부사장 케니는 그 주에 빠진 시간을 일과 후에 보충하도록 배려를 해줬다. 더욱이 회사에서 집도 가까웠고, 고속도로도 가까워 학교 다니기도 적합한 곳이었다. 하지만 새로운 도약을 꿈꾸며, 뛰어 넘기가 불가능한 선을 긋고 끝없이 노력하면 자기 능력 이상을 뛰게 되는 멀리뛰기의 지론을 주장해온 석주가 이대로 안일한 현실에 만족할 수는 없었다.

8월 말이 되면서 전에 같이 근무를 하다가 해고된 에드워드라는 동료가 있었다. 석주보다 나이가 열 살 정도 많은 그가 새로운 회사에 엔지니어링 디렉터로 가면서 같이 일해 보는 게 어떻겠느냐고 졸라댔다.

"프로젝트 엔지니어는 다양성 있는 경험을 해야 해. 사무실이 안방같이 편하게 느껴지겠지만, 물이 오래 고여 있으면 썩는다고."

결국 통근시간이 반 시간이나 더 걸리고 동네도 썩 좋지 않은 곳에 위치한 회사였는데도 그 회사의 사장과 인터뷰를 했다. 사무자동화기기를 만드는 회사에서 새로운 분야를 접해 본다는 데에 마음이 끌렸기 때문이다. 새로운 아이디어에서부터 최종 생산품을 만들어내는 일이 무척 스트레스가 많을 것 같았지만, 도전을 해볼 만하다는 생각이 들어서 연봉 4만 불을 받기로 하고 수락을 하였다.

그런데 어머니가 퇴원하고 한방치료를 열심히 받던 6월쯤에는 큰애가 초등학교 2학년 과정을 마쳐 가고, 둘째는 동네 가까이 있는 가톨릭 계열 학교에서 운영하는 유치원을 다니고 있었다. 큰애는 시립시범학교에 다니고 있었다. 둘째도 다행히 추첨이 잘되면 향후 2년간 종전대로 집 앞에서 같은 학교로 등하교하면 좋겠지만, 그렇지 않으면 둘째를 동네에 있는 공립학교에 보내야 했다. 또 큰애도 여름방학이 끝나고 3학년이 되는 9월부터 학교버스의 운행이 시의 제한된 예산 탓인지 그곳에서 승하차를 시킨다고 하였다. 그러나 둘째는 두 차례 추첨에서 안타깝게도 뽑히지 못하였다. 그래서 별수 없이 집 앞까지 등하교 버스가 오는 서버브로 이사를 갈 계획을 세웠고, 이왕이면 학군이 좋다는 글렌뷰라는 시카고 북쪽에 위치한 교외로 집을 알아보게 되었다. 버윈가에서는 7년도 넘게 살았으니 오래 살았다는 생각도 들었지만 금전적으로 개인 집을 살 만한 여유도 없었고, 또 둘다 직장이 시내에 있어 편리하게 지냈다. 부동산의 가치상승을 생각하고, 교육적인 질을 생각하면, 진즉 이사를 가야 했지만, 우선 집값이 적어도 3배 이상이 되는 것이 가장 큰 문제가 아닐 수 없었다.

둘이 벌어도 은행융자한도가 있고 무리하지 않고 낼 만한 월 불입금을 생각하여 여러 군데를 다닌 끝에 글렌뷰의 해리슨가에 있는 30년 이상이 된 집을 17만 7천 불에 사기로 했다. 그동안 저축한 것과 별 이득 없이 팔아 버린 콘도에서 건진 4만 불을 다운페이한 후에 13만 불을 융자하니 한 달 모기지가 30년 동안 1400불 정도가 되었다. 버윈가의 콘도와 비하여 3배 반이나 많은 불입금이라 입이 딱 벌어지고 말았지만, 선택의 여지가 없었다. 그리고 애들 방학 중인 7월 중순에 둘째가 태어난 곳이고 갖가지 시련도 많았던 그곳을 미련 없이 떠났다.

이사를 하고 애들 방도 이제 하나씩 정해 주고 꾸며 줬다. 방 하나에서 사남매가 풍장 치던 시절을 생각하면 보통 호강하는 것이 아니라는 생각이 들었다. 그러나 조용하고 넓어서 사는 것같이 산다는 기쁨도 잠시였고, 곱으로 늘어난 거리를 출퇴근하느라 신경이 무척 쓰였다. 하지만 애들 학교 문제가 해결되어 무엇보다도 맘은 한결 가벼웠다. 그런데 집을 계약하고 나중에 알아 보니 큰애가 졸업 후 들어갈 중학교부터 문제가 생겼다. 미리 생각해 두었던 학군을 벗어나서 3년 내로 초등학교를 졸업하기 전에 또 이사를 해야 한다는 걸 뒤늦게 알았다. 중학교부터 고등학교에 이르기까지는 피치 못할 사정을 제외하고는 학교를 옮기지 않는 게 좋다. 매번 학교 분위기에 다시 적응하고 친구를 새로 사귀는 게 쉽지 않아서 될 수 있으면 학교를 다 마칠 때까지는 더 이상 이사를 다니고 싶지 않았지만 어쩔 수 없게 되었다.

석주 내외도 어머니처럼 화단이나 채소밭 가꾸는 걸 좋아하여 이른 봄에 빨간 제라늄을 차고 옆의 화단 옆에 잔뜩 심었더니 주변의 장미와 이름 모를 꽃들과 어울려 무척 아름다워 보였다. 그리고 새로 단장한 집 구경도 시켜 드릴 겸 어머니를 모셨는데 한 시간도 더 걸리는 바람에 매우 피곤해 하였다. 그러나 오래간만에 같이 모여 바비큐를 하고 식사를 하는 동안 어머니는 몇 시간씩 휠체어에서 앉아 있는 것이 무리였지만, 그래도 잘 참았다. 그리고 조만간 보상 문제가 해결되면 같은 동네에 넓은 정원이 있고 온상이 있는 집을 꼭 마련해 드릴 생각이었다. 다시 자식들과 같이 살지 못하면 죽어 나가거나 양로원으로 옮겨가야 하는 노인 아파트를 떠나게 해주고 싶었다. 그러나 대부분의 집들은 현관 앞에 계단이 있고, 이층집은 장애인한테는 올라다니기가 불가능하고, 콘도 같은 집에 살기는 편하겠지만 된장 간장 청국장 김치나 김치찌개 같은 음식을 해먹기가 불편할 터였다. 어머니가 나다니기가 편하고 땅을 딛고 채소나 꽃을 꼭 가꾸고 싶다하여 단층집을 찾아봐야 했다.

새로 옮긴 직장에 적응하고 또 출퇴근 문제로 시간에 더 쫓기게 되었다. 게다가 석사논문으로 로봇 시뮬레이션이라는 논제로 마지막 정리를 하고 있었고, 마지막 한 과목을 수강하면서 집에 와서도 밤늦게까지 프로그래밍을 돌리면서 갈무리를 해야 했다. 더군다나 어머니의 재활원에 다니는 교통 문제, 소송 문제, 병원 진찰 등으로 눈치를 보며 잦은 조퇴를 할 수밖에 없었다.

반 년이 정신없이 지나가고 봄이 왔다. 5월 졸업식을 신청해 놓고 논문을 그 전에 끝내야 하는데 회사일 끝내고, 학교 컴퓨터실에 가면 이미 많은 학생들이 사용하고 있어 밤늦게까지 기다려야 했다. 그나마 두어 시간이라도 사용하면 새벽 한 시가 되고 집에 오면 두 시가 넘어서 잠도 설치는 날이 많아졌다. 그래서 졸업식 전에 도저히 논문을 끝내지 못할 거 같아 지도교수에게 부탁하였는데, 고맙게도 학교에서 사용하는 시뮬레이션용 소프트웨어를 집에 있는 컴퓨터에서 사용할 수 있도록 교육용으로 저렴하게 구입해 줘서 제시간에 맞춰 끝마무리를 할 수 있었다.

어머니는 힘든 재활운동을 하는 자체보다 온몸이 저리고, 쑤시는 후유증으로 더 괴로워하였다. 하지만 그 초췌한 얼굴에 오랜만에 감격의 웃음을 드릴 날이 드디어 다가왔다. 하얀 꽃사과꽃이 온 교정을 뒤덮는 봄날, 일리노이 공대 강당에서 1989년 5월 20일, 옛날에 써보지 못한 학사모 대신 석사모를 쓰고, 대학 졸업 이후 무려 17년 만인, 석주 나이 마흔에 졸업식을 치렀다. 그때의 약속을 지켜드렸다는 의미도 있었지만, 식구 모두가 눈물이 나올 만큼 감격하였다. 한참 늦은 졸업식이지만 예전에는 생각지도 못했던 컴퓨터를 사용한 소프트웨어 응용에다 자동화에 대한 신기술까지 배워서 신학문으로 재무장

했다는 면에서 큰 위로를 삼았다. 옹고집의 결실이지만 긴 우회의 길이었다. 식이 끝나고 가운과 모자를 벗어 눈물이 글썽한 어머니한테 입혀 드리고 씌워서 기념사진을 찍었다. 크게 해준 건 없어도 장남 대학 졸업식에는 꼭 참석하고 싶었다는 어머니는 석주의 손을 꼭 잡고 오랜만에 환하게 웃으면서 말했다.

"한 번 더 해야지!"

"네, 필요하면 또 할 게요."

그리고 그날 오후에 어머니가 미국에서 처음으로 주방일을 시작하였던 식당에서 늦은 점심식사를 하였다. 그런데 우연하게도 사고를 당한 곳이 그 식당 근처인데 또 식사가 끝나고 나와 보니 자동차 뒷자리 유리가 깨져 있었다. 살펴보니 그날 졸업식 때 기념사진을 찍은 카메라를 도둑맞은 것이었다. 다행히 비디오카메라 가방은 석주가 뒤쪽 짐칸에 담요로 덮어놔서 불행 중 다행으로 비디오테이프는 남아 있긴 하지만, 그날 찍은 기념사진 대신 졸업식장에서 직업사진사가 찍은 학장하고 증서를 받으며 악수하는 한 장의 사진만이 덜렁 남아 있다. 가끔 벽에 걸린 그걸 보며 속으로 '제기랄, 사진 때문이라도 꼭 졸업식 한 번 더 해야 되겠네'라고 중얼거리며 웃었다.

석주는 학위를 끝내고 이젠 회사에서 열심히 프로젝트에만 몰두하고 싶어도 어머니와 관련되는 여러 일 때문에 회사일에 전적으로 집중할 수가 없었지만, 근무 시작 후 일 년 만에 연봉도 4만 불에서 5만 불로 인상을 받았다. 그즈음에 같이 입사했던 에드워드가 사장과 심한 마찰이 생겨서 떠나게 되었다. 회사에서는 엔지니어링 부사장을 다시 고용하였지만, 한 달 만에 또 해고를 하고 말았다. 그 바람에 석주가 부사장 공석에 직무대행 엔지니어링 디렉터를 도맡아 하면서 스트레스를 더 많이 받게 되었다.

미국의 기업 풍토는 한국과 달라서 실적이 부진하면 해고를 밥 먹듯이 해서 정신적인 고충이 항상 따라다닌다. 당시 사장인 빌은 석주가 엔지니어링 부사장 직책을 맡아 주길 바라면서 연봉 6만 불을 약속하였다. 그러나 어머니에 따른 일들이 많아서 시간적인 융통성이 절실하게 필요한 때라서 그 좋은 기회를 잡을 수 없었다. 반면에 되려 설계 용역 계약을 하는 입장으로 반전시켜서 독립적인 컨설팅 비즈니스의 길을 열었다. 물론 그런 냉정한 회사 분위기에서 그를 인정해 주고 파격적인 제의를 해준 빌에게 너무 고마웠지만 말이다.

8. 어머니의 나들이

사회보장제도의 수혜를 받는 노인들은 시영 노인 아파트에서 살다가 정신적이나 육체적으로 자립적인 생활을 더 이상 하지 못하게 되면, 대부분 양로원으로 옮겨간다. 혹 여유가 있고 효심이 지극한 자식들은 자신들이 직접 모시지는 못하여도 개인주택이나 양로원에서 별도로 간병인을 고용하여 보살피도록 하기도 하지만, 드문 일이다. 누구든 돈 없이 늙고 큰 병 들어서 가족이 없거나 있다 해도 간병을 해줄 처지가 못 되면 선택의 여지가 없다. 정신줄을 놓아 버린 치매환자라면 그래도 큰 문제가 되지 않겠지만, 정신은 온전해도 뇌일혈로 반신불수가 된 어느 노인같이 기를 쓰고 버티다가 결국 시설로 옮겨졌다. 그는 조강지처와 자식들을 멀리하고 젊은 후실과 수십 년을 살았지만, 갑자기 몸이 그리되자 그 후실은 그를 내팽개치고 떠나버렸다. 결국 그나마 본처 소생의 자식들이 그런 아버지를 시설에 의탁시켰다.

어머니는 한방 치료 등 정부에서 인정해 주지 않는 분야에 대해서는 개인적으로 해결해야 했다. 그동안 석주 명의로 저축한 피 같은 2만 5천 불은 시카고 재활원에서 퇴원하고 나서 시도한 한방 치료와 인건비 등으로 2년 남짓 후 바닥이 나버렸지만, 아직도 어머니의 거동이나 손놀림이 부자연스러우니 많은 부작용이 생겼다. 식사 후 양치질이 부실하여 충치나 치주염이 생겨 크라운이나 의치를 걸었던 어금니를 치료해야 했다. 혹 빼게 되면, 그걸 다시 하거나 인플랜트를 할 수밖에 없을 때는 많은 비용과 치료 시간이 소요된다. 또 제일 걱정이 되는 건 다리가 쑤시고 저리긴 해도 때로 몸 상태가 좋아서 혼자 걷다가 넘어지기라도 하면 큰일이었다. 늘 곁에서 안전벨트를 헐렁하게 잡아주면서 혼자 걷도록 하지만, 행여 넘어지기라도 해서 머리를 다치거나 다리뼈가 부러지고 금이 가는 일이 생기면 그 후유증은 물론이고 그에 따른 재활로 한동안 감당키 어려운 사태로 이어지기 때문이다.

세월이 흘러도 회복이 더딘 건지, 아니면 그 상태에서 멈춰 버렸는지 가늠하기가 힘들고, 또 아버지의 기력이 눈에 띄게 쇠약해져 가는 것도 새로운 걱정거리로 부각되어 맘이 자꾸 무거워졌다. 그나마 아버지는 아파트로 이사 간 후 어머니가 사고를 당하기 전부터 뒤늦게 배운 사진 찍기에 취미를 붙이고 있었다. 한 통을 찍으면 반 이상은 버리지만, 그게 유일한 낙이라 틈만 나면 시카고 시내와 미시건 호숫가를 다니면서 많은 사진을 찍었다. 어머니의 사고 전에 아버지 혼자서 제주도와 울릉도까지 들러서 찍은 사진도 많고 또 지금도 몇 점은 어머니가 살고 있는 집에 걸려 있다. 그리고 어머니가 다친 후에는 집 주위와 뜰에 핀 꽃들을 주로 찍으며 시간을 소일하지만, 하루하루를 어머니와 총성 없는 전쟁을 치르면서 황금보다 더 귀한 시간을 병시중으로 보내고 있었다.

미국은 소송의 왕국이라 변호사의 천국이다. 법은 약자를 보호하는 데도 주목적이 있지만 그 해석을 하는 입장에 따라 희고 검은 것이 수시로 뒤바뀌어 다 끝날 때까지는 장담을 못 한다. 변호사는 어머니와 수발을 하는 아버지의 처절한 생활을 비디오까지 찍어서 제시하였고, 금전적으로 바닥이 난 처지 등을 감안하여 합의하는 데 걸리는 시간을 상당히 줄일 수 있다고 하였다.

"만약에 터무니없게 요구를 한다면 상대측에서도 쉽게 들어줄 리도 없고 그러면 긴 법정투쟁이 불가피하게 됩니다. 일 년이면 크고 작은 소송건이 천여 건이 넘는데, 적절한 합의를 놓치면 5, 6년은 더 걸리게 되고 당장 필요한 치료나 생활을 해야 하는데 잘 생각하여 결정 내리시죠."

결국 금전적인 이유로 치료 시기를 놓친다는 입장이 중점적으로 대두가 되어 하한선에서 합의를 보기로 하였고, 사고 후 2년 반 만인 1990년 6월 중순에 최종 합의가 이뤄졌다. 그후 사고가 난 날부터 무려 4년이나 지난 91년 12월 말에 요추 부위 부상에 따른 보상으로 7,000불이 나왔다. 그런데 변호사가 1/3을 가져가고, 2,075불의 병원비는 타협하여 일시불로 1,500불을 갚고도 제비 등을 공제한 후에 2,814불이 어머니한테 전달되었다. 결국 그거라도 챙기려고 송사를 부추겼던 호객꾼이나 변호사의 농간으로 엄청난 대가를 치루고 말았다.

금전적 보상이 되었어도 한 번 다쳐 버린 몸을 원상으로 고칠 수도 없고, 생전에 통한을 안고 비참하게 살아가야 한다. 그래도 작은 희망이라도 있으면 지푸라기라도 붙드는 심정으로 할 수 있는 데까지 치료를 해야 했다. 더군다나 어머니 주위 노인들의 죽음이 현실적으로 피부에 자주 와 닿아서 정신적으로 더욱 위축이 되는 것 같았다. 무엇보다도 그 우중충한 깜장 아파트를 한시라도 빨리 떠나게 해드리고 싶었다. 그래서 9월 말에 석주가 이사를 왔던 집에서 차로 10여 분 거리에 있는 단층집으로 이사를 했다.

어머니는 꽃가꾸기를 좋아하고 또 캐나다 단풍나무와 색색의 꽃사과꽃을 좋아하여 뒤뜰에 이런 나무들이 있는 곳을 골랐지만, 시카고의 겨울이 춥고 길어서 꽃을 가꾸고 즐기기에는 아쉬운 점이 많았다. 아무리 한철 예쁘게 가꿔도 온실이 없으면 어떤 것은 화분 채 방으로 들여놔도 겨우내 시들어버린다. 그러나 사남매 식솔들이 와서 묵고 갈 수 있을 정도로 침실도 여러 개 있고 거실도 넓었다. 석주는 계약 전에 어머니와 같이 집 안팎을 둘러봤다.

"앞뒤 현관이나 차고를 통해서 집 안으로 들어가는 게 용이한 집이 별로 없어요. 게다가 2층집은 계단이 많아서 안 되고요. 여긴 뜰이 편편하여 걷는 운동을 쉽게 할 수 있을 거 같고 또 거동이 더 좋아지면 온상은 저쪽 귀퉁이에 하나 지어드리겠습니다."

"이 집도 과분허지. 고대광실도 다 몸이 성할 때 좋을 일인데. 세상만사에 공것이 없어!"

즐거운 느낌도 잠시였다. 몸이 쑤시고 저리고 뻣뻣하니 성한 사람은 모른다고 절규를 하며 고통에 지친 얼굴을 일그러트리면, 식구들 모두는 금방 먹구름 속에 파묻혀 들어갔다.

항시 누렇고 핏기 없이 움츠려 있는 어머니의 모습이 석주의 머리에 떠올라 괴롭기만 했다. 다시 예전같이 걷지 못하고 한 많은 이 세상을 하직하면, 어머니의 괴로운 잔상은 평생 동안 떠올라서 수시로 눈시울을 적실 것 같았다. 사고 후 25년이 지난 지금도 석주는 술이 좀 취하면 '어머니'가 들어가는 노래만 불러도 맘이 격해져서 노래를 끝낼 수가 없고, 더욱이 평소에 좋아하는 〈목포의 눈물〉, 〈봄날은 간다〉와 〈해조곡〉은 그를 너무도 애달게 만들었다.

해가 바뀌어 91년 여름이 되었다. 석주가 이사 온 지도 3년이 다 되어서 큰애가 가을이면 6학년이 되면서 중학교를 가야 할 입장이 되었다. 주에 따라 차이가 있지만 초등학교 과정은 5학년에서 끝내고 중학교를 6학년에서 8학년까지, 고등학교를 9학년에서 12학년으로 4년 과정을 두는 게 특징이다. 그래서 여름방학이 끝나기 전에 서버브에서 그래도 좋다는 학군에 속해 있는 중고등학교로 보내기 위해서 다시 이사를 하려고 하였다. 그러나 집은 쉽게 팔리지 않는데, 애들은 벌써 봄 학기를 끝내고 긴 여름방학을 맞고 7월이 넘어갔다. 어떻게 하든지 방학이 끝나기 전에는 팔고 사야 할 텐데 시간이 별로 없었다. 7월 중순이 되어 투자 목적으로 사 두려는 인도 사람들한테, 살 때보다 9천 불 정도가 많은 186,000불로 넘겨줬으나, 집수리에 따른 비용과 소개비를 정산해 보니 예상했던 대로 손해를 보고 말았다. 그리고 부모님이 사는 곳과 멀지 않고, 애들 학군을 염두에 두고 집을 찾아봤지만, 경기 후퇴로 매물도 많지 않을 뿐더러 2, 30년 된 집도 5, 6만 불이나 더 비싼데도 전의 집만도 못한 게 태반이었다. 8월 말에 집을 비워 줘야 하는데 마땅한 집을 찾지 못해서 우선 부모님 집주소를 이용하여 애들이 가을 학기부터 다닐 곳으로 조처는 해놨지만, 여름방학 동안에도 살집을 구하지 못하여 별수 없이 부모님 집으로 더부살이를 하러 들어갔다.

그 무렵에 석주 아버지의 만 73세 생신이 곧 다가오고 있었다. 처음에는 석주네 식구들과 더불어서 예년같이 조촐하게 지내려고 했는데, 석주 아내가 잠시 망설이다가 얘길 꺼냈다.

"두 분이 당분간 한국 방문은 힘들 거 같고 아직 조카애들도 어릴 때, 한국에 있는 삼촌이나 고모네 식구들이 다 모이면 어때요?"

"글쎄, 사남매의 식솔들을 한자리에 전부 모이게 하는 게 여간 큰일이 아니지. 어디 보자. 한국에서 여덟 명, 캘리포니아에서 네 명, 우리 식구 네 명을 합하니 열여섯이나 되는군."

창호는 군에 있기 때문에 먼저 귀국을 하기로 하고 일정을 짜봤다. 한국에서 오는 여덟 명의 비행기표, 캘리포니아에서의 일주일 경비, 이곳에서의 1주와 3박 4일간의 동부 관광에 따른 비행기표 및 여행사의 단체 경비, 그리고 생신 준비에 따른 음식 준비 및 사진 촬영, 선물준비 등을 계산하니 자그마치 3만 불이나 되었다. 그러나 이번 시기를 놓치면 부모님 생전에 온식구가 그렇게 다 모이기는 불가능할 것 같아서 진행하기로 하였다.

경주 내외와 두 조카, 그리고 창호를 비롯해서 처음 만나 보는 둘째며느리와 애들 두 명은 7월 말에 첫 일주일 동안 캘리포니아 관광을 하고 부모님 집으로 모였다. 잔치 준비를 하고 또 두 분과 같이 가족별 사진도 찍고 어머니와 아버지의 사진도 별도로 찍어 놨다. 그러고 보니 한국에서 살 때도 수년마다 가족사진을 꼭 찍었고, 1977년에 출가 전인 여동생들과 같이 찍은 마지막 사진이 집 거실에 걸려 있다.

이렇듯 다 모인다는 게 꿈 같은 일이어서 모두들 감격스러웠다. 관광이 주목적은 아니지만 힘들게 왔으니 짧게라도 미국 관광을 하는 걸로 계획했었다. 승용차 몇 대를 이용한 관광은 불가능하기도 하고 안전을 고려해서 관광회사를 통한 단체버스관광을 하기로 했다. 창호는 정해진 휴가가 끝나기 전에 먼저 귀국을 하였고, 금주 내외도 역시 돌아가야 했기에 두 딸만 따라가기로 하였다. 어머니의 몸이 성하여 같이 떠났다면 더없이 좋았겠지만 나머지 열세 명만 동부여행을 하기 위해서 비행기로 워싱턴 디씨로 떠났다. 그리고 3박 4일의 일정으로 워싱턴 시내를 비롯하여 아펠레치아 산맥에 있는 동굴을 다녀오고, 다시 나이아가라 폭포를 거쳐서 뉴욕 시내관광을 하고 돌아왔다. 많은 식구들이 여행을 하는 즐거움도 있지만, 만약에 사고라도 난다면 화를 입을 확률이 더 크다 보니 석주는 여행 내내 여간 마음을 졸였던 게 아니었다. 예전에 고속도로에서 교통사고로 일가족 여섯 명이 모두 변을 당했다는 생각이 항시 떠올랐다. 운명은 재천이라 하지만, 무사히 다녀왔다. 빡빡한 일정에 힘들었지만, 모두들에게 잊지 못할 감명 깊은 추억이 되었고 항시 엄마 아빠에 대한 그리움에 우울했던 경주는 그리 뵙고 나니 한결 맘이 놓였다는 연락이 왔다.

가을이 되었다. 지난번 경주네 식구가 미국에 올 때, 먼저 금주네 동네 근처 광물질이 많이 녹아 있는 온천엘 들렀는데 무척 좋았다면서 특히 신경을 다친 사람들한테 더욱 좋다는 얘기가 나왔다. 또 금주도 남편이 캘리포니아로 근무처를 옮겨갈 때, 새로 집을 사서 이사했는데 한번도 가보지 못한 터라 집 구경도 할 겸 한 달 정도 머물기로 하고 떠나갔다. 미국 생활에서 자녀들이 아직 어리면 두 부부가 정신없이 바쁘다. 그런데도 매제는 하루 건너서 매일 온천장에 반 시간 정도 운전해 가서 부자유스런 모친을 등에 업고 탕에 들락거리며 어렵사리 온천욕을 해드렸다. 좋다면 뭐든 해드려야 하는 것이 도리지만 결코 쉽지 않은 일이었다.

시카고의 겨울은 혹독해서 노인들이나, 큰 사고를 당했던 사람들은 몸이 굳고 그나마 야외운동도 못 하여 불편한 점이 많다. 석주 어머니는 그래도 시카고가 더 좋다고 했다. 캘리포니아는 날씨는 좋지만, 여름에 너무 건조하고 지진도 많고 범죄도 많아 정이 안 간다는 것이다.

그해 겨울을 지내고 92년 4월이 되도록 석주는 같은 학군 내에 마땅한 집을 찾지 못했다. 그래서 한 학기를 끝내고 또 학교를 옮길지라도 콜로니얼식의 이층집이라도 찾고 있었는데, 단층집이지만 10만 불이나 싼 36만 불로 나온 매물이 있다는 연락을 받았다. 협상을 잘해서 산다 해도 10% 이상 깎기는 어렵지만, 그것도 해리슨가에 살았던 집의 거의 두 배가 되는 가격이라서 월 불입금을 생각하니 눈앞이 캄캄해졌다. 대다수의 젊은 사람들이라면 이층집을 선호하듯이 석주네 식구들도 예외는 아니었다. 그런데 그 렌치 스타일의 단층집에서 애들 학교도 가까워 걸어가도 10여 분의 거리이며 자전거로도 얼마든지 다닐 수 있었다. 부모님 집 주변에는 서로 걸어서 왔다 갔다 하며 놀 만한 친구가 없었지만, 이 동네엔 같은 학교에 다니는 또래 애들도 여럿이 살고 있었다. 또 부모님 집까지 차로 5분 이내 거리라 선택의 여지 없이 그것마저 놓칠세라 결정했다. 누구나 다 새집이며 넓은 집에서 살고 싶겠지만 집 때문에 코가 끼워져 살고 싶지는 않았다. 해가 갈수록 경기도 나빠져서 정부에서는 단기적인 정책으로 금리를 많이 내려서 주택융자를 용이하게 했지만, 부동산 매기는 아직도 바닥을 벗어나지 못하고 있었다. 30년 상환의 조건에서 81년 시카고 버윈가의 콘도 구입 때는 연 18% 정도였는데 파는 사람이 주택 융자시 거래한 은행에 양도를 해줘서 연 14.5%로 샀고, 88년 글렌뷰의 해리슨가의 바이레벨 집을 살 때는 연 10.4%, 92년에는 더 내려서 연 8.25%가 되었다. 같은 금액을 융자하면 반 정도로 줄어들어 훨씬 수월하겠지만 그동안의 개인 집값도 상대적으로 올랐고 융자 금액은 곱으로 올라가서 모기지의 부담은 더 커지게 되었다. 물론 석주네 수입도 곱으로 뛰면 좋은데 경기 악화로 수많은 공장이 문을 닫고 근로자들의 급료가 깎여도 쉬는 것보다는 낫다고 하는 처지이다 보니 1990년에 시작한 컨설팅은 어려움을 겪었고, 아내가 병원 다니는 일만 가중시켰다. 이 무렵에도 너나없이 '아메리칸 드림'의 붕괴를 맞고 있었다.

사람의 한평생은 별로 긴 게 아니다. 몇 번이나 이사를 하는지를 생각하면 그것을 실감나게 한다. 애들이 자라나 고등학교를 마치고 집을 떠나갈 때까지 좋은 동네, 좋은 학군에 위치한 큰 집에서 살도록 해주고 싶은데 그 시기는 경제적으로 아직 여유가 없을 시기이기도 하다. 침실이 세 개인 콘도에서 살다가 이제 침실이 네 개가 있어도, 방 한 개는 작아서 서재로 사용하니 멀리서 지인이라도 오면 침실을 내주고 석주는 서재 바닥에서 자고 또 아내는 딸애 방에서 끼여 잔다. 그럴 때마다 머쓱해진 석주가 변명을 하였다.

"다음엔 현관 천장이 높아 현관에 들어서면 와~ 소리가 날 만큼 시원스레 보이는 새로 지은 집으로 이사 가자."

"아이고, 어느 세월에? 애들이 다 커서 떠나면 그런 큰 집이 필요도 없네요. 뭐, 둘만 살아도 평생 새 집에서 못 살아 보는 것도 한이 될 일이지만."

"그건 그려. 애들이 대학에 가면 줄여야 할 거라 생각하지만, 방학 때면 몰려와서 몇 달씩 묵고, 졸업 후에 직장 잡고 결혼하면 나가서 산다 해도, 손자손녀를 데리고 와서 공도 차고 야구공이라도 같이 던지고 놀려면, 콘도나 타운 홈으로 이사 가는 일도 한참 뒤로 미뤄야 하겠군."

그러나 그후로 20년이 넘도록 새 집 사는 약속을 지켜주지 못했다.

재작년부터 염두에 둔 일이었지만, 1993년으로 접어들면서 본격적으로 준비를 해서 3월 18일, 석주의 한국기술지도 방문 일정에 맞춰서 어머니는 무려 13년 만에, 아버지는 6년 만에 고국 나들이를 하게 되었다. 어머니는 첫 나들이를 가면서 몸이 성하지 못하여 시종 우울하였고, 게다가 15시간의 오랜 비행이 가장 큰 걱정이 되었다. 부축하고 보행기를 이용하여 비좁은 화장실을 사용하는 것이 제일 힘들고, 자주 한기가 들어서 제대로 잠을 못 이루는 바람에 몸이 굳어져 수시로 주물러 드려야 했다. 김포공항에 도착해서도 다른 승객들이 다 내려가고도 한 시간 이상을 기내에서 기다려야 했다. 공항 사정으로 승강장으로 내리는 대신에 계류장에서 계단을 통해 내려서 버스로 공항청사에 가야 했기 때문이다. 어머니는 계단을 사용할 수 없어서 시카고공항에서 이용한 승강 장치가 있는 자동차를 사용해야 되는데, 공항시설이 미흡하여 케이터링 서비스 차량을 이용하여 내린 후에 공항청사로 들어올 수가 있었다. 어머니는 돌아갈 때를 걱정하였지만, 출국 때는 승강장을 통해서 탑승할 거니 전혀 걱정 말라고 하였다.

어머니는 방문 자체보다 어떻게든지 용타는 치료를 받고 차도가 있길 기대했다. 일주일을 경주네 집에서 쉬고 K대학교 한의원으로 입원을 했다. 석주는 공식 일정으로 부산을 거쳐 다시 서울로 오면서 저녁때 경주 내외와 같이 들렀다. 어머니는 의료원 시설이 미국 같지가 않아서 여러 모로 불편하다고 불평을 하였다.

"공기가 너무 나빠서 목이며 눈이 따갑고 생병 나게 생겼다."

"그래도 어렵게 오셨으니 효과를 보면 좋겠는데요. 낮에 간병인을 써도 저녁나절부터 아침까지 좁은 병실에서 같이 지내는 아버님이 힘드시겠고."

"평생 날 고생만 시켰는데, 이 정도도 못 혀?"

어머니가 입을 삐죽 내밀며 눈을 흘기자, 아버지는 헛기침을 두어 번 하며 밖으로 나갔다.

"근데, 경주 내외가 일 끝내고 하루 걸러 인천에서 여기까지 오가는 것도 매우 힘들겠네요. 끝에서 끝인데."

"생고생 좀 하는 거지. 내가 다 돌아가면서 효도할 기회를 주었구먼!"

모두들 어설프게 웃었다.

그러나 열악한 환경을 감내하고 집중적인 한방 치료를 받았지마는 괄목할 만한 회복의 조짐이 나타나지 않자, 비싼 병원비를 내면서 더 이상 입원할 필요가 없게 되었다. 석 달 후에 퇴원하였고, 인천에 있는 한방전문 개인병원으로 옮겼다. 이곳에서도 비슷한 치료를 받았지만, 별 차도가 없자 신경을 다친 환자들한테 부수적으로 나타나는 증상인 배에 가스가 차고, 변비가 심해지는 증세에 중점적으로 치료를 받았는데, 그 역시 가시적인 효과를 얻지 못하였다. 결과적으로 현 상태를 그나마 최선으로 유지하기 위해서는 운동을 열심히 해서 굳어져 가는 신체 각 부위의 근육을 풀어 주는 일에 중점을 둬야 한다는 시카고 재활원 의사들의 조언 이상의 치료는 없다는 얘기가 맞았다. 뭔가 좀 달라질까 했던 어머니의 큰 기대는 실망으로 이어졌고, 얼마 동안은 병원 근처에 아파트 전세를 얻어 지내면서 통원치료를 하였다. 그리고 물리치료사가 아파트에 와서 중점적으로 재활운동을 시켰지만, 목욕탕에서 미끄러져 넘어져서 새끼발가락이 부러지고 발목도 삐는 바람에 물리치료도 중지하고, 혼자 하는 운동도 못 하면서 무료하게 지내게 되었다.

석주가 다시 기술지도차 그해 8월 말에 방한했을 때, 어머니는 물론 아버지도 여러 모로 한국이 더 좋다고 하였다.

“여기선 말도 잘 통하고 너를 귀찮게 안 해도 택시로 병원에 가는 거나 장 보는 문제며, 사람 쓰는 문제 등이 무척 편해서 좀 더 머물면서 물리치료를 하고 싶다.”

“하지만요. 한국은 아직도 재활치료의 연륜이 미국보다는 상대적으로 짧아서 이곳 시설이나 치료방법을 비교할 수가 없는데도, 의사나 물리사는 안 되는 것도 된다는 식으로 환자를 붙들어 놓는 거 같아요.”

그러나 어머니한테는 후회 없이 해볼 도리를 다 해드리고 싶어서, 시간과 비싼 치료비만 낭비하는 거라는 부정적인 얘길 꺼내지 못했다. 결국 10개월 만에 영주권자의 체재기간 등의 문제를 감안하여, 두 분 모두 94년 1월 중순에 글렌뷰로 돌아왔다. 어머니는 경주한테 겨울을 지내고 장기 체류를 위한 서류를 갖춰서 다시 간다고 하였지만, 한국에서의 치료도 한계가 있다는 점을 잘 설명해 드린 끝에 재출국을 포기하였고, 아파트 전세를 해약하라고 하였다.

그동안 경주는 부모와 자식 간이라도 도움을 주고받는 사람들 사이에 감정적인 대립이 생길 수밖에 없었다면서 목이 메어 말을 잘 잇지 못하였다.

"떠날 때가 가까워지니까 잘해 주지 못한 일만 생각나서 후회만 되고 더 괴로워져요. 그동안 오빠 내외가 무던히도 많이 참았고 또 그 고충이 컸을 걸 생각하니, 죄송한 맘만 들고요."

"아냐, 경리일까지 하면서 수고 많았어. 특히 바쁜 매제가 지극정성으로 도와주었으니 얼마나 고마운지 몰라. 사실 말이지 어머니가 말씀은 화통하게 하시는 거 같아도 맘속에 쌓인 한이 많아서 자칫 크게 터질 준비가 늘 되어 있는 상태라, 무척 조심스럽지."

2주가 지나는 동안 석주가 무척 바빴다. 날씨는 지독하게 춥고 웬 눈은 그토록 자주 오고, 또 오기만 하면 폭설이었다. 양쪽 집을 다니면서 눈 치우는 일도 힘들었다. 이 와중에 어머니는 양쪽 엄지발톱 제거수술을 받았고, 방한 전에 끝내지 못한 치과 치료를 계속하면서 인플랜트도 하고 의치도 새로 끼웠다. 그리고 전에 치료를 받은 적이 있는 물리사한테 집에서 주 3일씩 치료를 다시 시작하였고, 아버지의 당 검사, 눈 검사 등으로 예전같이 바빠졌다.

어머니는 세월이 흐를수록 희망을 걸었던 일들이 하나 둘 접어지고, 시시때때로 몸은 쑤시고 저리니 신경은 더욱 예민해졌다. 아버지는 지병인 당뇨병 때문에 인슐린 주사를 맞은 후부터는 매일 주사하는 양에 맞추어 식사량을 조절해 우선은 부작용 없이 지냈다. 그러나 하체가 약해지고 균형 감각이 떨어져서 낙상이 우려되고, 종종 양말목이 꽉 끼는 것을 오랫동안 놔두면 발목이 굉장히 부어오르고 혈액순환이 잘 안 되어 아파했다. 게다가 녹내장 증세가 있어서 매일 안약을 세 차례씩 넣어서 안구의 압력을 낮춰야 했다. 몇 년 전에는 왼쪽 눈 백내장 수술을 받았으나 바람이 부는 날 밖에 나가면 충혈이 되고 눈물이 밖으로 흐른다고 불평하였지만, 그 증상은 대부분의 노인들한테 생기는 노화현상이다. 청각기능 또한 50% 이내로 떨어져서 양쪽에 보청기를 사용하는데, 일 년 전까지는 왼쪽만 썼는데 양쪽을 다 쓰는 것이 효과적이라서 한국 방문 때 저렴하게 구입하였다. 그 외에는 식사도 잘하고 여전히 잠도 잘 주무신다.

세월이 가면서 어머니의 상태가 호전되면 상대적으로 아버지의 일이 많이 줄어들 터인데, 무엇보다도 중심을 잡지 못하여 보행연습을 할 때는 부축을 해야 하므로 잔일이 줄어들 수가 없다. 지난 수년간 낮 동안 간병과 집안일을 하는 사람이 퇴근하고 나면, 아버지는 초저녁부터 다음날 아침까지 밤잠을 설치면서 어머니의 일거수일투족을 도와주었다. 몹시 피곤하다고 불평을 하여도 석주네 식구의 생활 리듬을 그런 대로 유지시켜 주는 데 큰 역할을 했다.

대부분의 간병인들도 주말 근무는 꺼려 했다. 그래서 석주 내외는 교대로 애들 한글학교 등하교시키는 일과 바이올린 교습을 마치고는 주로 부모님과 같이 지내면서 외식을 하거나 바람도 쏘일 겸 나들이를 했다. 그리고 장 보는 일이나 생활필수품이며 의료기기나 소모품을 사는 일은 모두 석주가 수시로 할 수밖에 없는 일이다. 아버지는 항시 피곤하여 틈만 나면 눈을 부치지만, 어머니한테 주는 약을 복용케 하는 시간은 절대로 놓치지 않았다. 하루 세 차례의 근육 이완제와 위장보호약, 그리고 4시간마다 진통제를 챙겨 준다. 주말에 석주 내외도 애들 때문에 왼종일 같이 있지 못하니, 아버지가 아침이나 저녁 식사 챙기고, 때로 관장까지 하여 화장실 가는 일이며, 옷을 내리고 올리는 일까지 도와줘야 했다. 보행 연습할 때를 제외하고는 휠체어를 밀고 다니는 일은 사실 힘든 사역이다. 그러다 보니 수시로 두 분은 말다툼을 하며 황금 같은 노년의 세월을 축내고 있었다.

사실 어머니가 혼자 할 수 있는 건 다 할 수 있도록 하였지만, 항시 저리고 쑤시고 뻣뻣하여 맘대로 몸을 부릴 수가 없으니 큰 걱정이 아닐 수 없었다. 어머니는 혼자서 해야 된다는 것을 알면서도 그러하지 못하고, 그렇다고 주변에서 자주 거론하게 되면 자칫 걷잡을 수 없는 소동으로 급변하기가 십상이어서 말을 아껴야 했다.

"당해 보지 않은 사람은 아무도 이 고통을 몰러!"

하며 피맺힌 절규가 시작되면 모두가 또 할 말을 잊고 만다.

어머니는 아버지가 무능하여 평생 식구들 고생만 시켰다는 얘길 수시로 하여 아버지를 화내게 했지만, 그래도 보은을 한다는 면에서 인고의 세월을 보낸다 해도 문제는 앞으로 얼마나 간병을 해줄 수 있느냐였다. 사고 후 7년이나 지나면서 몸놀림이나 신진대사가 언제부터인지 모르게 조금씩 나아져 있는 걸 느끼면서 그렇게라도 돌아오는 것에 기뻐서 눈시울이 뜨거워졌다. 앉아서나 누워서 몸을 가누는 동작이 많이 유연해지고 팔을 올려서 반대편 귀가 닿고, 손등이나 발등이 물건에 닿기만 해도 따갑게만 느끼던 것이 이제 닿는 촉감으로 느낀다든지, 배에 가스가 차는 문제가 거의 없어진 것 같고, 용변 때 가스가 동시에 배출되는 일도 최근에 일어났다. 그래도 조금씩이나마 돌아만 오길 바라지만, 어느 세월에 예전같이 중심을 잘 잡고 걷게 될지는 모르는 일이다. 어머니는 미약하나마 신경이 돌아올 수도 있다는 희망의 끈을 놓지 않고 있지만, 사실 의사들의 의견은 완전히 회복된다는 것은 불가능하다고 하였다. 그러나 10년 이상 식물인간이 된 상태에서 제정신을 찾은 사람도 있다. 속을지도 모르는 희망이지만 그래도 기대를 해보는 것이다. 다친 신경을 주사로 치료를 할 때가 곧 온다고도 하고, 초인간적인 힘이나 종교적인 힘으로 고칠 수도 있다는 풍문도 있다. 지푸라기라도 잡을 심정에서 맘이 항시 설레지만, 무엇보다도 매일매일의 운동과 물리치료를 통해서 몸을 유연하게 유지하고 희망을 잃지 않고 천명을 기다릴 도리밖에 없는 것이다.

올해부터는 틈나는 대로 불편하고 곤욕을 치러도 인내와 끈기를 가지고 여행을 다녀 보기로 했다. 어머니는 언제라도 다 나으면 세계여행을 다니자고 하였지만, 그렇게 기다리면서 세월만 보낼 수는 없었다. 아버지는 젊어서부터 운동은 물론 구경 다니는 걸 좋아하였다. 그래서 더 늦기 전에 가까운 데부터 여행을 다녀서 좋은 경치를 찍을 수 있도록 해드려야겠다고 생각하면서, 가고 싶은 곳이나 하고자 했던 일을 수시로 물어서 적어 두고, 생전에 실천할 수 있도록 별렀다. 그게 자식된 도리겠지만, 그 도리라는 것을 떠나서 훗날 최선으로 해드리지 못한 일을 후회하면서 괴로워하고 싶지 않다는 의미도 있었다.

어머니는 뭐 한 번 하자면 석주는 말이 많고 이유가 많다고 하였다. 주로 치료적인 문제지만, 귀가 얇아진 어머니는 주변에서 누군가가 자꾸 종용하면 솔깃해서 그 걸 산다든지 해보겠다고 하는 거였다. 그럴 때마다 석주도 오랜 병시중을 통해서 이젠 알 만큼 알고 있는데, 무엇이 그리 좋은지 묻고 꼭 필요치 않다고 설명해 드리면, 때론 화를 내면서 그렇게 얘기했다. 그래서 물에 빠진 사람의 심정을 이용한 상혼에 말려들어 그럴싸한 말만 듣고 전혀 도움이 안 되는 고가의 이온전기장판이며, 정체가 불분명한 약도 수차례 당신 혼자 결정하여 사들였다. 그러다 보니 당신 스스로 느껴서 사지 않을 때까지 변명 없이 응해 드리기로 했다. 그렇다고 하고자 하는 대로 그냥 놔두면, 때로 그것도 오기 부리는 처사라며 불평하였지만 말이다.

어머니는 맘대로 움직이지도 못하는 만큼 예민해져서 넘겨짚기도 잘하고, 무심코 대꾸한 말 한마디를 밤새도록 우려내서 다음날 새벽부터 아닌 밤중에 홍두깨같이 따지는 바람에 곤욕을 치르곤 한다. 한 가지 걱정이 시작되면 열 가지 걱정을 한다. 그런데 어머니가 몸이 나으면 여행도 하고, 다시 고전무용도 하고, 또 골프도 배우고 싶다는 말을 비칠 때마다 석주 맘속에는 시큰한 눈물이 흘렀다. 이럴 때마다 생에 대한 강한 비애가 엄습해 온다. 운명적인 사고라는 게 누구한테라도 닥칠 수는 있는 것이라 하지만, 그것을 당하는 사람이나 식구들은 슬픔에 찬 나날을 보내야 한다. 자식된 도리로써 부모에 대한 수발을 오랫동안 하다 보니 애초에 석주가 가려고 하였던 길을 제대로 갈 수 없었다. 어쩔 도리 없이 부모 곁에서 맴돌고 있는 현실 때문에 그의 외길 인생도 회한으로 뒤범벅될 걸 생각하면 그를 한없이 우울하게 만들었다.

공자 말대로 남자 나이 40대에 이름이 세상에 알려지지는 않더라도 뭔가를 완숙시켜야 될 때가 아니냐는 생각을 할 때마다 아직도 물 표면으로 부상하지 못하고 있는 자신을 떠올려보며 이런 생각을 해본다.

"우리들 인생이 소설처럼 기승전결을 만들면서 살지는 않으니 그렇게 틀에 박힌 개념으로 속상할 필요도 없는 거야. 나이가 40이 되든 50이 되든 시작일 수도 있고 과정일 수도 있으니까. 불혹이니 뭐니 하면서 인생의 종착역까지 가는 도중에 꼭 거쳐야 하는 기착지로 생각할 필요도 없는 거지. 인생의 사이클은 여러 번 반복할 수도 있고, 하고픈 대로 살 수도 있으니까. 더욱이 현대에는 자유분방하게 한평생을 요리해서 사는 사람들도 많지 않은가 말이다."

석주는 자신의 외길 인생을 어떻게든 후회 없이 살아가겠다고 벼르면서도 부모님들의 기력이 다하기 전에, 이 넓은 미국의 명소를 둘러봐야겠다는 계획을 구체화시켰다. 아버지는 올해 76세이지만, 젊어 이래로 정구를 많이 하여서 다져진 체질이라 막연히 생각하여 왔는데 사실 지병인 당뇨병 때문인지, 요즘 눈에 띄게 피로가 쉽게 오고, 유난히 걷는 속도가 더뎌지고 힘들어 한다. 평생 동안 비가 오나 눈이 오나 뒤뚱뒤뚱하면서 자로 재듯 걸었고, 뛰는 모습을 본 적이 없었다. 구경을 다니려면 아무래도 많이 걸어야 하는데 문제가 될 것 같았다.

집에서라도 운동 삼아 될 수 있으면 발 앞뿌리로 피곤할 때까지 걷는 것이 더 좋다고 종용하면,

"니 어머니 병시중에 그 만큼 종종걸음 쳤으면 됐다."

하며 다 귀찮다고 하였다. 그런 아버지를 위해서라도 여행을 다니는 데에 좀 더 일찍 관심을 가지려 했어도 여의치는 않았을 것이다. 어머니는 지난 6년의 투병 속에서 회복이 더뎌짐에 따라서 매사에 자신이 없어지고 불안해했다. 그래서 집을 떠난다는 사실은 상상하기도 힘들었다. 더욱이 소변을 잠시도 참을 수 없고, 온몸이 바늘로 쑤시는 고통이 항시 따라다니기 때문에 불과 한두 시간의 외출도 불안스러워했다. 하물며 서너 시간 운전을 해서 다니는 여행이나 구경은 사실 생각지도 못할 일이었다.

94년 시카고의 짧은 봄이 가는 듯하고 5월이 되면서 무척 더워지기 시작했다. 겨우내 집 안에만 있는 게 무척 답답하다고 해서 어머니날 즈음에 날을 잡아 1월 귀국 후 첫 나들이를 하게 되었다. 몇 년 전에 들른 적이 있었지만, 유난히 꽃을 좋아하는 어머니와 사진 찍기를 유일한 낙으로 삼고 있는 아버지를 위해서 석주네 동네에서 그리 멀지 않은 곳에 있는 시카고 식물원엘 나가 봤다.

석주 내외가 교대로 휠체어를 탄 어머니를 밀고 다니면서 열대 식물관, 온갖 선인장을 키우는 온상이며, 온갖 장미를 특별 전시하는 곳 등을 두루 둘러보았다. 밖으로 나와서 산책로를 따라 일본 정원이며, 유럽식 정원 등을 가기 위해 땡볕에 두어 시간 동안 다녀야 했다. 아버지는 장미정원에 이르러 내색은 안 했지만 무척 괴로운 표정이 보였고, 걸음도 너무 느려 같이 다닐 수가 없어서 입구 근처 그늘에 있

는 벤치에서 앉아 쉬도록 했다. 그리고 어머니와 같이 돌고 나와서 그날 일정을 끝냈다. 집에 오는 길에 석주는 아내한테 한숨 지으며 얘기했다.

“앞으로의 여행이 무척 힘들겠어. 어머니는 그렇다 해도, 아버지까지 휠체어를 타야겠으니 말이야.”

그해 6월 중순 무렵, 텍사스주의 댈러스에 장기 연수를 나온 창호가 애들 방학 동안에 일주일 가량 부모님 집으로 놀러 왔다. 그때 고생을 각오하고 1박 2일의 일정으로 시카고에서 서너 시간의 운전 거리에 있는 여름철 휴양지인 ‘위스칸신 델(Wisconsin Dell)’엘 가기로 했다. 각종 물놀이 시설이며, 수륙양용 배 타기, 쇼 등을 보며 며칠 동안 지낼 만한 곳이지만, 앞으로의 긴 여행을 생각해서 진초전으로 시도를 해봤다. 창호네 네 식구는 한 차로 간다 해도, 석주네 넷하고 부모님까지 하면 여섯이 되었다. 애들이 크니까 예전에 나이아가라 폭포를 갈 때와는 달리, 캐딜락 드빌 같은 큰 차를 타도 뒷좌석에 네 명이 타면 여전히 불편하기 짝이 없었다. 이번에는 다행히 창호 차에 아버지도 같이 탔지만 말이다.

어머니는 제한된 공간에서는 더욱이 사지가 굳고 저려서 견디기가 힘들고, 급작스럽게 용변이라도 하겠다면 난감해질 일이다. 그나마 미국에는 장시간 고속도로 여행을 하더라도 한두 시간마다 쉬는 장소와 각종 편의점도 있고 또 장애자들을 위한 시설이 잘되어 있어서 가능한데, 한국에서는 그렇지 못할 거라고 했다.

호텔에 들어와서도 두 분만 별도로 방을 쓰게 할 수 없었다. 밤에 화장실이라도 가면 자리에서 일으키고 보행기에 의지하여 걸을 수 있게끔 누가 도와줘야 하니 아버지한테만 맡길 수도 없어서 석주 내외가 같이 한 방을 쓰기로 했다. 그런데 피곤한 어머니를 잠시 쉬게끔 침대에 눕혀 보니, 몸이 파묻혀 움직이지도 못하고, 잠을 잘 수도 없을 거 같다고 걱정하였다. 저녁식사 후에 전에 애들하고 본 적이 있는 수상쇼 구경을 시켜 드리려 했지만, 어머니는 노독이 쌓인 데다 온몸이 쑤시고 저려서 그냥 아버지와 같이 방에 있겠다고 했다. 그러다 보니 어른들보다 애들 기분을 우중충하게 만들어서 집에 있느니 못한 객지의 밤이 되어 버렸다.

어머니에게 진통제를 들게 하고 교대로 마사지를 해드리면서 창 밖을 보니 갑자기 검은 구름이 무섭게 몰려오고, 장대 같은 폭우가 한참 동안 내려서 쇼 구경을 갔더라면 난리가 날 뻔했다. 모두 어이가 없어서 웃고 말았다.

다음부터는 침대가 출렁거리지 않도록 적절한 크기의 합판과 또 발을 높이 올려놔야 하니 베개나 담요 등 각종 생활 장비를 총동원해야겠다는 생각이 들었다. 그리고 무엇보다 참을성을 더 길러야 했다.

다음날 집에 돌아오니 일주일은 지내다 온 것 같았다. 방한할 때 시원한 비행기 속에서 포도주 몇 잔에 기분이 상기되어 다짐한 모종의 결심은, 한밤이 되어도 식을 줄 모르고 푹푹 찌는 열대야 속에서 줄줄 흐르는 땀과 더불어 잠 못 이뤘던 경주네 아파트에서는 그 결심 자체마저 생각하고 싶지 않을 정도로 간사한 맘의 행로를 겪게 된다. 피안의 세계에서 혼자 그리워하며 쌓았던 효심이나 연정이라는 것도 막상 닥치면 또 다른 시련을 겪는다.

곁에서 부모님들을 모시면 자주 맘 상하는 일도 생기지만, 멀리 떨어져서 사는 것보다야 맘은 편하다. 동포 노인들이 발음을 잘못하여 생기는 우스갯소리로 이미 잘 알려진 '그런 개년—그랜드 캐넌'이나 '디질년—디즈니랜드'도 가볼 계획을 세웠다. 그래서 이번에는 먼저, '나스배'라고 하는 도박의 도시며 밤의 도시인 '라스베이거스' 여행을 계획하고 알아봤다. 석주네 식구들은 전에 두 차례나 간 경험이 있었지만, 그런 환락의 도시도 보여드리고 싶었고, 어머니는 호화찬란한 도박장에서 도박 자체보다 동전을 넣고 레버를 당기는 걸 꼭 하고 싶다 하였다.

그런데 여름철엔 한 달 전에는 비행기표도 구하지 못하고, 저렴한 예약은 할 수도 없이서 한 달 반 뒤로 예약을 했다. 결국은 7월 29일 금요일 아침 7시 반에 출발해서 8월 1일 그곳에서 새벽 1시 반에 돌아오는 표밖에 구할 수가 없어서 불편을 무릅쓰고 강행하기로 했다. 내년이면 귀국을 해야 하는 창호네 식구들은 토요일 10시에 호텔 로비에서 만나기로 했다.

석주가 6시쯤 부모님 집에 들어섰다. 그러나 두 양반 사이에는 이미 강한 저기압 골이 형성되어 있었다.

"니 어머니 땜에 여행이고 나발이고 난 안 간다!"

"아니 왜 그러세요? 제가 6시에 온다고 했잖아요."

"아니 글쎄, 짐은 전날에 다 싸 놓았는데, 니 어머니는 새벽 3시부터 저렇게 휠체어에 앉아서 온갖 시비를 다 거는구나."

"어머니, 리무진은 6시 15분에 온다고 제가 몇 차례나 말씀드렸잖아요."

"내가 잘못 들은 모양이구나."

"잘못 들을 리가 없죠. 그래도 3시부턴 너무했습니다."

"죽으면 실컷 잘 잠인데 두어 시간 더 못 잤다고 안 죽는다!"

그렇게 시작부터 삐걱거리면서 무사히 탑승하였는데, 거동이 어려운 사람을 비행기같이 극도로 제한된 공간에서 거드는 일은 불편하기 짝이 없다. 제일 힘든 건 네 발 지팡이에 의지하여 천천히 걷는 어머니를 부축하여 비좁은 화장실을 다녀오는 일이었다. 그리고 3시간 반의 비행 후에 도착하여 밖에 나가니, 정말 그 열기 때문에 숨 쉬기도 쉽지 않을 지경이었지만 어머니는 따뜻해서 좋다 하고, 아버지는 정신을 못 차릴 지경이라 하였다. 석주가 휠체어를 헉헉대고 밀고 가면서 아내한테 말했다.

"낮부터 저녁 늦게까지도 기온이 섭씨로 40도가 넘는 이 용광로 같은 데를 한여름에 기를 쓰고 몰려오는 이유가 도대체 뭔지 모르겠다. 한낮에는 자외선이 너무 강해서 수영하기도 곤란하고, 숨이 막혀서 걷기도 힘이 드는데 세계 각처에서 수많은 사람들이 도박과 환락을 즐기러 끊임없이 찾아오니 말이여."

인간들은 그런 미친 분위기를 즐기고 싶은 충동이 누구한테나 있는가 보다. 알고 보면 고도의 상혼에 홀리는 것이지만, 그래도 호화스럽게 뻔쩍거리는 슬롯머신으로 가득 채워진 도시의 정글은 인산인해를 이루었다. 이곳저곳에서 터지는 아우성에다 동전 떨어지는 경쾌한 소리에 최면이 걸려서 잠도 잃은 불야성을 이루고 있으니, 세상에 이런 데도 있다는 걸 두 분에게 꼭 보여드리고 싶었다.

라스베이거스는 매년 최대 규모의 놀이 시설과 숙박 시설을 세우면서 더욱 커져서 옛날의 중심가인 곳이 이제는 변두리가 되어 가고 있다. '라스베이거스 블르바드'와 '트로피카나'가 만나는 곳은 가히 최대 규모의 호텔과 도박장들인 '엠쥐엠 그랜드', '액스칼리버', '트로피카나'와 좀 남쪽으로 거대한 피라미드 형상의 '룩써'가 어우러져 있고, 그 사거리는 엘리베이터와 에스컬레이터로 육교를 연결시키고 있다. 멕시코 등지에서 가져다 옮겨 심은 기라성 같은 팜츄리의 행렬에 스포트라이트가 비춰지는 거리는 사막에 세워진 오아시스의 재현같이 보였다.

이번에는 제일 큰 가방에 들어갈 수 있도록 합판 두 장을 자르고, 서로 연결할 수 있도록 금속으로 된 장석과 나사못이며 드라이버까지 챙겼다. 어머니의 상태가 수시로 변하여 고통스러워했지만 아버지와 함께 슬롯머신에서 몇 시간씩 놀음도 하였다. 아버지마저 걷는 것이 힘들어 하여 석주 아내가 휠체어를 빌려 와서 타게 하였는데, 복잡한 곳에서 두 분을 밀고 다니기가 번거로웠지만, 그래도 이곳저곳 다니기에는 한결 빨라졌다. 오후에는 구어 삶는 땡볕 아래 33에이커에 설치된 디즈니랜드의 축소판 같은 '애드붼처 씸 팍'을 훨씬 수월하게 구경했다. 어쩌다 얼떨결에 밀려서 들어간 데가 아주 짧은 시간 동안 롤러코스트를 타는 곳이었다. 어머니는 아예 처음부터 포기하고 출구에서 기다리게 하고, 다른 사람들은 순번대로 밀려서 엉겁결에 올라탔는데, 아버지가 걱정이 된다고 석주 아내가 얘기했다. 사실 젊은 사람들도 순간이나마 간담이 서늘함을 겪는 동안에 창호 곁에 탔던 아버지는 "아이고, 사람 살려!" 하며 비명을 질렀다. 모두들 나와서도 아우성을 치면서 웃고들 하기에 별 일이 있었겠느냐 생각하면서 여쭤봤다.

"야, 나는 그대로 죽는 줄 알았다."

아버지는 그후로 별다른 내색을 하지 않았고 그날 오후 일정을 다 마쳤다. 그런데 오후 늦게 객실로 들어와서 쉬고 있는데, 석주 아내가 울적하게 들어오면서 한숨지었다. 수발을 들러 부모님이 쓰는 방에 들어서는데, 아버지가 다짜고짜 언성을 높인 것이다.

"느네들은 정신이 있는 거냐? 없는 거냐? 아니 뻔히 알면서도 그런 데로 데리고 가서 내가 심장마비로 죽는 줄 알았다."

죄가 있다면 미처 생각지 못했던 석주한테 있건만, 바지런스럽게 쏘다니면서 안내서 얻어 오고 입장권 사가지고 오는 등 일을 도맡았던 아내만 날벼락을 맞았다. 그날 밤 아내가 우울해 하면서 잠 못 이루는 것 같아서 석주는 아내를 호텔 밖에 데리고 나와서 한참 동안 걸으며 달래 줬다.

다음날은 경비행기를 타고 자동차로 가기가 힘든 미국 최대의 후버 댐과 그랜드 캐넌을 약 2시간의 비행기관광으로 대신하려 했는데, 롤러코스트에서 놀란 아버지가 결사반대를 하여 해약하고 말았다. 지난해에 석주네 식구들이 자동차를 타고 돌아본 곳이라, 그 장엄한 모습을 꼭 보여드리고 싶었는데 무산되고 말았다.

또 돌아오는 비행기 객실이 추울 것에 대비해서 어머니는 겹겹으로 옷을 껴입었는데, 너무 덥다며 아버지를 몇 번이고 깨웠다. 귀가 어두운 아버지가 바로 듣지 못하여 같은 얘기를 몇 번씩 되풀이해도 엉뚱한 반응을 보이자, 어머니는 화를 냈고 한참을 시끄럽게 다퉜다. 아버지가 잠결에 소매를 걷어 달라는 걸로 듣고서 팔소매를 만지작거리자, "아녀, 아녀!" 하며 큰 소리를 냈다. 그 바람에 잠이 깬 석주도 잠결에 어머니의 소매를 빼려 했다. 그때 어머니의 울화가 석주한테 옮겨지면서 몸을 마구 흔들며 무척 짜증을 냈다.

"필요한 걸 확실하게 말씀하셔야지요. 왜 짜증만 내세요?"

"뭐야? 내가 짜증을 낸다고? 안 미치는 것만도 다행으로 알아라!"

석주는 더 이상 대꾸를 못하고 하라는 대로 상의를 뒤로 젖혀 드렸다. 적인지 아군인지도 모르고, 울화가 치밀어 마구 해댈 때는 고도의 인내심을 시험하게 된다. 복도 건너 석주 아내가 웬일이냐는 듯 졸다가 일어나 왕눈이 되어 두리번거리고 있었다. 석주는 화장실에 가서 세수를 하고, 자리로 돌아오면서 종이수건에 물을 적셔서 눈을 닦으라고 어머니한테 건네주었다. 그리고 잠결에 말 잘못한 거에 대해 죄송하다고 백배 사죄하고 조용히 눈을 감았다. 그날 밤에 대성통곡 일보 직전까지 간 일도 이번 여행 중 하이라이트로 석주 맘에 슬프게 와닿았다.

이제 다시는 어디 가자는 얘기를 먼저 꺼내지 않을 거라 다짐했지만, 이렇게 서재에서 지나간 일을 정리하다 보면, 그래도 다녀야 한다는 간사한 맘이 슬며시 고개를 쳐들었다. 그리고 그때 비싸게 주고 산 디지털 카메라에서 창호 옆자리에 탄 아버지의 괴로워하는 모습이 담긴 사진을 보면서 피식 웃었다.

사람은 나이가 들수록 연륜도 쌓이고, 인격도 고매해지는 줄 알았는데, 4, 50대를 정점으로 인생에 대한 회의도 늘고, 소심해져서 화도 잘 내고, 곡해도 더 잘하게 된다. 한번 받은 맘의 상처가 쉽게 가시질 못하고 매번 일이 터질 때마다 반복이 된다.

한국의 할머니와 어머니들은 어려서부터 쌓여온 통한이 너무 깊어서 나이가 들어도 그 한에서 벗어나질 못하는 듯하다. 본인보다 더 어려웠던 사람들을 보면 자기 처지를 위안할 수도 있으련만, 자신의 떡이 항시 작아 보이고, 본인의 슬픔이 항시 크게 보이는 것을 보면, 사람은 무단히 이기적이라고 봐야 할까? 그래서 나이가 들면 어린애가 된다는 옛 말이 새삼스럽다.

라스베이거스 여행을 다녀온 후로, 돌아오는 비행기에서 일어났던 일로 몇 주가 지나도 서운함이 쉬 가시지 않았다. 석주의 천성이 금방 허허하는 성질이 못 되어서 나름대로 흐려진 맘이 가라앉을 때까지는 좀 시일이 걸린다. 그러다가 어머니가 다시는 예전같이 거동을 못 하게 되지 않나 하는 생각이 들고, 또 한기가 들어 굽어진 수족이 얼음같이 차가워지면서 사시나무 떨듯 사정없이 떠는 모습이 불현듯 생각나면, 자다가도 벌떡 일어나 앉을 정도로 실망과 울화가 함께 엉클어져 어찌할 바를 모르다가, "안 돼! 그럼 안 돼!" 하며 소리쳤다. 그런 다음날엔 소원한 맘이 좀 일찍 풀어지고 말수가 많아지면서 어머니한테 먼저 말을 건넨다.

어머니는 평생 동안 따뜻한 정이 결핍된 생활 속에서 오로지 자식들 잘 키우겠다는 강인한 정신력으로 버텨 왔기 때문에, 그래도 지금의 정신 상태를 유지하는 것이다. 반 년 이상 못 보던 사람들이 어머니의 동작을 보고 상당히 놀라는 모습을 보면, 시계의 단침이 움직이는 것을 볼 수는 없어도 그 미세한 움직임 속에서 놓친 신경이 아주 더딘 행보를 하는 모양이었다.

20세기까지 주도해 온 서구 문명의 혜택이 큰 것은 알지만, 아직도 의술의 발달은 한계가 있어서 신경을 설 다친 사람에 대해서는 오로지 두고 보는 입장이다. 그래도 언젠가는 많은 회복이 되겠지 하는 실낱 같은 희망을 걸고 기약도 없는 긴 세월을 보내야 하는 걸까? 그런 고행 같은 여행을 다녀오면 그래도 비디오 찍은 것이라도 남아서, 어느 날 저녁에 모두들 같이 앉아 틀어 보면, 그래도 부모님들은 조금이나마 다녀온 보람을 느끼나 보다. 어머니는 몸 상태가 원만할 때에는 그래도 다니고 싶다는 말씀을 하고 아버지는 더욱 그러하였다. 아버지는 예전과는 달리 무거운 카메라를 들고 다니는 것도 힘들고, 또 자동이라도 최소한의 조절을 하거나 필름 교체를 하는 것도 용이치가 않아서 이젠 가볍고 간단하게 셔터를 누르기만 하면 되는 걸 사용한다. 사진 찍는 이력이 좀 붙었는데도 아직도 반 이상은 못 쓰게 찍지만, 어머니 시중을 드는 일 외에 할 수 있는 유일한 낙이다.

두 분 생전에 미국내의 명소는 한 곳이라도 더 모시고 가고픈 맘이 들지만, 3대가 어울려서 가는 여행은 고행에 가깝다. 그러나 그렇게 다니다 보면 그런 대로 즐길 수 있는 맘의 여유도 생겼다. 올 연말쯤에 하와이를 가보자는 얘기가 진즉 나왔었지만, 지난번 라스베이거스를 다녀온 후로 다시는 안 간다고 한 어머니한테 한동안 여행 얘기를 꺼내지 않았다. 그랬더니 9월 초가 될 무렵, 뒤늦게 하와이는 꼭 가고픈 눈치를 보였다. 결국 두 분의 바람대로 가기로 했지만, 비행기나 호텔 예약 때문에 시일만 촉박하게 만들었다.

어머니로 봐서는 상당히 무리가 따르는 일이지만 하와이 여행을 구체화해서 12월 24일 아침부터 30일 아침까지의 일정을 계획하였다. 창호네 식구와는 호놀룰루 공항에서 만나기로 했다. 무엇보다도 어머니가 비좁은 비행기에서 8, 9시간 동안 끼여 가는 일이 제일 어려운 일이었다. 옆에서 수발을 드는 석주 내외도 지난 라스베이거스 여행을 거울삼아 더 많은 인내심을 키워야 한다고 별러 봤지만, 그곳에 가서도 장시간 동안 자동차로 다녀야 하니 보나마나 고행길임이 뻔했다. 그러나 모두들 세계 최고의 지상 낙원이라는 하와이를 간다는 설렘이 앞섰다. 어쨌든 진땀나는 우여곡절이 많았지만, 창호 내외가 많이 도와줘서 무사히 다녀올 수가 있었다.

92년 여름에 석주네 식구만 여행을 다녀온 적이 있다. 일주일 동안 달렸던 4,000km의 멀고도 먼 여정이었다. 태고의 신비가 가득한 엘로우스톤과 장엄한 요세밋 국립공원을 거쳐 캘리포니아 서부 해안 도시에 살고 있는 금주네 집까지 찾아가서 일박을 하고, LA와 라스베이거스를 거치고 유타주의 솔트레익 시티로 다시 돌아와서 렌터카를 돌려주고 비행기로 시카고로 돌아왔다. 이런 대장정은 부모님과 같이 하기가 불가능하다는 생각이 들면서 긴 한숨이 자신도 모르게 몰아쳐 나왔다. 그 다음해 여름에는 LA에서 살고 있던 처제네 집에서 첫 애를 보며 살림을 도와주던 장모와 더불어 그랜드 캐넌과 브라이스 캐넌을 거쳐 라스베이거스엘 다녀온 적이 있었다. 그때도 아버지가 더 노약해지기 전에 두 분을 모시고 그 장엄한 계곡을 구경시켜 드리겠다고 별렀지만, 결국 실현하지 못했다. 날이 갈수록 하루가 멀다 하고 두 분 다 힘들어 하고 아파하니 구경을 간다는 의미가 수시로 탈색되어 버렸다.

"구경이 다 뭐냐. 거울 아홉 개가 구경이지! 금강산도 식후경이라는데, 이토록 쑤시는데 좋은 게 하나도 없구나. 너희들만 귀찮게 하고."

"그래도 다녀야지요. 지난번 하와이 여행 때는 와이키키 백사장 옆에서 어머니는 애들이 물장구치며 노는 걸 바라만 보셨지만, 곧 다 나아서 흰 파도 밀리는 와이키키 해안에서 같이 물놀이도 하고, 수백만 년 장엄하게 변해 온 그랜드 캐넌의 산상에 올라가서, 야호! 하면서 한평생 쌓여 온 통한을 길게 토해 내야죠."

더구나 오랜 병수발에 지칠 대로 지친 아버지의 기력이 쇠잔하시기 전에 말이다.

9. 계속되는 우환

삶과 죽음의 경계선은 항시 우리들 주변에 엉켜 있다. 오전까지만 해도 같이 농을 나누며 웃던 직장 동료가 점심시간에 도로횡단을 하다가 교통사고로 현장에서 절명한다든지, 무공훈장을 탄 이라크 참전 용사가 자기가 사는 동네에서 강도를 당해 어처구니없게 살해되고, 또 걸걸한 성격에 항시 허허하던 친구가 해외 출장 중 호텔에서 심장마비로 갑자기 유명을 달리하는 일들을 접한다. 그런 허무한 죽음들은 아직도 실감나지 않는 안타까운 기억으로 뇌수에 남아 있다.

1996년 10월 초다. 석주는 어머니의 목 부상 이후로 근 9년이 지나가는 동안 눈에 띄게 좋아지지는 않았어도 가끔 보는 사람들은 동작이 많이 유연해졌다는 얘기를 하지만, 어머니는 수시로 낙담을 하였다.

"뛰는 건 바라지도 않을 일이고, 나이 많은 노인네들같이 천천히 걸어도 중심이나 잡으면서 걸을 수만 있다면 더 바랄 것이 없어."

평상시에도 온몸이 바늘로 찌르는 듯하고 절절거리지만, 몸의 상태가 수시로 변하여 어느 날은 금방 뛸 것 같은 생각이 들 정도로 좋아지기도 했다. 그러다가도 갑자기 상태가 더 나빠지면, 밤에 수발하는 연로한 아버지를 위시해서 모두가 긴장의 나날을 보내야 한다. 어머니의 고통은 팔다리나 어깨 같은 국부적인 곳에서 일어나는 게 아니고, 중추신경이 손상되어 내리는 명령이어서 일반 통증치료제는 잘 듣지 않는다. 그래서 거동이 부실하여도 그런 고통만 없으면 살 것 같다 해서 '고통조절'을 전문으로 하는 의사를 만나 보기로 하였다. 그래서 잠시 동안 몽롱하게 만들고 고통에 대한 반응검사를 시도했다. 이 방법에 효과가 있다면, 주사를 두어 달 만에 정기적으로 맞는 방안을 시도해 보자고 하였다. 피하 주사가 시작되면서 의사의 지시대로 석주는 통증이 나아지는 정도가 0에서 10까지의 범위에서 어디에 해당되느냐고 어머니에게 물었다. 어머니는 눈을 감은 채 힘없이 대답하였다.

"글쎄, 별로. 5, 6……?"

조금이라도 나아지는 반응을 기대하면서 주사량을 늘였는데, 그 과정에서 혼절을 하였고 잠시 호흡이 멈추는 일이 일어났다. 순간 긴장의 분위기가 감돌았다. 의사는 재빠르게 턱을 추켜올려 기도를 열리게 하고 산소 호흡기를 들이대는 부산함이 따랐다. 잠시 후 어머니는 큰 숨을 몰아치면서 깨어났다. 어머니의 오른손을 지그시 잡고 있던 석주는 만에 하나 이대로 무슨 변고가 생긴다면 그 통한을 어찌 해야 하느냐라는 방정맞은 생각부터 오만가지의 상념에 빠져 있었다.

실로 생사의 갈림길이라는 게 항시 우리들 주변에 있다는 새삼스런 사실을 뼈저리게 느끼면서 허무감이 동시에 몰려 왔다. 격한 슬픔과 안타까운 맘이 노도처럼 일었지만 내색할 수는 없었다.

안락사 문제로 요사이 찬반의 문제가 대두되고 있는 미시건주의 의사 카보키언의 입장을 생각해 봤다. 주로 말기 암 환자들이 통증을 견디지 못하고 어쩔 수 없이 죽음이라는 최후의 수단을 생각하였고 그런 과정에서 그는 죽음의 사자가 되어야만 했다. 아직도 현대 의술의 한계가 있음을 보여주는 슬픈 인간사의 단막을 보여준다. 어머니의 경우야 그런 환자들과는 입장이 다르나, 세월의 흐름에 따라 좀 나아질 거라는 말만 믿고서 고통의 세월을 보내며 살 수는 없는 노릇이 아닌가? 그런 세월에 속고 만다면, 그 억울함을 어찌 감당할 건가?

진찰실에서 휠체어를 밀고 나오면서 어머니에게 한동안 기억이 전혀 없는 무의식 상태였다는 얘기를 하였지만, 어머니는 호흡이 잠시 멈췄다는 사실은 모르고 있었다. 새삼스러운 얘긴 아니지만,

"잔병이나 긴병에 효자 없지. 근데, 허구한 날 이러고 있으니, 저 늙은이 이제는 그러려니 하지만, 죽는 건 나고 서글픈 것도 나여! 어떻게 좀 해봐!"

라는 비통한 얘기를 다시 안 하도록 최선으로 다할 것을 또 다짐해 본다. 석주는 휠체어를 밀고 가며 중얼거렸다.

"우리네들이 이 세상을 다 떠나도, 눈물이 나도록 아름다운 저 파란 가을 하늘은 매년 저토록 푸르겠지? 그러나 지금 어머니가 이렇게라도 살아 숨 쉬고 있다는 게 얼마나 다행스런 일인가!"

어머니가 갑자기 고개를 살짝 뒤로 추켜올리며 장난기 있게 말하였다.

"야, 돼지야, 배가 많이 고프다. 우리, 뷔페 집에 가서 맛있는 거 많

이 먹어 보자!"

석주는 어머니가 다시 살아난 거 같은 기쁨에 눈시울이 뜨거워지며 절로 신바람이 나고 말수가 많아져 싱거운 소리를 계속 지껄이며 주차장 쪽으로 휠체어를 힘차게 밀고 갔다.

11월에 들어섰다. 아직 그리 춥지는 않지만, 싸늘한 날씨가 계속되는 때가 되었다. 석주는 박사과정을 조만간 마무리져야 할 입장에서 맘을 단단히 먹어야 할 커다란 과제들이 남아 있었다. 2년 후면 석주가 49세가 된다. 본의 아니게 박사과정이 늘어지고 있지만, 부모와 같이 어우러진 그의 운명을 탓하면서 변명의 사설을 늘어놓고 싶지는 않았다. 그러나 현실적으로 견디기가 힘들어져 간다. 16세기경 명종 때 퇴계 이황을 생각해 본다. 평균 수명이 채 50이 안 됐던 시절, 49세에 비로소 '주자'의 성학공부론의 사계점(四階漸)을 통해서 한시도 게으르지 않고 학문에 정진을 하였고, 수많은 논문과 책자를 펴냈으니 그의 굳은 정신으로 조선 성리학의 최고봉을 이룩한 업적은 후세에 길이 남는 일이다. 그도 임금의 간곡한 청을 수없이 사양하며, 낙향을 했다. 그 시절에는 무엇보다도 먼저 입신양명하는 것이 자신과 가문의 명예로 삼았고, 적절한 시기에 낙향하여 초야에 묻혀 지내면서 학문에 몰두하였다. 처음부터 초야에 묻히는 필부였다면, 어느 누구 하나 그를 거들떠보지 않았을 일이다. 그래서 부귀영화나 명예가 덧없는 것임을 알면서도 먼저 입신양명부터 해야 할 일이니 많은 사람들이 예나 지금이나 매달리고 있지만, 그게 부질없는 욕심일까? 석주는 자신에게 반문해 본다.

"해가 갈수록 기력이 떨어지는 아버지, 재활에 사력을 다하는 어머니 생전에 박사학위도 끝내고 컨설팅 사업도 크게 이루게 된다면 그 이상 바랄 게 뭐가 있겠나? 허지만, 어찌 인간사를 기승전결에 맞출 건가? 우리는 과정만을 살다가 하시라도 스러질 수 있기에, 자신을 위해서나 어머니를 위해서나 지금에 꼭 필요한 일을 하는데 최선을 다하면, 지나간 과거에 후회가 없을 일이고 돌아올 미래도 후회가 없을 일이겠지."

겨울이 지나고 이듬해 봄이 되었다. 두 집 살림을 하는지라, 손볼 일도 많이 생기고, 꽃모종이며 화분이나 화단을 보수할 흙이며 비료 따위를 사러 다니는 건 물론, 화분이나 화단을 정리해서 심는 일 등은 여간 품이 많이 드는 일이 아니었다. 어머니는 꽃을 가꾸는 것이 유일한 취미가 되어버려서 어지간히 꾸민다 해도 눈에 차지 않았다. 또 토요일 4시부터 일요일까지는 간병인이 없는 때여서 석주 내외는 더 바쁘게 된다.

일요일인 5월 18일은 바람이 몹시 불고, 기온도 낮았다. 석주 내외는 동서네 집에서 모처럼 만난 그의 남동생 식구와 더불어 바비큐를 하고 있었다. 손아래 동서는 떠나기 싫은 LA 생활을 접고 자신이 새로 시작하는 비즈니스 때문에 작년에 시카고로 이사 와 살고 있었다. 4시가 다 되어서 집에 있던 큰애가 전화를 했다. 큰애 얘기는 할머니한테서 전화가 왔는데, 빨리 가보라는 거였다. 서둘러서 차로 15분 거리인 부모님 집에 도착하자마자 뒤꼍으로 뛰어갔다. 주변에는 바비큐 스탠드와 그릴이 널브러져 있고 잿가루가 사방에 흩어져 있었다. 그리고 차디찬 패티오(Patio) 콘크리트 바닥에 담요를 덮고 반듯이 드러누워 떨고 있는 어머니가 보였다. 석주 아내가 금방 따라와서 휠체어를 끌어다주고, 석주는 서둘러서 어머니의 상체를 일으키면서 말했다.

"이게 웬일이에요? 이러다가 정말 큰일 나겠습니다. 아니, 아버진 어디 계셨는데요?"

"니 아버지도 이제 다 됐구나. 아무리 노력해도 일어나질 못해. 참, 어이없고, 한심하더라."

석주는 3시간 이상을 그렇게 꼼짝 못하고 누워 있던 어머니의 가슴을 양팔로 꽉 끼고 일으켜서 휠체어에 겨우 앉히었다. 어머니의 아랫도리가 이미 푹 젖어 있어서 그의 허벅지를 차갑게 적셔 왔다. 두 분이 점심을 먹고 바람을 쏘이러 밖으로 나왔는데, 하필 소변이 급하게 마려운 거였다. 집 안으로 서둘러 들어갈 수가 없어서 나무로 된 큰 화분에다 눌 요량으로 그 위에 걸터앉다가 그만 넘어지고 만 것이다. 그 바람에 같이 거들던 아버지는 그 옆에 있던 바비큐용 스탠드와 함께 넘어졌다. 아버지는 상체를 일으키지도 못한 채, 두 시간이 넘도록 꿈틀거리면서 일어나려고 사력을 다하였다. 그러는 동안 어머니는 누운 상태에서 여러 차례 방뇨를 해서 오한이 들어 떨고 있었고, 아버지는 엎치락뒤치락하며 겨우 상체를 일으켜 앉은 자세에서 손을 짚고 움직여서 패티오 테이블 쪽으로 기를 쓰고 다가간 후에야 그걸 붙잡고 가까스로 일어났다. 그리고 석주네 집에 전화를 했다는데, 영어로 녹음이 된 메시지만 나왔단다. 아버지는 언뜻 점심 식사하러 동서네 집에 간다는 말이 생각나서, 전화를 하려 했으나 번호를 찾다가 못 찾고, 다시 어머니가 석주네 집에 전화를 하여 큰애가 받고서야 연락이 된 것이다. 애들은 학년말고사 준비를 한다면서 집에 있었는데, 아버지가 경황 중에 번호를 잘못 눌렀다는 생각이 들었다.

석주는 하도 어이가 없어서 며칠 후 방에서 아버지를 바닥에 주저앉게 했다가 혼자 일어서게 해봤지만, 의자다리 같은 거라도 잡지 못하면, 결코 일어나지 못했다. 허리가 유연치 못하여 쪼그려 앉질 못하니 일어서질 못하는 거였다. 청춘이 영원하지는 않은 일이지만, 인생 80에 그토록 몸이 굳고 힘이 없어진다는 게 믿기 힘들었다. 젊어서 수십 년 동안 정구도 하였고, 나이가 들어서는 맨손 체조를 꾸준히 하여 유연함을 잃지 않도록 하였는데, 항우장사라도 세월을 비켜갈 수는 없는 모양이다.

이번에 넘어지면서 머리를 다치거나 골절이라도 되었으면, 아찔한 상황으로 급변하였을 터였다. 석주는 안도의 긴 숨이 절로 나왔다. 어머니는 몸 상태가 원만할 때는 혼자서도 침대에서 일어나 화장실에 가기도 하였다. 그런데 배를 두른 띠의 뒤쪽 가장자리에 속옷의 고무줄이 들어 있는 부분이 걸리기라도 하면, 그걸 추스르지 못하였다. 아직도 손을 몸 뒤로 유연하게 돌리지 못하기 때문이다. 그게 항시 맘 상하는 일이라고 불평을 하면서도 당신 혼자서 하는 일이 많아질 정도로 상태가 좋아졌다 하여 그동안 야간에 일했던 간병인을 그만두게 하였다. 아버지는 간병인을 계속해서 두자고 성화를 냈다. 어머니는 낮에 실컷 자면서 밤에 두어 차례 잠시 도와주는 일까지 싫어한다고 핀잔을 주었다. 물론 경비가 곱으로 들어가는 것도 그렇지만, 별로 하는 일 없이 잠만 자다가 가는 일이 신경 쓰인다고 하였다.

그런데 9월 11일 결국 엄청난 시련이 또 일어나고 말았다. 한밤중에 걸려오는 전화는 가끔 시간대를 잘못 맞춰서 한국에 있는 동생들한테서 오거나, 아내가 근무하는 병원에서 응급수술이 급하게 생겨서 호출할 때를 제외하고는 거의 오지 않는다. 가끔 어머니가 참기 힘든 통증을 호소할 때도 있었지만, 일단 가슴을 철렁하게 만든다. 새벽 2시 50분에 걸려온 전화를 잠에 취한 상태로 받은 석주는 아버지 특유의 애절한 목소리에 뭔가가 잘못되었다는 걸 직감할 수 있었다.

"여, 여보세요? 애비냐? 빨리 좀 와야겄다. 니 어머니가 또 넘어졌어……."

"아니, 어떻게 넘어지셨는데요? 머리를 다친 건 아니고요?"

"머리는 괜찮은 것 같은데, 어깨, 다리가 아파서 꼼짝 못 헌다."

딸아이가 늦게까지 공부를 하다가 잠자리에 들면서 3시에 깨워 달라는 부탁을 했다. 그 바람에 소파에서 새벽 1시가 넘어 잠이 막 들었던 참이었다. 마치 둔기로 한 대 얻어맞은 것처럼 비슬거리며 일어나서 차로 5분이 채 안 되는 거리를 서둘러 갔다. 지난번 페디오의 콘크리트 바닥으로 넘어진 후로 석 달쯤 됐나 보다. 제발 별일 없기를 바라면서 집 안으로 들어 섰다. 현관과 응접실이 어우러진 곳에서부터 응접실 쪽으로 카펫 위에 누워 있는 어머니가 보였다. 황급히 어디가 먼저 닿으면서 넘어졌느냐고 물었다. 왼쪽으로 넘어졌는데 다행히 머리를 부딪치지는 않았고, 좌골과 어깨를 비롯해서 발목 등이 다 아프다고 하였다. 상체를 일으키는 도중에 왼쪽 다리가 바닥에 대이면서 비명을 질렀다. 아마 잘 쓰지 않던 근육이나 인대가 갑작스레 당겨져 그럴 거라는 생각을 하면서 휠체어에 옮겨 태우고 침실로 갔다. 그리고 다시 뒤에서 양팔로 껴안고서 양손을 맞대어 깍지를 끼고 들어올려 침대로 옮기는 도중에 또 비명을 질렀다. 일단 반듯하게 눕히고 어깨나 다리를 얼음주머니로 묶어 놓았다가 주무르는데, 왼쪽 다리를 조금이라도 벌리면 말할 수도 없는 통증을 호소하였다. 그러나 가만히 있을 땐 아무렇지 않다고 하여서 좀 쉬면서 두고 보자고 하였다.

5시 반쯤 잠시 집에 들러 아내한테 경위를 설명해 주었다. 무슨 일이 생기면 병원으로 연락해 주겠다고 한 후에 1시간 반 가량 눈을 부쳤다가 7시 무렵에 다시 어머니한테 갔다. 넘어진 부위를 다시 눈여겨봤지만, 부었거나 더욱 쑤신다는 얘기가 없어서 응급실에 가는 걸 지체하고 있었다. 아마도 석주는 어머니의 상태가 대수롭지 않은 것으로 생각하고 싶었는지도 모른다.

그런 상태에서 어머니는 통변을 며칠째 못 했다 하여 관장을 하는데 간병인이 모르고 플라스틱 앰플 자체까지 항문 안으로 집어넣는 바람에 소동이 났다. 석주가 다시 관장액만 짜 넣고 나서 잠시 후 그 앰플 병과 질누렇게 산화된 변이 함께 터져 나왔다.

어쨌든 골절 유무를 확인하기 위해서 X-Ray 사진을 찍어 보려고 오후 2시 30분 무렵 근처 병원 응급실로 갔는데, 대퇴골두의 목 부분이 부러졌다는 청천벽력 같은 판독 결과를 알려줬다. 그제야 다리를 벌릴 때마다 외마디 비명을 질러댄 이유가 와 닿았다. 수술을 바로 해야 한다는 얘기가 나왔다. 아는 의사가 있느냐고 물어서 그의 아내가 일하는 병원으로 급히 연락을 취하고, 3시 10분경에 앰뷸런스로 옮겨져 시카고 시내로 떠났다. 석주는 집엘 들러 아버지에게 상황을 설명해주고 간소복과 세면도구를 챙겼다. 바로 뒤따라가기 위해 차고 문을 닫고 막 출발하려고 하는 순간, 그만 울분이 터지고 말았다.

"아! 개만도 못한 인생이다. 이럴 수가 있어? 무슨 전생의 업이 얼마나 많아서 모두들 또 이런 시련을 끝도 없이 겪어야 하나!"

주먹을 불끈 쥐었고 동시에 뜨거운 눈물이 퍽 쏟아졌다. 어머니와 석주의 운명이 실타래같이 꼬여 있으니 어찌하랴. 박사과정의 마무리를 하는 중대한 기로에서 내년 2월에 있을 자격시험 준비를 위해서 이번 가을 학기부터 단단히 세운 각오는 또 이렇게 난파를 맞고 말았다.

석주가 도착했을 때 어머니는 수술대기 병동으로 이송되지 않고 아직 응급실에 있었다. 10년 전의 악몽이 재연되는 느낌이었다. 저녁 9시로 수술 계획이 잡혔다. 앰뷸런스로 이송하던 중이나 병원에 와서 기다리는 동안에도 아프다고 울부짖는 바람에 데모랄 주사를 두 차례 맞아야 했다. 그제서야 어머니는 일그러진 표정으로 깊은 잠에 빠져들었다.

병원에 오면 의사의 허락 없이 물 한 방울도 맘대로 마실 수 없고, 불안한 맘으로 기다려야 하니 모두들 지쳐 간다. 골절 때문에 아픈 거보다도 평상시 고통이 가중이 되어 더욱 참기 힘들어 보였다. 어머니의 입술은 허옇고, 혀에는 하얀 잔거품이 날 정도로 입 안이 타들어갔다. 예전처럼 단지 입 안만 적실 수 있는 정도로 거즈에 물을 적시어 그걸 빨게 하였다. 어머니는 그렇게라도 하니 살 것 같다고 했는데, 피곤과 두려움에 지쳐 일그러진 얼굴을 내려다보니 지난 10여 년 전의 악몽이 생각나서 눈물이 퍽 쏟아졌다.

9시가 다 되어서 어머니는 수술실로 옮겨졌다. 마취의사며 보조의사 및 간호사가 부산하게 수술 준비를 하고 있었다. 담당 외과의사는 부러진 부위를 금속으로 대체하는 수술을 한다면서 수술 자체는 한 시간 정도 걸릴 거라고 했다. 그 의사는 석주 아내와는 이미 한 팀으로 오랫동안 수술을 해왔는데 정형외과 의사 중에서는 실력이 제일 좋다는 얘기를 들었다. 그리고 회복실에 가서 기다리고 있었다.

10시 반쯤 어머니는 아직 의식이 몽롱한 채로 회복실로 옮겨왔다. 얼마 후에 의식은 돌아왔지만 말도 못하고 눈도 뜨지 않았다. 중환자 회복실에서의 몇 시간은 무척 길었다. 호흡이 약하니까 절대 산소량이 떨어져서 기계에서는 계속해서 경고 부저가 울려 왔다. 담당 간호사는 신속하게 흡입식 산소마스크를 갖다대고, 이것저것을 계속 체크하고 있었다. 수술이 끝나고 나서의 회복 과정이 굉장히 중요하다고 얘기했다.

새벽 1시가 가까웠다. 그날 밤은 수시로 물을 찾는 어머니 옆에서 밤을 지새우고, 다음날 오후 3시 30분쯤 집엘 갔다. 아버지한테 상황을 설명해 드렸고, 아버지는 예전처럼 정신 나간 사람같이 안절부절못하였다. 석주는 11일 밤부터 12일 밤까지 설치고 나니 몹시 피곤해졌다.

밤 11시가 되어서야 석주 아내가 구한 간병인이 왔다. 간병인은 저녁 8시부터 다음날 아침 8시쯤 석주가 갈 때까지 어머니 곁에서 도와주기로 했다. 그 다음날 아침에 석주가 교대를 하고, 오후 3시 반경 그의 아내는 아버지와 애들과 처제네 식구들과 함께 문병을 왔다. 저녁에 도와줄 사람이 오는 걸 확인하고, 8시쯤 중국식당에서 저녁식사를 하고 집에 들어갔다. 사실 그날이 결혼 19주년이 되는 날인 것을 뒤늦게 알았지만, 아내한테 씁쓰름하게 웃으며 미안하다는 얘기만 하고 말았다.

저녁 8시부터 아침 8시까지 간병인이 다녀가면, 낮에는 석주가 수발을 들어야 하니 또 생활의 리듬은 깨졌다. 애들은 저희들끼리 끼니를 대충 챙겨 먹고 학교엘 다니고, 석주도 만사를 제쳐두고 병원에서 살다시피 하였다. 그리고 사흘 후에 재활병동으로 옮겨서 본격적으로 재활운동에 들어갔다. 아내는 수시로 말이 통하지 않는 어머니의 애로사항을 통역해 주고 불편함이 없도록 신경을 무척 썼다. 거동이 부실한 상태에서 해야 하는 재활운동은 진전도 없고 힘만 들어서 어머니는 수시로 울부짖었다.

"염병할 인간! 방에 있는 간이 변기에다 용변하면 치우기 싫다며 치를 떨고 욕을 하면서 윽박지르는 바람에 화장실로 가다가 넘어졌으니 이 노릇을 어쩰 거여! 죽으면 실컷 잘 잠인데, 잠 못 잔다고 온갖 신경질은 다 내면서 날 붙잡지도 않은 채로 도살장에 끌려가는 소 마냥 따라오다가 현관 타일 바닥에서 신발 끝이 말려서 넘어졌으니, 이 일을 어찌 혀. 아이고 아이고 내 팔자야!"

사고 후에 또 다른 사고가 일어나기 쉬운 법이다. 지난 10년 동안 모두가 애써서 살얼음판을 걷듯이 일어나 앉는 일, 서는 일, 걷는 연습 등을 하던 노력들이 허무하게도 물거품이 되어 밀물처럼 빠져나가 버렸다.

지난 2주 동안의 석주네 생활은 또 엉망이 되었다. 모두들 각기 따로 식사를 하고, 학교나 병원에 가고, 석주는 병실에서 살다시피 했다. 게다가 아버지는 왼쪽 보청기를 잃어버리고, 오른쪽 것도 하필 고장이 나서 수리를 의뢰했는데도 2주씩이나 걸린다니 답답할 노릇이었다. 새로 보청기 한 쌍을 맞추면서 청력검사를 하였는데, 유난히 노쇠현상이 심하여 몇 년 후면 기능이 아주 떨어질 거라는 결과가 나왔다. 당뇨 문제는 그래도 철저한 절식과 잡곡으로 조절을 하면서 적정량을 주사로 매일 맞고, 녹내장 증세가 있어 정기검진을 받고 있다. 안약으로 안구 압력은 조절이 되고 있으나, 특별한 징후 없이 압력이 갑자기 치솟으면 망막 손상되어 실명도 한다고 하였다.

두 주가 지나고 어머니가 퇴원을 한 후에는 저녁에 간병인을 다시 쓰지 않으면 안 될 입장이 되었고, 낮에 일하는 간병인 아주머니도 일요일은 쉬어야 하니 별 도리 없이 또 석주 차지가 되었다. 야간에 일하는 간병인을 구하는 일은 더욱 쉽지가 않은데, 며칠을 하다가 그만둘 때는 다시 구할 때까지 또 석주가 대신할 수밖에 없었다. 이번에 넘어지기 전에는 혼자서도 잘 일어나서 간이 변기도 아주 급한 경우가 아니면 잘 쓰지도 않았다. 이제는 일어나 앉는 것도 도와줘야 하고, 변기에 잘 앉히고 휴지까지 챙겨 줘야 했다. 소변을 거의 매시간 누게 되면 누구라도 밤새도록 눈을 부치기가 힘들었다. 때로 기저귀를 채워 드리지만, 몇 시간 동안 여러 차례 누게 될 때는 밑이 무르고 헐어져 그것도 힘든 일이 되었다. 석주는 소파에서 가면을 취하지만, 어쩌다 깊은 잠이 들어 버릴 때도 있다. 어머니가 몇 차례 다급하게 부를 때 듣지 못하고 때를 놓치면 침대용 간이 변기를 대기도 전에 침대에 방뇨를 하였다. 어머니의 죄스러워하는 얼굴을 차마 마주보기도 민망한 일이지만, 젖은 옷을 다 벗기고, 물수건으로 닦은 후 새 옷을 입혀 드린 후에 침대커버나 시트를 갈고 나면 날이 샜다. 그렇듯 10년 전 사고 이후 대소변이 제일 큰 문제가 되었다. 장의 움직임이 약하여 변비가 생겨 다이어트용 녹차라는 걸 마시지 않으면 자연스런 통변을 하는 일이 아주 드물었다. 그 차를 마셔도 관장을 해야 되고, 간혹 파내야 할 때도 있다. 소변을 자주 눠도 항시 덜 눈 느낌을 갖는

다. 그리고 갑자기 마려운 걸 참지 못하기 때문에 방뇨를 하는 소동이 일어난 횟수가 많아지면서 하루 종일 기저귀를 채울 수밖에 없게 되었다.

첫 사고 후 아버지가 옆에서 이런 일들을 하였다. 어머니의 상태가 여러 모로 좋아졌다 해도 지난 10년이라는 세월이 지나는 동안 아버지도 지칠 때도 되었지만, 도와주면서도 온갖 불평을 다 하였다. 석주의 아내는 병원일로 바쁘고, 비상대기도 자주 있는 데다 모처럼 쉬는 주말을 꼬박 병시중으로 보내게 할 수는 없었다. 그래서 토요일 밤에도 근무하는 간병인을 구했지만, 추수감사절이나 연말연시에 쉬게 되는 날들은 모두 석주 차지가 되었다.

10년의 공든 탑이 그렇게 무너졌다. 이제 또 재활운동을 하면서 힘들게 지내게 되었는데, 또 넘어지는 일이 생기면 앞으론 자리에서 일어나지도 못하고 한 많은 세상을 지옥같이 지내게 될 거 같아 미리 걱정이 앞섰다.

사고 후 거의 석 달이 지난 12월 초에 주치의한테 정기검사를 받았다. 이제 본격적으로 운동을 많이 하면 사고 전의 상태는 적어도 유지가 될 것 같다고 하면서, 발을 많이 구부리고 쪼그리는 자세를 해도 무방하다고 했고, 다음 번 검사는 9개월 후에 잡혔다. 피나는 노력을 한다고 해서 걸을 수 있는 상태가 되는 건 아니지만, 그래도 포기할 수는 없는 일이었다. 인간의 몸은 근본적으로 원래의 기능을 회복하는 방향으로 간다 하니, 아주 불구가 되었다면 몰라도 부단히 노력해서 지팡이를 사용해도 중심을 잡고 예전과 같이 다니시면 얼마나 좋을까라고 생각하며 석주는 눈시울을 적셨다.

가을이 되면서 어머니는 석주만 보면 불평을 하였다.

"걷는 운동도 예전 같지 않아. 몇 걸음을 걷기도 힘들어. 아마도 수술이 잘못되어 다리가 건드렁거리는 거 야녀?

"그럴 리가 절대로 없거든요. 지금 그렇게 느껴지지만, 근육과 인대가 약해져서 그런 거니까, 그래도 열심히 걸으면 곧 좋아질 거예요."

하지만 아버지에 대한 원망과 울화를 자주 터트리는 날이 점점 늘어갔다.

석주도 이태 후엔 50이 된다. 어머니의 연이은 사고와 뒷바라지를 하는 동안 고도의 숫자노름만 하는 공학의 의미에 점점 회의를 느끼게 되었다. 이렇게 석주가 변한 데에는 고통과 절규 속에서 하루 별이 새롭다는 노년의 세월을 처절하게 보내는 어머니 때문이었으리라. 석주는 입신양명은커녕 초야에 묻혀 있다가 스러지는 미물 같은 삶을 산다 한들 어쩌랴 싶었다. 이런 어머니와 같이 엮여진 멍에를 벗어날 수가 없었다.

이제 세상만사가 다 귀찮은 80세의 연로한 아버지와 거동이 불편한 어머니는 서로 의지를 하면서도 견원지간같이 다투면서 지낸다. 몸의 상태가 좀 좋으면 농담도 잘하고 노래방기기로 노래도 하다가, 또 쑤시고 뻣뻣하게 굳어져 한 발자국도 못 뗄 정도로 상태가 좋지 않을 땐 그 원망의 화살은 순식간에 방향을 잃는다. 이제 주야간과 주말까지 간병인을 두게 되었지만, 그렇다고 석주의 일이 줄어든 건 아니었다. 시장 보는 일, 의료기기 내지는 소모품 사 대는 일, 바람 쐬러 나가는 일이며, 하루가 멀다하고 두 분을 진찰실이나 병원으로 모시고 다니는 게 다 석주 몫이다 보니 일주일 이상 집을 비울 수도 없었다. 석주는 결국 온갖 잡무를 다하는 집사가 돼버렸다. 동생들이 있고 며느리와 사위들이 있지만, 두 분 가까이서 맴도는 그의 인생 자체를 어쩌면 비극적으로 보는 견해가 자신도 모르게 굳어져 버렸는지도 모른다. 인생이란 정말 살 만한 가치가 있는 건가? 사니까 사는 것이 아닐까? 희망의 불빛이 보인다고 생각했는데, 왜 그 불빛은 자꾸 멀어져만 가는지 자꾸만 회의적인 생각이 들었다. 적자생존의 길을 자연스럽게 가는 여느 동물같이 살면 안 될까? 왜 우리는 이성과 감정의 노예가 되어서 기쁜 일보다 괴롭고 슬픈 일에 매달려서 살아야 하는가? 게다가 고통과 좌절 속에 일그러진 어머니의 모습을 속수무책으로 지켜보면서, 지난 10년 동안 석주는 자신도 모르게 서서히 형이상학적인 길로 회귀(回歸)되어 가고 있었다.

이태 전까지만 해도, 아침 8시부터 집안일을 해주는 아주머니가 오후 5시 무렵에 퇴근을 하고 나서부터는 어머니의 시중은 온전히 아버지 몫이었다. 그래서 아버지는 늘 잠을 설치기 일쑤였다. 그래도 낮 동안에는 하루 세끼 식사하고, 복권 번호 맞춰 보고, 또 마구 사진을 찍어 대는 일 등을 제외하면 누워 있거나 눈을 부치는 시간이 하루에 열댓 시간은 되었을 게다. 그런데 근래에 들어서 한국 비디오나 신문을 보는 일도 별 관심이 없고, 단 5분이라도 앉아 있는 모습을 보기가 힘들었다. 운동 삼아 사진기를 들고 동네를 어슬렁거리며 30분 이상 산책도 하였는데, 그마저도 흥미를 잃은 모양이었다. 매년 경주가 보내 준 일력을 하루하루 찢어 잘 접어서 차곡차곡 쌓아 놓는 일이며, 현관에 있는 큰 괘종시계의 태엽을 감는 일, 책상에 놓인 월별 계획표에 뭔가를 적고 점검하던 일도 올 4월에 들어서면서부터 완전히 손을 놓았다.

그리고 기력뿐만 아니라 정신력도 많이 감퇴되어 가는 듯했다. 걸핏하면 간병인들한테 앞뒤 생각 없이 소리를 버럭 지르기도 해서 모두를 당황하게 만들고, 사소하게 잘못된 일이라도 저질러 놓은 후에는 시치미를 뚝 뗄 정도로 기억을 못 하였다. 이렇듯 아버지도 물가에서 노는 애들같이 보살펴야 될 때가 다가오고 있었다. 더 늦기 전에 미뤄 온 일들에 대해 신경을 좀 써야겠다는 생각이 수시로 들었다.

"아버지, 지금 뭘 제일 하고 싶고 또 젤 맘에 걸리시는 게 뭐예요?"

"뭐, 별게 있냐? 니 엄니가 빨리 나아야지 같이 구경을 가든지 할 것이지. 지금은 꼼짝이나 할 수 있냐? 그런디, 지금이야 니 엄마도 먹고픈 걸 다 먹게 되었지만, 옛날에 니 할머니 돌아가시기 전에 고기 한번 제대로 못 사드린 게 여태껏 맘에 걸린다. 그때 같이 직장에 다니던 조면수라는 분이 푹 고아 가져온 닭 한 마리를 맛있게 드신 기억이 나……."

지난해 어머니가 병원에 2주 동안 입원을 하고 있을 때, 아버지는 오랫동안 젖은 습관대로, 집안 이곳저곳을 얼쩡거렸다.

"어머니가 안 계시니 할 일이 없어서 편하고 좋지요?"

"아녀, 허전해서 잠도 안 오고, 걱정만 생겨. 병원에 언제 같이 안 가냐?"

툭하면 입씨름하며 싸우고 지내도 옆에 반려자가 있다는 것이 서로에게 큰 위안이 될 일이다. 쌍으로 살던 새들도 어느 한쪽이 죽으면,

나머지 새도 오래 살지 못한다는데, 하물며 반세기 이상을 같이 살아오며, 희로애락을 같이한 인간들이야 오죽하겠는가. 그동안 아버지가 어머니를 실망시키고 서운하게 만든 것도 이젠 지난 과거일 뿐이다. 내일이라는 의미도, 죽음이라는 종말의 의미도 결코 염두에 두지 않을 일이지만, 살아 있어서 사는 듯 어머니가 일어나면 같이 일어났다가 누우면 같이 눕고, 눕기만 하면 언제든지 몇 초 내로 코를 골았다.

어머니는 전보다 더욱 거동이 어려워지자 아버지가 더 이상 시중을 들 수 없게 되어 침대에서 일어나는 데도 다른 사람의 도움이 필요하게 되었다. 그런데 올 초에 한국에 있는 경주나 창호도 뭔가 좋다는 건 다 해드리고픈 맘에서 어느 용타는 스님 얘기를 전해 왔다. 교통사고로 팔다리를 거의 쓸 수 없는 사람을 서너 번의 침술로 고쳤다는 얘기가 어머니한테 전해지자, 또 큰 기대를 하게 되었다. 사이비 승려들이나 자칭 초능력자들이 혹세무민하는 의료행위를 한다는 얘길 자주 들어 봤지만, 배울 만큼 배운 창호 내외가 꺼낸 얘기고, 또 이곳에서 더 이상의 치료를 받을 수 없다는 면에서 석주는 그렇게 완치가 될 리가 없다고 생각하면서도 차마 반대를 할 수 없었다. 그동안 석주는 어머니가 황당한 요구를 할 때마다 매번 안 되는 일이라고 맞섰다가 어머니하고 자주 말다툼도 했기 때문에 할 수 없이 초여름쯤 방한 날짜를 잡아봤다.

5년 만의 나들이였다. 어머니는 처음에는 아버지도 같이 가야 한다고 하다가 이내 생각을 바꾸었다. 이제 아버지의 기력도 전과 같지 않으니 간병인을 써도 두 사람 치다꺼리를 하게 된다면, 병 고치러 가는 게 아니라 병나게 된다며 한사코 반대하였다. 결국 한 달 후에 연로한 아버지도 만나 볼 겸해서 경주가 짬을 내서 4월 초에 시카고에 왔다가 잘 쉬지도 못하고 사흘 만에 어머니를 모시고 귀국하였다. 치료를 하는 동안 지낼 숙소로 경기도 양평에 있는 휴양소를 한 달 동안 창호가 예약해 뒀기 때문에 공항에서 바로 그곳으로 갔다. 경주 내외는 다시 한 살림을 챙겨놓고 간병인을 구하고, 수시로 장을 보거나 별도로 약이 된다는 음식이나 필요한 물건을 대기 위해 인천에서 양평을 몇 시간씩 걸려서 들락거렸다. 창호는 지방에서 파견 근무를 하고 있는데, 매 주말마다 대전 집엘 들르고 다시 양평까지 또 올라왔다. 치료를 받기 위한 절차 치고는 번거로운 일들이 많이 따랐다.

그러나 치료를 해주기로 한 그 승려의 어린 아들이 얼마 전에 내장이 꼬여 병원에 입원한 관계로 첫 일주가 지난 후에야 치료가 시작되었다. 그런데 한 차례 침을 놓고는 어머니의 몸이 허해서 침의 효과가 제대로 나지 않는다는 말로 딴전을 피우더니만, 기를 돋우는 한약 투여를 먼저 해야겠다는 상투적인 얘기를 하더라는 거였다. 처자식이 딸린 승려라는 점도 맘에 들지 않은 데다 혹세무민한다는 생각이 바로 들었다. 그러나 힘든 발길을 하였는데, 다 팽개치고 귀국하라는 얘기를 차마 드릴 수도 없어서 속는 셈 치고 좀 더 지켜보자고 의견을 모았다.

어머니가 떠나고 한 달이 지났다. 아버지는 수시로 혼동이 심해지면서 같은 말을 자주 반복하였다.

"니 엄마는 언제 오냐? 곧 온다고 안 했어?"

어느 날 오후 간병인한테서 다급하게 연락이 와서 급히 서둘러 갔다. 침실에 들어서서 아버지를 보니 어이없는 일이 벌어져 있었다. 정말 올 것이 온 거라는 생각이 들었다. 아버지는 간이 변기에다 대변을 보고 뒤를 닦다가 뭐가 잘못되었는지 한쪽 손에 오물이 잔득 묻은 채 침대에 엇비스듬히 누워 있었다. 여기 저기 화장지가 난무해 있었고, 간병인에게 지팡이를 휘두르면서 "저리 못 가! 저리 안 가!" 하며 소리를 연신 지르고 있었다.

"아니, 변을 누신다고 하여 간이 변기에 앉혀 드렸는데, 잠시 후 치우러 들어갔더니 저런 난리가 나 있더라고요. 그래서 좀 닦아야겠다고 다가서니까 지팡이를 갑자기 휘둘러 한 대 얻어맞았어요. 그래도 계속해서 말씀 드렸는데도 저러고 계시네요."

간병인이 난처한 표정을 지으며 말했다.

석주를 본 아버지는 그제야 그가 하는 대로 잠자코 응했다. 이제는 누가 뒤까지 닦아 드려야 할 때가 되었구나 하는 생각이 들어 너무 한심스러웠다. 소변 문제도 심각했다. 서서 소변을 누면 아랫도리가 다 젖으니 앉아서 누도록 수차 말씀을 드린 끝에 그 문제는 해결이 되었지만, 간병인들의 불평이 더 많아졌다.

"아버님이 무슨 일이든지 처음부터 고집을 부려요. 아드님 말만 잘 듣는 것 같고 다른 사람들의 말은 잘 듣지 않으려 하니 큰일이네요. 식사를 하자고 해도 안 먹는다, 또 목욕을 하자고 하면 안 한다, 계속 고집만 피워서 너무 힘들어요. 아드님을 노냥 부를 수도 없잖아요."

간병인 없는 일요일 낮이었다. 아버지는 하루가 다르게 초췌해지면서 기력이 빠지는 듯했지만, 병실용 침대의 손잡이를 잡고 혼자 일어나서 침대방에서 부엌으로 자주 들락거렸다. 또 화장실을 두어 번 왔다 갔다 하는 눈치였다. 그런데 갑자기 외마디 소리가 들려서 뛰어 들어가 보니 화장실 벽면에 양 손을 딛고 있다가 뒤로 넘어지기 일보 직전의 자세를 하고 있었다. 서둘러서 붙들고 휠체어에 앉히면서, 무슨 일이냐고 물었으나 아무런 얘기를 하지 않았다. 변비가 심하여 통변을 못 하는 눈치 같아, 변기에 앉힌 다음 관장을 해보자 했더니 그러자고 하였다. 혼동을 하면서도 식구 외의 사람들한테는 아무래도 편치 못한 기색이라 석주가 관장을 해드렸지마는 변이 너무 굳은 탓인지 효과가 없었다. 여러 차례 힘을 주게 하여도 관장약만 나오는 듯했다. 아무래도 전에 어머니한테 해드렸듯이 인지를 깊숙이 넣고 할 수 있는 데까지 파보는 수밖에 없었다. 결국 돌과 같이 굳은 변을 빼내고, 다시 배변을 하도록 하여 제법 많이 나왔다. 그런데도 일요일 밤에 일하는 간병인은 그렇게 조그만 뱃구레에서 나온 양이 엄청났다고 알려줬다. 인간의 말년에 이렇게 대소변이나 식사 문제가 크게 대두가 될 거라 예전에는 생각지 못했다.

5월 중순이 지나고 있었다. 어머니는 아직도 일주일에 두 차례 기 치료만을 받고 있는데, 그 승려가 우격다짐으로 몇 달 더하면 완쾌를 할 거라고 했다. 그러고는 부처님한테 공덕을 더 쌓아야 하니 새로 지을 불사의 기둥 값을 시주하면 크게 좋아질 거라며 어머니와 창호 내외를 설득시키고 있다는 얘길 경주가 듣고 전화 연락을 해왔다. 이에 석주가 바로 연락하였다.

"어머니가 이왕 어려운 발걸음을 하였는데 될 수 있으면 치료 효과를 보면 좋겠지만, 아무래도 속았다는 생각이 드는구나. 이제 더 이상 현혹당하지 말고 귀국하도록 정리를 해라."

결국 매제가 나서서 악다구니같이 따지며 덤버드는 그 승려를 힘들게 따돌리고 6월 중순쯤 출국하기로 하였다.

5월 25일 월요일은 미국 현충일이다. 아버지는 왼종일 안절부절못하는 모습을 보였고 저녁때는 식사는커녕 소리를 계속해서 지르면서 가슴이 답답하여 죽겠다는 말을 계속하였다. 석주도 대충 식사를 끝내고 아버지의 상태를 주시하다가 더 심해지면 응급실로 가려고 하였다. 그러나 야간 간병인이 출근할 무렵에는 좀 안정되는 기색이 보였다. 그 다음날 아침에 가보니 아버지는 병색이 완연한 모습이었다. 바로 주치의의 진료실로 모시고 가서 연휴 동안에 일어난 상태를 설명하였다. 그는 아예 노환이 시작된 것으로 치부하고, 막말을 하였다.

"돌아가시는 게 젤 편한 방법이지요."

그리고 심전도를 검사해 보니 심장 상태는 이상이 없다고 하였다. 그런데 청진기로 진찰을 하는 도중에 왼쪽 등에서 둔탁하게 소리가 난다고 하면서 머리를 갸우뚱했다. 그는 심각한 어조로 빨리 엑스레이를 찍으라고 했다. 오후 4시 반경 가슴 사진을 찍고 대기실에서 결과를 기다리고 있는데, 지금 곧바로 응급실로 가서 입원 수속을 받으라는 주치의의 다급한 전화를 받았다.

응급실에서 간호원, 의사들이 들락거리며 이런 저런 체크를 하고 피를 뽑는 둥 난리 법석을 부리니 혼동이 심해진 아버지는 당혹스러워하면서, 연신 소리를 질렀다.

"무엇들 하는 게야. 아이고, 어머니, 빨리 죽는 게 낫지! 귀찮아 죽겠다."

검사 소견은 왼쪽 허파에 뭐가 가득 찼다는 것이었다. 그리고 성급히 달려온 주치의가 사진을 보여주는데 아주 하얗게 나타나 있었다.

"한 달 전에 진찰을 받으셨는데, 어째 그런 일이 있을 수 있죠?"

"여러 이유가 있겠지만, 폐암일 수도 있고, 자리에만 오래 누워 있거나 해서 음식물이나 가래 따위가 기도로 유입되어 급성폐렴이 생길 수도 있죠."

"아니, 폐렴이면 몰라도 폐암이 한 달 만에 그렇게 진전이 되나요? 그 정도 상태라면 오래 전부터 시작을 했을 터인데, 한 달 전에 왜 발견치 못했는지 참 의아스럽네요."

그 주치의는 대답 대신 당혹스런 표정을 지으며 고개를 연신 갸우뚱거렸다.

입원 후 부드러운 음식으로 된 식사가 나와서 이틀째 되는 저녁에는 석주가 조심스럽게 먹여 드렸다. 저녁 무렵에 간병인한테 내일부터 식사를 해드릴 때는 상체를 똑바로 세우고 천천히 먹여 드릴 걸 당부했다. 사흘째 되는 날 아침에 전화를 하여도 받지 않아서 간호사실에 연락을 하였더니, 아침에 간병인이 음식을 먹여 주다가 기도가 막히는 바람에 긴급한 상황이 벌어져 지금 중환자실로 옮겨졌다고 하였다.

이 일로 병세가 악화되어 오른쪽 폐도 오염이 되어서 한 달 이상 중환자실에서 호흡기를 부착하고 지냈다. 도중에 수술을 하자는 얘기가 나왔지만, 노인들은 마취에서 깨어나지 못할 우려가 커서 주사기를 사용해 흉곽 밖에서 뽑아내는 시술을 한다고 했다. 그리고 며칠 후에 엑스레이 영상을 실시간으로 보면서 왼쪽 폐에서 1200cc, 나흘 뒤엔 오른쪽 폐에서도 600cc나 되는 피고름이 섞인 체액을 뽑아냈다. 그리고 오른쪽 폐에는 상처가 거의 없어서 밖으로 호스를 끼워서 안에 있는 체액이 흐르도록 병을 연결해 놨는데, 포도 썩은 것 같은 물이 조금씩 흘러 나왔다.

항생제를 계속 투여해도 완전 회복이 안 되고, 단지 체력을 강하게 유지하면 서서히 회복이 된다는데, 입으로 식사를 못하여 체중이 자꾸 줄어서 84파운드(38kg)까지 줄어들었다. 얼마 후에는 호흡기를 제거하고 산소마스크만 끼게 되었다. 의식이 어느 정도 돌아오면서 양손에 권투 장갑 같은 걸 끼우고 침대 양쪽에 느슨하게 붙들어 매놨는데도 어찌된 일인지 수시로 코를 통해 끼워 논 음식공급용 호스를 잡아 빼곤 했다. 그 바람에 적절한 영양 공급이 어렵다 하여 G-tubing(위장에 구멍을 뚫고 호스를 박아서 액상 음식을 공급)을 해야 한다는 얘기가 나왔다. 음식을 삼킬 때 성대를 덮는 후두개의 작동이 원활하게 되면 입으로 식사를 할 수 있다. 몇 차례의 검사를 했지만, 성대 근처만 적시고 음식을 삼키지 못하였다. 식도에 호스를 오랫동안 박아 놓으면, 성대 근처의 후두개가 작동을 제대로 안 할 수도 있다는 얘길 하였다.

봄이 어느 사이에 왔다가 갔는지, 금방 여름으로 바뀌었다. 6월 11일 어머니하고 경주가 귀국할 무렵에야 상태가 좀 나아져서 일반병실로 옮기기 전에 좀 더 지켜야 봐야 할 환자들이 잠시 지내는 대기실로 옮겨졌다. 그리고 15일에 캘리포니아에서 금주가 다니러 왔다. 아버지는 동생들은 물론 어머니까지도 잘 알아보질 못했다. 어머니의 실망이 가득 찬 눈에 눈물이 고였고, 울보 경주는 곁에서 훌쩍훌쩍 울고 있었다. 자주 보는 며느리마저도 반나절만 지나면 누구인지 알아보질 못하고, 석주만 그래도 잘 알아봤다. 석주 아내가 그를 가리키며 여기가 누구냐고 물었다.

"너도 참, 큰 돼지지 누군 누구여."

그러다가도 석주가 아침나절부터 면도를 해드리고, 가래가 말라서 혀에 개떡같이 말라 있는 걸 떼어 내고, 몇 개 안 남은 이빨이나 사타구니를 깨끗이 닦아주면서 반나절을 같이 있다가 집으로 갔는데도, 오후 늦게 병원 근무를 끝내고 들린 석주 아내가 웃으면서 물으면 엉뚱하게 대답하였다.

"아버님, 오늘은 미남이 되셨는데, 오전에 애비 왔다 갔어요?"

"어? 오늘은, 애비 안 왔다!'

7월 13일 창호가 미국 출장을 왔다가 시카고엘 잠시 들렀다. 그동안에 아버지는 영양 상태가 좋지 않아 위장공급 호스를 끼도록 하였다. 그리고 15일에 창호와 같이 엑스레이로 직접 보면서 앞으로 음식을 삼킬 수 있는지 없는지 그 여부를 가리는 검사 과정을 지켜봤다. 전에 검사를 할 때는 식도에 호스가 오랫동안 끼워져 있어 후두개의 작동이 잘 안 되었을 때였고, 이번 검사 때는 착색한 젤로를 잘 삼켰다. 모두들 박수를 치며 기뻐했다. 호스로 공급되는 식사를 오래 하게 되면 아예 입으로 먹는 방법을 잊을 수도 있고, 다행히 회복이 되어도 수차례 검사를 하며 먹는 방법을 다시 배워야 한다. 그래서 빠른 회복을 위해서 위장공급도 하고, 입으로는 빨대로 물을 조금씩 마시는 일부터 시작해 천천히 죽 같은 음식을 조심스레 들게 하였다. 그리고 폐렴 상태는 워낙 심하였기 때문에 외과적 수술 없이는 깨끗하게 긁어내질 못한다. 그런 상태에서 상처나 고름 같은 이물질들이 서서히 혈관을 통해서 제거되려면 수년이 걸릴 일이고, 때론 그런 상태로 그냥 지내는 거라 했다.

그래서 항생제를 더 이상 사용할 수 없다는 판단이 내려졌고, 바로 퇴원하게 되었다. 완치가 안 된 것이 마음에 걸렸지만, 7월 22일 아침 10시, 나흘 빠지는 두 달 만에 석주 아버지는 다시 바깥 구경을 하게 되었다. 집에서 섭생을 하게 되어서 석주 내외는 편하게 되었지만, 간병이 필요한 어머니에다 이제는 간병인들이 아버지까지 보살핀다는 면에서 더 힘들게 되었다. 병원용 침대를 구입하고서 그 옆에 농축액 공급기를 설치하고, 비품 따위를 정돈해 놓으니 병실 같아 보였다. 어머니는 행여 당신에게도 혹 폐렴이 옮기지 않을까 우려를 하였고 신경이 더욱 날카로워져서 안절부절못하였다.

"아버지의 상태가 급작스레 안 좋아지면, 구급 장비도 없고 병원으로 옮기는데 시간이 걸려서 위험하지 않냐?"

"응급이 생기면 근처에 있는 병원으로 바로 모실 터이고, 내일이라도 어머니한테는 폐렴예방주사도 맞도록 할 터이니 너무 신경 쓰지 마세요. 그렇다고 양로원으로 모실 수도 없잖아요. 비용은 비용대로 들어가고 어느 근무자가 천천히 인내심을 가지고 보살펴 주겠어요? 식사를 해주지 않은 채로 위장을 통해서 농축액만 공급해 줄 것이 뻔하고, 자주 들여다볼 것 같지도 않아서 회복이 힘들 거고요."

이제 두 분 다 간병인의 도움 없이는 꼼짝을 못하는 처지가 되니, 석주는 노년의 삶에 대한 회의를 더욱 절실하게 느끼고 비관마저 들었다.

"살아 있다는 게 뭔가? 젊어서는 그런 인생의 종말이 자신한테도 있을 거라는 생각은 아예 하고 싶지도 않은 채 잊고 살지."

석주는 하루하루를 우선 순위대로 해야 할 일을 꺼가며 살기로 했다. 앞으로 몇 년이 될지 모르는 지금 같은 상황을 이끌어 간다는 것이 끔찍한 일이지만, 운명으로 받아들일 수밖에 없었다. 이미 석주네 가족의 정상적인 생활 패턴은 균형이 깨지고, 하룻밤을 지내는 주말 여행이나 옛날같이 일주일을 보내는 긴 휴가는 지난 몇 년 동안 꿈도 꿔 보지 못하였다.

일주일이 지나면서 아버지는 기력도 좋아지면서 놀랍게도 예전같이 인슐린 주사를 당신이 놓았다. 치매가 오고 혼동이 되면 사람들은 무의식적으로 방어 체제가 형성된다. 낯선 사람들한테 매우 공격적이 되어 소리를 지르고, 할퀴거나 물려고 한다. 어느 날 오후에 목욕을 시키는 사람이 왔는데, 아버지도 역시 어린애같이 낯가림을 해서 소리를 지르며 꼬집고 물려고 하여서 겨우 침대에서 간이 목욕을 시키고 갔다.

3주가 지나면서 주치의한테 퇴원 후 처음 진찰을 갔다. 호흡하는 상태가 안정되었다고 했다. 그동안 입으로 하는 식사를 예전과 같이 잘하게 되었고, 몸무게가 5파운드 정도 늘었고 정신력이나 기력이 많이 좋아졌다. 그리고 석주는 의사의 지시대로 아버지의 위장에 박혀 있던 튜브를 낚아채듯이 잡아 빼냈다.

8월 29일은 아버지가 만 80세 되는 생일이었다. 병원에 있을 때는 살아서 밖에 나가기가 힘들 거라 생각하였는데 감개무량하였다. 그후로 가끔 가슴이 답답하다고 소리를 지르기도 해서 두 차례 진찰을 받았지만, 주치의는 아버지의 상태가 계속 호전되고 있다는 얘기를 했다. 그는 늑막과 왼쪽 폐가 염증으로 같이 맞붙어서 숨을 쉴 때 피부가 들어갔다 나왔다 하는 걸 보여줬다. 얼마 전에는 새로 의치를 해드렸는데, 김치나 무 종류의 반찬도 잘 드셨고 몸무게도 103파운드를 넘어섰다. 수년 전 평균 110파운드였으니 회복이 많이 되었다. 다시 예전처럼 네 발 지팡이를 짚고서 침대에서 혼자 일어나서 식사를 하러 나오고, 좀 쉬었다가 들어가서 혼자 눕기도 하지만, 한눈을 팔 수가 없다. 정신 상태도 많이 좋아져서 어머니나 식구들을 모두 알아보고 옛날 얘기는 대체로 잘 기억하는 것 같지만, 병원에 입원했던 사실이나, 심지어 자식들이 왔다 갔다는 사실은 기억하지 못했다.

석주는 아버지가 병원에서 정신이 좀 들었을 때나 집으로 돌아온 후에도 수시로 물어봤다.

"나중에 다 나으시면, 꼭 하고 싶은 게 있는지 말해 보세요."

"글쎄다……. 옛날에 한국 갔었을 때 말이다. 그때, 제주도며 울릉도까지 다 돌아다녔지만, 설악산은 비가 많이 와서 못 갔었잖냐. 거기나 한번 들리고 싶고, 한국에 사는 애들도 만나고 싶구나."

"병원에 계실 때 다들 왔다 갔는데요."

"그랬었냐? 난 기억이 안 나……."

10. 추억의 잔재를 찾아서

시카고의 긴 겨울이 지나고 해가 바뀌어 짧은 봄도 지나갈 무렵, 아버지의 건강은 많이 좋아졌다. 그래서 여름이 오기 전에 고향이 속초인 만규의 도움을 얻어서 설악산 관광을 강행하기로 하고, 4박 5일의 짧은 방한 계획을 짰다. 주치의는 지금의 상태에서 장시간 여행하는데 별 문제는 없을 것이나 무리는 하지 말라고 하였지만, 어머니나 석주 아내는 반대를 하였다. 그러나 석주는 생전에 못 해 드린 일로 후회하고 싶지 않았고, 아버지에게도 한을 남기지 않겠다는 생각으로 고집스레 밀어붙였다. 하지만 출국 날짜가 다가오자 은근히 걱정이 되었다. 석주는 이번 아버지의 방한이 어쩌면 마지막일 수도 있다는 생각이 들어서 그 일정을 꼼꼼히 기록했다.

1999. 5. 26(수)

-아침 10:00, 아버지는 침대에서 일어나 앉으면서, 어머니하고 헤

어진다는 사실에 눈물을 펵 쏟았다. 맘이 약해진 게다. 어머니가 다그치자 슬그머니 눈물을 감추었다.

-10:30, 어머니와 차고 앞에서 사진을 찍고, 아내가 공항에 데려다 줬다.

-12:40, 이륙 후 얼마 있다가 점심식사 전에 먹음직스레 보이는 전채(前菜)가 나오니까, 아버지는 눈이 휘둥그레지며 나직이 속삭였다.

"야, 장삿속이 대단혀. 이거 저것 잘도 장만해서 파는구나."

"이게 다 비행기표 값에 포함된 거니, 맛있게 드세요."

-2:00, 그리고 잠시 후에 나온 샐러드와 스테이크도 잘 드셨다.

-3:30, 아버지는 주변 분위기가 사뭇 다르니 연신 두리번거리며 말했다.

"어두우니 불을 켜라."

"여긴 우리 집이 아니에요."

그러나 이해가 잘 안 되는 눈치다.

"지금 어디 가는 거지?"

"어디 간다고 생각해요?"

"집에 가는 거 아니냐?"

"잘 생각해 봐요."

잠시 주변을 살피다가는 그냥 "어~" 소리만 두어 번 내며 어물거리고 만다. 여문 각오로 반대를 무릅쓰고 어려운 발길을 하고 있지만, 맘이 무거워진다. 사실 혼동이 처음 시작된 때가 97년 9월, 어머니가 사고 후 10년 만에 낙상사고가 일어났던 무렵이었으니 그해 봄에 다녀왔어야 했다는 후회도 들었다. 아버지는 시공에 대해서 혼동이 먼저 왔다. 조용한 집 안에만 있다가 기내가 어둡고, 에어컨과 엔진소음이 계속해서 들려오니 불안해 눈도 못 붙이고 계속해서 두리번거리기만 해서 눈이 벌겋게 충혈이 되었다.

－5:27, 좁은 화장실에 둘이 들어가기는 너무 비좁아서 용변 보러 가는 일이 제일 큰 걱정이었다. 대변도 누고 싶다고 하였지만 4시간 만에 소변만 누고 자리로 돌아왔다.

"비행기에서 내리면 뭐로 바꿔 타야 허냐?"

"차 타고 막내딸이 사는 부평 아파트로 가요."

그러나 당혹스런 표정을 지으면서, 또 "어" 소리만 연신 되풀이하였다. 그리고 오랫동안 앉아 있기만 하니, 엉덩이가 박히고 영 불편한 듯 이곳저곳이 아프다고 혼잣말로 구시렁거리신다. 앞좌석에는 젊은 부부가 네댓 달 된 어린애를 데리고 가고, 나는 81살 된 어린애를 모시고 간다.

－6:00, 대변을 도저히 참지 못하겠다고 하였다. 아까같이 그냥 일어설지도 모르니 좀 더 있다가 가보자며 한 30분쯤 지체를 하였는데 또 그러했다. 힘들게 비좁은 화장실에 앉혀 드렸는데, 소변만 보고 그냥 일어나려 하기에 좀 언짢은 표정을 지으며, 힘을 주고 좀 더 앉아 있어 보라고 하였으나, 자꾸 일어나야겠다고 하였다. 경변이 되는 모양이다. 관장약을 가져 왔는데 좀 더 두고 보기로 하였다.

"그냥 일어서시면, 이제 화장실에 안 와요."

"안 나오는데, 어떡허냐? 너무 다그치지 마라."

나는 무안해서 대꾸를 못 하고 고개만 끄덕였다.

–7:40, 벌써 지겨워졌는데 앞으로 7시간을 어떻게 보낼까가 걱정이었다. 아버지는 통변이 안 되어서인지 안절부절못하는 것 같았다. 기내 스크린에 '가요무대'가 비춰질 무렵, 예전에 좋아했던 원로가수 고운봉이 나왔다. 그게 누구냐고 물으니 생각이 잘 안 난다고 하였다.

–8:30, 저녁식사로 불갈비를 맛있게 들었고, 나는 생선 조림을 먹었다.

–9:00, 식사 후 다시 화장실에 갔다. 이번에는 진짜로 큰 오이만한 걸 누었다. 난 속으로 '각하, 시원하시겠습니다'라고 뇌까렸다.

–11:30, 이륙한 지 11시간이 지났다. 평소에 그리 잠이 많은 분이 깊은 잠을 이루지 못한다. 비행정보 스크린을 보니, 어느덧 일본열도에 가까워지고 있었다. 온몸이 굳어지는 것 같아 발바닥을 손으로 비벼 주는 운동을 하다가, '도쿠가와 이에야스'가 출진 전에 밤톨만한 주판알같이 박힌 기구로 발바닥을 연신 부비는 영화의 한 장면이 떠올랐다.

–오후 4:30(한국시간), 드디어 안착을 하였지만, 비행기에 대해서 잘 아는 나도 이착륙 때는 매번 불안하다. 1시간 반을 기다린 끝에 6시 무렵, 우리 둘이 제일 늦게 내렸다. 휠체어를 객실에 같이 실어야 하는데, 승강구에서 얼떨결에 승무원들 얘기만 듣고 화물칸으로 보내는 바람에 지체가 되었다. 올 때는 객실로 들여놓을 거라 별렀다. 경주 내외가 영문도 모르고 한참을 기다리면서 걱정을 하였다. 부평으로 가는 길에 부천에 잠시 들러서 새로 낸 가게도 둘러 봤다. IMF 구제금융 사태 이후로 매우 어려웠던 고비를 여럿이 도와서 극복하고, 지금은 바쁘게 돌아간다니 그래도 다행이다.

-7:00, 아파트에 도착했다. 나는 잠을 설친 탓인지 머리가 무겁고 빙빙 돈다. 저녁식사를 하면서 소주잔을 기울이는데, 너무 피곤하여 두 잔 이상 마실 수가 없었다. 아버지는 비행기에서 식사를 잘하고도 주는 만큼 다 들었다. 그리고 초저녁에 잠깐 눈을 붙인 후엔 여기가 어디인지 전혀 감을 잡질 못하고 엉뚱한 얘길 계속하였다. 정말 잘못 왔나 하는 생각이 들었다.

-10:30, 아버지와 함께 자려다가 내일의 강행군을 위해서 경주한테 부탁을 하고, 떠날 짐도 정리를 못 한 채 거실에서 눈을 부쳤으나, 안방에서 거의 1시간 간격으로 무슨 소리가 나면 나도 모르게 눈이 떠졌다. 그러나 워낙 피곤하여 바로 잠을 자는 바람에 피곤함은 좀 가신 듯하였다.

5. 27.(목)

-오전 5:00, 일찍 일어나 짐을 챙기면서 경주와 얘기를 잠시 나눴다. 아버지가 혼자 소변기로 용변을 봐서 일어날 필요는 없었지만, 어디가 아프다, 불을 켜라, 문을 열어라, 닫아라 등등의 구시렁거리는 독백에 깊은 잠을 잘 수가 없었다고 하였다. 아침식사를 하기 전에 당 체크를 해보니 147이 나왔다. 인슐린 주사를 놔드렸지만, 경주가 챙겨 드린 대로 잘 들었으니, 과식을 하지 않았나 생각했지만, 장시간 찻속에서 시달려야 하니 소화는 잘 될 거라 생각하였다.

-8:00, 식사를 끝내고 오늘 설악산에 갈 터이니 옷을 입자고 하니, 뜻밖에 아버지는 언성을 높이며 안 간다고 막무가내로 버텼다. 모두 어이가 없었고 경주 내외는 당황해서 어쩔 줄을 모르고 현관 옆에 멍

하니 서 있었다. 분명 맞서게 되면 되레 역효과가 있을 것 같아, 알았으니 밖에 잠시 나가서 바람이나 쏘이자고 달랜 뒤에 겨우 옷을 입혔다. 오늘 떠나지 못하면, 경주 내외에게 큰 부담이 될 터였다. 월말이 다가와서 사무실의 결산 업무가 많다고 들었기 때문이다. 자칫 이러지도 못하고 저러지도 못하는 아주 당혹스런 상황이 될 뻔하였다.

－10:20, 을씨년스러웠던 날씨에 비가 내리기 시작했다. 만규가 몰고 온 차가 SUV라 좌석이 높아 아버지를 자리에 앉히는 데 불편하였다. 아파트를 빠져 나가고 덩굴장미가 흐드러지게 핀 어느 공장 건물을 지나서 경인 고속도로로 접어들었고 북으로 달렸다. 교통은 평일이 되어 전혀 막히지 않아서 시원스레 북부 순환도로를 달렸고 두어 차례 터널을 빠져나와 교문리를 지나서 구리시를 지나갔다. 출발 후 2시간이 지났는데도 비는 계속해서 내렸다. 나는 유별나게 비 오는 날을 무척 좋아하지만, 오늘 여행은 서글픈 낭만을 한 아름 안겨줬다.

－1:15, 작년에 어머니가 치료 차 머물렀던 양평을 조금 지나서 좌변기 화장실이 있을 법한, 규모가 제법 큰 휴게소에 들렀다. 그때까지 아버지는 기분이 별로 밝지 못했는데, 그곳에서 점심으로 육개장을 들고 밖에 나올 무렵에는 기분이 한결 좋아졌다. 떠나기 전에 화장실에 가려 했는데, 역시 계단을 통해 지하로 한참 내려가야 했기에 그냥 출발할 수밖에 없었다. 설악산으로 수학여행을 떠나는 버스들이 줄줄이 멈춰 있고, 휴게소는 여고생들로 몹시 붐볐다. 얼마나 가슴들이 부풀고 재미있을까? 참 좋은 시절이라 생각하니 웃음이 절로 빙그레 나왔다.

한 시간쯤 지나자 비가 멈추고 푸른 하늘 아래 천지가 싱그럽게 빛이 났다. 다시 휴게소에 들렀는데 다행히도 두 개의 계단 끝에 화장실이 있었고, 좌변기가 있어 부축하기가 용이하여 소변을 누게 하였다. 다시 출발하면서 "오시기를 잘했지요?"라고 물으니 처음으로 그렇다고 하였다. 날씨까지 화창하니 기분이 한결 좋아졌는지 깊어 가는 산과 계곡을 연신 바라본다.

–3:24, 한계령으로 가는 분기점을 지나고 또 미시령으로 통하는 삼거리에서 백담사로 가는 좁은 길로 들어섰다. 다행히 만규의 고등학교 동창이 경비 담당 책임자여서 사찰 입구까지 차로 들어갈 수 있도록 배려를 해준 덕에 8km의 긴 오솔길을 올라갔다. 차가 한 대 지나갈 만한 길이어서 도중에 마주 오는 차를 만나면, 어느 쪽이든 좀 넓은 곳으로 비켜야 할 상황이었다. 전 전 대통령이 2년 동안 칩거를 하던 곳인데, 절로 들어오는 길이 외통이어서 이곳을 택한 거 같다.

사찰 입구에 놓인 긴 돌다리와 그 밑을 흐르는 맑은 물과 오랜 세월 동안 깎여진 바위들이며 수없이 쌓아 올린 크고 작은 돌탑들이 줄지어 서 있었다. 아마도 고뇌를 이기며 인내심을 기르느라 수많은 행자들이 쌓아 올린 모양이다. 한용운이 「님의 침묵」을 썼다는 이곳의 주변 경관에 비해 절은 규모가 작고 누추한 편이었다. 한 시간 정도 머물면서 사진과 비디오를 찍고 다시 길을 재촉하였다.

–4:24, 설악을 넘는 세 개의 고개 중 제일 낮은 진부령을 넘어서, 남한에서 제일 북쪽에 위치한 해수욕장이 있는 화진포로 향했다. 푸른 동해가 한눈에 들어왔다. 20여 년 전에 포항 앞바다를 봤지만, 나도 동해다운 동해를 보는 순간이었다. 38선 이북 60km에 위치하여 6·25전쟁 전에 김일성의 별장이었다는 곳인데, 바다에 접한 산의 중턱에 하얀 건물을 볼 수 있었다. 여기에서 25km만 가면 휴전선이고,

말로만 듣던 통일 전망대가 있다고 하였다.

−5:10, 이곳에서 약 30km 남쪽에 있는 속초로 향했다. 속초에 가기 전에 만규는 고향인 아야진을 지나면서 예전에 살았던 집 근처를 가리켜 줬다. 행자가 보기엔 그림 같은 포구가 눈 아래로 보이고 낭만적인 동해의 일출을 매일 바라보며 지낼 거라 생각하겠지만, 찢어지게 가난했던 그도 나처럼 고등학교를 졸업하면 죽어도 상경하리라 별렀다. 잠시 후 27년 전 공군에서 특기교육을 받을 무렵 하세한 그의 선친 산소엘 잠시 들렀는데, 그 친구는 황당하게도 기독교인이라 절을 안 한다 하기에 나만 재배를 올리고, 속초항 포구 옆에 위치한 활어집들이 밀집된 곳에서 생선회를 파는 그의 고등학교 동창한테 들렀다. 아버지는 싱싱한 회를 너무도 잘 들었고, 비디오로 담아 뒀다. 날이 어둑해지니 금세 스산해지는 바람에 아버지를 빨리 쉬게 하는 일이 급해서 둘이서 소주 한 병을 겨우 비웠다.

−8:30, 번화한 거리를 빠져 나와서 만규가 예약해 둔 설악산 근처 콘도에 들어갔다. 아버지를 먼저 대충 씻겨 주면서 의치도 씻어 넣어두고, 안압을 내리는 약도 넣었다. 환자 가운으로 갈아 입혀서 침대에 눕히고 나도 대충 씻고 나니 11시가 넘어갔다. 초저녁에 만규는 아버지가 잠들면 잠시 밖에 나와서 술 한잔 하자고 하였지만, 그 친구가 가져온 캔 맥주 두 개를 방에서 나눠 마시는 일로 대신하였다. 언제라도 우리들 부부가 다같이 오는 방안을 모색해 보자고 하였다. 모두 피곤하여서 잠을 청하였고 나는 아버지의 침대 옆 바닥에 잠자리를 폈다. 스탠드 등이 없어서 생각 끝에 가스레인지 위에 붙어 있는 조그마한 등을 켜놓고 자리에 누었다. 하지만 수시로 소변기를 잡아당기고

구시렁거리는 소리에 매번 눈이 떠지면서 용변을 도와주는 바람에, 새벽 3시 이후로 잠을 잘 수가 없었다. 피곤한 만규는 저쪽 건넌방에서 코를 골면서 자고 아버지도 잘 자는 것 같았다. 나 역시 엎드려서 두 시간 정도 밀린 기록을 하다가 나도 모르게 잠이 들었다. 그런데 일출을 찍겠다는 생각이 퍼뜩 들면서 눈을 번쩍 떴다.

5. 28.(금)

－오전 5:16, 서둘러 베란다에 나가 보니 이미 해가 조금 떠오른 뒤였다. 새벽바람이 바다 쪽에서 서늘하게 불어왔다. 완만한 구릉에 곱게 자란 나무들이 파도같이 흔들어댔다. 북쪽 저 멀리 설악산이 시작되는 산자락이 보였다. 잠시 후에 만규도 베란다로 나왔다. 더 자야 하는데 잠자리가 바뀐 탓인지 일찍 눈이 떠졌다면서, 목욕을 하고 오겠다고 나갔다. 그동안에 나도 30분쯤 곯아떨어졌다가 7시 무렵에 일어나 아버지 목욕을 해줬다. 그리고 샤워를 하고 짐 정리를 한 다음 옷을 입혀 주고도 반 시간 정도 만규를 기다렸다. 그 친구도 목욕탕에서 그만 잠이 들어버렸다고 했다. 떠나기 전에 이곳 식당에서 아침식사로 황태탕을 모두 맛있게 들었다.

－10:00, 강원도에서 제일 크다는 신흥사엘 들르러 길을 떠났다. 아침나절 날씨는 화창하였다. '설악산 신흥사'라는 현판이 걸린 솟을대문을 지나니 규모가 매우 큰 좌불상이 새로 축조되어 있었다. 근처 높은 산 아래 계곡에 흐르는 물소리가 들리는 경내의 분위기는 태평양 건너서 온 행자의 심금을 울려 주기에 충분했다. 길이 비탈져서 휠체어로 아버지를 밀고 다니는 게 쉽지 않았다. 그래서 비선대와 울산

바위로 가는 삼거리에 서 있는 이정표에서 사진을 찍고, 높은 돌담을 따라 대웅전 쪽으로 올라갔으나, 문턱이 높아 경내로 들어갈 수 없어서 근처 아름다운 경관을 둘러보고 발길을 돌렸다.

-11:00, 한계령을 넘으면서 내려다보는 설악은 규모로 보아 미국의 옐로스톤이나 요세미티 같지는 않지만, 그래도 아기자기하고 섬세한 한국적인 아름다움이 있다고나 할까? 구불구불거리며 오를 때마다 새롭게 전개되는 계곡과 봉우리가 천태만상의 감명을 주고 있지만, 아버지는 몸이 이리 쏠리고 저리 쏠릴 때마다 괴로운 표정만 짓는다. 구경도 젊어서 해야 되고, 무슨 일을 하든 실기를 하지 말아야 하는 건데, 매번 우리는 지나고서야 후회를 하며 되돌아오지 못할 외길 인생을 살아간다.

-12:15, 한계령 정상에 이르렀다. 우리들만 잠시 내려서 사진을 찍었다. 이제부터는 내리막길이다. 인제를 지나서 오던 길로 되돌아가는 대신 소양강 상류부터 계곡을 끼고 굽이굽이 내려갔다.

-2:30, 양구 군청에서 운영하는 농산물 판매소 겸 휴게소엘 들렀다. 춘천과 접경을 이룬 곳인데 소양호가 바로 눈앞에 보이는 곳으로 경치가 수려했다. 늦은 점심으로 김치찌개와 된장찌개를 시켜 먹고 떠나기 전에 화장실에 들렀는데, 좌변기가 없어 고민 끝에 부친을 한가한 여자 화장실에 얼른 데리고 갔다. 그리고 출발 후 얼마 안 되어 저 멀리 춘천시가 눈 아래로 보였다. 외곽이나마 지나치는 일도 초행인데, 주변에 울창한 산과 물도 많아서 풍요롭게 보였다. 조금 있으면 퇴근길 교통이 붐빌 것 같아 서둘러 달려서 중앙 고속도로에 이르렀고, 올림픽대로로 들어섰다.

–5:00, 잠수교를 지나치는데 조금 정체가 되었지만, 그래도 잘 빠졌다. 곧바로 경인 고속도로에 들어왔고, 인천에는 6시가 다 되어 무사히 도착했다. 나의 고집과 만규의 배려로 어려운 발길을 했다.

이제 모든 걸 기억하고 의미를 되새기는 일은 아버지 몫이겠지만, 혼동이 오기 전에 들렀더라면 하는 아쉬움이 따랐다. 하지만 2년 전에는 아버지가 밤마다 어머니 수발에 꼼짝을 못 했다. 그래도 아주 늦기 전에 다녀온 게 다행이라 생각했다. 너무 바빠서 동행치 못했던 경주 내외가 겸연쩍게 석주의 눈치를 보다가 경주가 물었다.

"아버지, 구경 잘하셨어요?"

그러나 아버지는 백담사, 화진포, 속초, 신흥사, 한계령, 소양호 등을 들른 기억이나 맛있게 먹었던 생선회에 대한 기억을 단지,

"응, 여기저기 들르고, 이것저것 맛있게 먹었다. 니 오라비가 부모 맛잡이같이 잘해 줬어!"

하는 말로 모든 걸 대신했다.

이틀 뒤 일요일 정오에 예약해 놓은 식당에 친척들이 40명쯤 모였다. 석주는 식사 전에 간단한 인사말을 했다.

"저의 아버님이 여러분들을 모두 잘 알아보지 못해도 서운케 생각하시지 말고, 오늘 이렇게 어렵사리 아주 오랜만에 다 만나 뵐 수 있다는 것으로 그 의미를 다할 일인 거 같습니다."

아버지는 아주 가까운 친척들도 알아보지 못했다. 손아래 두 고모가 애처롭게 묻고 또 물으면, 그때마다 반기는 기색을 내보여도 모르

는 사람에게 첫 인사하듯 대하여 모두들 눈시울을 적셨다.

여행의 마지막 날인 5월 31일, 오후 4시 출국시간에 맞춰서 동생 내외와 같이 공항에 나갔다. 이번이 아버지의 마지막 방한이 되지 않길 바라지만, 어쩐지 생전에 다시 온다는 게 힘들 것 같은 서글픈 느낌이 우선했다. 돌아올 땐 아버지도 매우 피곤하였던 탓에 화장실을 가거나 식사시간 외에는 잠에 취해 녹아떨어지는 바람에 한결 수월하였다. 어머니한테 귀국 보고로 사진과 비디오테이프를 보여주면서 지낸 얘기를 하였더니, 내심 부러운 눈치를 보였다. 그러고 보니 어머니도 설악산을 가보지 못했다. 언제고 경주 내외와 같이 좀 한가할 때 날을 잡아 봉고차로 한 이틀 일정을 잡아 보자는 생각을 하다가 자리에 누워 눈을 감으니 누적된 피로가 엄습해 왔다.

석주가 아버지를 모시고 한국에 다녀온 지도 2년이 흘렀고, 그동안 준비했던 대로 어머니와 같이 세 번째 방한을 하기로 했다. 석주는 기우(杞憂) 같지만, 대학에 다니는 애들 둘과 아버지를 놔두고 두 부부가 어머니하고 2주 동안 멀리 떠난다는 것이 현명치 못한 처사 같아서 맘에 걸렸다. 혼동이 시작된 아버지가 맘에 걸려서 개운치 못했기 때문이다. 그러나 장도에 오를 날이 꾸역꾸역 다가왔다. 처음에는 석주 혼자만 나가려고 했는데, 아버지와 달리 여행 중에 화장실 가는 문제 등이 아무래도 불편할 것 같아서 아내를 동행하기로 하였다. 그러나 문제는 둘다 자리를 비운다는 점에서 어머니와 이번 방한 문제 때문에 실랑이가 있었다.

"저렇게 아버지를 간병인하고만 지내시라 하고 모두 떠나도 될지 모르겠습니다."

"그럼 어떡허냐? 평생에 저 노인네 때문에 발목 잡혀서 이러고 있는데, 뒷바라지만 하다가 나도 이것저것 기회를 다 놓치란 말이냐? 지금까지 할 만큼 다했다. 재작년에 당신도 평생 한이 된 설악산도 다녀왔잖아."

"허지만, 큰 고비를 넘긴 폐렴이 이제 겨우 회복이 되어 가는데, 어머님 없이 식사를 하시다가 또 음식물이 기도로 들어가면 큰일이고, 집이 너무 조용하면 혼동이 심해질까 그렇지요."

"괜찮다. 요샌 혼동도 덜하고, 식사도 잘하신다. 나도 올해 못 가면 힘들어진다. 더 늦기 전에 꼭 할 일이 있단 말이다. 작년에 가려다가 미뤘잖아. 너희들이 걸구적거리는 애미하고 같이 나가기가 싫은 모양인데, 나 혼자라도 갈 거다."

"또 어깃장 놓으시며, 속을 뒤집지 마시고요."

결국 단단한 비상망을 구축해 놓고, 불안한 맘으로 떠났다. 이제부터 일어나는 모든 일은 단지 운명에 맡길 도리밖에 없다. 나이가 들어가면 기우가 는다. 석주는 이번에 다녀와서 꼭 유언장도 미리 작성을 해놔야겠다고 생각했다. 지금은 그럴 일이 없겠지만 장거리 비행기를 타면 대한항공 007사건이 항시 떠오른다. 어느 때라도 누구한테든지 만의 하나라도 유고는 생길 수 있으니 말이다. 그리고 석주는 이번 방한 동안에도 그 기행을 수첩에 기록하였다.

5. 1.(화) 맑음

2001년 봄, 우리 내외가 미국에 이민 온 후로 지난 22년이 넘도록 같은 비행기를 타고 방한한 적이 없었다. 그래서 이번 어머니와 경주 내외와 같이하는 강원도와 제주도 말고도 들를 곳이 많았다. 많지도 않은 우리 친척들은 대부분 서울과 인천에 몰려 살고 있지만, 아내 쪽은 여러 곳에 산재하여 살고 있다. 서울에 있는 큰오빠와 막둥이, 대구에서 교편을 잡고 있는 바로 밑 남동생, 부산에서 터를 잡은 외사촌 언니들, 장인어른 산소가 있는 영동의 고향집을 지키고 있는 둘째 오라버니가 있다.

이번 2주 동안의 방한 기간 중에 꼭 가야 할 데를 선별해 놓고 보니, 거제도 해금강을 둘러본다는 계획은 불가능해 보였다. 결혼 전 아직 군에 있을 때 여름휴가 동안 민박을 하며, '거긴 윗목, 나는 아랫목'에서 가슴 설레며 한여름 밤을 지냈던 어느 어촌의 추억을 잊을 수가 없어서 꼭 둘러보자고 하였는데. 사실, 그때 아내는 부산에서 거제도로 가는 배에서부터 삐쳐 있었다. 시간을 아끼자고 쾌속정을 타자는 의견을 묵살하고, 나는 여기저기 들르는 느린 여객선과 막판에는 통통선까지 타야 했던 긴 여로를 고집했었다. 사반세기가 넘어선 옛 이야기다.

5. 2.(수) 흐림

일반석은 어머니에게 비좁아서 비즈니스 클래스를 이용해야 하는 바람에 우리도 같이 좌우로 자리를 예약하였다. 그런데 의자를 뒤로 많이 눕혀도 발이 심장 높이 아래로 내려져 있어서 얼마 있으면 불편하기는 마찬가지다. 전에 여행사측 실수로 예약된 좌석이 없어지자 일등석으로 배정받아서 귀국한 적도 있었지만, 의자가 수평으로 제켜지지 않는 이상 깊은 잠을 잘 수가 없기는 마찬가지였다. 그러나 이번에는 아내가 동행을 하니, 아버지와 같이 나갈 때보다는 훨씬 맘이 놓였다.

그리고 중소기업 진흥에 따른 기술자문으로 자주 들락거리면서 알딸딸하게 즐기던 포도주와 전채를 같이 즐기는 것도 좋았다. 예전에는 훈제한 바다가재 살을 내놨는데, 이번에는 연어에다 캐비아를 약간 곁들여서 나왔다. 아내는 분위기는 좋아해도 술은 별로 즐기지 않아서 이 떱떨한 걸 왜 마시는지 모르겠다고 하였다. IMF 구제금융 사태 전까지 6년 동안 기술자문으로 들락거릴 때는 잠을 자려고 취기가 오를 때까지 마셨지만, 이번에는 작은 사이즈 잔으로 두 차례만 마셨다.

시카고 오헤어 공항을 이륙한 지 13시간 반 만에 말 많던 영종도 신공항에 내렸는데, 널찍해서 좋았다. 그러나 게이트에서 한참 걸어 나와서 입국수속을 하는데, 장애자는 우선적으로 수속을 빨리 해줬으나 동반 가족들에게는 다른 여행객들의 항의가 많아서 혜택을 줄 수 없다고 했다. 우리들은 외국인들이 서 있는 입국수속 창구를 통과하느라고 30분 이상 걸렸다. 이왕 장애인을 우대한다면, 미국같이 동반 가족도 같이 수속을 해줘야 신속하게 끝낼 터였다. 결국 우리 내외가 다 끝날 때까지 먼저 수속이 끝난 어머니가 한참을 기다려야 하는 불합리한 처사에 기분이 잡치고 말았다. 담당 부서 책임자한테 항의를 하러 갔던 아내는 그들의 무뚝뚝한 태도에 기분이 더 언짢아져 돌아오면서, 꼭 상부에 불편신고를 한다면서 투덜댔다. 설상가상으로 장애자들이 이용할 수 있는 엘리베이터가 고장이 나서 한참을 우회하였다.

세관수속은 신고 위주의 간편한 절차라서 곧 환영객이 있는 곳으로 나오니, 경주 내외와 큰딸 연이가 각기 두 대의 차로 마중을 나왔다. 내가 미국으로 들어갈 때, 공항에서 안고 찍은 두 달박이 연이가 이제 처자가 되어 차를 몰고 마중을 나온 사실이 믿어지지 않았다. 신공항에서 빠지는 도로변에는 색상이 조금씩 다른 분홍색의 영산홍이 곳곳에 어우러져 아직도 봄의 정취가 물씬 나는 바람에 기분이 좋아졌다. 인천 근교에 와서는 고속도로가 이리저리 엉기게 되니 이제는 감 잡기가 어려웠다.

4시 반 무렵 공항에 착륙하였지만, 지체된 입국수속에다가 미어터지는 퇴근 차량이 밀려 오후 6시가 넘어서 부평에 이르렀는데, 전세라도 49평이 되는 아파트가 넓어서 좋았다. 어머니는 화장실이 딸린 안방을 이용하고, 우리 내외는 둘째 조카 방에 짐을 풀었다. 저녁식사 후에는 마구 늘어지는 걸 참고서 두어 시간 동안 밀린 얘길 나눴지만, 내일 아침에 강원도로 출발할 예정이라서 12시쯤 모두들 피곤한 나머지 시차적응에 관계없이 잠이 들었다.

5. 3.(목) 맑음

5월 5일은 어린이날이라, 내일부터 행락객들이 설악산에 몰릴 것을 염두에 두지 못하였다. 미리 알았더라면, 일주일을 늦춰서 방한 일정을 잡았을 터였는데, 혼잡이 우려되는 주말은 피하게끔 이동 계획을 짜 놨다.

어머니와의 행차에는 준비할 게 많다. 미국에서는 신경 쓰지 않아도 될 일이지만, 화장실 문제가 제일 심각하여 접어서 실을 수 있는 간이 변기를 필수로 가지고 다녀야 한다. 또 휠체어도 같이 실어야 하므로 뒷문이 열리는 승합차가 필요한데, 매제는 이미 봉고차를 준비해 놨다.

아파트에 있는 화단이나 길가에는 아직도 화려한 색상을 뽐내는 꽃들이 가득 피어 있었다. 2년 전 아버지를 모시고 왔을 때는 지금보다 몇 주 늦었기에 고속도로 주변의 야산에 핀 아카시아 덩이꽃만 가끔 봤었는데, 이번엔 덥지도 춥지도 않아 여행하기 좋은 때를 맞춘 거 같았다.

인천에서부터 서울 남부 외곽을 지나는 순환도로를 타고 빙 둘러서 구리시 방향으로 가다가 양평 쪽으로 들어섰다. 남한강 줄기를 타고 달리는 도로 옆 산수가 수려하고 간혹 보이는 둔치나, 늪지에 고즈넉하게 먹이 사냥을 하는 철새들이 한가롭게 보였다.

홍천에 있는 어느 휴게소에 점심식사를 하러 들렀다. 중앙에 교회 첨탑 같은 구조물이 서구적인 분위기를 자아냈다. 막국수, 가락국수, 라면 등 골고루 시켜 먹고도 오징어 구이를 또 사먹고 잠시 쉬었다가 인제를 거쳐서 곧바로 진부령을 넘어 화진포로 향했다. 날씨는 쾌청하나 바닷가는 찬바람이 불어 왔다. 모래사장 한구석에서 어머니 용변만 시켜드리고 속초로 향했다. 오늘 일정은 낙산사를 들러서 콘도로 가려고 하였지만, 모두들 지쳐 있는 것 같아서 그냥 콘도로 들어와서 체크인을 하고 여장을 풀었다.

잠시 쉬었다가 저녁식사를 하러 속초 시내로 나왔으나 휠체어가 들어갈 만한 곳을 찾지 못하고 다시 콘도가 있는 쪽으로 돌아오는데 원조 순두부를 판다는 음식점들이 도열해 있는 곳이 눈에 띄었다. 마침 출입구 앞에 계단이 없는 곳에 들어가서 황태 조림에 백세주를 먼저 즐기고, 주식으로 순두부 요리를 먹고 돌아왔다. 그리고 오늘 학교 강의를 빠질 수가 없어서 저녁 늦게 만규 내외가 온다고 하여 지하에 있는 슈퍼마켓에 들러서 맥주와 안주거리를 사놓고, 어머니와 같이 우리 모두 노래연습장엘 들렀다가 10시가 넘어서 방으로 돌아왔다.

만규 내외가 10시 반쯤 활어장을 하는 동창한테 부탁하여 꽃게 6kg을 삶아 가지고 왔으나, 저녁식사를 푸짐하게 먹어서 제대로 즐기지 못했다. 밤이 깊어졌고 모두들 피곤하여 내일을 위하여 쉬기로 하였다. 여행 중에는 우리 내외가 어머니를 모시고 잠자리를 같이 하기로 하였다. 우리가 떠나도 어머니는 더 머문다고 하였으니 경주 내외가 더 고생을 할 거 같아 그렇게 하기로 한 것이다.

5. 4.(금) 흐림

어머니의 용변 때문에 두 차례 잠을 깼지만, 너무 피곤하여 바로 잠이 들었고, 새벽 4시 무렵부터는 더 잘 수가 없었다. 미국 시간으로는 오후 2시인데, 잠이 올 리가 없었다. 오늘은 제일 먼저 미시령을 넘어서 백담사를 들르는 일정이었다. 이른 아침에 행장을 정리하고 나왔는데, 안개도 끼고, 이슬비가 내리고 있었다. 콘도 로비를 나서자마자 가로로 길게 뻗은 운무가 장엄한 설악을 상하로 두 동강이 낸 모습으로 눈앞에 우뚝 다가섰다. 수년 전 옐로스톤 국립공원에 갔을 때 구름 위에 우뚝 솟은 '그랜드 티탄'의 모습이 연상되었다.

만규의 차가 나이가 들어 변속기가 고장이 났나 보다. 평지에서는 잘 달리더니, 비탈을 오를 때는 길길거리며 겨우 오른다. 만규의 힘없는 '무소'를 앞세우고 뒤로 경주 내외와 어머니가 탄 차가 따랐다. 미시령 정상에 가까워졌을 때는 운무가 물기로 변하여 와이퍼를 시간차로 틀어 놨다. 그리고 나는 선별된 리처드 클라이드만의 피아노 곡, 달리 파튼의 간드러지는 'Do I Cross Your Mind?(내 생각이라도 하는 거니?)'를 비롯해서 랜디 트라비스의 서정적인 컨트리 뮤직에 배호의 노래까지 골고루 섞어 만든 모둠 테이프를 틀어놓고 비디오를 찍으면서 굽이굽이 거북이 행진을 하였다. 몇 달 후에 만규와 대학원생 제자 일행이 시카고에 들렀을 때 너무 좋다 하여 복사해 주었다.

두 해 전에 아버지하고 들렀던 백담사 입구에 들어섰다. 이번에도 만규의 고등학교 후배의 배려로 백담사내 주차장까지 들어갈 수 있는 편의를 봐줘서 어머니와 같이 경내를 둘러볼 수가 있었다. 2년 전에 아버지와 들렀던 곳을 이제 어머니와 아내, 경주 내외와 같이 들르게 되어 감개무량하였다. 그때 공사 중이었던 건물도 마무리가 되어 있었고, 색색의 단청도 산뜻한 단장을 끝낸 터라, 주변의 연초록의 어린 나뭇잎이나 짙푸른 침엽수와 더불어 더없이 잘 어울렸다. 2년 전에는 없었던 한용운의 시비와 흉상이 세워져 있었는데, 그 앞에 잠시 서서 뇌까려 봤다.

"한용운, 독립운동가에 시인이며 조국의 희망인 청년들을 감화시킨 한용운이라. 열네 살에 결혼하고, 열아홉 살에 무단출가, 스물여섯 살에 출산을 앞둔 아내에게 미역을 사러간다고 한 사람이 그 길로 출가한 뻔뻔한 얼굴은 옛날 그의 시집에 나온 흐릿한 흑백 사진의 기억이 가물가물한데, 어디 한번 유심히 쳐다나 보자. 그리고 그 자식을 필요 없는 놈이 생겼다고 학대해 놓고, 55세에 새 장가 가서 딸을 또 낳았다지? 성철스님도 다 만해한테서 배운 모양이다. 자기가 낳은 딸을 불필(不必)이라고 부르면서 자식의 가슴에 대못을 박고. 아무리 큰 일을 많이 했고 아무리 좋은 글을 많이 썼으면 뭐 해? 자기만의 깨달음을 위해 아전인수하였던 그 위인, 얼굴이나 다시 한 번 보자."

대청봉으로 올라가는 오솔길을 만규가 앞장서고 우리 내외만 잠시 걸었다. 길 옆 계곡 언저리에는 기온이 낮은 산 속이라 아직 곳곳에 연분홍으로 핀 진달래가 눈에 띄었다. 그리고 장구한 세월에 갈고 닦여진 기암 위를 미끄러지듯 흐르는 여울은 병풍을 쳐 놓은 듯 꽉 들어찬 상록수들의 초록빛으로 물들어져 더욱 맑게 보였다. 그리고 아쉬운 발길을 돌려서 전에 별장이었던 석조 건물을 개조하여 관리 사무실로 쓰면서, 차를 마실 만한 공간을 마련해 놓은 건물에 잠시 들렀다. 산사 스님들이 채취하였다는 향이 그윽한 녹차를 마시고 자리를 떠나면서, 만규가 말했다.

"언제고 가을에 한번 오면 모두 같이 대청봉을 넘어 보자. 주변 단풍이 너무 짙어서 그림 잘 그리는 너는 까무러칠 정도로 좋을 거다."

내 머릿속엔 벌써 가을이 물든 산악이 파노라마처럼 펼쳐졌다.

백담사를 나와서 미시령을 넘고 속초 시내를 지나, 하조대에서 파출소장을 하는 만규의 고등학교 동창이 안내해준 호젓한 산기슭에 위치한 음식점에서 진귀한 송이 막국수를 즐겼다. 뜨락에는 아직도 연분홍으로 화사하게 핀 겹벚꽃이며, 진달래를 위시하여 이름도 모를 꽃들이 만발해 있었고, 뒷산에는 산자락에서부터 꽃대가 꽉 들어차 있었다. 아주 오랜 전부터 잠재의식 속에 상상으로만 그려보던 그런 풍경이었다. 그저 아름답다는 감탄사만 연발하면서 하늘을 쳐다보니, 푸른 하늘에 흰 구름장이 설악 쪽으로 날리고 있었다.

'이런 곳에서 살아도 죽어라 사랑하는 여인네와 같이 한다면, 다 내 동댕이치고 촌부로 살고 싶다. 비록 잘못된 선택을 한 루소의 초심 같이 배움은 덜하지만, 단순하면서도 지혜가 있는 아리따운 시골 색시하고 말이야.'

얇게 사린 송이의 그윽한 솔향이 가득한 막국수로 늦은 점심을 하고, 속초로 들러 오는 길에 의상대와 낙산사를 들렀다. 마침 날씨가 쾌청해져 푸른 바다와 소나무, 하늘이 잘 조화를 이루고 있었고, 벼랑 밑 암벽에 부딪히는 흰 파도며, 아직 때이른 낙산 해수욕장의 하얀 모래밭이 길게 남으로 내려다보였다. 둘둘 말아논 양탄자가 펼쳐지듯 연이어 밀쳐오는 파도는 하와이의 마우이 섬에 있는 카나팔리 해안을 연상케 하며 여기도 그 못지않게 아름답다고 생각했다. 그리고 낙산사의 화려한 단청과 연못의 금잉어들이 유난히 돋보였고, 해묵은 해송을 스치며 '욱—욱—'거리던 바람소리가 지금도 귓전에 가득하다.

오후 늦게 동명 활어장으로 나왔다. TV드라마 〈첫 사랑〉에 나오는 빨간 등대가 바로 눈앞에 보였다. 2년 전 아버지가 초장에 싱싱한 생선회를 맛있게 들던 모습이 생각났다. 아버지가 훗날 하세한 후에도 그 모습은 뇌리에서 지워지지 않을 일인데, 오늘은 어머니와 같이 전에 앉았던 긴 의자에서 똑같은 메뉴를 즐겼다.

만규가 잠시 일어나더니, 어릿광대 노릇을 하는 품바가 틀어주는 디스코 풍의 트로트 메들리에 맞춰 춤을 추고는 그 테이프를 사는 동안, 나도 흥에 겨워 잠시 몸을 건드렁거리며 손뼉을 치면서 박자를 맞추고 있었다. 그런데 〈내 생에 눈물로 채워져도〉라는 노래가 나올 때는 도저히 참을 수 없는 끼가 발동하여 적극적인 몸짓으로 춤을 추기 시작하자, 만규와 파트너를 하던 품바가 나한테로 옮겨와서 한참 동안 어우러져 춤을 췄다. 갑자기 사람들이 많이 모였다. 매제가 그걸 비디오에 담으면서 모두들 배꼽을 잡았다. 아내도 너무 뜻밖인 해프닝에 웃어대면서 "여비 떨어져도 걱정은 안 하겠네"라고 농도 하였다. 그런데 그 품바는 한바탕 놀이가 끝나고 나자, 우리한테 다가와서 1000원짜리 지폐를 막무가내로 내밀며 고맙다고 머리를 조아렸다. 하는 수 없이 얼떨결에 받아들었고 그 돈으로 카세트 테이프를 보태어 샀다.

콘도에 돌아와서 어제 먹다만 게를 다시 먹으려 했지만, 제철이 지나 살이 빠져서 그런지 냉장고에 저장되는 동안 속살이 쭈그러들어 거의 먹을 게 없었다. 우리들도 피곤하여 잠자리에 들었는데, "얘들아—" 하고 나직이 부르는 어머니의 다급한 소리에 벌떡 일어났다. 처음 부를 때는 아내가 어머니 침상에서 그리 멀지 않은 곳에서 자고 있는데도 너무 깊은 잠을 자는 바람에 듣지 못하였다. 나무칼로 코를 베어가도 모른다는 얘기가 맞다. 얼마나 피곤하였으면 그렇게 넋 놓고 잤겠는가. 내가 두어 차례 어머니 용변 때문에 잠이 깼지만, 다시 눕자마자 정신없이 잤다.

5. 5.(토) 맑음

이른 아침, 연휴를 즐기는 행락객들이 밀어닥치면 귀경할 때 어머니가 장시간 동안 생고생을 할 걸 감안하여 어머니와 여동생 내외는 일찍 서둘러서 아침 7시 전에 출발하였다. 다행이 내려오는 사람들은 많아도 서울로 향하는 길은 한산해서 4시간 만에 인천에 들어갔다는 연락을 받았다.

만규와 우리 내외는 그의 모친이 지난 일 년 가까이 기거하는 영주엘 들러 보기로 하였다. 아침나절 해안을 따라서 내려가는 동안 주변 경치도 좋고, 어버이날에 즈음하여 이왕 여기까지 왔으니 구경삼아서 기꺼이 동행하기로 하고 장도에 올랐다. 굽이굽이 은빛으로 반짝대는 동해를 끼고 내려가다가 강릉을 지나고, 〈모래시계〉의 촬영으로 유명해진 정동진을 잠시 들른 후에 태백시를 지나 통리라는 곳에서 10일장을 구경하면서, 나 혼자만 꼬치에 걸쭉한 동동주를 두어 잔 마셨더니 취기가 올랐다. 아내와 만규의 처는 산나물이며 싱싱하게 보이는 마늘 대롱을 한 묶음 샀다. 그렇게 1시간을 지체하다가 산수가 수려한 태백산맥을 넘어 영주로 향했다. 샛노랗고 붉은 잎새가 낙엽지어 포도 위에 어지럽게 날리는 가을은 아니었지만, 만규가 틀어 준 〈가을을 남기고 떠난 사람〉을 들으며 굽이굽이 산길을 따라 내려가는 길 위에 뒹구는 색색의 갈잎을 그려봤다. 만규는 가을에 오면 진짜 끝내주게 좋다고 하였다.

영주에는 만규의 막내 동생이 개척교회에서 목회를 하고 있었다. 신학대학교에 다니는 동안 학비를 대줬다는 그를 처음 만날 것 같다. 만규는 영주에 다다를 무렵 그에게 전화로 지금 다 와 가는데 먼저 부석사엘 들렀다가 내려갈 거라며 한 시간 후에 보자고 하였다. 그리고 뙤약볕에 1시간 이상이 걸려서 대충 경내를 올라갔다가 내려오니, 사찰로 들어가는 삼거리에서 그 동생이 오랫동안 그냥 기다리고 있었다.

교회당 첨탑의 녹슨 십자가가 푸른 하늘에 인간의 고뇌를 대신 감내하듯 뻗쳐진 허름한 교회 옆에 있는 누추한 사옥으로 들어갔다. 모두들 맞절을 하며 인사를 나누고 두어 시간 전부터 준비된 늦은 점심을 같이 하였다. 만규의 모친을 인천에서 한 6년 전에 뵙고 이제는 이곳 영주까지 와서 뵈었다. 이제 여든 살인데, 몇 해 전에 뇌경색이 있어 만규의 고집으로 성공적인 수술을 한 후로는, 거동에는 큰 불편이 없으나 뇌 손상이 있어서 혼동이 좀 있다는 얘기를 하였다. 나와 만규를 번갈아 보더니, 머리숱이 많은 나를 보고 여긴 왜 이렇게 젊으냐고 여러 차례 물었다.

아내는 만규의 어머니와 두 애들한테 용돈을 건네주고, 어려운 처지의 그 목사님에게 교회 헌금 조로 200불을 전해줬다고 하였다. 나중에 만규 내외가 이런 일이 있을 거라는 걸 생각하지 못했다면서 펄펄 뛰었지만, 아내가 알아서 한 일이니 괘념치 말라고 하였다. 아내는 종교를 떠나 조금이나마 도와주고 싶었다는 얘길 하였는데, 나는 한 500불 건네주지 그랬느냐고 웃으면서 말했다.

오늘이 어린이날이고 게다가 토요일 오후 5시쯤인데 인천으로 올라오는 길은 다행히 막히지는 않았다. 연휴 도중에 올라오는 사람들이 많지 않을 거라는 추측이 맞았다. 아직 공사 중인 중앙 고속도로 옆 국도를 타고, 산수가 수려한 풍기, 단양, 제천을 지나 원주의 남쪽 외곽을 지날 때는 어둠이 깔리기 시작했다. 고즈넉하게 다가오는 치악산이 우리가 타고 가는 고속도로 우측으로 감아 돌면서 서서히 멀어져 갔다. 곧 영동 고속도로로 들어섰고, 다시 경인 고속도로로 빠져서 부평에 돌아오니, 9시 반쯤 되었다. 경주네 아파트에 들어가기 전에 늦은 저녁식사로 식당에 들러 복어 매운탕을 시켰다. 대우 자동차 사태 때문에 주변의 요식업도 된서리를 맞은 탓에 토요일 저녁인데도 무척 한산하고, 24시간 영업 중이라고 써 붙였지만, 요사이는 11시면 문을 닫는다고 하였다.

5. 6.(일) 맑음

어머니는 시차 적응을 할 여지도 없이 강행군을 한 터이니 며칠 쉬게 하고, 우리 내외는 처가 쪽 식솔들을 만나 볼 일정으로 막내처남이 예약을 해둔 새마을호를 타고 대구로 이동하였다. 그리고 그곳에 다 모인 처남들을 만나 보고 다시 영동으로 올라와서 장인어른의 산소도 들렀다. 그리고 다시 부산으로 내려가서 외가 친척들과 갖게 된 오랜만의 회동은 비바람이 몹시 치는 날 밤, 기장 어느 해안가의 천막을 둘러친 음식점에서 생선회에 소주잔을 드는 걸로 대신하고, 출국 전에 생각했던 해금강에는 들르지도 못하였다.

5. 9.(수) 흐림

어머니와 우리 모두가 제주도로 떠나는 날이다. 그러나 오후 5시에 출발을 한다니 시간이 너무 많이 남았다. 막둥이 처남이 여행사를 통해서 구한 비행기표는 비용을 절감할 수 있었지만, 시간이 효율적이지 못했다. 석주는 처남에게 다시는 경비 좀 절약한다고 이런 식으로 일정을 잡지 말라고 투덜거렸다. 그 바람에 석주 아내는 아침부터 제주공항에서 렌터카를 빌릴 때까지 입이 댓 발이나 나와 있었다.

"이왕 그렇게 된 것 지금부터는 기분 좋게 지냅시다, 부인!"

그리고 6시 반쯤 제주공항에서 어머니의 행장이 많아서 트렁크가 큰 그랜저 신형을 렌터카로 인수받고 어두운 밤길을 잘못 들어가서 한 30분 우회를 하다가 중문단지 내에 있는 하이어트 레전시 호텔에는 9시가 넘어서 도착했다. 체크인을 하고 서둘러서 여장을 풀고, 모두들 시장한 나머지 오늘은 호텔 한식 코너에서 저녁식사를 하기로 했다. 사실 푸짐하게 먹지도 않았는데, 5인분으로 13만 6천여 원을 지불하였다. 아무리 생각해도 바가지를 쓴 느낌이었다. 옥돔구이가 25,000원, 김치찌개가 16,000원이었고, 룸살롱도 아닌데 백세주 한 병을 9,500원이나 받았다.

이대로 제주 첫날을 잠으로 연결시킬 수는 없어서 매제하고 잠시 밖에 나왔다. 편의점을 찾아 중문단지 입구까지 나왔는데, 온 천지에 밤꽃 향기가 진동하였다. 사실 그 묘한 뉘앙스를 주는 그 밤꽃 향기는 너무 짙어서 골치를 아프게 만들었다. 그리고 편의점에 들러서 맥주와 안주거리를 사서 호텔 방으로 들어왔으나, 모두들 이미 잠에 빠져 있었다. 하는 수 없이 둘이서 발코니에 나가 맥주 몇 잔을 마셨다. 철썩거리는 파도가 들리고 멀리 바다 위에 깜박거리는 불빛이 보이는 분위기는 좋았지만, 바람이 너무 찼고 나른한 피로가 몰려왔다.

이곳에 와서도 우리 내외와 어머니가 같이 방을 쓴다고 하였더니, 경주는 그럼 안 된다고 하였다. 아내는 우리가 떠나고 얼마 동안 고생을 하게 될 이유를 내세워 모처럼 나들이온 제주에서 신혼여행 기분을 내면서 편히 지내라고 농담을 건넸다.

5. 10.(목) 맑음

오늘도 새벽 4시 무렵에 일어났다. 우리 내외는 어머니를 휠체어에 모시고, 대략 1시간 반 동안 뒤뜰을 거쳐서 호텔 남쪽 끝 벼랑 근처까지 내려갔다. 조경으로 심은 팜츄리나 아열대 식물들이 누런 잎이 많이 지고 지저분하게 보였다. 아마도 하와이와는 달리 쌀쌀한 겨울을 지낸 탓인 거 같았다. 뒤곁에 나 있는 넓은 뜰 우측의 야산 비탈에는 하얗게 찔레꽃이 만발하였고, 그 밑 규모가 작은 계곡에는 맑은 물이 바다 쪽으로 여울져서 흐르고 있었다. 여울이 흐르는 계곡 근처에는 이른 봄에 노랗게 피었을 유채꽃이 이미 다 지고 볼똑하게 나온 씨방에는 검은 씨가 가득 박혀 있었다. 어머니의 성화로 한 줌 받아 왔다. 사실 어머니는 한국 방송에 나오는 순 노랑의 유채꽃이 만발한 모습을 보고 싶다 하였는데 시기적으로 맞추질 못하였다.

〈찔레꽃〉의 가사는 예전부터 생각해도 잘못 지어진 것 같다고 생각했다. '찔레꽃 붉게 피는 남쪽나라 내 고향—'이라 했지만, 찔레꽃은 봉오리에서 막 필 무렵엔 약간 분홍빛을 띠기도 하나 만발하면 희다. 허나 열매는 붉고 단맛이 나나 목구멍으로 막 기어 들어가는 고약한 갈고리가 있다. 작사자가 아마도 꽃 크기가 찔레꽃만한 넝쿨장미를 찔레꽃으로 잘못 봤었나 하는 의문도 생겼지만, 그 숨은 내력은 알 도리가 없다.

아침운동 삼아 1시간 반을 걸으면서 한국에서 있는 동안 가장 맑은 아침 공기를 마신 듯하였다. 여동생 부부는 좀 더 자라고 깨우지 않았는데, 한 20여 분 동안 숨바꼭질을 하듯 이곳저곳을 찾으러 뺑뺑이를 쳤나 보다. 아침식사는 경비에 포함된 뷔페식이었는데, 호텔 남쪽의 정원과 바다가 보이는 곳이어서 분위기며 음식도 좋았다. 어제 저녁 식사에서 밑진 걸 만회하듯 열심히 먹었다.

오늘은 한라산 서편 반쪽을 돌아보기로 하고 우선 천제연 폭포를 들른 후에, 한라산 중턱을 넘는 99번 도로를 타고 북상을 하였다. 녹음이 우거지기 시작하는 산길은 이국적인 정서가 물씬 풍겼고 꼬불꼬불한 길을 오르락내리락하면서 비디오를 찍었다. 그 품바한테 산 디스코 풍의 트로트 메들리 테이프를 틀었는데, 한국의 산야를 달리는 데는 더없이 잘 어울렸다. 한라산 중턱의 1100고지를 하이킹으로 올라가면 시원스레 바다도 보이겠지만, 휠체어를 탄 어머니를 모시지 못하여 그냥 서쪽으로 내려가서 애월에 들렀다. 이곳에서 점심식사로 황돔회를 별미로 즐기고, 다시 남으로 내려가서 한림공원엘 들렀다. 개인이 하는 곳이지만, 그 규모가 대단히 컸다. 10만 평이라고 했던가? 우리 동네 가까이 있는 '시카고 식물원'보다 더 잘 꾸며진 것 같다는 생각이 들었다. 각종 선인장을 심은 분위기는 규모는 작아도 LA의 '헌팅턴 식물원'을 연상케 하였다. 이곳을 찾다가 중간에 그냥 포기를 했으면, 후회할 뻔하였다. 대충 다 돌아보는데 적어도 2시간 이상이 걸렸다.

해안선을 타고 남쪽으로 내려오는 길은 캘리포니아의 하이웨이 1번과 같은 느낌을 받았지만, 사실 그곳은 절벽이 많아 바다가 멀리 보이고 또 바닷물이 그렇게 푸르게 보이지 않는다. 그러나 이곳 제주의 바다는 하와이에서 본 에메랄드와 짙은 코발트색의 조화가 있어 그 아름다움에 반하고 말았다. 해안에 어울려 있는 조악한 건물이나 조형물에 더욱 신경을 써서 자연스러움이 망가지지 않게 하였으면 하는 생각이 들었다.

그리고 대정을 거쳐서 5시 무렵에 호텔로 돌아왔다. 낮에 발코니에서 바라보는 중문 해수욕장의 풍경은 뒤쪽에 있는 절벽에 어우러진 나무숲과 조화가 되어 풍치가 너무 좋았고 깨끗하고 긴 모래사장이 일품이었다. 잠시 휴식을 취하고 모래사장으로 내려가서 맨발로 한참을 걸으면서 사진촬영도 많이 해뒀다. 어머니는 여기까지 내려올 수가 없어서 침대에 누워서 다리를 올리고 쉬게 하였다.

6시 반쯤 호텔 주차장에 나와서 운전기사들한테 저녁식사를 서귀포까지 가야 좋은 데를 찾을 수 있느냐고 물었더니 중문단지 입구에 있는 식당들이 서로 경쟁하여 값도 저렴하고 요리를 잘한다고 하였다. 특히 향토식당을 알려줬다. 곧바로 중문단지 입구 근처에 들러서 휠체어 진입이 용이한 곳을 찾다가 좀 더 위로 가봤더니 그 기사가 얘기한 식당이 눈에 띄었다. 입구까지 다섯 개 정도의 계단이 있었지만, 매제와 같이 양쪽에서 번쩍 들어올렸다. 매번 그럴 때마다 어머니의 한숨이 터져 나왔다.

"언제까지 이 짓을 하겠냐. 내가 어서 죽어야 이 짓을 안 허지."

"나이가 들면 많은 노인들이 아예 불치병이 걸리기도 하고 관절염이 심해져서 못 걷는 사람이 많아요. 어머닌 거동이 불편하시지만, 다른 고질병이 하나도 없으니 너무 건강해서 탈이지요. 정력이 넘쳐서 이 장남을 너무 구박하시니 말예요."

모두들 허하게 웃고 말았다. 헌데, 이날 저녁식사는 끝내줬다. 가격도 저렴하였지만, 갈치찜과 갈치구이를 추가로 시켜 먹을 만큼 맛이 있었고 지난밤 호텔 식사 비용의 반도 채 안 되었다. 어려서부터 좋아했던 갈치구이를 많이 먹어 봤지만, 소금에 절인 냉동 갈치만 주로 먹어 봤지 싱싱한 걸 먹어 본 기억이 없다. 양념이 들어간 조림보다는 소금으로만 간을 맞춘 싱싱한 걸 구이로 먹으니 단맛이 나면서도 감칠맛이 나고 속살이 너무도 부드러웠다.

안톤 쉬낙(Anton Schnack)의 수필을 모은 『우리를 슬프게 하는 것들』 중에 나온 아쉬운 휴가의 마지막 날 밤이다. 편의점에 들러서 맥주와 땅콩, 눌린 오징어포 따위를 잔뜩 샀다. 호텔로 돌아오는 길 옆에 가로수로 심어 놓은 나무에서 유난히 짙은 남자의 향기를 뿜는다고 느껴서 혼자 피식 웃었는데, 나중에 알아 보니 조그마한 밤이 열리는 구실잣밤나무였다. 호텔로 돌아와서 발코니에 불을 밝히고 철썩거리는 파도소리만을 들으면서 맥주 파티를 열었다. 그러나 모두들 피곤한 탓에 하나둘씩 자리를 떴다.

5. 11.(금) 맑음:

아침식사는 호텔에서 제공한 양식 뷔페로 하였다. 그리고 방 하나를 1시에 체크아웃 하기로 하고, 아침나절에 서남쪽에 위치한 조각공원을 비롯해서 산방산을 지나고 하멜이 표류한 해안선을 따라갔다가 다시 호텔로 돌아와서 어머니를 쉬게 하였다. 김포로 돌아가는 비행기 탑승시간이 저녁 9시지만, 렌터카 반납이 저녁 7시라 공항에서 2시간을 지낼 일이 걱정이었다. 어쨌든 1시가 좀 넘어서 체크아웃을 하고 점심식사를 다시 그 향토식당에서 같은 메뉴로 맛있게 끝낸 후에 오늘은 한라산 동부 반쪽을 돌아보자며 서귀포 쪽으로 출발을 하였다. 그리고 제일 먼저 천지연 폭포엘 들렀다. 이곳은 우리가 1978년 9월에 신혼여행을 왔던 곳이기도 한데, 너무 변하여 옛날의 흔적은 찾을 수가 없었다. 지나치게 상업화가 되어 있었고, 폭포에서 떨어지는 물도 예전처럼 많지 않은 데다 떨어진 물이 바위와 댐을 흘러넘치게 하였는데, 유속이 느려져서 녹조가 끼고 맑지도 못했다.

금요일인데도 사람들이 많았지만, 폭포 근처까지 휠체어를 밀고 다녀올 수 있었다. 폭포로 들어가는 입구의 다리 밑에 사진을 찍기 위한 조그만 배를 둑에 묶어 놓고 그 색 바랜 돛폭에 시인의 배라는 제목 하에 이런 글을 써 놨다. '이 생전 실컷들 사랑하라. 가슴이 있을 때. 죽은 뒤에도 네 사랑 간직할 가슴이 있겠니?' 그런데 경찰서에서 조사를 받으면서 "평생 죽도록 사랑하고픈 것도 죄가 됩니까?"라고 반문했던 어떤 불륜에 푹 빠졌던 사내의 엉뚱한 변명이 생각났다.

어머니가 너무 피곤해 하고 다리도 부어서 어쩔 줄 몰라 했다. 여정이 빡빡했지만, 바로 출발할 수가 없어서 한 시간 넘게 다리를 높게 하여 쉬게 하였다. 그러다 보니 4시가 넘어가는데, 7시까지 제주공항 주차장에 차를 반납해야 하므로 동편 해안을 돌아서 공항으로 가는 걸 포기하고, 한라산 산자락을 넘어서 제주시로 들어가는 5·16 도로를 바로 탔다. 그리고 제주시를 관통하느라 지체되었지만, 마지막으로 용두암을 들렀는데, 이곳도 완전히 상업화가 되어 있었다. 심지어는 바닷가 바로 옆까지 장사꾼이나 행락객들이 내려가서 해물과 술을 즐기고 있었다. 호기심 많은 동생 내외가 어머니에게 드린다고 내려가서 횟감으로 손질한 멍게를 사가지고 올라왔다.

6시 반이 넘어서 서둘러 공항으로 가는데 서편 바다는 기울어지는 태양 빛에 이미 금붕어의 비늘처럼 붉게 물들어 갔다. 공항으로 가는 표시가 확실치 않아서 잠시 우회를 하여 7시가 거의 다 되어 차를 반납하고 여객 청사로 올라갔다. 사람들이 얼마나 많은지 여기가 고속터미널인지 남대문시장인지 분간이 안 될 정도였다. 서울행 비행기표를 건네 줄 여행사 직원을 8시에 약국 앞에서 만나기로 하였는데 시간이 남아서 저녁식사를 서둘러 끝내고 아까 용두암에서 사온 멍게와 소주를 마지막으로 들었다. 비행기는 9시에 출발하였고, 또 연이가 마중을 나왔다. 부평 아파트에는 11시가 다 되어 도착했고, 모두들 긴장이 풀어지고 피로가 겹치면서 간신히 샤워를 하고서 뻗어 버렸다.

어머니는 예전에 살았던 보령이나 장항, 전주를 들러 보겠다는 일정이 있어서 석주 내외는 5월 15일에 귀국하였다. 어머니는 경주 내외와 함께 6월 2일부터 2박 3일 동안, 먼저 충남 보령에 들러서 여덟 살 무렵 더부살이를 시작한 그 할아버지 집엘 찾아갔다. 그런데 동네 사람들한테 들은 말은 오래 전부터 외아들 식구가 미국으로 이민 간 후로 친척들이 얼마 동안 살았다는데, 이젠 모두 다 떠난 후로 폐가가 되어버렸다는 것이다. 그런데 몇 해 전에 그 외아들이 죽고, 논밭과 집을 정리하려고 하였지만, 아직까지도 개발의 손길이 미치지 못하는 산동네라 팔지 못하고 그리 팽개쳐 두고 말았다. 그래서 생각지도 못하게 그 옛집을 다시 볼 수 있었다.

경주 내외는 어머니가 가라는 대로 산자락에 나 있는 낯익은 길을 따라갔다. 그리고 얼마 후에 그리도 높고 크게 보였던 낯익은 솟을대문이 보였다. 여닫을 때마다 삐거덕거리며 만석꾼지기의 위용을 대신해줬다지만, 어른 눈높이로 보는 그 대문은 작고 누추한 모습으로 그 자리에 그리 서 있었다. 집 뒤꼍에 있는 소나무밭이며 대나무밭 그리고 안채며 행랑채 등 그 옛 모습 그대로인데, 언제부터인가 이엉 대신에 양철로 지붕을 얹혀 놨는지 모르지만, 검붉게 녹이 슬어 있었다.

그리고 놀랍게도 그 시절 외양간이며 부엌이 그대로 있었고, 아직도 걸쳐 있는 솥을 보니 솥뚜껑 손잡이가 모두 떨어져 나간 걸 고쳐 놓은 흔적이 보였다. 안채의 두 평 남짓한 마루가 여덟 살 순근에게는 그리도 넓게 보였다는 어머니의 목멘 말에 경주는 눈물을 푹 쏟고 말았다. 눈물이 글썽한 어머니는 그 마루에 걸터앉아서 할머니가 빗질을 해주는 동안 두 다리를 마구 흔들어대던 모습을 떠올리면서 이젠 거의 잊힌 할머니의 모습을 애써 떠올려봤다.

그리고 보령으로 돌아와서 아들과 같이 사는 귀순 언니를 만나러 갔다. 언니는 휠체어에 앉아 있는 순근을 보고 맨발로 뛰어나왔다.

"순근아, 순근아—!"

"언니, 언니—!"

"이게 도대체 얼마 만이여?"

"자그마치 60년도 넘었나 보오."

"그동안 전화로 니가 크게 다쳤다는 얘길 했지만, 어려 이래로 지독한 고생만 하던 니가 그 무슨 업보가 그리도 커서 이런 모습이 되었어?"

"언니, 그래도 이제는 사남매 자식들이 모두 효자효녀라 잘 지내고 있소."

휠체어 손잡이를 잡고 있던 경주는 어머니 뒤에 서서 소리 없이 훌쩍이고 있었다. 너무도 오랜만에 만나면 눈물이 앞서고 또 할 얘기도 나오지 않는 법이다. 서로 어안이 벙벙해서 부둥켜 앉고 한참 동안 흐느꼈다.

그날 언니 집에서 맛난 오징어무침을 곁들인 점심식사를 하고, 너무도 짧은 만남을 뒤로한 채, 장항으로 서둘러 갔지만 제일 친하게 지냈던 명례는 만나지 못하였다. 명례는 시집을 간 후로는 바로 상경하였고, 또 남편이 일찍 죽자 무속인이 되었다고 하였다.

예전에 반나절도 넘게 걸린 거리를 서너 시간 걸려서 전주로 왔다. 다른 데에 비해서 전주는 그래도 상전벽해같이 변하지는 않았지만 옛 금암동 집 근처를 찾아보는 데도 한참 걸렸고, 석주의 유일한 고등학교 친구였던 상윤의 모친도 만나 보려 했으나 오래 전에 이사를 하여 찾을 수가 없었다. 그리고 경주도 맘 아픈 추억만이 가득한 이곳을 너무 오랜만에 와보니, 옛날 과수원 자리에는 신작로와 고층 아파트들이 무수히 들어서서 도대체 감이 잡히지 않았다. 그리고 20여 년 전 아버지가 조기은퇴를 하고 황금 같은 퇴직금을 몽땅 털어서 경험도 없는 교복장사에 손을 댔다가 다 말아먹게 되자, 경주와 창호는 끼니조차 잇기가 어려웠다. 그때 신세를 많이 졌던 여고 친구 효순이 어머니를 만나서 저녁식사를 대접해 드렸다.

어머니는 어디를 가봐도 모든 게 너무 변했고, 또 만나 보고픈 사람들도 이미 대부분 이 세상 사람이 아니거나 오래 전에 이사를 가버렸기에, 그나마 찾고자 했던 추억의 잔재를 긁어 모으지 못하고 실망감만 더욱 커졌다.

11. 먼 길 떠난 아버지

어머니는 석주가 귀국하고 한 달 반이 지난 7월 1일에 돌아왔다. 그리고 여느 때처럼 석주는 생필품이나 어머니한테 필요한 기저귀, 방수용 깔개, 연고, 얇은 위생장갑 등을 챙겨서 들렀다. 간병인들이 24시간을 밤낮으로 나눠서 간병하고 집안일을 하지만, 그 외의 일은 석주 몫이다. 그런데 어머니는 아버지가 오늘도 석주를 급히 보자 하였다고 어이없다는 표정을 지우며 피식 웃었다.

"아버지가 꼭 할 말이 있으니, 방으로 가봐라. 평소에는 필요한 얘기도 잘하지 않는 답답하기 짝이 없는 인사가 죽을 때가 다 됐는지, 한평생 눌러놨던 말보가 터진 모양이다."

그리고 고개를 좌우로 흔들었다.

석주가 침실에 들어서자 침대에 누워 있던 아버지가 유난히 얼굴이 벌겋게 상기되어 말하였다.

"야, 석주야 마침 잘 왔다. 너, 갑득이라고 내 친구 알지? 그 갑득이가 말이다. 하던 일이 잘 안 되어서 다 들어먹은 모양이다. 어쩌냐. 오갈 데가 없는 모양인데, 우리 집에서 힘 필 때까지 좀 있으면 안 되겠냐?"

"그럼요. 그리 해야죠."

"음, 그래. 참 고맙구나."

직장에서 일어난 일 따위를 좀처럼 얘길 하지 않았던 아버지는 예전에 전매청에서 같이 일했던 절친한 동료의 딱한 사정을 얘기하는 거였다. 석주도 그 갑득이란 분을 어렸을 때 몇 차례 뵌 적이 있었고 또 부친하고는 십 년도 넘게 정구도 같이 하며 절친하게 지냈던 사이였다. 그런데 그 시절이 60년대 초였으니, 아버지의 나이가 마흔네댓이나 되었을 게다.

"그런데 말이죠. 그 갑득이란 친구 분이 지금은 몇 살이죠?"

"음, 한 마흔일곱 살 되었나?"

"아버지, 지금 제가 몇 살인 줄 아세요?"

"니가 소띠 아니냐—."

"그래요. 올해 제가 쉰두 살이거든요. 그러면, 제가 아버님 친구보다 나이가 많다는 얘긴데, 안 그래요?"

아버지는 잠시 뭔가를 생각하는 표정을 짓다가 겸연쩍게 피식 웃으면서,

"어, 글쎄다. 그건 그렇지. 내가 요새 좀 삥삥혀."

석주도 씩 웃었다. 사람이 나이가 들어 혼동이 오면, 현재와 과거가 다 한 생각의 울타리에서 뒤범벅이 되는 모양이다.

어른들은 비탈길을 굴러가는 세월을 붙들어 매고 싶지만, 커가는

애들은 우리도 빨리 커서 어른이 되고 싶어하기에, 그 세월을 붙들어 놓을 수도 없다. 열매가 익으려면 계절이 바뀌어야 하고, 익은 열매는 후대를 위해서 땅에 떨어져야 하는 지극히 당연한 천륜을 새삼 되새겨본다.

어머니는 아버지가 전매청에 다닐 때 정구 연습이나 시합을 많이 하고 피곤하면 연초제조에 들어가는 누런 설탕물을 시즌 내내 너무 많이 마셨다고 했다. 그런 탓에 아버지는 40대 중반부터 당뇨병 초기 증세를 보였다. 평생에 과식을 하지 않았지만, 그후론 단 음식을 삼가하는 정도로 지내다가 1981년 미국에 온 후 정기적으로 검사를 받고 처음 몇 해는 인슐린 결핍에 따른 투약을 하다가 결국 주사를 맞게 되었다. 그리고 지난 20년 동안 잘 유지가 되었는데, 연로해진 탓에 때로 주사량에 비해서 식사량이 적게 되면 저혈당 증세도 종종 나타났다.

2003년 8월 말에 아버지는 부엌 식탁에서 일어서다가 어지럼증이 생겨서 마룻바닥에 넘어지는 바람에 왼쪽 대퇴부 골절이 되어 아수라장이 되었다. 두 분이 교대로 넘어지는 사고가 반년 만에 또 생기니 그 참담한 심정은 이루 말할 수 없었다. 어머니와 똑같은 입원 및 재활치료를 거치면서 회복은 되었지만, 아무래도 걷는 게 더 힘들어졌고, 두 분 다 재활 시설만 다녀오면 진통제 때문인지 혼동도 가중되었다. 게다가 설상가상으로 안약 투여하는 걸 소홀히 했는지 다음해 3월 초에 갑자기 오른쪽이 안 보인다는 청천병력 같은 어머니의 전화를 받고 안과에 급히 갔더니, 이미 실명이 되었다고 하였다. 매일 아침저녁으로 식사가 끝나면 아버지는 어머니 옆에서 간병인이 냉장고에서 가져다주는 안약을 흔들어서 넣었지만, 조석으로 석주가 갈 수 없는 노릇이니 어찌된 영문인지 알 도리가 없어서 답답할 뿐이었다.

2005년 아버지가 7월에 만 87세가 되었지만, 그 나이대의 다른 노인들과 비교하면, 좀 이르게 정신줄을 놓았다. 7년 전에 폐렴으로 구사일생하였지만 그 전에 이미 혼동이 시작되었다. 보통 치매 걸린 노인들이 그러하듯 옛 일은 대체로 잘 기억하나, 최근의 일은 그러지 못하였다. 그렇다고 어머니를 비롯해서 석주나 동생네 식솔들을 전혀 못 알아보는 건 아니지만, 자주 못 본 조카들이 오랜만에 오면 양손을 뻗치며 반색하기에 물었다.

"얘들 이름이 뭔지 기억 나세요?"

"음, 그게, 생각이 잘 안 난다."

그래서 모두들 웃고 말았다.

그런데 수년 전부터는 당신이 기거하는 방에서 식당까지도 걸어 나오지 않으려 하고, 침대 옆에 붙여놓은 보호대를 잡고서 일어나는 것도 힘들어 했다. 부축을 하여 서게 한 다음 보행기를 내밀어 주면 막무가내로 휠체어만 찾는다.

"이제 그나마 안 걸으면, 걷는 걸 잊어버려서 영영 못 걸어요."

석주가 으름장을 놓아도 그때뿐이다. 석주가 곁에서 있을 땐 넘어지지 않게 조심하여 걷게 하겠지만, 간병인들이 억지로 걷게 하다가 넘어져서 다시 대퇴골이나 엉덩이뼈라도 부러지면 더 큰일이었다. 하는 수 없이 휠체어를 주로 사용할 수밖에 없게 되었다.

9월이 되면서 아버지가 지내는 방의 창문을 찬바람이 들기 전에 손을 보려고 맘먹었다. 집 나이가 근 30년이 되어 가니, 거의 열어보지도 않던 창문의 열림 장치가 창틀에 들어붙었는데, 그걸 억지로 손잡이를 돌려서 열다가 고장이 나버렸다. 창문 상하에서 좌우로 미끄러지며 움직이는 플라스틱 부품이 찍~ 하고 금이 가면서 창문을 여닫을 수가 없게 된 것이다. 그런데 그 부품을 구할 수가 없어서 창문 자체를 다 바꾸려 하였더니 금액이 만만치 않았다. 그래서 두 해 겨울을 아예 밖에서 두어 군데 못질을 해놓고, 열지 못하게 해놨지만, 항시 맘이 찝찔했다. 궁리 끝에 그 부품을 직접 깎아 만들어서 쓸 요령으로 치수를 재어 도면을 그렸다. 그리고 두어 시간 동안에 자르고 갈고, 구멍을 뚫어서 흡사하게 만든 다음, 오전 11시 무렵부터 창틀에 있는 못을 빼느라고 뚝딱거리기 시작하였다. 아버지는 왼종일 침대에서 조용히 지내다가 별 요란한 소리가 머리맡에서 들리니, 불안한 모양이었다. 침대 곁으로 다가가서 지금 창문을 고치고 있다고 말씀드려도,

"이게 무슨 소리여?"

하다가 수시로 1인 2역의 독백을 하는 거였다.

"야, 창호야. 너 말이여, 니 형 좀 그만 들어오라고 혀."

"네, 할아버지, 알았어요."

마침 방에 들렀던 간병인이 대꾸하였다.

"그래, 너무 피곤한데 이제 그만 하라고 해라!"

석주는 잠시 들어가서 거의 다 끝나간다고 다시 말씀드렸다. 그러나 아버지가 구시렁거리는 소리가 계속해서 들렸다.

"이봐요! 이봐! 야, 큰일 났다. 화장실에 가야 하는데 말이다. 여기서 쌀 수도 없고, 정말 큰일이네. 어떡허지?"

"할아버지, 조금만 참으라고?"

"아녀, 급한데, 이거 큰일 났어."

창 밖에서 그 소릴 들은 석주는 큰 소리로 간병인을 두어 번 불렀다. 그러나 주방에서 여기까지 거리가 멀고, 복도가 도중에 90도로 굽어져 있어서 어지간히 소리를 치지 않으면 들리지 않는다. 아버지는 그동안 수없이 그렇게 불렀을 터이지만, 그때마다 어머니나 간병인이 매번 듣질 못하게 되면, 결국 그런 독백을 통해서 당신이 필요한 얘길 다하는 거였다. 여러 차례 부른 끝에 간병인이 뛰어 들어와서 휠체어로 옮겨 화장실 변기에 앉혀 드리고, 주방에 앉아 있는 어머니를 돌보는 중이라서 서둘러 돌아갔다.

잠시 동안 힘을 주는 소리가 들렸다. 그리고 뭐라 구시렁거리는 소리가 난 듯하여, 아무래도 마무리는 석주가 해야 할 것 같아 사다리에 올라 열린 창문으로 겨우 들어갔다. 오늘은 며칠 만에 큰일을 잘 보신 게다. 그리고 이왕 화장실에 간 김에 억지로 목욕도 하고 면도 후 스킨로션도 바른 후에 자리에 눕혀 드렸다.

창틀 수리는 5시간 동안 씨름을 한 끝에 오후 4시가 넘어서야 마무리되었다. 마침 퇴근길에 들렀던 아내한테 방 안쪽 창틀 아래 청소를 부탁하고, 석주는 공구를 챙기고 사다리를 접고서 차고로 가져갔다. 주방으로 들어갔더니 어머니는 기다렸다는 듯이 먼저 말을 하였다.

"야, 점심도 못 먹고 그걸 다 끝냈어? 넌 일 도중에는 아무것도 안 먹으니, 다 끝날 때까지 기다렸는데, 밥 먹고 가라."

"아녜요, 애미도 왔으니, 집에 가서 같이 이른 저녁식사 할래요. 그나저나 수백 불은 벌었네요."

"그 돈 다 줄게!"

모처럼 모두 화사하게 웃었다.

집으로 가기 전에 창문 옆에 뭐 빠진 게 없나 다시 와봤다. 창문은 안팎으로 닦아 놓으니 번쩍거렸다. 다시 한 번 핸들을 돌려서 창을 여닫아 보는데, 슬슬 잘 움직였다. 아버지한테 집에 간다고 얘기하고, 잘 계시라는 의미로 석주가 고개를 끄덕거리면, 아버지는 웃으며 손을 저어 잘 가라는 표시를 하는데, 오늘은 생뚱맞게 인사치례를 하였다.

"고맙습니다!"

2006년 5월 말이 가까워졌다. 아버지는 방한한 후로 7년이 지나는 동안 기력도 더욱 쇠잔하여 보행기를 사용해도 한두 발을 옮기기가 힘들어지고 온종일 침대에서 지내다 보니 욕창도 자주 생겼다. 이제는 여행은 고사하고, 정기검진을 받으러 밖에 나가는 것조차 힘들게 되었다. 지금은 곁에 있는 식구들만 알아보지만, 혼동은 더 심화되어 밤낮으로 고리가 끊긴 독백을 며칠 동안 목이 쉬도록 토하기도 한다고 어머니가 전해줬다. 젊어서는 꼭 필요한 말도 하지 않아 속 터지게 답답했다는 분이 그 한을 푸는 모양이었다. 과연 당신이 이렇듯 살아 있다는 사실만으로 남아 있는 식구들한테 무슨 의미를 주는지 자문을 해봤다.

석주는 아버지가 어찌 대답하는가 보려고 물었다.

"설악산 구경 가고 싶지 않아요?"

"야 좀 봐라. 몇 년 전에 너랑 다녀왔잖냐."

하며 핀잔을 주었다. 그러나 어느 날 갑자기 "언제 거길 다녀왔냐?"고 되물으면, 속초 활어장에서 입언저리에 초장을 잔뜩 바르며 생선회를 맛있게 드는 모습을 담은 비디오를 증거로 보여줄 거라는 생각을 하며 웃었다.

석주는 특별한 일이 없는 한 거의 매일 아침에 잠시라도 들른다. 모든 식자재 및 생활용품이며 주로 어머니가 쓰는 의료 소모품 내지는 처방약이 떨어지지 않게 확인하고 다시 채우는 일이며 간병인 구하고 급료를 주는 집사일을 해야 하기 때문이다. 수술실 간호사로 수십 년 동안 고된 일을 하는 그의 아내가 의료 문제에 대해서는 전적으로 도와주지만, 집 사무실에서 컨설팅을 하는 석주가 지난 20여 년 동안 하는 일이다.

며칠 전에도 석주가 부모님 집에 들어서자마자 아침 식사 도중에 갑자기 고개를 푹 수그려서 모두들 당황하였다. 석주는 서둘러서 빨대로 자몽 주스를 빨게 하여 의식을 바로 회복하게 만든 일이 있었다. 그때 혈당을 재어 보니 45가 나왔다. 분명히 전날 저녁식사를 제대로 하지 못했을 거라는 생각이 들었지마는 그래도 당신이 빨대를 빨 수가 있어서 천만다행이었다.

석주가 일주일분 인슐린 주사를 준비하여 놔두면 혼동이 심화되기 전까지는 아침식사 전에 주로 아버지가 당신의 아랫배에 주사를 놓는다. 매 식사는 항상 어머니와 같이 하는데, 어머니가 성화를 내어 억지로라도 들게 하며 더 먹어야 한다고 하면 마구 역정을 내면서 안 먹는다고 소리를 질렀다. 그러다 보니 나중에는 식사량을 보고서 주사를 놓아야 했다. 평소 먹는 양보다 훨씬 적거나 먹질 못하면 인슐린 주사도 놓지 말도록 했는데도 결국 저혈당 증세가 나타났다. 병원이나 양로원 같은 시설에서는 매 식사 때마다 혈당을 재고 그때 상태에 맞게 인슐린 양을 조절하여 주사를 놓지만, 집에서는 그게 쉽지 않은 일이다.

석주가 하는 기계 설계 컨설팅은 경기가 나빠지면 제일 먼저 타격이 온다. 제조회사들이 신제품 개발에 맨 먼저 제동을 걸기 때문이다. 그 무렵, 석주는 은퇴 후에도 계속 일할 수 있는 일을 찾으려고 밤늦게까지 분주하게 돌아다녔다. 그러다 보니 그날은 밤 10시가 넘어서 집에 돌아왔는데, 아버지가 좀 이상하다는 어머니의 전화 메시지가 있었다. 바로 전화를 해보려다 늦은 거 같아서 아침 일찍 들르기로 하고 그만뒀다.

아침에 석주는 아내하고 6시가 조금 넘어서 들렀다. 어머니는 간병인으로 하여금 아버지를 깨워서 모시고 나오라고 하였지만, 아버지가 깨어나지 못하여 자몽 주스를 여러 차례 빨게 하려고 하였다. 그러나 입에 넣은 빨대를 전혀 빨지 못한다고 하였다. 문제는 이런 상황이 어제 저녁부터 진행이 되었다면 이미 실기를 했다는 생각이 들어 가슴이 철렁하였다. 아버지가 지내는 침실로 서둘러 들어섰다. "아버지, 아버지"를 연신 부르며 어깨를 흔들어도 반응이 없었다. 숨도 쉬고 맥박도 뛰는데 눈을 뜨지 못하고 얼굴 표정도 없다. 눈꺼풀을 올려보니, 안구가 위로 말려져 있었다. 서둘러서 혈당을 재봤다. 27밖에 나가지 않았다. 다시 자몽 주스를 억지로 빨게 하려고 해도 혀가 말려 있어서 빨대를 꽂아도 아무 소용이 없었다. 이런 상황을 대비하여 주사를 놔서 혈당을 빨리 올리는 비상 키트(Glucagon Emergency Kit)를 구비했어야 했는데, 이런 저혈당 쇼크가 일어난 게 2주도 채 못 되었고 미처 준비할 틈이 없었다. 이미 어쩔 도리가 없어서 석주의 아내가 911을 돌려서 저혈당 쇼크로 의식불명인 환자가 생겼다고 급하게 도움을 청하였다.

그제 저녁에 석주 내외가 아버지의 머리와 수염을 깔끔하게 밀어 드리면서 전신 목욕을 해드렸지만, 앰뷸런스가 오기 전에 혹 냄새가 날지 몰라서 얼굴과 사타구니를 물수건으로 다시 깨끗하게 닦아 드렸다.

잠시 후에 앰뷸런스와 응급처치 요원 둘, 경찰관, 소방서 요원이 들이닥쳤다. 응급상황이 화재나 범법으로 연계되는 것을 염두에 두고 모두 같이 몰려온다. 서둘러서 응급조치를 하였고 잠시 후 아버지는 눈을 조금 뜨기도 하였지만, 여전히 의식은 차리지 못하였다. 구급요원들이 환자 이송 카트에 아버지를 들어 올려서 벨트로 고정시키는 동안, 같이 온 경찰관이 말했다.

"아버지를 이처럼 정결하게 모시고 있는 걸 보고 매우 감동했습니다."

그리고 아버지는 집에서 5분 거리에 있는 병원으로 옮겨져 응급실에 입원하였지만, 여전히 의식불명이었고 곧바로 뇌 손상 여부를 알아본다며 CT 촬영을 하였는데, 확실한 징후는 발견하지 못하였다.

입원 후에는 링거를 투여하고 뇌의 상태를 알아보기 위해서 다시 MRI 촬영을 하여 판독했어도 특별한 손상 징후가 없어서 EEG(두뇌파 검사)를 하였더니 활성적인 두뇌파가 없다는 결과가 나왔다. 이틀이 지나도 여전히 의식 불명한 상태에서 혈압과 맥박은 정상을 유지하고 있었다. 석주 내외는 매일 입 안의 말라붙은 가래를 제거하고 면도를 한 후에 침상에서 닦아 드렸다.

저녁에 당직의사한테 전화가 왔는데 혈압이 급강하하였다는 거였다. 서둘러 병원에 갔지만 그 이유를 찾기 힘들다고 하였다. 다음날 아침에 석주 내외가 병실에 들어갔을 때 무슨 냄새가 나서 기저귀를 열어보니, 검은 색의 변이 나와 있었다. 병원에서는 위장출혈을 의심하고 내시경으로 보면서 지혈(cauterizing)을 하고 위장에 튜브를 꽂고 빼내 보니 검은 액이 나왔다. 그리고 수혈을 하였다.

7월 3일에 주치의는 부친의 뇌파가 전혀 없기 때문에 가족들의 결정이 필요한 때가 왔다고 하였다. 식구 모두 실망하였지만 어머니와 상의 끝에 어려운 결정을 내린 후에 병원의 호스피스 담당자와 얘길 끝내고, 7월 5일 밤에 아버지를 호스피스 병동으로 옮겼다.

텍사스에 장기 출장을 와서 지내는 창호와 캘리포니아에 사는 금주네 식구들이 밤늦게 병동으로 몰려왔다. 석주는 한인 장의사에 연락을 하여 장례 절차를 상의하고 동네 근처에 한인들이 많이 묻힌 '리지우드 공동묘지'에 부모님 두 분과 홀로 된 장모를 위해서 3기를 함께 구입하였다. 이곳에서는 2기를 사용할 때는 입석을 세울 수 있는데 배우자가 아직 살아 있으면 생년월일만 파고 나중에 사망한 날짜를 새겨 넣는다. 대략 25,000불의 비용이 필요했다.

7월 8일 아침, 병실에 들러 아버지의 상태를 살펴보고 닦아 드렸는데, 아버지가 잠시 눈을 맞추는 거처럼 보였지만, 사실은 의식 없이 그저 일별하는 거였다. 손을 움직여 보았지만, 여전히 어떤 말도 못하고 인지를 못 하는 상태였다. 어머니는 아버지를 몇 차례 부르면서 팔을 꼬집는 등 애절한 시도를 했지만, 의식적인 반응은 전혀 보이지 않았다. 담당 간호사는 링거 투여가 어제 저녁으로 중단이 되었다고 했다. 그 말을 들으니 맘이 너무 아팠다. 어머니는 맘 한구석에 그래도 실낱 같은 희망을 가졌는지, 아버지를 흔들며 말했다.

"못 먹어서라도 힘이 없겠다."

그 한마디가 석주 가슴을 저미었다. 침 흘린 입술 언저리를 닦을 땐 본능적으로 입을 벌리기도 하고, 손가락을 넣으면 살짝 씹으려 하는 본능적인 반응을 보여서 더욱 안타깝기 그지없었다.

7월 10일 아침, 주치의사하고 통화를 하였다. 기적이 있기 전에는 회생하기가 힘들다고 하였다. 이제 앞으로 며칠 정도의 삶이 남았다는 얘긴데, 아직은 실감이 나질 않았다. 숨 쉬는 게 좀 거칠어진 거 같아 석주 아내가 부탁하여 모르핀과 기도를 확장시키는 패치를 붙여주도록 하였고, 머리를 다시 면도하고 얼굴과 입 안을 닦아 드렸다. 마침 혈압과 맥박을 재러 왔는데, 혈압이 127에 67, 맥박이 111, 체온이 36.9도로 지극히 정상이었다. 그런데도 두뇌가 손상이 되어 의식불명이라니 더욱 실망이 컸다.

석주는 장례의식 절차를 장의사와 상의하였다. 금주나 경주가 독실한 기독교인임을 감안한다 해도 아버지는 여하한 믿음이 없었기에 마땅치 않았고, 불교의식으로 하는 것도 적절치 않았다. 그래서 기독교보다는 불교적인 믿음이 있는 어머니와 종교적인 믿음이 없는 석주는 마지막으로 역시 신앙이 없는 창호의 의견을 고려한 끝에 사적인 장례로 치르기로 하였다.

7월 11일 아침 8시 무렵에 석주 아내는 집에서 수국과 글라디올러스를 꺾어다가 다시 화병에 꽂았다. 아버지의 상태는 눈에 띄게 나빠지고 있었다. 안구는 이미 위로 말려져 있고, 흔들어도 아무런 반응 없이 거친 숨만 쉬고 있었다. 면도를 하고 눈언저리를 닦아주면서, 석주는 아버지가 예전에 하던 대로 "밥 먹고 가라!" 말씀해 보라고 나지막하게 뇌까렸는데, 감정이 격해져 잠시 눈물이 핑 돌면서 붉게 충혈이 되었다.

한국에서 출발한 울보 경주와 매제가 아직 오지 않았다. 병원에서는 혹 있을지 모르는 고통을 감안해서 모르핀 주사만 놓는다고 하였다. 그러나 한국에서 여동생 내외가 올 때까지 며칠만이라도 생명연장을 하기 위해 링거를 주면 어떠냐고 물었더니, 주치의하고 상의해 보겠다고 하였다. 하지만 맘이 급한 석주가 진료 사무실에 전화를 하여 물었더니 씁쓸한 헛웃음소리를 내보였다.

링거를 꽂아서 숨이 멎는 걸 잠시 연장해도 결국 의식이 없으니 어느 누가 와도 무슨 의미가 있겠냐는 생각이 들었다. 오후에 다시 들렀을 때는 아버지의 얼굴이 수척해지면서 눈이 좀 파져들게 보였다. 혈압이 50/30으로 매우 낮고, 맥박은 110으로 빨랐다. 그리고 숨을 바투 쉬면서 몰아쉬기로 분당 3~5회인데 아주 미세한 호흡을 하고 있었다. 석주는 7월 12일에 병실에 있다가 새벽 4시쯤 눈을 좀 부치러 집에 갔다. 아침 11시 무렵에 일어나서 밥 한술을 급히 먹고 있을 때, 전화가 왔다. 석주 아내는 그동안 아버지가 마지막 숨을 쉬는 거 같았다며, 무려 8시간이나 버티다가 조금 전에 운명하였다고 전해줬다. 그렇게 아버지는 아무도 알 수 없는 멀고도 먼 길을 떠났다. 숨이 멎는 순간을 지켜보진 못했지만, 석주가 곁에 있었어도 무의식 상태의 연장에서 하세한 거니 안타까운 생각보다 허무한 맘에서 긴 숨을 한번 몰아쉬고 혼자 중얼거리며 서둘러 뛰어나갔다.

"혼동이 시작되고 당신이 죽느냐 사느냐라는 문제엔 예전에 초월하셨지. 죽음이 가까워 오면 남아 있는 식솔들에게 남기는 말 한마디라도 했을 법한데, 결국 살아 있었으니 살았고, 돌아가실 때가 되었으니 그리 가신 게야."

석주는 어제부터 고열이 나는 바람에 소변을 잘 눌 수도 없고, 왼종일 누워 있었다. 창호의 도움으로 의사 진료실에 가서 소변검사를 하였더니 방광에 염증이 있다며 항생제 1주일분을 처방해줬다. 그동안 스트레스에 피곤이 누적되어서 잘 걸리지도 않은 방광염이 걸렸나 보다. 약을 먹으면서도 한 이틀 동안 앓고 나니, 열이 떨어지면서 악 소리 내며 소변을 눠야 하는 게 점점 나아졌다.

경주 내외는 이틀 후에 왔지만, 경주는 더 이상 울지 않았다. 매제는 경주가 그동안 하도 울 만큼 울어서인지 눈물이 바닥이 났다고 농을 하였다. 경주는 기도를 수없이 하였고 이제 겨우 맘의 평온을 찾았다고 했다.

7월 16일엔 어머니를 위시해서 식구들과 석주 내외의 가까운 친구들만 참석해 추모식(Wake)을 치렀다. 석주의 추모사 낭독에 이어 두 여동생들이 독실한 신자임을 감안하여 매제와 대학 동문 중에 기독교 장로가 된 후배에게 추모 기도를 잠시 드리게 했다. 그리고 다음날 장지로 향했다.

슬픔보단 허무함이 앞섰다. 아버지는 한 달 부족한 만 88세에 당신이나 식솔들 큰 고생시키지 않고 되돌아올 수 없는 머나먼 길을 떠났다. 그리고 모처럼 만에 그날 밤에는 비가 밤새도록 내렸는데, 그게 행여 석주 아버지의 눈물이었을까?

12. 희망의 끈

첫 사고 후 10년 동안 석주 어머니의 거동은 놀라울 정도로 좋아졌다. 부축을 하더라도 휠체어에서 양쪽 팔걸이를 붙들고 몸을 앞으로 숙여 일어나서 네 군데 지지점이 있는 외발 지팡이를 짚고 잔디밭에서 성큼 성큼 보폭을 띠며 오랫동안 걷을 수 있을 정도로 말이다. 아직은 균형을 제대로 잡지 못하기 때문에 넘어질 우려가 많이 있지만, 그래도 이렇게 걸으면 몇 년 후엔 잘 걷겠다고 모두들 생각했다. 그러나 노심초사하며 우려했던 사고가 연이어 일어나고 말았다. 1997년 9월에 왼쪽 대퇴부골두의 목이 골절되고, 5년 후인 2002년 7월에는 오른쪽 대퇴부 골절까지 생겼다. 또 2003년 3월 초엔 테이블에 묶어 놓은 밧줄을 잡고 운신하여 기저귀를 교체했는데 간병인이 미처 휠체어를 갔다 대기도 전에 있는 걸로 착각하고 주저앉다가 옆에 있던 의자의 팔걸이에 부딪히는 사고가 일어났다. 왼쪽 허리 갈비뼈 골절에다 온몸이 꼬이고 절절거리는 현상까지 생겨서 거의 걷지 못하게 되었다. 첫 목 부상 이후로 최악의 사태였다. 결국은 여러 차례 정밀진단을 받고서 그동안 신경장애완화제로 복용하던 베클로핀 알약의 효능이 미미하다 하여 가는 관을 통해서 직접 척추에 일정량이 흐르게 하는 펌프를 하복부내에 심는 수술까지 받았다. 그러다 보니 매 3개월마다 병원에 가서 펌프에 베클로핀 액을 채우는 시술을 받아야 했다. 그런 와중에 2003년 8월 말에는 아버지까지 식사 후에 일어서다가 현기증이 일어나는 바람에 넘어져 왼쪽 대퇴부가 골절되어 10주 동안 두 분을 교대로 병원에 모시고 가야 했었다.

석주는 병원이나 의사 진료실이며 재활시설을 다니고, 또 식품점이나 외식을 하러 나다니려면 물건을 싣고도 휠체어까지 접어서 들어갈 정도로 트렁크가 크고, 또 앞좌석에 쉽게 앉을 수 있도록 높이가 낮은 차가 필요했다. 대형 캐딜락 세단 드빌 같은 큰 차라야 했다. 그런데 몇 차례의 골절로 모친의 거동이 악화되어 나중에는 한두 발을 떼는 데도 어려움이 따르고, 누가 잡아주지 않으면 혼자서는 보행기에 의지해서 서 있기도 어렵게 되어 갔다. 2005년 무렵까지는 어머니의 몸무게가 그리 크게 늘지 않았는데, 갑자기 체중이 엄청나게 늘어나는 거 같아서 석주가 조심스레 말을 했다.

"저, 어머니, 몸이 가벼워야 그래도 거동하는 데 편하잖아요. 흰밥을 좀 줄이시고, 대신 생선이나 채소를 주로 들도록 해요."

"내가 먹는 밥그릇을 보고도 그러냐? 어른 서너 숟갈도 안 되어. 조금만 먹어도 살이 찌는 걸 어떡허냐?"

석주는 그만 할 말을 잃어버렸다. 그런데 주말에 재활용 컨테이너에서 양파즙을 담았던 흔적이 있는 비닐 팩을 발견하고 그 내막을 알게 되었다. 어머니는 양파즙이 신경 다친 환자한테 좋다는 얘길 듣고서, 석주 몰래 경주한테 두 차례나 부탁하여 숨겨 놓고 장복한 거였다. 양파즙 자체는 건강식품이라고 하지만, 감초나 설탕 같은 첨가물이 많이 들어 있는 게 문제였다. 한 차례의 심한 말다툼이 있었지만, 어쩔 도리가 없었다. 이미 비대해진 어머니는 잠시라도 서서 조촘거리기도 힘들어지면서 휠체어에서 침대로 이동하는 데도 간병인들의 힘으로는 불가능해졌다. 보행 보조기를 앞에서 누르고 어머니의 가슴에 두른 안전띠를 잡아 당겨서 겨우 일으켜야 했던 간병인들의 불평이 심해지면서 자주 그만두는 일까지 생겼다. 어머니는 당신이 그렇게 해서라도 일어나야 운동이 된다고 고집을 부렸지만, 이젠 석주 말고는 아무도 그 일을 할 수 없게 되자, 호여(Hoyer)라는 유압식 이동기기를 구입하여 2006년 3월 초부터 사용하였다.

2009년 정초에 석주는 4년 전보다 50파운드나 늘어서 190파운드(86kg) 이상 나가는 어머니를 껴안고 들어올려 앞좌석에 태우다가 어깨 인대를 다쳐서 일 년 넘게 고생하였다. 그래서 지난 1년 동안 알아본 끝에 그해 8월 말 미니밴을 개조해서 만든, 휠체어를 싣고 내리는 램프가 설치된 장애인차를 구입하였다.

그러나 어머니의 낙상골절은 아직도 끝이 나지 않았다. 어떻게 하든 다시 걷게 될 거라는 어머니의 강한 집착력은 사반세기가 넘도록 견뎌온 원동력이 되었지만, 무리한 재활운동으로 넘어지는 확률 또한 그 만큼 높아졌다. 2009년 10월 초 간병인과 같이 보행기에 의존하여 걷기운동을 하다가 피곤해지자 휠체어에 앉는 과정에서 깊숙이 앉지 못하고 그만 가장자리에서 미끄러져 양다리가 접질러진 채 육중한 몸이 바닥에 주저앉아 버렸다. 그래서 예전에 부러졌던 왼쪽 대퇴부의 골절 부위에서 5, 6cm 아래가 또 골절이 되고, 오른쪽 정강이뼈까지 부러져 깁스를 하였다. 그리고 한 달 반 만에 제거하면서 기능검사를 끝낸 주치의는 심각한 어조로 말했다.

"나이도 여든이 넘어서 기력이 떨어진 데다, 예전의 경추신경 손상으로 기동력이 거의 없기 때문에 이제는 한두 발짝 내딛는 건 고사하고 보행기에 의지해 서 있는 자체도 힘들겠군요."

석주는 차마 그런 사실을 어머니한테 그대로 전할 수가 없었다. 그러나 몸이 예전 같지 않게 되자, 어머니의 불평은 날이 갈수록 심해졌다.

"내가 이제 더 이상 이런 운동하다가 넘어지면 큰일 난다고 변명만 하지 말고 일주일에 한두 번이라도 날 붙들고 보행 운동 시켜주면 안 되냐?"

"어머니, 지금 상태로는 보행기를 짚고서 잠시 서 있지도 못하는데, 어떻게 발을 떼나요? 지난번에 간병했던 아줌마 남편과 함께 양쪽에서 어머니 겨드랑이를 끼고 거들어도 서질 못하였는데, 저 혼자서는 할 수도 없고, 그리 해서도 안 되지요. 이제 또 주저앉거나 넘어지면 정말 어찌 하라고요. 우선 점차적으로 체중을 줄이고 앉은 자세나 누어서 하는 다리 운동을 많이 해서 다리 근육을 단련시키는 게 우선이에요."

석주가 집에 와서 한숨을 쉬며 우울해 하는 걸 보고 아내가 고개를 저으며 말하였다.

"여태껏 최선을 다해 드려도, 안 되는 일에 너무 집착하시어 모두를 힘들게 만드니까, 사실을 잘 말씀드려서 인정하시도록 하는 게 좋지 않겠어요? 포기하면 그래도 맘이 나름대로 편해지잖아요."

"그동안 보면 모르겠소? 어머니는 사고 후에 10년 동안 재활운동을 하는 동안 곧잘 걸으셨던 것만 얘기하시지. 그리고 좋아질 만하면 아버지나 간병인들 땜에 넘어져서 이 모양이 됐다고 안타까운 변명만 하시잖아. 그렇게 몇 차례 골절로 또 10년이 지나면서 이젠 기동력이 바닥에 떨어졌는데도, 이제는 내가 이런저런 변명만 하고 잘 도와주지 않아서 못 걷는다고 생각하시는 게 젤 큰 문제지. 얼마 전에는 하도 고집을 피우시기에 우선 다리 근육을 키우도록 휠체어를 발로 당기는 연습을 많이 하는 게 우선이라고 여러 차례 얘기했다가 또 그놈의 얘기냐고 역정을 내시더라고."

그러나 어머니는 다시 걷겠다는 그 질긴 희망의 끈을 여태껏 놓지 못하고 수시로 석주가 걷는 운동을 시켜 주지 않는다는 말을 여전히 되풀이하였다. 그래서 석주는 겟-유-업(Get-U-Up)이라는 기기를 구입하였다. 양쪽 정강이가 앞쪽에 위치한 부드러운 비닐로 쌓여진 지지대에 닿도록 하고, 운동화를 신은 두 발을 발판에 올린 다음 상체를 슬링(sling)이라는 걸로 겨드랑이를 받쳐서 끼우고 펌프같이 핸들을 상하로 구동하여 유압으로 몸 전체를 위로 올려서 다리에 최소한의 무게를 견디게 하는 기구이다. 그러나 지난번 사고 후로 이제는 두 다리가 몸무게를 전혀 지탱하지 못하고 겨드랑이에 걸친 슬링이 육중한 몸을 받치다 보니 불과 10초도 안 되어 겨드랑이만 찢어질 듯 아프다고 하였다.

"이 기기는 보통 사람들이 교통사고 등으로 약해진 다리 근육을 키우는데 쓰는 건데, 생각했던 것보다 어머니가 두 다리로 버틸 수 있는 정도가 너무 미약하고, 또 겨드랑이에 끼는 슬링이 만에 하나라도 위로 빠지기라도 하면 큰일 나겠습니다."

"그럼, 아무것도 못하고 이대로 앉아서 죽을 날만 기다리란 말이여? 아이고 내 신세가 어쩌다가 이리 됐나? 아이고 내 팔자야!"

"그게 아니고 제 얘기는요. 누차 말씀드렸지만, 무리하게 매달리다가 어깨나 팔의 인대를 다치면 안 되잖아요. 지금은 휠체어 의자 뒤로 바짝 당겨 앉거나 침대에서 잘못 놓인 슬링을 앞뒤로 당길 필요가 있을 때만 쓰라는 게지요."

결국 희망이 없다는 말로 간주해버린 어머니는 또 한바탕 대성통곡으로 이어지면서 석주는 할 말을 잃어버리고 말았다.

이제는 다정했던 어머니가 아니었다. 어떻게든지 일어서서 예전같이 걷겠다는 무서운 집착을 떨치지 못하고 의식적이든 무의식적이든 간에 불평과 요구가 많은 환자로 변해 있었다. 게다가 주말근무를 하는 간병인들을 쉽게 구하지 못하고, 또 자주 그만두는 바람에 아예 일요일 낮 간병은 석주가 도맡아서 해왔다. 주중이라도 간병인들이 아프거나 개인적인 일이 생기고, 또 갑자기 그만두면 그 뒷바라지 역시 모두 석주의 몫이 되었다.

오랜 세월 동안 수많은 간병인들을 대하다 보니 때로 어떤 이들은 어머니가 모아둔 용돈이며, 화장품, 옷감 심지어는 식자재까지 훔쳐가고, 험악하게 마구 대들기도 하였다. 어느 날 저녁에 석주는 여느 때처럼 잠시 어머니의 용태(容態)를 살피러 들렀다. 그런데 그날 밤 근무하는 간병인이 일언반구의 변명도 없이 출근하지 않아서 어머니는 한 시간 반도 넘게 불도 켜지 못하고 어둠속에서 앉아 있었다. 그 모습을 보고, 석주는 어미 새가 죽으면 새끼들도 굶어죽는다는 생각이 들면서 뜨거운 한숨을 토해냈다. 밖에 나가서 격하게 울다가 잠시 후에 들어와서 말씀 드렸다.

"어머니, 이젠 제발 제 말을 좀 들으시고 제가 하라는 운동을 주로 하세요. 간병인들을 다그쳐서 효과도 없는 위험한 서기나 발 떼는 운동을 하는 거보다 휠체어를 손과 발끝으로 굴리는 연습을 더 많이 하세요."

"그놈의 소리 또 헌다!"

"자꾸 그리 말씀만 하시지 마시고요. 숟가락을 단단히 쥐기도 어려운 양 손이지만, 휠체어 바퀴를 있는 힘을 다하여 굴릴 수 있게 단련을 하고, 두 발끝으로 끌어당기는 연습을 해서 벽에 있는 전등 스위치나 냉장고 있는 데까지도 휠체어가 잘 굴러갈 수 있도록 해보세요. 부엌에 깔린 털이 짧은 카펫을 걷어버리고 틈새 없는 마루로 바꿨잖아요. 일단 그렇게 해서 팔과 다리에 힘이 들어가면 그 다음으로 걷는 운동을 집중적으로 다시 시작하자고요."

이런 몸으로 지난 사반기를 버텨온 어머니는 철인에 가깝다. 그러나 장병에 효자가 없는 걸까? 어머니가 골백번 듣기 싫은 얘기나 억지를 부리는 얘길 하여도 참고 견디며 넘겨야 하는데, 때로 그런 어머니한테 끝까지 인내하지 못하고 짜증을 부리고 마구 다그치는 자신을 질책하며 또 이렇게 별러 본다.

"내 인생이 이렇게 쭈그러진 깡통 신세가 돼버렸는데, 이 외길 인생은 누가 보상을 해준단 말인가? 아무리 악을 써서 외쳐도, 그것은 외로운 외침이며 반향 없이 공허하게 퍼져만 가는 절규일 뿐인데. 아무것도 믿지 않는 나, 믿을 수 없는 나는 그저 울분이 쌓여 넘치는 맘을 수시로 비우고 동시대를 고통 속에 저리 살아가는 가련한 어머니를 위해서 몸 성한 자식이 반성하고 또 반성하여 버럭 화를 내지 않도록 다짐하고 또 다짐해야지."

석주는 어려 이래로 공책과 연필 주는 교회당을 또래 애들과 어울려 단순한 호기심에 빠져서 다녔고 또 가톨릭계 중학교에서 천주교 교리도 접했지만, 어린 맘에 무슨 반감이 들었는지 교리 선생의 간곡한 설득에도 불구하고 영세 받길 끝까지 거부한 나머지 예비신자로 졸업하였다. 그리고 삶의 비애와 처절한 고민만 키웠던 고교시절을 뒤로하고, 대학에 다닐 때는 믿음보다는 친구와 더불어서 사교적인 목적으로 여러 종파의 교회를 다녔다. 또 독실한 신자에다 언행이 진솔했던 대학 선배를 따라서 미국인 선교사가 가르치는 영문 성경공부도 한동안 열심히 하였지만, 종교가 허구라는 강한 의구심을 뛰어넘지는 못하였다. 단지 호기심으로 대학 2학년 때 칸트의 순수이성비판을 효시로 밤을 지새우며 읽었던 많은 철학서에 심취했던 이래로 종교보다는 철학적인 관점에서 삶의 의미를 찾으려 했지만, 공학도로서 자연과학에 더 많은 비중을 두게 되면서 서서히 불가지론(不可知論, Agnosticism)을 신봉하게 되었다.

오래 전에 석주는 대학에서 교편을 잡고 있던 만규가 시카고에 처음 왔을 때, 전에 가지 못했던 캐나다 쪽의 나이아가라 폭포 여행을 같이 갔다. 그리고 전망대에 올라가서 말굽 모양의 폭포 건너편 미국

쪽에 있는 'Goat Island'를 가리키며 어머니가 사고 전 마지막으로 선녀춤을 췄던 얘기를 하던 끝에, 한치 앞도 못 보는 사람의 운명과 종교에 대한 얘기로 선회하게 되었다. 만규는 물안개가 간간히 피어 오르는 폭포 쪽의 계곡을 넋을 놓고 한참을 바라보다가 심각하게 말했다.

"이제 너도 그 아집을 버리고 불쌍한 어머님을 위해서라도 기독교에 귀의하여 영적인 구원을 받고 맘의 평정을 찾는 게 어떠냐?"

"너도 참, 기회만 닿으면 매번 똑같은 얘길 하는구나."

전망대를 내려와서 둘은 왼종일 걷다시피 하여 좀 쉴 겸 폭포가 멀리 보이는 시원한 그늘이 드리워진 공원 벤치에 앉았다. 석주는 뭔가 꼭 해줄 말을 정리하듯 한동안 초점 잃은 눈으로 지나치는 수많은 사람들을 일별하더니, 차분하게 운을 뗐다.

"우선 내 얘기부터 먼저 다 듣고, 니가 할 얘기가 있으면 얼마든지 할 기회를 주마."

그리고는 작심한 듯 열변을 토해냈다.

"인간이 종교를 갖고 나름대로 절대자에 의지하여 맘의 평화를 느끼면서 산다는 것도 뭔가를 조금이나마 배우고 깨달음이 있는 문화권에 있는 사람들에게 주어진 착각일 뿐이다. 종교는 지역적으로 그 환경에 맞게, 어떻게 살아남고 또 살 것인가를 규제하는 계율을 통해서 변천되었기에, 사막의 종교는 기도의 종교이고, 불교 같은 몬순의 종교는 명상의 종교라고 한다. 북미의 인디언은 물론 중남미의 인디헤나같이 수천 년 동안 생존의 존폐가 수시로 교차하는 오지에 사는 사람들의 바람은 태양, 달, 지진, 바다, 동물 등 인간의 삶에 지대한 영향을 주는 여러 대상에게 빌면서 그들의 가호를 염원해 왔고, 한민족의 토속신앙 역시 그 믿음의 대상이라는 게 하늘, 산, 바다, 별, 고목 등이며 심지어는 부뚜막을 다스리는 신령이며 위인 및 조상들이었다. 또 일본에서는 천이 넘는 신을 숭배하고 로마제국에서는 생활 속에서 행운과 악운을 가져주는 신을 마구 보태다 보니 3만이 넘는 신을 믿었지.

불교의 중도적 삶의 실천을 가르치는 교리나, 기독교인이 가야 하는 생활인으로서 지켜야 할 계명은 인간이 집단 체제를 이루고 살기 시작한 인류 문명이 형성된 이래로 어느 곳에서든지 볼 수 있는 도덕적 계율에 지나지 않을 뿐이야. 또한 도교, 유교, 이슬람교, 심지어는 원시종교에서뿐만 아니라, 인류 문명의 발상지의 하나인 바빌로니아에서도 함무라비 왕은 기원전 18세기에 40여 년간의 재위기간에 집대성한 '함무라비 법전'을 통해서 사회적인 규범을 엄격하게 만들어 놨다. '무엇을 하고, 하지 마라'라는 계율은 공동사회생활의 규범이므로 구태여 어느 특정 종교에 근거를 두고 그 교리의 우열을 가릴 필요도 없을 일이고.

어쨌든, 나는 그저 그런 공동생활의 일원으로서 어느 배우가 연극 속의 한 인생을 연기하듯이, 만인이 지켜보고 관람하고 있다는 걸 염두에 두고, 표리부동한 가면을 쓰지 않은 사람으로 살고 싶다. 지금의 나는 나일 뿐이고, 여느 생물처럼 죽으면 존재하지 않게 되는 그저 진화가 잘된 한 생명체에 지나지 않는다고 생각한다. 그러나 살아 있는 나는 지금까지 내가 살아온 과정을 거치면서 나의 사고의 흐름이 필연으로 흐르고 있다고 믿으며, 나의 의지와는 달리 어쩔 수 없이 우회를 하여도, 내가 하는 일들이 잘못되더라도, 나의 최선이라고 믿고 싶다. 혹자는 잘되고 못되고, 살고 죽는 것도 특정 유일신의 뜻이라고 생각하고, 또 어떤 이들은 내일 세상의 종말이나 생의 종말이 와도, 내가 해야 할 일을 최선으로 하겠다는 얘길 한다. 그런 면에서 나는 어머니의 목 부상으로 내 인생의 황금기를 놓치고 말았지만, 뭔가를 이루려고 발버둥쳤던 나의 꿈을 접고서 살아 숨 쉬는 연로한 부모를 최선으로 돌봐드리는 일이 내가 죽어서 천당이나 극락을 가기 위해 교회나 사찰을 다니면서 열심히 기도나 불공을 드리는 일보다 훨씬 의미 있는 일이라고 내 자신을 위로할 수밖에 없었다.

기원전 6세기의 그리스 철학자인 프로타고라스(Protagoras)는 신을 제치고, '인간은 만물의 척도'라고 하였고, 1869년 처음으로 '불가지'라는 말을 쓴 토머스 헉슬리(Thomas Henry Huxley)에 이어 버트란트 러셀(Bertrand Russell)은 불가지론(Agnosticism)을 믿었지. 그리고 앨버트 아인슈타인(Albert Einstein)은 '종교를 무시한 과학은 절름발이며 과학을 무시한 종교는 맹인(Science without religion is lame, Religion without science is blind.)'이라 하며, 자신은 무신론(Atheism)보다는 불가지론을 믿으며 스피노자의 범신론(Pantheism)에 관심이 많다고 하였다. 그리고 기원전 5세기 무렵 그리스의 철학자인 다이아고라스(Diagoras)를 시조로 해서 소크라테스(Socrates) 이후로 현존 인물인 영국의 생물학자인 리처드 도킨스(Richard Dawkins)나 물리학자인 스티븐 호킹(Stephen Hawking)에 이르기까지 모두 무신론자들이지. 그러나 나 역시 불가지론적 무신론자(Agnostic Atheist)의 입장에서, '신의 존재를 믿지 않지만, 그 가능성을 부정하지는 않는다'는 개념이 지금의 나를 지배하고 있다. 그리고 내 개인적인 지론이지만, 광의적인 면에서 특히 정치가, 사회학자, 사학자, 작가, 생물학자 및 천체물리학자는 어느 특정 종교의 굴레에서 자유로워야 한다고 생각한다. 더욱이 창조론을 굳게 믿는 생물학자나 천체물리학자가 어찌 생의 기원이나 우주의 실체를 연구할 수 있을까? 너는 그나마 창조론과는 좀 거리가 있는 응용공학을 하기에 니가 하는 분야에까지 시비를 걸지는 않겠다."

만규는 기가 차서 상기된 얼굴로 첫 마디를 더듬다가 쓰게 웃으며 말했다.

"야, 야, 지독한 놈. 그동안에 연구 많이 하였구나! 하지만 이 세상 많은 사람들이 너만큼 생각을 못 해서 세 사람 중에 한 명 꼴로 기독교를 믿겠냐?"

"그것도 니가 잘 모르는 소리야. 해가 갈수록 구태의연한 종교를 떠나는 사람들이 늘고 있지. 예전에는 자연현상이나 우주의 실체며 인간의 역사나 생명의 근원에 한참 무지했었고. 2000년이나 지난 지금까지도 그런 창조적 믿음을 고수한다는 건, 과학 무지에다 역사 무지 때문에 그러는 거지. 오늘 이 자리에서 더 이상 장황하게 토론하고 싶지 않군. 하여튼 내 말은 차후로는 내가 너를 무신론자나 불가지론자로 만들려고 하지 않을 것이니, 너도 날 굳이 기독교를 믿으라고 하지 마라."

석주는 피장파장의 잠정적인 결론을 내리고 둘은 떨떠름하게 자리를 떴었다.

석주 어머니는 처음 시카고에 자리를 잡은 후로 한인이 설립한 사찰에 외조부모의 극락왕생을 위해서 위패를 모시고, 다치기 전까지 7년 동안 열성으로 다녔지만, 여전히 깊은 믿음은 없었다. 물론 깨달음의 경지로 이끌지 못한 주지스님에게도 반 책임이 있고, 스스로 깨달음을 통해 구도를 해야 한다는 면에서 대중보다는 소수의 행자가 이끌어 가는 불교가 주는 문제점의 한 단면을 보여줬다. 어머니로 봐서는, 의미도 모르는 채 그저 불경을 외우기만 하면 좋은 일이 생기고, 극락왕생을 한다는 그 자체에 회의를 갖게 되었다. 게다가 석주가 모시고 가지 않으면, 사찰은 물론 교회를 나갈 수도 없기도 하지만, 그렇다고 번거롭게 스님이나 교역자들이 집으로 찾아오는 번거로움도 싫어하였다. 또 치료차 방한했을 때는 기독교를 독실하게 믿는 경주네 식구하고 같이 교회를 가는 데는 어려움이 있어서 담임목사가 매주 아파트로 와서 정성껏 기도를 해줬고, 세례까지 받았지만 미국으로 돌아와서는 다시 회의적인 입장으로 돌아섰다.

석주의 아내도 선친의 위패를 모신 사찰에 친정어머니하고 수십 년 동안 법회에 참석하였다. 그러나 석주의 영향을 직간접적으로 받아서인지는 몰라도, 그 믿음 역시 여물지 못하였다. 그리고 자식들은 어려이래로 부모를 따라서 교회나 사찰에 나가는 기회가 없기도 하였지만, 석주는 애들이 성숙한 판단이 설 때까지 맹목적인 멍에를 씌워 주지 않았다. 그러나 석주 내외가 할아버지와 두 할머니를 오랫동안 보살피며 살아온 걸 보며 자라 온 탓인지, 병들고 불우한 사람에 대한 배려와 희생의 의미를 잘 알고 있다.

세월이 흐른다고 모든 게 절로 잘되는 보장은 없지만, 그동안 진혁은 로스쿨을 졸업하고 첫 직장으로 일리노이 주정부 검사가 되었다가 시카고 증권거래소에서 부사장으로 승진하여 법률 고문을 하고 있고 결혼도 로스쿨에서 만난 동창과 하였다. 그리고 진아는 예전에 석주처럼 풀타임 일을 하면서 파트타임으로 4년 동안에 마케팅 분야에서 정평이 난 노스웨스튼 대학교의 켈로그(Kellogg) 경영대학원을 끝낸 후에 MIT 슬로운(Sloan) 경영대학원에서 재정학을 전공한 대학 동문과 결혼을 하였고 지금은 펩시코 시카고 지사에서 마케팅 부서의 매니저가 되었다.

요즘 석주 어머니는 간간히 오래 전에 구입한 설법 테이프를 듣기도 하지만, 수년 전에 석주가 설치해 준 인터넷으로 영어공부도 하고 한국 가요나 드라마를 보며 주로 소일한다. 그리고 몇 해 상간으로 결혼을 한 장손 진혁이나 진아가 다행히 직장이 모두 시카고에 있어서 자주 석주네 집에 들르곤 한다. 그럴 때마다 할머니한테도 꼭 들러서 요새 찍은 가족사진도 전해주고, 이제 세 살이 되는 진혁의 첫 아들인 증손자를 안겨드린다. 어머니는 또 진아를 보기만 하면 조른다.

"우리 진아가 올해 몇 살이냐? 서른도 넘었지? 언제 애를 가질 거야? 너무 늦으면 안 좋아."

그리고 캘리포니아에서 사는 금주며, 한국에 있는 경주나 창호한테서 자주 걸려오는 인터넷 전화로 안부를 묻고 또 묻는다. 그리고 석주를 보기만 하면 불평을 한다.

"무슨 바쁜 일이 생겼는지 2주째 창호한테서는 전화가 안 온다."

"그동안 지방 출장을 자주 다녔나 봐요. 창호가 전역한 지 벌써 7, 8년은 됐죠? 그후로 개인이 하는 소규모 오퍼상에서만 일하다가 재작년에 어렵사리 들어간 국립연구소에는 처음엔 일 년 계약으로 들어

갔는데, 쓸모가 있다고 판단했는지 다행히 인정을 받아서 2년 연장을 했다가 올 초에는 은퇴까지 보장받은 모양이에요. 이게 마지막 기회인데 코피 나게 일하겠죠. 그러니 어머니께서 이해해 주세요."

"내가 그걸 모르겠냐? 그냥 그렇다는 거지. 이 세상에 자식 잘되는 걸 마다할 부모가 어디 있겠어?"

어머니는 익살스럽게 고개를 갸우뚱하면서 잠시 입을 삐죽거렸다. 한평생을 모질게 살아온 보람을 지난 몇 년 동안 모처럼 이리 느끼면서 오랫동안 잊고 지낸 웃음을 띠며 통한을 달래고 또 절절 쑤시는 고통도 잠시나마 잊고 지낸다.

석주가 지금도 생각하면 맘이 짠한 얘기가 있다. 석주가 우여곡절 끝에 상경하여 대학 합격을 하고 아버지한테 건네받은 황금 같은 입학금을 받아 쥐고 집을 떠날 때, 아버지는 고모네 집에서 학교를 다니게 되면 학비는 물론 책값이며 용돈을 보내주겠다고 하였지만, 그 약속은 지켜지지 못하였다. 그런데 대학 3학년 2학기인 어느 늦은 가을날, 난생 처음으로 아버지한테서 편지가 왔다. 너무 미안하다고 쓴 누런 편지지 속에는 500원짜리 지폐 한 장이 들어 있었다. 강의가 끝나고 활주로 건너편 저 멀리 행주산성 승전비를 바라보며 어깨가 들썩거릴 정도로 격하게 훌쩍거렸다. 그날부터 그 지켜지지 않았던 약속을 철석같이 믿고 서울로 떠나게 된 구동력을 준 아버지에 대한 서운함과 미움을 버리고, 그래도 이 세상에 태어나게 해준 어버이로서 이해하기로 한 전환점이 되었다.

연로한 부모가 있으면 자식이 먼 길을 떠나지 않는다는 옛말도 있고, 효는 사람의 모든 덕목 중에 최고라지만, 현실적으로 막상 궂은 상황에 부딪치면 또 흔들리는 자신을 본다. 매일 비상대기를 하듯 긴장을 하며 지내지만, 지금도 한밤중에 걸려오는 전화벨 소리를 들으면 가슴이 철렁하며 벌떡 일어난다. 대부분의 낙상사고가 밤에 일어났기 때문이었다. 그리고 간병인을 구하기 쉽지 않은 일요일이나 간병인이 어머니와의 말다툼 끝에 갑자기 그만두어 새로 구해야 할 때면 석주는 식사를 챙겨드리고 또 대소변으로 범벅된 아랫도리를 닦아주고 기저귀를 채워 주면서도 어머니한테 불평 섞인 말을 건넸다.

"간병인들이 갑자기 그만두면 대타로 와서 제가 치다꺼리 하는 것도 마땅치 않게 생각하시고 또 바로 손에 익은 사람들을 구하는 것도 쉽지 않으니깐, 잘 달래면서 일을 하도록 해야죠. 세상 어디에 어머니 입맛에 딱 맞는 사람이 있나요? 아무리 돈 주고 일 시킨다고 해도 위험한 재활운동을 시켜 주지 않는다고 너무 다그치면 어느 누가 좋아하겠어요? 한국도 아니고 이곳 좁은 동포사회에서 매번 간병인 구하기가 넘 힘들어서 하는 얘기예요."

"이 사람아, 내가 그걸 몰라? 일하러 온 사람들이 쉬러 온 것도 아닌데, 이런 거 하러 온 건 아니라고 따지면서 대들고 무시허고 즈네들 고집대로 하고 싶은 대로 다 하면서 밤엔 저쪽 끝 방에 가서 아예 퍼져 자는지 골백번 불러도 대답도 안 하다가 선잠을 깨웠다는 듯이 눈 부릅뜨고 대들고……. 그동안 내가 얼마나 당하고 참았는지 알긴 알어?"

"다들 그렇지는 않겠지만, 그래도 너무 다그치진 말아야지요. 말다툼 끝에 당장 그만두라고 하여 그 길로 나가버리면 어떡해요. 어쨌든 뒤치다꺼리는 다 집사인 제 몫인데, 그럴 때마다 조금이라도 제 생각을 하셔야죠."

"그럼 죄다 내가 미쳐서 발광을 한다는 얘기냐? 이게 다 에미 잘못 만난 죄여, 아이고, 아이고, 어서 죽어야지. 근데 속은 성하니 곧 죽지도 않겠으니 이 일을 어떡혀."

어떤 이유로든지 몸 성한 자식이 속으로 삭혀야 하지만, 감정 섞인 말대꾸를 주거니 받거니 하다가 의도치 않게 맞서게 되면, 걷잡을 수 없게 또 한 차례의 소요가 일어난다. 그러나 언젠가는 어머니도 더욱 연로하여 병도 깊어지고 혼동의 길로 들어서면서 먼 길을 떠나겠지만, 지금은 여태껏 그러했듯이 아무리 그의 속을 뒤집는 볼멘소리를 들어도 무단히 참고 견디어서 후회의 응어리를 남기지 말아야 한다고 또 별러 본다.

첫 사고 후 병원에 몇 달 동안 입원하였을 때, 어머니는 모든 미움이며 서러움, 원망 등을 모두 내려놓겠다고 하였지만, 고통으로 점철된 긴 세월이 흘러도 회복되지 못하면서 그 질긴 갈등은 다시 고개를 들었다. 게다가 이제는 경제적인 문제까지 슬슬 발목을 잡으려고 한다. 시한성이 있는 치료를 해야 한다는 절박한 처지에서 조기합의를 하여 받은 합의금은 지난 세월 동안 간병에 필요한 엄청난 비용과 생활비를 곶감 빼먹듯 써왔기에 이젠 수년 내로 거덜 날 상황이 먹구름처럼 다가오고 있다. 그렇게 되면 석주 어머니도 극빈자를 위한 사회보장 혜택을 받을 수 있는 자격이 되겠지만, 누구라도 돈 없으면 죽기보다 더 싫어도 양로원으로 옮겨 가야 하는데, 만약에 그때까지도 정신줄을 놓지 않으면 그리 모실 수는 없는 일이다. 그렇다고 사남매가 한 달에 버는 걸 모두 갹출하여도 한 달에 천만 원도 넘는 간병에 따른 엄청난 비용과 생활비를 도저히 감당할 수가 없을 일이고, 지금 살고 있는 집을 정리하고 월세 아파트로 옮겨도 4년을 넘지 못하게 된다. 요 근래에 들어서 석주가 매 두 주마다 인건비를 정산하는 날엔 큰 시름에 젖게 되어 나오는 게 긴 한숨뿐이다.

그런데 설상가상으로 전혀 예기치 못한 우환이 닥쳤다. 2012년 4월 중순에 석주 아내의 친정어머니는 두 딸과 같이 외식을 즐기고 연장자 아파트에 들어왔는데, 몇 시간 후에 갑자기 심한 어지럼증이 일어나서 아파트 경비실에 연락하여 응급실로 옮겨졌다. 그동안 먹는 약으로 혈당 조절이 잘된 걸로 알고 있었지만, 뜻밖에도 왼쪽 뇌의 미세혈관에 후유증으로 협착이 생겼다는 거였다. 그러나 한 달 동안 약물치료와 재활운동을 하는 중에 오른쪽 뇌에도 협착이 생기면서 뇌손상이 급진전되어 거동도 거의 못 하고 언어구사력이나 인지능력마저도 심각하게 떨어져서 예전에 지내던 아파트로 되돌아가지 못하고 양로원에서 계속 지내게 되었다.

석주가 아내와 같이 양로원에 종종 들르면, 혼동이 와서 자신이 누구라는 걸 잃어버린 수십 명의 한인 노인들을 본다. 몇 노인들은 위장공급튜브를 낀 채로 온종일 침대에 죽은 듯이 누워 있고, 또 어떤 이들은 휠체어에 앉아서 고개를 푹 숙인 채 졸기만 하고 또 찬송가를 부르며 기도를 하거나 독백을 한다. 어느 멀쩡하게 보이는 할머니는 치매 증상이 일찍 일어나서 두 해 전에 양로원에 들어왔는데, 어느 날 가방을 챙기고 외출용 구두를 신고 서울에 간다고 양로원 밖으로 슬쩍 나가는 바람에 큰 소동이 났지만, 다행히 너무 춥다며 다시 돌아왔다. 또 노인들에게 무의식적으로 자신을 방어하는 메커니즘이 더욱 두드러지게 나타나서 서로 공격적으로 대하고 말다툼하는 모습을 보면서 새삼스레 만물의 영장이란 인간의 질긴 생명력을 절감한다.

지난 두 해 동안 거동이 불편한 어머니를 정성으로 돌보던 석주 아내의 실망과 슬픔이 계속되었다. 하지만 6남매나 되는 자식들 건사하느라 힘들었던 한국을 떠난 후로 지난 30여 년 동안 미국에서 보람 있게 지냈다는 생각으로 부단히 자신을 위로할 수밖에 없었다. 석주 아내는 같은 동네에 살고 있는 처제와 번갈아서 매일 저녁나절에 들러 지성으로 보살펴 줬다. 그러나 올 해에 들어서 음식이나 약까지도 삼키지 못할 정도로 악화되어 혼수상태에 빠져들었고, 2014년 3월 중순 향년 86세에 타계하였다. 다행히 급하게 시카고에 왔던 장남인 손위처남이 그래도 마지막 일 주일 반 동안 모친을 지켜봤고 또 석주 내외와 처제가 방한하여 장례를 치르고 가족묘역에 안장하고 돌아왔지만, 석주 아내의 슬픔과 허무한 맘은 여전히 가슴에 가시지 않는 피멍으로 남아 있다.

석주가 여태껏 누구에게라도 털어놓지 못한 얘기가 있다. 진아가 태어날 무렵에 풀타임 일을 다시 시작하고 파트타임으로 7년 만에 석사학위를 받은 후, 늦어진 박사 학위를 파트타임으로 끝내는 게 너무 시일이 걸릴 거 같아서 풀 타임으로 빨리 끝내면 어떨까 하는 생각도 잠시 했었지만, 경제적으로 넉넉지 못한 처지에서 피로가 누적되어도 쉴 새 없이 일만 하는 아내에게 큰 부담을 결코 줄 수 없었다. 그렇다고 부모님 뒤치다꺼리는 시시때때로 석주가 해야 할 일들이 많아서 풀 타임 직장을 가질 수도 없었고, 규모 있게 벌리지도 못한 기계설계 컨설팅을 하면서 박사과정에 필요한 학점을 파트타임으로 수년에 걸쳐서 모두 이수였다. 그러나 논문 준비가 늦어지면서 두 차례의 학점 유효 신청을 하여 유효 기간을 연장하였지만, 두 분의 연이은 골절과 재활치료로 병원과 재활원을 정신없이 들락거리느라 박사자격시험 준비를 하는 기간에도 매학기에 1학점이라도 수강신청을 해야 하는데 그 사실을 미처 알지 못한 채로 두 학기가 넘도록 등록을 하지 않았다. 교무과에서는 자신도 모르는 사이 이미 제적 처리를 하여서 부랴부랴 박사과정 담당교수의 선처 메모를 보내 봤지만, 규정상 박사과정을 계속하려면 TOEFL은 면제가 되어도 GRE는 다시 치르고 재입학 수속을 해야 한다는 어처구니없는 통보를 받았다.

요샌 아무리 제2의 인생이 60이 아니라 70부터라고 하지만, 언제 학위 논문을 끝내고 수년 동안 그토록 매달렸던 뉴럴 네트워크(Neural Network) 프로그래밍을 적용한 시스템 제어 분야의 연구개발 사업을 할 수 있겠는가. 또 최근에 연구가 많이 진척된 줄기세포 이식으로 손상된 신경이 회복되어 팔순도 반을 넘긴 어머니가 옛날처럼 걸을 수 있게 되리라는 실오라기 같은 희망은 또 어떠한가. 해가 갈수록 한낱 부질없는 집착이며 탈색된 바람이 아닌가라는 생각이 자꾸 앞섰다.

석주가 고등학교 시절에 도저히 현실성이 없는 서울 유학을 별렀던 때는 물론, 1980년 이래로 어머니의 운명과 어우러져 선택의 여지없이 살아오면서도,

"오늘이 지나고 내일은 어디에서 무슨 좋은 일로 환하게 웃고 있지 않을까? 지금 내가 겪는 수난은 그저 과정일 뿐이야. 그래서 나는 이

순간에 충실할 수밖에 없는 거야."
라고 읊조렸다. 석주는 자신이 엮어 가는 이런 삶이 필연적으로 다가오는 운명을 만들 거라 믿으며, 거목이 될 때까지는 세월이 더 많이 흘러야 하고, 더 많은 비바람도 탄다는 말로 자신을 애써 위로해 왔지만 말이다.

그런데 올 초에 석주는 전혀 뜻하지 않는 한 통의 이메일을 받았다. 박사학위를 끝내지 못했어도 그동안 학위논문 준비로 연구한 내용을 이대로 썩힐 수는 없다는 생각이 들어서 몇 해 전에 특허로 등록해 두었다. 그런데 캘리포니아의 LA 근교에 위치한 미국항공우주국(NASA) 소속의 제트 추진 연구소(JPL)에서 수년 내에 쏘아 보낼 대형 화성 탐사선에 부착되는 정교한 로봇제어에 석주의 특허를 적용할 수 있을 거 같다며 큰 관심을 보여 온 것이다. 그리고 몇 차례의 회합 끝에 독점계약을 맺고 그동안 처박아 두었던 파일박스를 꺼내 서류를 정리한 후에 LA로 장기 출장을 떠나게 되었다. 갑자기 세상이 달라 보이고 변덕스럽게도 인생은 70부터라는 말이 금세 새로워졌다.

석주는 떠나기 전날 밤에 어머니한테 인사를 하러 들렀다. 이날따라 진통제로도 잘 듣지 않는 온몸이 쑤시고 굳는 증세가 심하게 나타나는 날인지 어머니는 고통에 일그러진 누리구리한 얼굴에 실낱 같은 미소를 지었다.

"아범아, 장하다. 애비 고집에 꼭 뭐라도 해낼 줄 알았지. 그동안 이 어미가 자식 인생 망쳐 놓은 걸 어찌 다 미안하다는 말로 표현할 수가 있었겠어. 그저 애비만 보면 미안하고 또 미안하여 차마 말도 못 할 일이었고……. 그래도 그동안 아범 내외가 자식들을 그리 반듯하게 잘 키워서 너무도 잘된 일이지만, 이번에 이렇게 아범한테 좋은 일이 생겼으니 난 이제 여한이 없다. 내 걱정은 말고 몸 성히 잘 다녀오거라."

어머니는 눈물 젖은 시선을 어찌할지 모르다가 더 이상 말을 잇지 못하였다. 이런 날엔 예전 같으면, 꺽꺽거리며 울부짖었을 어머니였다. '아범아, 내가 전생에 무슨 죄가 그리 커서 내 신세가 이렇게 된 거여. 그냥 이대로 꼼짝없이 죽을 날만 기다리라는 거여? 재발 어떻게 좀 혀봐. 아이고 아이고 이 일을 어찌 혀.' 집에 돌아온 석주는 더없이 기쁜 맘보다는 더 이상 무엇을 해드릴 수가 없다는 자책감에 심장이 터지는 것 같은 고통으로 온몸에 전율이 몰아쳤다.

그날 밤 늦게까지 오랜만에 한국에서의 '줄기세포 이식과 치료'에 대한 검색을 하여 여러 사례를 읽어 보던 중에 어머니의 상태와 유사한 기사가 석주의 눈을 번쩍 뜨게 하였고, 그걸 확인해 보라고 바로 경주한테 전화를 하였다.

"어머니한테는 우선 극비로 하고 내가 알려준 대학병원 사이트에 들어가 봐라. 담당 교수들한테 연락해서 한 번 상담을 해보면 어떨까 해서 전화했다."

"모든 게 첨단을 달리는 미국에서는 그게 안 되나요?"

"그게 참, 여기서는 아직도 줄기세포 이식은 임상시험 결과가 제대로 인정이 되지 않아서 아직도 연방식약청(FDA)에서 승인을 하지 않는 걸로 알고 있거든. 목 주위 중추신경을 크게 다치면 바로 죽든지 전신이 불구가 되고 또 어머니같이 별 상처도 없이 다쳐도, 재활 외에는 별 방법이 없지. 더구나 사고 당시에는 줄기세포 이식이라는 말도 들어보질 못하였고, 언젠가는 무슨 주사를 바로 맞으면 낫는다는 꿈 같은 얘길 들은 적이 있었는데, 그게 줄기세포에 대한 얘기였나 보다. 그런데 한국에서는 이런 시술이 허가가 된 건지, 10여 년 전에 교통사고로 사지가 마비가 된 중년남자가 자신의 골수에서 채취하여 배양된 줄기세포 이식을 받고서, 아직 일어서서 걷지는 못하여도 양 손을 만세 하듯 번쩍 들어올리고 숟가락질도 잘한다는 기사가 주요 일간지에 그리 났으니 말이다."

"잘 알았어요. 넘 예민한 얘기라 어머니한테는 우선 절대로 함구해야겠군요. 지금은 거동도 어렵고 제정적인 문제도 심각한데 확신도 없는 치료에 매달리시게 되면 큰일이네요. 제가 잘 알아보고 조만간 연락 드릴게요."

"그래라. 그 대학병원에서 연구치료를 하는 교수의 이름도 나와 있으니, 짬을 내어 전화를 해보고. 다친 지가 꽤 오래된 어머니의 경우를 잘 설명하고 효과를 보는데 얼마나 걸리고 또 치료비도 대충 얼마나 들어가는지 윤곽이라도 알고 싶다."

며칠 후에 경주 대신에 매제한테서 연락이 왔다.

"첨에 집사람이 전화했더니 전화로 구체적인 얘기를 못 하니까, 날 잡아서 면담을 해야 한다고 하더라고요. 그래서 제가 다시 전화해서 어떤 치료인가 대충이나마 알아야 미국에 있는 식구들한테 먼저 가부를 조만간 알려줘야 할 입장이라고 우겨서 겨우 담당 간호사하고 통화를 했는데요. 한국도 아직은 임상적인 치료를 하는 거라서 확신을 못하고 또 임상 대상자가 65세까지라는군요."

"혹 왜 나이 제한이 있다는 이유를 물어봤는가?"

"그렇지 않아도 물어봤죠. 관절염으로 고생하는 80대 노인들이 문의를 젤 많이 하는데, 고령이 되면 줄기세포의 분화나 증식능력이 현저히 떨어져서 그나마 효과를 볼 수 없다고 하더라고요."

"사실 나이도 나이지만, 치료 대상이 되더라도 아직도 큰 기대를 할 수 없는 입장이라서 확신이 서지 않은 거지. 미국에서는 주로 교통사고나 총기사고 또 운동 경기 중 부상으로 일 년에 12,000명 이상이 척추신경을 다친다는데도 여태껏 줄기세포 이식으로 큰 효과를 보거나 완치를 한 사례를 미디어를 통해서 들어본 적이 없어. 그래서 반신반의하며 큰 기대를 하진 않았지만, 결국 그마저도 나이가 발목을 잡는군. 예전에 승마하다가 중추신경을 크게 다쳐서 전신마비가 되었던 그 슈퍼맨의 주인공이었던 크리스토퍼 리브라는 미국 배우가 있었지. 그도 당시에 연구된 최고의 줄기세포 치료에 매달렸었지만, 회복치 못하고 사고 후 9년 만인 2004년에 전신 패혈증 치료를 하려고 항생제 투여를 하였는데 심한 부작용으로 심장마비가 일어나서 쉰두 살 나이로 타계했더군. 그로부터 10년이나 지난 지금에도 괄목할 만한 연구개발 실적이 발표되지 않은 걸 보면, 아직도 더 두고 보는 수밖에 별도리가 없는가 보네. 어쨌든, 자네가 수고 많았고……."

석주는 어머니한테 죄스런 맘이 들면서 뜨거운 한숨을 토해내며 힘없이 전화기를 껐다. 매일매일 피눈물을 삼키며 목숨이 붙어 있어 살고 있는 가련한 어머니 생전에 뭔가를 해드릴 수 있을 거라는 기대를 잠시 하였다가 실망하였지만, 그래도 또 기다려 봐야 한다고 중얼거렸다.

석주는 잠을 이루지 못하고 한동안 뒤척거리다가 살그머니 침실을 나와 차가운 겨울 달빛이 교교하게 비치는 서재로 나왔다. 문득 벽에 걸린 액자가 눈에 들어왔다. 어머니는 맘의 평온을 갖기 위해서 스님의 권유로 서도를 익히다가 사고 후에 오랫동안 팽개쳐 두었다. 어느 날 보따리를 열어 보고 주인 잃은 지필묵과 천자문을 다시 꺼낸 석주는 표지가 헤어지도록 천자문을 여러 차례 섭렵하면서 맘에 담고 싶은 글귀를 모아 적었다. 그걸 액자로 만들어 걸어둔 것이다.

석주는 그 액자를 물끄러미 바라보다가 천천히 읽어 보았다.

孝當竭力　忠則盡命
尺璧非寶　寸陰是競
知過必改　得能莫忘
年矢每催　羲暉朗曜

'효를 행함에 최선을 다하고, 나라를 위한 충성을 하는 데도 진력을 다한다. 한 척이나 되는 보석이라도 그게 진정한 보석이 될 수 없고, 짧은 시간이라도 여하히 다투듯 생을 살며, 과오를 알면 반드시 고쳐야 하고, 얻은 능력은 잃지 않도록 노력한다. 세월은 화살같이 흐르면서 매양 재촉하나, 해와 달은 여전히 밝게 빛나는구나.'

■ 작가 후기

천애의 고아나 다름없이 태어나서 열아홉에 시집가기 전까지 더부살이를 하면서 외롭고 서럽고 힘들게 살아온 것도 부족하여 시집이라고 온 후에도 석주 어머니는 그 시대를 살아간 대다수의 여느 한국의 어머니나 할머니처럼 오로지 가족들의 삶을 꾸려가기 위해 희생을 하면서 모진 세월의 풍파를 겪었다. 석주가 어렸을 때 온갖 추억이 깃든 집을 팔고도 빚보증으로 잘려나간 선친이 벌어다 주는 봉급으론 생활비가 턱없이 부족하여 셋방살이를 전전하며 금전적인 어려움을 겪어야 했다. 초등학교 5학년 때까지 남부럽지 않게 지냈던 맏이인 석주는 부모를 대신하여 독종이었던 오라버니였고 형이었지만, 항시 가난했던 기억밖에 없었던 동생들이 정신적으로나마 찌들지 않게 하려고 무단히 노력했기에 사남매 모두가 성인이 될 때까지 절대로 엇나갈 수가 없었다. 뒤늦게 어머니와 조기 퇴직한 선친이 험난한 생활전선에 뛰어들어 공사장을 전전하였지만, 쓰러진 가세를 다시 일으키는 데는 석주가 사회인이 될 때까지 무려 15년이나 걸렸다.

그리고 그후 2년 뒤에 석주가 이민을 떠나오고 먼저 어머니를 방문 초청을 하였고 일 년 후에 선친도 들어오셨다. 그런데 험난한 길을 아직도 더 가야 한다는 운명의 시나리오가 끝나지 않았는지 7년 만에 그런 엄청난 사고를 당했던 어머니는 사반세기도 넘는 긴 세월 동안 다시 걷겠다며 처절한 사투를 벌여 왔지만, 계속되는 낙상으로 여러 차례 골절 부상을 당하면서 종내는 다시 걸을 수 없게 되는 지경에 이르고 말았다.

그러나 철인에 가까운 강인한 정신력을 갖은 어머니는 다시 걷겠다는 희망의 끈을 여태껏 놓지 못하여, 그 곁에서 20여 년 동안 시중을 들다가 하세한 아버지나 석주 내외를 더욱 힘들게 만들었다. 주변에 있는 사람들은 듣기도 어색하고 사치스런 '석주의 지극한 효심'을 이야기하지만, 석주는 그런 얘길 들을 때마다, "정말로 버릴 물건 같으면 진즉 버렸을 거요"라고 말하면서 지난 사반세기 동안 효심보다는 동시대를 고통 속에서 살면서 고통과 절망으로 수시로 울음을 터트리는 가련한 한 여인으로서의 어머니를 최선으로 모실 수밖에 없다고 변명하였다. 그러나 현실적으로 석주 내외는 물론, 멀리 떨어져 사는 형제자매 모두가 오랫동안 시련의 소용돌이 속으로 말려들어 살다 보니, 인생이라는 게 기쁨보다는 슬픔과 괴로움이 더 많다는 생각이 수시로 앞섰다.

누구나 가야 하는 외길 인생의 이야기를 엮으면서 선대들의 색 바랜 기억, 그리고 석주의 기록이 모티프가 된 탓에 이야기가 파편적일 수밖에 없었다. 그러나 인간의 삶이라는 것이 어느 누구나 명이 다 하면 쓰다가 마는 편지 같이 언제라도 마무리되는 삶을 살기에, 어려 이래로 석주네 가족들이 헤쳐 나가야 했던 역경을 극복하기 위해서 일심동체가 되었던 그들의 따뜻한 가족애에 대한 이야기와 처절한 사투를 벌이는 어머니의 피눈물 나는 삶의 이야기를 무려 사반세기에 걸쳐서 엮어봤다.

끝으로 이 책이 출판되는 마지막 날까지 직접 교열교정까지 하면서 심혈을 기울여 주신 청동거울 조태봉 편집주간과 김은선 편집팀장에게 말로 이루 다 할 수 없는 큰 빚을 졌고, 아울러 이 책이 빛을 보게끔 직간접으로 수고를 해주신 여러분들에게도 진심으로 고마움을 전합니다.

2014년 10월,

미국 일리노이주 노스부룩에서

김석휘(Mark S Kim)